圖說經典 Classic 21

遊記

三 仙怠魔生

原著 吳承恩

編撰 張富海

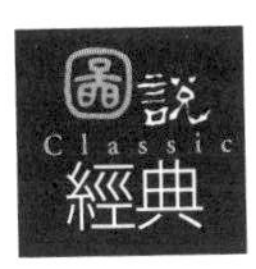

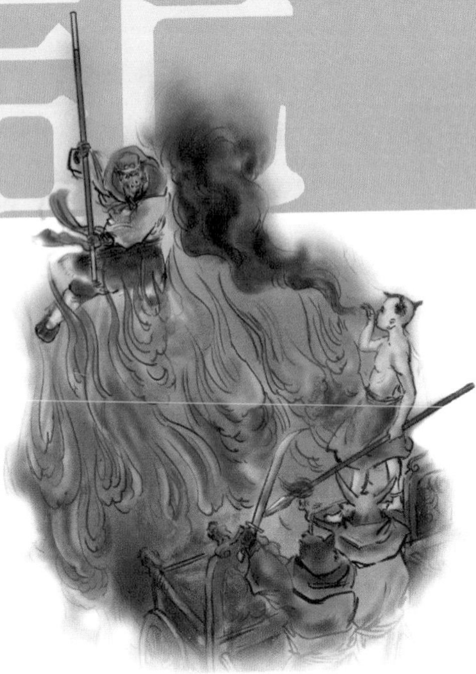

好讀出版

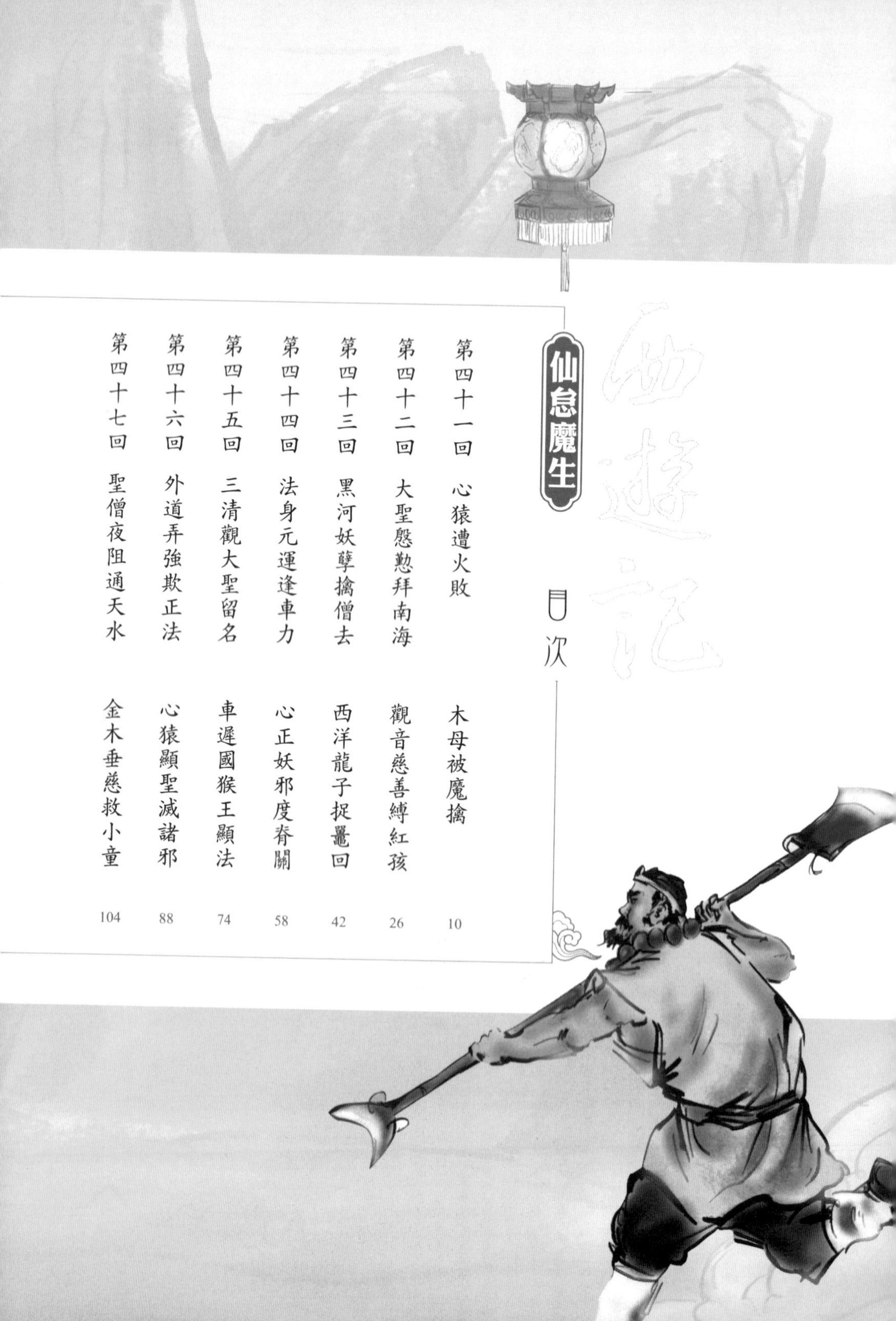

西遊記

目次

仙怠魔生

導讀

霧失樓臺西遊記

主編　張富海

幼時初讀《西遊記》，印象最深刻的就是孫悟空，一棒在手，打盡不平，上至天宮，下至黃泉，沒有他不敢鬧的。說到可愛，則數豬八戒，離開高老莊之前，他仍對老丈人說：「丈人呵，你還好生看待我渾家，只怕我們取不成經時，好來還俗，照舊與你做女婿過活。」這還不算，當四位菩薩試探唐僧師徒禪心的時候，這獃子竟然對菩薩說：「娘啊，既是他們不肯招我啊，你招了我罷！」

看到這些地方，常讓人忍俊不禁。及至年齡漸長，才發現孫悟空、豬悟能、沙悟淨從某種程度上說，是對男性類型化的高度概括，《西遊記》輕鬆且不露痕跡地達到這種地步，不愧是古代四大名著之一。

現代人對《西遊記》耳熟能詳，鮮有人仔細通讀原文。原因很簡單，作爲白話小說的先行者，《西遊記》在誕生之初，正處於詩歌文化的顛峰，對於當時的人來說，詩歌是美和藝術的象徵，因此《西遊記》中夾雜了太多的詩詞歌賦。今天，這些當時人們眼中膾炙人口的詩歌，卻變成了閱讀的障礙。現代人閱讀《西遊記》，逢詩歌段落便自然跳過，自有其原因。這樣閱讀，讓我們對《西遊記》有印象，但不全面，接受並迷惑著的感覺縈繞。

這樣的感覺並不奇怪。《西遊記》本身就有很多不確定的地方。從作者來說，現在我們都知道《西遊記》的作者是明代大文豪吳承恩，但對於專家學者來說，只能說《西遊記》的作者「很可能」是吳承恩。

《西遊記》最早的刻本是明萬曆二十年（即西元一五九二年）的金陵世德堂刻本，但這個版本的刻印者已經不知道作者的名字了，其時吳承恩去世僅十年。清代，更多人卻認爲作者是長春道人丘處機。事實上丘處機確實也寫過一部《西遊記》，記載的卻是自己如何跋涉萬里，拜訪成吉思汗鐵木眞的歷程，和唐僧取經的故事相差十萬八千里。爲什麼會有這樣的偏差呢？

與古人的生活習慣有關係，古人健身的一大流行方式是嗑藥，自晉朝以來，嗑藥而死的人不計其數，但古人煉丹的心得也愈發多樣。《西遊記》的思想，融合了佛、道、儒三教眞髓，對於如何煉丹記述得更加詳盡。因此在有清一代，不少學者都認爲《西遊記》是一部講述如何成仙的書。既然如此，那麼最有可能成爲作者的便是全眞道士丘處機了。再加上當時印刷手段相對落後，人們只知道丘處機寫了一本《西遊記》，卻不知道丘先生的《西遊記》記

述的是自己如何去西域拜見成吉思汗。在資訊傳遞不暢的時代，一個同名誤傳讓丘道長在很長一段時間裏，成了《西遊記》的作者。

民初五四時期，魯迅、胡適等人從作品中的方言文字，以及明天啓年間《淮安府志》記載吳承恩的作品有《西遊記》等事實，來判斷吳承恩比丘處機更有可能是作者。這也是現在大部分人都接受的主流觀點。

但最新的學者研究發現，《西遊記》中不但有淮安方言，還有吳地方言。也有個人書目中記載吳承恩的《西遊記》只是一篇山水遊記，這些可眞麻煩，好在這些反對的證據並不充分確鑿。而且《西遊記》成書前早有說書等傳奇，吳承恩的創作是編輯、整理、創作並舉，因此現在我們不妨承認《西遊記》的作者確是吳承恩。

關於作者的爭議告一段落，對於小說本身的認識，不同的見解就更多了。中國白話小說發展得很早，用張愛玲的話說，叫「起了個大早，趕了個晚集」，規模乃至高度都難以與歐洲比肩。當時的讀書人面對《西遊記》這樣的神魔小說，更是不知道如何面對。

金陵世德堂的出版者「華陽洞天主人」是首先面對這個問題的人，他從詼諧的角度出發，聯想到了《史記》和老、莊。他說「太史公曰：『天道恢恢，豈不大哉！談言微中，亦可以解紛。』莊子曰：『道在屎溺。』善乎立言！」他說莊子言「道」在屎裏都可能存在，何況只是文字不夠莊重。還說「道之言不可以入俗也，故浪謔笑虐以恣肆」，在當時他只能用莊老詼諧來爲《西遊記》的存在價値辯護。同爲明代人的李卓吾更具現代性，他主要從文學角度來批評《西遊記》，兼有心學，認爲作品的追求是「求放心」。他的評論更接近作品本身。

清代對《西遊記》的批評有不少。首先是黃周星、汪象旭的《西遊證道書》，汪象旭是出版商，掛名評作者，實際的批評者是黃周星；後者本名黃太鴻，明朝進士，官至戶部主事，明亡後堅持做遺民，研究道教，七十歲時於五月五日模仿屈原沉水自殺。周批《西遊記》繼承了明代批評路線，認爲整部作品不過「收放心而已」〈西遊證道書序〉。

黃周星的評論在清代並不流行，其後陳士斌的《西遊眞詮》從名字就可以看出端倪，說自己的是眞詮，別人的見解自然是僞詮釋了。陳士斌的《西遊眞詮》主要提出了三教同源的理論，其序是曾被順治皇帝稱爲才子的尤侗寫的，他在序中先肯定《西遊記》自明以來放心說有可取之處，最後又提出了「若悟一者，豈非三教一大弟子乎？」即《西遊記》是融合了佛、道、儒三家思想的書。

《西遊記》在清代影響最大的，是道士劉一明的《西遊原旨》。劉一明（西元一七三四～一八二一），是全眞道龍門派第十一代傳人，也是道家著述最多的人之一。以劉一明深厚的道學造詣，看了《西遊記》後，馬上認定《西遊記》的內涵是性命雙修之道。「其書闡三教一家之理，傳性命雙修之道，……悟之者在儒即可成聖，在釋即可成佛，在道即可成仙。」他批評了黃周星，認爲陳士斌的批評路線是對的，只是不夠專業，因此每回後他都用長達數千字的文字來闡述小說中的道學思想。

此外，清代張書紳在《新說西遊記圖像》中提出了《西遊記》「只是教人誠心爲學，不要退悔」，所謂「心不誠者，西天不可到，至善不可止」（〈西遊記總論〉）。

如果拘泥於前人的評述，也許你永遠不知道眞正的《西遊記》是什麼。只有回到小說本身，《西遊記》才能還原本來面目。要瞭解眞正的《西遊記》，首先要全面地進入小說本身。

本書則提供了不同的閱讀方法。首先是故事，如果時間倉促，你可以從插圖入手，本書的近千張插圖全然可以串聯起故事情節；本書插圖，從明代版畫到現代大家，可以說是《西遊記》插圖史的小小巡展。想要詳細瞭解原文，最好慢慢細讀原文以及注釋，注解中對於相關的佛、道知識盡可能作了詳細的解釋；到此時如果還有餘力，不妨再看看評論，則會幫助你對原文有更深入的認識。

李卓吾先生批評《西遊記》（以下簡稱李評）
山陰悟一子陳士斌允生甫詮解《西遊眞詮》（以下簡稱陳評）
悟元子劉一明解《西遊原旨》（以下簡稱劉評）
張書紳《新說西遊記圖像》（以下簡稱張評）
黃周星、汪象旭的《西遊證道書》（以下簡稱周評）

如何閱讀本書

閱讀性高的原典：
將一百回原典分為五大分冊，版面美觀流暢、閱讀性強

詳細注釋：
解釋艱難字詞，隨文直書於奇數頁最左側，並於文中以※記號標號，以供對照

列出各回回目
便於索引翻閱

第五十四回

法性西來逢女國　心猿定計脫烟花※1

話說三藏師徒別了村舍人家，依路西進，不上三四十里，早到西梁國界。唐僧在馬上指道：「悟空，前面城池相近，市井上人語喧嘩，想是西梁女國。汝等須要仔細，謹慎規矩，切休放蕩情懷，紊亂法門教旨。」三人聞言，謹遵嚴命。

言未盡，卻至東關廂街口。那裏人都是長裙短襖，粉面油頭，不分老少，盡是婦女。正在兩街上做買做賣，忽見他四眾來時，一齊都鼓掌呵呵，整容歡笑道：「人種來了！人種來了！」慌得那三藏勒馬難行。須臾間，就塞滿街道，惟聞笑語。八戒口裏亂嚷道：「我是個銷豬※2，我是個銷豬！」行者道：「獃子，莫胡談！拿出舊嘴臉便是。」八戒真箇把頭搖上兩搖，豎起一雙蒲扇耳，扭動蓮蓬吊搭唇，發一聲喊，把那些婦女們諕得跌跌爬爬。有詩為證，詩曰：

聖僧拜佛到西梁，國內衠※3陰世少陽。
農士工商皆女輩，◎1漁樵耕牧盡紅妝。
嬌娥滿路呼人種，幼婦盈街接粉郎。

◆《新說西遊記圖像》描繪第五十四回精采場景：女王賜出一盤碎金銀，孫悟空婉言謝絕了。（古版畫，選自《新說西遊記圖像》）

不是悟能施醜相，烟花圍困苦難當！◎2

遂此眾皆恐懼，不敢上前，一個個都捻手矬腰，搖頭咬指，戰戰兢兢，排塞街旁路下，都看唐僧。孫大聖卻也弄出醜相開路，沙僧也裝嚇虎維持。八戒採著馬，掬著嘴，擺著耳朵。

一行前進，又見那市井上房屋齊整，鋪面軒昂，一般有賣鹽賣米、酒肆茶房；鼓角樓臺通貨殖，旗亭候館掛簾櫳。師徒們轉彎抹角，忽見有一女官侍立街下，高聲叫道：「遠來的使客，不可擅入城門。請投館驛，注名上簿，待下官執名奏駕，驗引放行。」三藏聞言，下馬觀看，那衙門上有一匾，上書「迎陽驛」三字。長老道：「悟空，那村舍人家傳言是實，果有迎陽之驛。」沙僧笑道：「二哥，你卻去照胎泉邊照照，看可有雙影？」◎3八戒道：「莫弄我。我自吃了那盞兒落胎泉水，已此打下胎來了，還照他怎的？」三藏回頭分付道：「悟能，謹言，謹言！」遂上前與那女官作禮。

女官引路，請他們都進驛內，正廳坐下，即喚看茶。又見那手下人盡是三綹梳頭兩截穿衣之類。你看他拿茶的也笑。少頃茶罷，女官欠身問曰：「使客何來？」行者道：「我等乃東土大唐王駕下欽差上西天拜佛求經者。我師父便是唐王御弟，號曰唐三藏。我乃他大徒弟孫悟空。這兩個是我師弟豬悟能、沙悟淨。一行連馬五口。隨身有通關文牒，

註
※1 烟花：本意是烟火，一般比喻娼妓，這裏指女兒國。
※2 銷豬：即閹割過的豬。
※3 衠陰：衠為純粹的意思，衠陰指全為女性。

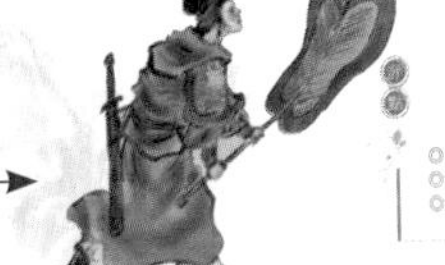

◎1. 農士工商皆女輩，罵得毒。（李評）
◎2. 宇宙大矣，何所不有？此圖畫因此詩而傳。（周評）
◎3. 好照管。（李評）

名家評點：
選收不同名家之評點，隨文橫書於頁面的下方欄位，並於文中以◎記號標號，以供對照

詳細圖說：
說明性和評點性的圖說，提供讓讀者理解

精緻彩圖：
名家繪圖、相關照片等精緻彩圖，使讀者融入小說情境

第四十一回

心猿遭火敗　木母被魔擒

善惡一時忘念，榮枯都不關心。晦明隱現任浮沉，隨分飢餐渴飲。
神靜湛然常寂，昏冥便有魔侵。五行蹭蹬破禪林，風動必然寒凜。

卻說那孫大聖引八戒別了沙僧，跳過枯松澗，徑來到那怪石崖前。果見有一座洞府，真箇也景致非凡。但見：

回鑾※1古道幽還靜，風月也聽玄鶴弄。
白雲透出滿川光，流水過橋仙意興。
猿嘯鳥啼花木奇，藤蘿石蹬芝蘭勝。
蒼搖崖壑散烟霞，翠染松篁招彩鳳。
遠列巔峰似插屏，山朝澗繞眞仙洞。
崑崙地脈發來龍，有分有緣方受用。◎1

將近行到門前，見有一座石碣，上鐫八個大字，乃是「號山枯松澗火雲洞」。那壁廂一群小妖，在那裏輪鎗舞劍的跳風※2頑耍。孫大聖厲聲高叫道：「那小的們，趁早去報與洞主知道，教他送出我唐僧師父來，免你這一洞精靈的性命。牙

✦《新説西遊記圖像》描繪第四十一回精采場景：紅孩兒噴火燒走孫悟空。（古版畫，選自《新説西遊記圖像》）

迸半個『不』字，我就掀翻了你的山場，躧平了你的洞府！」那些小妖聞得此言，慌忙急轉身，各歸洞裏，關了兩扇石門，到裏邊來報：「大王，禍事了！」

卻說那怪自把三藏拿到洞中，選剝了衣服，四馬攢蹄※3，捆在後院裏，著小妖打乾淨水刷洗，要上籠蒸吃哩。◎2忽聽得報聲禍事，且不刷洗，便來前庭上問：「有何禍事？」小妖道：「有個毛臉雷公嘴的和尚，帶一個長嘴大耳的和尚，在門前要甚麼唐僧師父哩。但若牙迸半個『不』字，就要掀翻山場，躧平洞府。」魔王微微冷笑道：「這是孫行者與豬八戒。他卻也會尋哩！我拿他師父，自半山中到此，有百五十里，卻怎麼就尋上門來？」教：「小的們，把管車的，推出車去！」那一班幾個小妖，推出五輛小車兒來，開了前門。八戒望見道：「哥哥，這妖精想是怕我們，推出車子，往那廂搬哩。」行者道：「不是，且看他放在那裏。」只見那小妖將車子按金、木、水、火、土安下，◎3著五個看著，五個進去通報。那魔王問：「停當了？」答應：「停當了。」教：「取過鎗來。」有那一夥管兵器的小妖，著兩個抬出一桿丈八長的火尖鎗，遞與妖王。妖王輪鎗拽步，也無甚麼盔甲，只是腰間束一條錦繡戰裙，赤著腳，走出門前。行者與八戒抬頭觀看，但見那怪物：

面如傅粉三分白，唇若塗朱一表才。鬢挽青雲欺靛染，眉分新月似刀裁。

註

※1 回鑾：古代帝王的車駕上有鑾鈴，故作爲帝王車駕的代稱。舊時稱帝王及后妃的車駕爲「鑾駕」，因稱帝、后外出回返爲「回鑾」。

※2 跳風：在風中跳動、騰空跳躍的意思。

※3 四馬攢蹄：把人的四肢捆綁在一起。

評點

◎1. 上天假此仙境，人卻不會享福，大爲可惜。（張評）

◎2. 得了這派大利，竟想閉門獨吃。（張評）

◎3. 無事不用五行。（周評）

戰裙巧繡盤龍鳳，形比哪吒更富胎※4。雙手綽鎗威凜冽，祥光護體出門來。
哏聲響若春雷吼，暴眼明如掣電乖。要識此魔眞姓氏，名揚千古喚紅孩。

那紅孩兒怪出得門來，高叫道：「是甚麼人，在我這裏吆喝！」行者近前笑道：「我賢侄，莫弄虛頭。你今早在山路旁，高吊在松樹梢頭，是那般一個瘦怯怯的黃病孩兒，哄了我師父。我倒好意馱著你，你就弄風兒把我師父攝將來。你如今又弄這個樣子，我豈不認得你？趁早送出我師父，不要白了面皮※5，失了親情；◎4恐你令尊知道，怪我老孫以長欺幼，不像模樣。」◎5那怪聞言，心中大怒，咄的一聲喝道：「那潑猴頭！我與你有甚親情？你在這裏滿口胡柴※6，綽甚聲經※7兒！那個是你賢侄？」行者道：「哥哥，是你也不曉得。當年我與你令尊做弟兄時，你還不知在那裏哩。」那怪道：「這猴子一發胡說！你是那裏人，我是那裏人，怎麼得與我父親做弟兄？」行者道：「你是不知，我乃五百年前大鬧天宮的齊天大聖孫悟空是也。◎6我當初未鬧天宮時，遍遊海角天涯，四大部洲，無方不到。那時節，專慕豪傑。你令尊叫作牛魔王，稱為平天大聖，與我老孫結為七弟兄，讓他做了大哥；還有個蛟魔王，稱為覆海大聖，做了二哥；又有個大鵬魔王，稱為混天大聖，做了三哥；又有個獅駝王，稱為移山大聖，做了四哥；又有個獼猴王，稱為通風大聖，做了五哥；又有個禺狨王，稱為驅神大聖，做了六哥；惟有老孫身小，稱為齊天大聖，排行第七。◎7我老弟兄們那時節耍子時，還不曾生你哩！」

那怪物聞言，那裏肯信，舉起火尖鎗就刺。行者正是那會家不忙，又使了一個身法，

孫悟空與紅孩兒攀談，說自己與牛魔王的關係。紅孩兒不信，兩人大打出手。（朱寶榮繪）

閃過鎗頭，輪起鐵棒，罵道：「你這小畜生，不識高低！看棍！」那妖精也使身法，讓過鐵棒道：「潑猢猻，不達時務！看鎗！」他兩個也不論親情，一齊變臉，各使神通，跳在雲端裏，好殺：

行者名聲大，魔王手段強。
一個橫舉金箍棒，一個直挺火尖鎗。
吐霧遮三界，噴雲照四方。一天殺氣兇聲吼，日月星辰不見光。語言無遜讓，情意兩乖張※8。那一個欺心失禮儀，這一個變臉沒綱常。棒架威風長，鎗來野性狂。一個是混元眞大聖，一個是正果善財郎。二人努力爭強勝，只爲唐僧拜法王。

那妖魔與孫大聖戰經二十合，不分勝敗。豬八戒在旁邊，看得明白：妖精雖不敗

註

※4 富胎：同富態，胖的意思。
※5 白了面皮：人於急怒時臉氣得煞白，這裏指變臉。
※6 胡柴：就是胡說、胡扯。
※7 綽甚聲經：吹牛、說大話的意思。
※8 乖張：不正常、不對勁；此外還有性情執拗怪僻的意思。

評點

◎4. 義字只如此寫，眞不愧爲奇書。（張評）
◎5. 這猴頭委是輕薄。（李評）
◎6. 題名道姓極似求助於人者。（張評）
◎7. 義之實從兄是也，只言第七而義字自透。（張評）
何聖人之多也！極像講致良知者，一入講堂，便稱大聖人矣。（李評）

陣，卻只是遮攔隔架，全無攻殺之能；行者縱不贏他，棒法精強，來往只在那妖精頭上，不離了左右。八戒暗想道：「不好啊，行者溜撒，一時間丟個破綻，哄那妖魔鑽進來，一鐵棒打倒，就沒了我的功勞。」你看他抖擻精神，舉著九齒鈀，在空裏，望妖精劈頭就築。那怪見了心驚，急拖鎗敗下陣來。行者喝教八戒：「趕上！趕上！」

二人趕到他洞門前，只見妖精一隻手舉著火尖鎗，站在那中間一輛小車兒上；一隻手捏著拳頭，往自家鼻子上搥了兩拳。八戒笑道：「這廝放賴不羞！你好道搥破鼻子，淌出些血來，搽紅了臉，往那裏告我們去耶？」那妖魔搥了兩拳，念個咒語，口裏噴出火來，鼻子裏濃烟迸出，閘閘眼※9，火焰齊生。◎8那五輛車子上，火光湧出。連噴了幾口，只見那紅燄燄大火燒空，把一座火雲洞，被那烟火迷漫，真箇是熯天熾地。八戒慌了道：「哥哥，不停當！這一鑽在火裏，莫想得活！把老豬弄做個燒熟的，加上香料，盡他受用哩。快走！快走！」說聲走，他也不顧行者，跑過澗去了。這行者神通廣大，捏著避火訣，撞入火中，尋那妖怪。那妖怪見行者來，又吐上幾口，那火比前更勝。好火：

炎炎烈烈盈空燎，赫赫威威遍地紅。卻似火輪飛上下，猶如炭屑舞西東。這火不是燧人鑽木，又不是老子炮丹，非天火，非野火，乃是妖魔修煉成真三昧火。五輛車兒合五行，五行生化火煎成。肝木能生心火旺，心火致令脾土平。脾土生金

紅孩兒打不過孫悟空二人，便跑回洞門作法，口裏噴火，鼻子冒濃烟。（古版畫，選自李卓吾批評本《西遊記》）

金化水，水能生木徹通靈※10。生生化化皆因火，火遍長空萬物榮。妖邪久悟呼三昧，永鎮西方第一名。◎9

行者被他烟火飛騰，不能尋怪，看不見他洞門前路徑，抽身跳出火中。那妖精在門首看得明白，他見行者走了，卻才收了火具，帥群妖，轉於洞內，閉了石門，以為得勝，著小的排宴奏樂，歡笑不題。

卻說行者跳過枯松澗，按下雲頭，只聽得八戒與沙僧朗朗的在松間講話。行者上前喝八戒道：「你這獃子，全無人氣※11！你就懼怕妖火，敗走逃生，卻把老孫丟下。早是我有些南北※12哩！」八戒笑道：「哥呵，你被那妖精說著了，果然不達時務。古人云：『識得時務者，呼為俊傑。』那妖精不與你親，你強要認親；既與你賭鬥，放出那般無情的火來，◎10又不走，還要與他戀戰哩！」行者道：「那怪物的手段比我何如？」八戒道：「不濟。」「鎗法比我何如？」八戒道：「也不濟。老豬見他撐持不住，卻來助你一鈀，不期他不識耍，就敗下陣來，沒天理，就放火了。」行者道：「正是你不該來。我再與他鬥幾合，我取巧兒撈他一棒，卻不是好？」

註

※9 閘閘眼：眨眨眼，形容時間短暫。

※10 水能生木徹通靈：五行生化火煎成等五句，講述道家五行與五臟的關係：金剋木，木剋土，土剋水，水剋火，火剋金；心主火，肺主金，脾主木，胃主土，腎主水。

※11 全無人氣：人氣，這裏是膽量的意思。此句指完全沒有膽量。

※12 南北：算計、計謀。這裏作「有兩下子」解釋。

評點

◎8. 不知是要七折八扣，還是想房地折準。（張評）

◎9. 火爲生化之源，其妙用如此。世間若無此火，安能生物生人。（周評）

◎10. 正是放出那般無情的臉來。（張評）

他兩個只管論那妖精的手段，講那妖精的火毒，沙和尚倚著松根，笑得獃※13了。行者看見道：「兄弟，你笑怎麼？你好道有甚手段，擒得那妖魔，破得那火陣？這樁事，也是大家有益的事。常言道：『衆毛攢毬。』你若拿得妖魔，救了師父，也是你的一件大功績。」沙僧道：「我也沒甚手段，也不能降妖。我笑你兩個都著了忙也。」行者道：「我怎麼著忙？」沙僧道：「那妖精手段不如你，鎗法不如你，只是多了些火勢，故不能取勝。若依小弟說，以相生相剋拿他，有甚難處？」行者聞言，呵呵笑道：「兄弟說得有理。果然我們著忙了，忘了這事。若以相生相剋之理論之，須是以水剋火。卻往那裏尋些水來，潑滅這妖火，可不救了師父？」沙僧道：「正是這般，不必遲疑。」行者道：「你兩個只在此間，莫與他索戰，待老孫去東洋大海求借龍兵，將些水來，潑息妖火，捉這潑怪。」八戒道：「哥哥放心前去，我等理會得。」

好大聖，縱雲離此地，頃刻到東洋。卻也無心看翫海景，使個逼水法，分開波浪。正行時，見一個巡海夜叉相撞，看見是孫大聖，急回到水晶宮裏，報知那老龍王。敖廣即率龍子龍孫、蝦兵蟹卒一齊出門迎接，請裏面坐。坐定禮畢，告茶。行者道：「不勞茶，有一事相煩。我因師父唐僧往西天拜佛取經，經過號山枯松澗火雲洞，有個紅孩兒妖精，號聖嬰大王，把我師父拿了去。是老孫尋到洞邊，與他交戰，他卻放出火來。我們禁不得他，想著水能剋火，特來問你求些水去，與我下場大雨，潑滅了妖火，救唐僧一難。」那龍王道：「大聖差了。若要求取雨水，不該來問我。」行者道：「你是四海龍王，主司雨

評點

◎11. 龍王也作難，想亦不走乾路。(張評)

澤。不來問你，卻去問誰？」龍王道：「我雖司雨，不敢擅專；須得玉帝旨意，分付在那地方，要幾尺幾寸，甚麼時辰起住，還要三官舉筆，太乙移文，會令了雷公電母、風伯雲童。俗語云：『龍無雲而不行』哩。」◎11

行者道：「我也不用著風雲雷電，只是要些雨水滅火。」龍王道：「大聖不用風雲雷電，但我一人也不能助力，著舍弟們同助大聖一功如何？」行者道：「令弟何在？」龍王道：「南海龍王敖欽，北海龍王敖閏，西海龍王敖順。」行者笑道：「我若再遊過三海，不如上界去求玉帝旨意了。」龍王道：「不消大聖去，只我這裏撞動鐵鼓、金鐘，他自頃刻而至。」行者聞其言道：「老龍王，快撞鐘鼓。」

須臾間，三海龍王擁至，問：「大哥，有何事命弟等？」敖廣道：「孫大聖在這裏借雨助力降妖。」三弟即引進見畢，行者備言借水之事。衆神個個歡從，即點起：

鯊魚驍勇爲前部，鱯痴口大作先鋒。鯉元帥翻波跳浪，鯾提督吐霧噴風。
鯖太尉東方打哨，鮊都司西路催征。紅眼馬郎南面舞，黑甲將軍北下衝。
鱑把總中軍掌號，五方兵處處英雄。縱橫機巧鼋樞密，妙算玄微龜相分。
有謀有智鼉丞相，多變多能鰲總戎。橫行蟹士輪長劍，直跳蝦婆扯硬弓。
鮎外郎查明文簿，點龍兵出離波中。

有詩為證，詩曰：

註
※13 騃：傻、獃。

龍王是呼風喚雨的神靈，故悟空請龍王滅火。圖為甘肅靖遠古道上的水泉龍王廟，攝於2001年6月。（石寶琇／fotoe提供）

四海龍王喜助功，齊天大聖請相從。
只因三藏途中難，借水前來滅火紅。

那行者領著龍兵，不多時，早到號山枯松澗上。行者道：「敖氏昆玉※14，有煩遠踄。此間乃妖魔之處，汝等且停於空中，不要出頭露面。讓老孫與他賭鬥，若贏了他，不須列位捉拿；若輸與他，也不用列位助陣。只是他但放火時，可聽我呼喚，一齊噴雨。」龍王俱如號令。

行者卻按雲頭，入松林裏，見了八戒、沙僧，叫聲：「兄弟。」八戒道：「哥哥來得快呀！可曾請得龍王來？」行者道：「俱來了。你兩個切須仔細，只怕雨大，莫濕了行李。待老孫與他打去。」沙僧道：「師兄放心前去，我等俱理會得了。」

行者跳過澗，到了門首，叫聲：「開門！」那些小妖又去報道：「孫行者又來了。」紅孩仰面笑道：「那猴子想是火中不曾燒了他，故此又來。這一來切莫饒他，斷然燒個皮焦肉爛才罷！」急縱身，挺著長鎗，教：「小的們，推出火車子來！」他出門前，對行者道：「你又來怎的？」行者道：「還我師父來。」那怪道：「你這猴頭，忒不通變。那唐僧與你做得師父，也與我做得按酒※15，◎12你還思量要他哩。莫想！莫想！」行者聞言，十分惱怒，掣金箍棒劈頭就打。那妖精使火尖鎗，急架相迎。這一場賭鬥，比前不同。好殺：

怒髮潑妖魔，惱急猴王將。這一個專救取經僧，那一個要吃唐三藏。心變沒親情，情疏無義讓。這個恨不得捉住活剝皮，那個恨不得拿來生蘸醬，真箇忒英雄，果然多猛壯。
棒來鎗架賭輸贏，鎗去棒迎爭下上。舉手相輪二十回，兩家本事一般樣。

那妖王與行者戰經二十回合，見得不能取勝，虛幌一鎗，急抽身，揑著拳頭，又將鼻子搥了兩下，卻就噴出火來。那門前車子上，烟火迸起；口眼中，赤焰飛騰。孫大聖回頭叫道：「龍王何在？」那龍王兄弟帥衆水族，望妖精火光裏噴下雨來。好雨！真箇是：

瀟瀟灑灑，密密沉沉。瀟瀟灑灑，如天邊墜落星辰；密密沉沉，似海口倒懸浪滾。起初時如拳大小，次後來甕潑盆傾。滿地澆流鴨頂綠，高山洗出佛頭青。溝壑水飛千丈玉，澗泉波漲萬條銀。三叉路口看看滿，九曲溪中漸漸平。這個是唐僧有難神龍助，扳倒天河往下傾。

那雨淙淙大小，莫能止息那妖精的火勢。原來龍王私雨，只好潑得凡火，妖精的三昧真火如何潑得？◎13好一似火上澆油，越潑越灼。大聖道：「等我捻著訣，鑽入火中！」輪鐵棒，尋妖要打。那妖見他來到，將一口烟劈臉噴來。行者急回頭，煼得眼花雀亂，忍不住淚落如雨。原來這大聖不怕火，只怕烟。◎14當年因大鬧天宮時，被老君放在八卦爐中，煅過一番；他幸在那巽位安身，不曾燒壞，只是風攪得烟來，把他煼作火眼金睛，故至今只是怕烟。那妖又噴一口，行者當不得，縱雲頭走了。那妖王卻又收了火具，回歸洞府。

這大聖一身烟火，炮燥難禁，徑投於澗水內救火。怎知被冷水一逼，弄得火氣攻心，

註

※14 昆玉：昆，子孫，後嗣。昆玉，稱人兄弟的敬辭。

※15 按酒：下酒，多見於早期白話話本小說。也作「案酒」。

◎12. 如今師父連按酒也做不得。（李評）
沒道理話，說來可笑。（周評）

◎13. 足見眞火之尊。（周評）

◎14. 好點綴。（李評）

三魂出舍。可憐氣塞胸堂喉舌冷，魂飛魄散喪殘生！◎15慌得那四海龍王在半空裏收了雨澤，高聲大叫：「天蓬元帥！捲簾將軍！休在林中藏隱，且尋你師兄出來！」

八戒與沙僧聽得呼他聖號，急忙解了馬、挑著擔，奔出林來，也不顧泥濘，順澗邊找尋。只見那上溜頭翻波滾浪，急流中淌下一個人來。沙僧見了，連衣跳下水中，抱上岸來，卻是孫大聖身軀。噫！你看他踡跼四肢伸不得，渾身上下冷如冰。◎16沙和尚滿眼垂淚道：「師兄！可惜了你億萬年不老長生客，如今化作個中途短命人！」八戒笑道：「兄弟莫哭，這猴子佯推死，嚇我們哩。你摸他摸，胸前還有一點熱氣沒有？」沙僧道：「渾身都冷了，就有一點兒熱氣，怎的就得回生？」八戒道：「他有七十二般變化，就有七十二條性命。你扯著腳，等我擺佈他。」真箇那沙僧扯著腳，八戒扶著頭，把他拽個直，推上腳來，盤膝坐定。八戒將兩手搓熱，仵住他的七竅，使一個按摩禪法。原來那行者被冷水逼了，氣阻丹田，不能出聲。卻幸得八戒按摸揉擦，須臾間，氣透三關，轉明堂，沖開孔竅，叫了一聲：「師父呵！」◎17沙僧道：「哥啊，你生

孫悟空鑽入火中，輪起鐵棒要打。紅孩兒用烟噴來，行者被熁得淚落如雨。（朱寶榮繪）

為師父，死也還在口裏。且甦醒，我們在這裏哩。」行者睜開眼道：「兄弟們在這裏？老孫吃了虧也！」八戒笑道：「你才子發昏的，若不是老豬救你呵，已此了帳了。還不謝我哩！」

行者卻才起身，仰面道：「敖氏弟兄何在？」那四海龍王在半空中答應道：「小龍在此伺候。」行者道：「累你遠勞，不曾成得功果，且請回去，改日再謝。」龍王帥水族，泱泱而回，不在話下。

沙僧攙著行者，一同到松林之下坐定。少時間，卻定神順氣，止不住淚滴腮邊，又叫：「師父呵！

憶昔當年出大唐，巖前救我脫災殃。三山六水※16遭魔障，萬苦千辛割寸腸。

托鉢朝餐隨厚薄，參禪暮宿或林莊。一心指望成功果，今日安知痛受傷！」◎18

沙僧道：「哥哥，且休煩惱。我們早安計策，去那裏請兵助力，搭救師父耶。」行者道：「那裏請救麼？」沙僧道：「當初菩薩分付，著我等保護唐僧，他曾許我們叫天天應，叫地地應。那裏請救去？」行者道：「想老孫大鬧天宮時，那些神兵都禁不得我。這妖精神通不小，須是比老孫手段大些的，才降得他哩。天神不濟，地煞不能，若要拿此妖魔，須是去請觀音菩薩才好。奈何我皮肉酸麻，腰膝疼痛，駕不起觔斗雲，怎生請得？」八戒道：「有甚話分付，等我去請。」行者笑道：「也罷，你是去得。若見了菩薩，切休仰

※16 三山六水：地球表面水土山的大體比例爲三山六水一分田，這裏泛指取經的路程。

◎15. 此一火遂幾死行者，則火之猛毒可知。（周評）
◎16. 束手受困並無一點指望。（張評）
◎17. 撲按之法，眞可回生。（周評）
◎18. 讀火雲洞而不得其妙者，但看寒士求人，富翁放債，則知之矣。（張評）

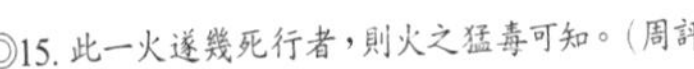

視，只可低頭禮拜。等他問時，你卻將地名、妖名說與他，再請救師父之事。他若肯來，定取擒了怪物。」八戒聞言，即便駕了雲霧，向南而去。

卻說那個妖王在洞裏歡喜道：「小的們，孫行者吃了虧去了。這一陣雖不得他死，好道也發個大昏。——咦，只怕他又請救兵來也！快開門，等我去看他請誰。」衆妖開了門，妖精就跳在空裏觀看，只見八戒往南去了。妖精想著南邊再無他處，斷然是請觀音菩薩，急按下雲，叫：「小的們，把我那皮袋尋出來。多時不用，只恐口繩不牢，與我換上一條，放在二門之下。等我去把八戒賺將回來，裝於袋內，蒸得稀爛，犒勞你們。」原來那妖精有一個如意的皮袋。衆小妖拿出來，換了口繩，安於洞門內不題。

卻說那妖王久居於此，俱是熟遊之地，他曉得那條路上南海去近，那條路去遠。他從那近路上，一駕雲頭，趕過了八戒，端坐在壁巖之上，變作一個「假觀世音」模樣，等候著八戒。◎19

那獃子正縱雲行處，忽然望見菩薩。他那裏識得真假？這才是見像作佛。獃子停雲下拜道：「菩薩，弟子豬悟能叩頭。」妖精道：「你不保唐僧去取經，卻見我有何事幹？」八戒道：「弟子因與師父行至中途，遇著號山枯松澗火雲洞，有個紅孩兒妖精，他把我師父攝了去。是弟子與師兄等尋上他門，與他交戰。他原來會放火，頭一陣，不曾得贏；第二陣，請龍王助雨，也不能滅火。師兄被他燒壞了，不能行動，著弟子來請菩薩。萬望垂慈，救我師父一難！」妖精道：「那火雲洞洞主，不是個傷生的，◎20一定是你們沖撞了他

也。」八戒道：「我不曾沖撞他，是師兄悟空沖撞他的。他變作一個小孩兒，吊在樹上，試我師父。師父甚有善心，教我解下來，著師兄馱他一程。是師兄摜了他一摜，他就弄風兒，把師父攝去了。」妖精道：「你起來，跟我進那洞裏見洞主，與你說個人情，你陪一個禮，把你師父討出來罷。」八戒道：「菩薩呀，若肯還我師父，就磕他一個頭也罷。」妖王道：「你跟來。」

那獃子不知好歹，就跟著他徑回舊路，卻不向南洋海，隨赴火雲門。頃刻間到了門首，妖精進去道：「你休疑忌。他是我的故人，你進來。」獃子只得舉步入門。眾妖一齊吶喊，將八戒捉倒，裝於袋內，束緊了口繩，高吊在馱梁之上。妖精現了本相，坐在當中道：「豬八戒，你有甚麼手段，就敢保唐僧取經，就敢請菩薩降我？你大睜著兩個眼，還不認得我是聖嬰大王哩。如今拿你，吊得三五日，蒸熟了賞賜小妖，權為案酒。」八戒聽言，在裏面罵道：「潑怪物！十分無禮！若論你百計千方，騙了我吃，管教你一個個遭腫頭天瘟！」獃子罵了又罵，嚷了又嚷，不題。

卻說孫大聖與沙僧正坐，只見一陣腥風刮面而過，他就打了一個噴嚏道：「不好，不好！這陣風凶多吉少，想是豬八戒走錯路也。」沙僧道：「他錯了路，不會問人？」行者道：「想必撞見妖精了。」◎21沙僧道：「撞見妖精，他不會跑回？」行者道：「不停當。你坐在這裏看守，等我跑過澗去打聽打聽。」沙僧道：「師兄

評點

◎19. 向日黑風山菩薩變妖精，此日火雲洞妖精變菩薩，未知孰眞孰幻。（周評）
◎20. 只怕討動帳比活閻羅更加二等。（張評）
◎21. 不是救難的菩薩，專一吃人的大王。（張評）

腰疼，只恐又著他手，等小弟去罷。」行者道：「你不濟事，還讓我去。」

好行者，咬著牙，忍著疼，捻著鐵棒，走過澗，到那火雲洞前，叫聲：「潑怪！」那把門的小妖，又急入裏報：「孫行者又在門首叫哩！」那妖王傳令叫拿，那夥小妖鎗刀簇擁，齊聲吶喊，即開門，都道：「拿住！拿住！」行者果然疲倦，不敢相迎，將身鑽在路旁，念個咒語叫：「變！」即變作一個銷金包袱。小妖看見，報道：「大王，孫行者怕了。只見說一聲『拿』字，慌得把包袱丟下，走了。」妖王笑道：「那包袱也無甚麼值錢之物，左右是和尚的破褊衫、舊帽子，背進來拆洗做補襯※17。」一個小妖果將包袱背進，不知是行者變的。行者道：「好了！這個銷金包袱，背著了！」那妖精不以為事，丟在門內。

好行者，假中又假，虛裏還虛：即拔一根毫毛，吹口仙氣，變作個包袱一樣；他的真身，卻又變作一個蒼蠅兒，釘在門樞上。只聽得八戒在那裏哼哩哼的，聲音不清，卻似一個瘟豬。行者嚶的飛了去尋時，原來他吊在皮袋裏也。行者釘在皮袋，又聽得他惡言惡語罵道妖怪長、妖怪短：「你怎麼

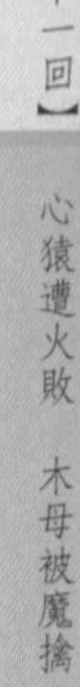

明代銅漆金善財童子像，首都博物館藏。可見紅孩兒的故事當時已經廣為流傳。（聶鳴／fotoe提供）

假變作個觀音菩薩，哄我回來，吊我在此，還說要吃我！有一日我師兄：

大展齊天無量法，滿山潑怪登時擒！解開皮袋放我出，築你千鈀方趁心！」

行者聞言，暗笑道：「這獃子雖然在這裏面受悶氣，卻還不倒了旗鎗※18。老孫一定要拿了此怪。若不如此，怎生雪恨！」

正欲設法拯救八戒出來，只聽那妖王叫道：「六健將何在？」時有六個小妖，是他知己的精靈，封為健將，都有名字：一個叫作雲裏霧，一個叫作霧裏雲，一個叫作急如火，一個叫作快如風，一個叫作興烘掀，一個叫作掀烘興◎22。六健將上前跪下，妖王道：「你們認得老大王家麼？」六健將道：「認得。」妖王道：「你與我星夜去請老大王來，說我這裏捉唐僧蒸與他吃，壽延千紀。」六怪領命，一個個廝拖廝扯，徑出門去了。行者嚶的一聲，飛下袋來，跟定那六怪，躲離洞中。畢竟不知怎的請來，且聽下回分解。

總批

篇中云：「肝水能生心火旺，心火致令脾土平。脾土生金金化水，水能生木徹通靈。生生化化皆因火，火遍長空萬物榮。」從此看來，病亦是火，藥亦是火。要知，要知。（李評）

悟一子曰：古仙云：「欲要情歸性，先教火返心；兩般成一物，遍地總黃金。」……孟子言直養浩然而無害，即調也，直也，定也，三昧之眞諦也。（陳評節錄）

悟元子曰：上回言心亂性迷，邪火妄動。此回言邪火作害，五行受傷也。篇首〈西江月〉一詞，極言修性之理，言淺而意深，所當細翫。……寫「火」一詩，備言邪火爲害，顯而易見，惟「生生化化皆因火，火遍長空萬物榮」之句，讀者未免生疑。殊不知天地絪縕，則爲眞火，能統五行而生萬物；陰陽乖戾，則爲邪火，能敗五行而傷生靈。此妖精之邪火，而非天地之眞火，眞爲邪用，眞亦不眞。（劉評節錄）

註

※17 補襯：殘破碎布。不能縫製成衣服，只能作打補釘、襯裏子用。

※18 旗鎗：借指氣概。

評點

◎22.好名字！（李評）

第四十二回

大聖殷懃拜南海　觀音慈善縛紅孩

話說那六健將出洞門，徑往西南上，依路而走。行者心中暗想道：「他要請老大王吃我師父，老大王斷是牛魔王。我老孫當年與他相會，真箇意合情投，交遊甚厚。◎1至如今我歸正道，他還是邪魔。◎2雖則久別，還記得他模樣，且等老孫變作牛魔王，哄他一哄，看是何如。」好行者，躲離了六個小妖，展開翅，飛向前邊，離小妖有十數里遠近，搖身一變，變作個牛魔王；拔下幾根毫毛，叫：「變！」即變作幾個小妖。在那山凹裏，駕鷹牽犬，搭弩張弓，充作打圍的樣子，等候那六健將。

那一夥廝拖廝扯，正行時，忽然看見牛魔王坐在中間，慌得興烘掀、掀烘興撲的跪下道：「老大王爺爺在這裏也。」那雲裏霧、霧裏雲、急如火、快如風都是肉眼凡胎，那裏認得真假，也就一同跪倒，磕頭道：「爺爺！小的們是火雲洞聖嬰大王處差來，請老大王爺爺去吃唐僧肉，壽延千紀哩。」行者借口答道：「孩兒們起來，同我回家去，換了衣服來也。」小妖叩頭道：「望爺爺方便，不消回府罷。路程遙遠，恐我大王見責，小的們就此請行。」行者笑道：「好乖兒女。也罷，也罷，向前開路，

《新說西遊記圖像》描繪第四十二回精采場景：紅孩兒坐的蓮臺突然化作刀尖，紅孩兒被亂刀穿體。（古版畫，選自《新說西遊記圖像》）

我和你去來。」六怪抖擻精神，向前喝路。大聖隨後而來。

不多時，早到了本處。快如風、急如火撞進洞裏，報：「大王，老大王爺爺來了。」妖王歡喜道：「你們卻中用，這等來的快。」即便叫各路頭目，擺隊伍，開旗鼓，迎接老大王爺爺。滿洞群妖遵依旨令，齊齊整整，擺將出去。這行者昂昂烈烈，挺著胸脯，把身子抖了一抖，卻將那架鷹犬的毫毛都收回身上。拽開大步，徑走入門裏，坐在南面當中。紅孩兒當面跪下，朝上叩頭道：「父王，孩兒拜揖。」行者道：「孩兒免禮。」◎3那妖王四大拜拜畢，立於下手。

行者道：「我兒，請我來有何事？」妖王躬身道：「孩兒不才，昨日獲得一人，乃東土大唐和尚。常聽得人講，他是一個十世修行之人，有人吃他一塊肉，壽似蓬瀛不老仙。愚男不敢自食，特請父王同享唐僧之肉，壽延千紀。」行者聞言，打了個失驚◎4道：「我兒，是那個唐僧？」妖王道：「是往西天取經的人也。」行者道：「我兒，可是孫行者師父麼？」妖王道：「正是。」行者擺手搖頭道：「莫惹他，莫惹他！◎5別的還好惹，孫行者是那樣人哩。我賢郎，你不曾會他，那猴子神通廣大，變化多端。他曾大鬧天宮，玉皇上帝差十萬天兵，佈下天羅地網，也不曾捉得他。你怎麼敢吃他師父！快早送出去還他，不要惹那猴子。他若打聽著你吃了他師父，他也不來和你打，他只把那金箍棒往山腰裏搠個窟窿，連山都掬了去。我兒，弄得你何處安身？教我倚靠何人養老！」◎6

妖王道：「父王說那裏話，長他人志氣，滅孩兒的威風。那孫行者共有兄弟三人，領

◎1. 好點綴。（李評）
◎2. 只此二語，便凜然有人獸之分。（周評）
◎3. 雖得做人父親，卻是變聖爲魔了。自尊大者著眼。（李評）
◎4. 好照管。（李評）
◎5. 猴極矣，妙絕。（李評）
◎6. 那知是自家賣弄。（李評）

唐僧在我半山之中，被我使個變化，將他師父攝來。他與那豬八戒當時尋到我的門前，講甚麼攀親托熟之言，被我怒髮沖天，與他交戰幾合，也只如此，不見甚麼高作※1。那豬八戒刺斜裏※2就來助戰，是孩兒吐出三昧真火，把他燒敗了一陣。◎7慌得他去請四海龍王助雨，又不能滅得我三昧真火，被我燒了一個小發昏，連忙著豬八戒去請南海觀音菩薩。是我假變觀音，把豬八戒賺來，見吊在如意袋中，也要蒸他與眾小的們吃哩。那行者今早又來我的門首吆喝，我傳令教拿他，慌得他把包袱都丟下走了。卻才去請父王來看看唐僧活像，方可蒸與你吃，延壽長生不老也。」

行者笑道：「我賢郎呵，你只知有三昧火贏得他，不知他有七十二般變化哩。」妖王道：「憑他怎麼變化，我也認得，諒他決不敢進我門來。」行者道：「我兒，你雖然認得他，他卻不變大的，如狼犺※3大象，恐進不得你門；他若變作小的，你卻難認。」◎8妖王道：「憑他變甚小的，我這裏每一層門上有四五個小妖把守，他怎生得入！」行者道：「你是不知。他會變蒼蠅、蚊子、虼蚤，或是蜜蜂、蝴蝶並蟭蟟蟲等項，又會變我模樣，你卻那裏認得？」妖王道：「勿慮，他就是鐵膽銅心，也不敢近我門來也。」

行者道：「既如此說，賢郎甚有手段，實是敵得他過，方來請我吃唐僧的肉。奈何我今日還不吃哩。」妖王道：「如何不吃？」行者道：「我近來年老，你母親常勸我作些善事。我想無甚作善，且持些齋戒。」◎9妖王道：「不知父王是長齋，是月齋？」行者道：「也不是長齋，也不是月齋，喚作『雷齋』，每月只該四日。」妖王問：「是那四日？」

行者道：「三辛逢初六。今朝是辛酉日，一則當齋，二來酉不會客。且等明日，我去親自刷洗蒸他，與兒等同享罷。」

那妖王聞言，心中暗想道：「我父王平日吃人為生，今活彀有一千餘歲，◎10怎麼如今又吃起齋來了？想當初作惡多端，這三四日齋戒，那裏就積得過來？◎11此言有假，可疑！可疑！」即抽身走出二門之下，叫六健將來問：「你們老大王是那裏請來的？」小妖道：「是半路請來的。」妖王道：「我說你們來的快。不曾到家麼？」小妖道：「是，不曾到家。」妖王道：「不好了！著了他假也。這不是老大王！」小妖一齊跪下道：「大王，自家父親也認不得？」◎12妖王道：「觀其形容動靜都像，只是言語不像；只怕著了他假，吃了人虧。你們都要仔細：會使刀的，刀要出鞘；會使鎗的，鎗要磨明；會使棍的使棍，會使繩的使

✦孫悟空變成牛魔王的模樣，與紅孩兒周旋。後者說自己捉到了東土大唐和尚，邀請父王一起吃。（朱寶榮繪）

註

※1高作：這裏借用來比喻武藝的高低，意指不見甚麼高明的地方。

※2刺斜裏：從旁邊的意思。

※3狼犺：淮安以及北方一帶的方言，意指物品大而無用。最早見於《世說新語》，當時是「高傲、戇直」的意思，此外，狼犺有各種不同寫法，如榔杭、榔槺等。

評點

◎7. 著眼。三昧眞火才燒得他敗。(李評)

◎8. 今人不認眞爺面孔，直一紅孩兒已哉！(李評)

◎9. 猴！從魔亦持齋，不魔不持齋。(李評)

◎10. 吃人爲生卻活一千餘歲，何怪盜跖之壽考令終也。(周評)

◎11. 吃三四日齋要折平日過惡，今人極多。(李評)

◎12. 著眼。須知誰是自己父親。(李評)

繩。待我再去問他，看他言語如何。若果是老大王，莫說今日不吃，明日不吃，便遲個月何妨！假若言語不對，只聽我哏的一聲，就一齊下手。」群魔各各領命訖。

這妖王復轉身到於裏面，對行者當面又拜。行者道：「孩兒，家無常禮，不須拜；但有甚話，只管說來。」妖王伏於地下道：「愚男一則請來奉獻唐僧之肉，二來有句話兒上請。我前日閑行，駕祥光，直至九霄空內，忽逢著祖延※4道齡張先生。」行者道：「可是做天師的張道齡麼？」妖王道：「正是。」行者問曰：「有甚話說？」妖王道：「他見孩兒生得五官周正，三停※5平等，他問我是幾年、那月、那日、那時出世。兒因年幼，記得不真。◎13先生子平※6精熟，要與我推看五星※7。今請父王，正欲問此。倘或下次再得會他，好煩他推算。」◎14行者聞言，坐在上面暗笑道：「好妖怪呀！老孫自歸佛果，保唐師父，一路上也捉了幾個妖精，不似這廝剋剝※8。他問我甚麼家長禮短、少米無柴的話說，我也好信口捏膿※9答他。他如今問我生年月日，我卻怎麼知道？」◎15好猴王，也十分乖巧：巍巍端坐中間，也無一些兒懼色，面上反喜盈盈的笑道：「賢郎請起。我因年老，連日有事不遂心懷，把你生時果偶然忘了。且等到明日回家，問你母親便知。」

妖王道：「父王把我八個字時常不離口論說，說我有同天不老之壽，怎麼今日一旦忘了？豈有此理！必是假的！」◎16哏的一聲，群妖鎗刀簇擁，望行者沒頭沒臉的劄來。這大聖使金箍棒架住了，現出本相，對妖精道：「賢郎，你卻沒理。那裏兒子好打爺的？」那妖王滿面羞慚，不敢回視。行者化金光，走出他的洞府。小妖道：「大王，孫行者走

了。」妖王道：「罷，罷，罷！讓他走了罷。我吃他這一場虧也！且關了門，莫與他打話，只來刷洗唐僧，蒸吃便罷。」

卻說那行者搴著鐵棒，呵呵大笑，自澗那邊而來。沙僧聽見，急出林迎著道：「哥呵，這半日方回，如何這等哂笑，想救出師父來也？」行者道：「兄弟，雖不曾救得師父，老孫卻得個上風來了。」◎17沙僧道：「甚麼上風？」行者道：「原來豬八戒被那怪假變觀音哄將回來，吊於皮袋之內。我欲設法救援，不期他著甚麼六健將去請老大王來吃師父肉。是老孫想著他老大王必是牛魔王，就變了他的模樣，充將進去，坐在中間。他叫父王，我就應他；他便叩頭，我就直受。著實快活！果然得了上風！」沙僧道：「哥呵，你便圖這般小便宜，恐師父性命難保。」◎18行者道：「不須慮，等我去請菩薩來。」沙僧道：「你還腰疼哩。」行者道：「我不疼了。古人云：『人逢喜事精神爽。』你看著行李、馬匹，等我去。」沙僧道：「你置下仇了，恐他害我師父。你須快去快來。」行者道：「我來得快，只消頓飯時，就回來矣。」

註

※4 祖延：延，應爲「庭」字的刊誤。道教稱道祖講經傳道的地方叫「祖庭」。

※5 三停：面相家的迷信說法：認爲人的頭部額（天上停）、鼻（人中停）、下頦（地下停）三個部分的距離叫三停，有說三停相等，就可以富貴壽考。

※6 子平：宋徐子平精通星命之術，後因以子平指稱星命之學。

※7 五星：五星指的是歲星（木星）、熒惑星（火星）、太白星（金星）、辰星（水星）、鎮星。五星又稱五曜，加上日、月，合稱七曜。這裏是一種命理學，據說張果老撰寫了《星宗》一書。然自民國以來，欽天監改爲中央觀象臺，七政四餘檯曆以及量天尺，無人推算，此道根本無從著手，恐將日就淹滅。所餘子平一派，尚有線索可尋。此中舊籍，首推《滴天髓》與《子平眞詮》二書最爲完備精審。

※8 剋剝：同剋薄，剋扣剝削的意思。

※9 揑臟：就是揑造、含糊、說假話。

評點

◎13. 幻極。此兒卻也來得。（李評）
◎14. 眞是敵手。（李評）
◎15. 畫他心事。（李評）
◎16. 好狠對手。（李評）

◎17. 略得便宜輒喜不自勝。（張評）
◎18. 見小利自然作大事不成。（張評）

好大聖，說話間躲離了沙僧，縱觔斗雲，徑投南海。在那半空裏，那消半個時辰，望見普陀山景。須臾，按下雲頭，直至落伽崖上。端肅正行，只見二十四路諸天迎著道：「大聖，那裏去？」行者作禮畢，道：「要見菩薩。」諸天道：「少停，容通報。」時有鬼子母諸天來潮音洞外報道：「菩薩得知，孫悟空特來參見。」菩薩聞報，即命進去。大聖斂衣皈命※[10]，捉定步，徑入裏邊，見菩薩倒身下拜。菩薩道：「悟空，你不領金蟬子西方求經去，卻來此何幹？」行者道：「上告菩薩，弟子保護唐僧前行，至一方，乃號山枯松澗火雲洞。有一個紅孩兒妖精，喚作聖嬰大王，◎[19]把我師父攝去。是弟子與豬悟能等尋至門前，與他交戰。他放出三昧火來，我等不能取勝，救不出師父。急上東洋大海，請到四海龍王，施雨水，又不能勝火，把弟子都燻壞了，幾乎喪了殘生。」◎[20]菩薩道：「既他是三昧火，神通廣大，怎麼去請龍王，不來請我？」行者道：「本欲來的，只是弟子被烟燻了，不能駕雲，卻教豬八戒來請菩薩。」菩薩道：「悟能不曾來呀。」行者道：「正是。未曾得到寶山，被那妖精假變作菩薩模樣，把豬八戒又賺入洞中，現吊在一個皮袋裏，也要蒸吃哩。」

菩薩聽說，心中大怒◎[21]道：「那潑妖敢變我的模樣！」恨了一聲，將手中寶珠淨瓶往海心裏撲的一攛。◎[22]諕得那行者毛骨竦然，即起身侍立下面，道：「這菩薩火性不退，◎[23]好是怪老孫說的話不好，

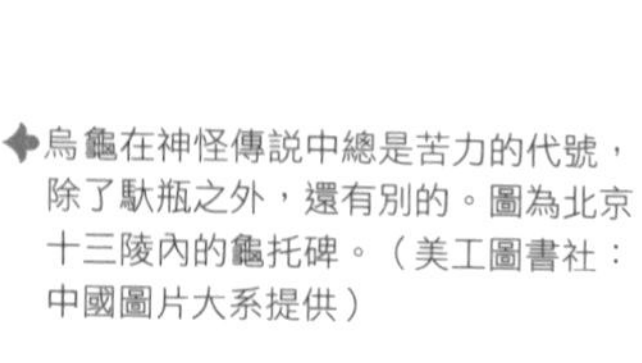

✦烏龜在神怪傳說中總是苦力的代號，除了馱瓶之外，還有別的。圖為北京十三陵內的龜托碑。（美工圖書社：中國圖片大系提供）

壞了他的德行，就把淨瓶摜了。可惜，可惜！早知送了我老孫，卻不是一件大人事？」說不了，只見那海當中翻波跳浪，鑽出個瓶來。原來是一個怪物馱著出來。行者仔細看那馱瓶的怪物，怎生模樣：

根源出處號幫泥※11，水底增光獨顯威。
世隱能知天地性，安藏偏曉鬼神機。
藏身一縮無頭尾，展足能行快似飛。
文王畫卦曾元卜※12，常納庭臺伴伏羲※13。
雲龍透出千般俏，號水推波把浪吹。
條條金線穿成甲，點點裝成彩玳瑁。
九宮八卦袍披定，散碎鋪遮綠燦衣。
生前好勇龍王幸，死後還馱佛祖碑。
要知此物名和姓，興風作浪惡烏龜。◎24

那龜馱著淨瓶，爬上崖邊，對菩薩點頭二十四點，權為二十四拜。行者見了，暗笑道：「原來是看瓶的。想是不見瓶，就問他要。」菩薩道：「悟空，你在下面說甚麼？」行者

觀音把淨瓶扔下大海。圖為清康熙時期的青花松鶴紋觀音瓶。（莫健超／fotoe提供）

註

※10 皈命：本是皈心，或把一切歸於命運，這裏指收斂儀容的意思。

※11 幫泥：中國古代神話傳說：當禹王治水時，黃龍曳尾在前，玄龜負青泥在後相助，所以「幫泥」爲龜的代稱。

※12 曾元卜：曾元爲孔子弟子曾參的兒子，善於卜卦。

※13 伏羲：一作宓羲、庖羲、伏犧，亦稱義皇。一說伏羲即太昊，本姓風；傳說他有聖德，像日月之明，故稱太昊。乃神話中華夏民族的始祖。

評點

◎19. 誰聖不嬰，誰嬰不聖？（李評）
◎20. 著眼。今人誰不被火燒卻？可憐！可憐！（李評）
◎21. 菩薩也大怒，大怒便不是菩薩。（李評）
◎22. 吾道一以摜（貫）之。（周評）
◎23. 著眼。火性不退，佛性自退矣。（李評）
◎24. 藏得妙。偏是惡烏龜要興風作浪。（李評）

道：「沒說甚麼。」菩薩教：「拿上瓶來。」這行者即去拿瓶。——唉！莫想拿得他動。好便似蜻蜓撼石柱，怎生搖得半分毫？行者上前跪下道：「菩薩，弟子拿不動。」菩薩道：「你這猴頭，只會說嘴。瓶兒你也拿不動，怎麼去降妖縛怪？」行者道：「不瞞菩薩說，平日拿得動，今日拿不動。想是吃了妖精虧，筋力弱了。」菩薩道：「常時是個空瓶，如今是淨瓶拋下海去，這一時間，轉過了三江五湖、八海四瀆、溪源潭洞之間，共借了一海水在裏面。你那裏有架海的斤量？此所以拿不動也。」行者合掌道：「是，弟子不知。」

那菩薩走上前，將右手輕輕的提起淨瓶，托在左手掌上。只見那龜點點頭，鑽下水去了。行者道：「原來是個養家看瓶的夯貨！」菩薩坐定道：「悟空，我這瓶中甘露水漿，比那龍王的私雨不同，能滅那妖精的三昧火。待要與你拿了去，你卻拿不動；待要著善財龍女與你同去，你卻又不是好心，專一只會騙人。你見我這龍女貌美，淨瓶又是個寶物，你假若騙了去，卻那有工夫又來尋你？你須是留些甚麼東西作當。」行者道：「可憐，菩薩這等多心！我弟子自秉沙門，一向不幹那樣事了。你教我留些當頭，卻將何物？我身上這件錦布直裰，還是你老人家賜的。這條虎皮裙子，能值幾個銅錢？這根鐵棒，早晚卻要護身。但只是頭上這個箍兒，是個金的，卻又被你弄了個方法兒長在我頭上，取不下來；你今要當頭，情願將此為當。你念個《鬆箍兒咒》，將此除去罷。不然，將何物為當？」菩薩道：「你好自在啊！我也不要你的衣服、鐵棒、金箍，只將你那腦後救命的毫毛拔一根與我作當罷。」行者道：「這毫毛，也是你老大人家與我的。但恐拔下一根，就拆破群了，又不能救我性命。」菩薩罵道：「你這猴子！你便一毛也不拔，教我這善財也難捨。」◎25行者笑道：「菩薩，你卻也多疑。正是『不看僧面看佛面』，千萬救我師父一難罷！」那菩薩：

逍遙欣喜下蓮臺，雲步香飄上石崖。只為聖僧遭障害，要降妖怪救回來。

孫大聖十分歡喜，請觀音出了潮音仙洞。◎26諸天大神都列在普陀巖上。菩薩道：「悟空，過海。」行者躬身道：「請菩薩先行。」菩薩道：「你先過去。」行者磕頭道：「弟子不敢在菩薩面前施展。若駕觔斗雲呵，掀露身體，恐菩薩怪我不敬。」菩薩聞言，即著善財龍女去蓮花池裏，劈一瓣蓮花，拖在石巖下邊水上，教行者：「你上那蓮花瓣兒，我渡你過海。」行者見了道：「菩薩，這花瓣兒又輕又薄，如何載得我起！這一躧翻跌下水去，卻不濕了虎皮裙？走了硝，天冷怎穿！」菩薩喝道：「你且上去看！」行者不敢推辭，捨命往上跳。果然先見輕小，到上面比海船還大三分。行者歡喜道：「菩薩，載得我了。」◎27菩薩道：「既載得，如何不過去？」行者道：「又沒了篙、槳、篷、桅，怎生得過？」菩薩道：「不用。」只把他一口氣吹開吸攏，又著實一口氣，吹過南洋苦海，得登彼岸。行者卻腳躧實地，笑道：「這菩薩賣弄神通，把老孫這等呼來喝去，全不費力也！」

那菩薩分付概眾諸天各守仙境，著善財龍女閉了洞門。他卻縱祥雲，躲離普陀巖，到那邊叫：「惠岸何在？」惠岸——乃托塔李天王第二個太子，俗名木叉是也。——乃菩薩

評點

◎25. 著眼。菩薩說趣話。（李評）
◎26. 菩薩此日出行，一定宜進人口。（周評）
◎27. 此心清靜，自然不作妄想。（張評）

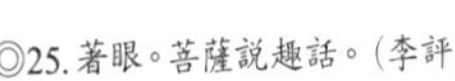

親傳授的徒弟，不離左右，稱為護法惠岸行者。惠岸即對菩薩合掌伺候。菩薩道：「你快上界去，見你父王，問他借天罡刀來一用。」惠岸道：「師父用著幾何？」菩薩道：「全副都要。」惠岸領命，即駕雲頭，徑入南天門裏，到雲樓宮殿，見父王下拜。天王見了，問：「兒從何來？」木叉道：「師父是孫悟空請來降妖，著兒拜上父王，將天罡刀借了一用。」天王即喚哪吒將刀取三十六把，遞與木叉。木叉對哪吒說：「兄弟，你回去多拜上母親：我事緊急，等送刀來再磕頭罷。」忙忙相別，按落祥光，徑至南海，將刀捧與菩薩。

菩薩接在手中，抛將去，念個咒語，只見那刀化作一座千葉蓮臺。菩薩縱身上去，端坐在中間。行者在旁暗笑道：「這菩薩省使儉用。那蓮花池裏有五色寶蓮臺，捨不得坐將來，卻又問別人去借。」菩薩道：「悟空休言語，跟我來也。」卻才都駕著雲頭，離了海上。白鸚哥展翅前飛，孫大聖與惠岸隨後。

頃刻間，早見一座山頭。行者道：「這山就是號山了。從此處到那妖精門首，約摸有四百餘里。」菩薩聞言，即命住下祥雲，在那山頭上念一聲「唵」字咒語，只見那山左山右走出許多神鬼，卻乃是本山土地衆神，都到菩薩寶蓮座下磕頭。菩薩道：「汝等俱莫驚張，我今來擒此魔王。你與我把這團圍打掃乾淨，要三百里遠近地方，不許一個生靈在地。將那窩中小獸，窟內雛蟲，都送在巔峰之上安生。」衆神遵依而退。須臾間，又來回覆。菩薩道：「既然乾淨，俱各回祠。」遂把淨瓶扳倒，唿喇喇傾出水來，◎28就如雷響。

真箇是：

漫過山頭，沖開石壁。漫過山頭如海勢，沖開石壁似汪洋。黑霧漲天全水氣，滄波影日幌寒光。遍崖沖玉浪，滿海長金蓮。菩薩大展降魔法，袖中取出定身禪。化作落伽仙景界，真如南海一般般。秀蒲挺出曇花嫩，香草舒開貝葉鮮。紫竹幾竿鸚鵡歇，青松數簇鷓鴣喧。萬疊波濤連四野，只聞風吼水漫天。◎29

孫大聖見了，暗中讚嘆道：「果然是一個大慈大悲的菩薩！若老孫有此法力，將瓶兒望山一倒，管甚麼禽獸蛇蟲哩。」菩薩叫：「悟空，伸手過來。」行者即忙斂袖，將左手伸出。菩薩拔楊柳枝，蘸甘露，把他手心裏寫一個「迷」字，◎30教他：「捏著拳頭，快去與那妖精索戰，許敗不許勝。敗將來我這跟前，我自有法力收他。」

行者領命，返雲光，徑來至洞口。一隻手使拳，一隻手使棒，高叫道：「妖怪開門！」那些小妖又進去報道：「孫行者又來了！」妖王道：「緊關了門，莫睬他！」行者叫道：「好兒子！把老子趕在門外，還不開門！」小妖又報道：「孫行者罵出那話兒來了！」妖王只教：「莫睬他！」行者叫兩次，見不開門，心中大怒，舉鐵棒將門一下，打了一個窟窿。慌得那小妖跌將進去道：「孫行者打破門了！」妖王見報幾次，又聽說打破前門，急縱身跳將出去，挺長鎗，對行者罵道：「這猴子，老大不識起倒！我讓你得些便宜，你還不知盡足，又來欺我！打破我門，你該個甚麼罪

評點

◎28. 此是甘霖普濟，並非損人利己。（張評）
◎29. 下文好知，已兆於此。（張評）
◎30. 既已見妖怪矣，又迷些恁來？（李評）

✦海中一個怪物馱著一只瓶出來，原來是觀音的淨瓶。（古版畫，選自李卓吾批評本《西遊記》）

名？」行者道：「我兒，你趕老子出門，你該個甚麼罪名？」

那妖王羞怒，綽長鎗，劈胸便刺；這行者舉鐵棒，架隔相還。一番搭上手，鬥經四五個回合，行者捏著拳頭，拖著棒，敗將下來。那妖王立在山前道：「我要刷洗唐僧去哩。」行者道：「好兒子，天看著你哩※14。你來！」那妖精聞言，愈加嗔怒，喝一聲，趕到面前，挺鎗又刺。這行者輪棒，又戰幾合，敗陣又走。那妖王罵道：「猴子，你在前有二三十合的本事，你怎麼如今正鬥時就要走了，何也？」行者笑道：「賢郎，老子怕你放火。」◎31妖精道：「我不放火了，你上來。」行者道：「既不放火，走開些，好漢子莫在家門前打人。」那妖精不知是詐，真箇舉鎗又趕。行者拖了棒，放了拳頭。那妖王著了迷亂，只情追趕。前走的如流星過度，後走的如弩箭離弦。

不一時，望見那菩薩了。行者道：「妖精，我怕你了，你饒我罷。你如今趕至南海觀音菩薩處，怎麼還不回去？」那妖王不信，咬著牙，只管趕來。行者將身一幌，藏在那菩薩的神光影

裏。這妖精見沒了行者，走近前，睜圓眼，對菩薩道：「你是孫行者請來的救兵麼？」菩薩不答應。妖王拈轉長鎗，喝道：「咄！你是孫行者請來的救兵麼？」菩薩也不答應。妖精望菩薩劈心刺一鎗來，那菩薩化道金光，徑走上九霄空內。行者跟定道：「菩薩，你好欺伏我罷了。那妖精再三問你，你怎麼推聾裝啞，不敢做聲？被他一鎗搠走了，卻把那個蓮臺都丟下耶！」菩薩只教：「莫言語，看他再要怎的。」此時行者與木叉俱在空中，並肩同看。只見那妖呵呵冷笑道：「潑猴頭，錯認了我也！他不知把我聖嬰當作個甚人。幾番家戰我不過，又去請個甚麼膿包菩薩來，卻被我一鎗搠得無形無影去了，又把個寶蓮臺兒丟了。且等我上去坐坐。」好妖精，他也學菩薩盤手盤腳的，坐在當中。行者看見道：「好，好，好！蓮花臺兒好送人了！」菩薩道：「悟空，你又說甚麼？」行者道：「說甚，說甚？蓮臺送了人了！那妖精坐放臀下，終不得你還要哩？」菩薩道：「正要他坐哩。」行者道：「他的身軀小巧，比你還坐得穩當。」菩薩叫：「莫言語，且看法力。」

他將楊柳枝往下指定，叫一聲：「退！」只見那蓮臺花彩俱無，祥光盡散，原來那妖王坐在刀尖之上。◎32即命木叉：「使降妖杵，把刀柄兒打打去來。」那木叉按下雲頭，將降魔杵如築牆一般，築了有千百餘下。◎33那妖精，穿通兩腿刀尖出，血流成汪皮肉開。好怪物，你看他咬著牙，忍著疼，且丟了長鎗，用手將刀亂拔。行者卻道：「菩薩呵，那怪物不怕疼，還拔刀哩。」菩薩見了，喚上木叉：「且莫傷他生命。」卻又把楊柳枝垂下，

註

※14 「天看著你哩」：咒詛話語，說上天看到人做了惡事，會用雷打懲罰。

評點

◎31. 趣甚，妙甚！小說家決不可無此。（李評）
◎32. 刀化蓮臺，蓮臺又化刀，神通遊戲，如是，如是。（周評）
◎33. 此處又趣，看頑童妙甚！（李評）

念聲「唵」字咒語，那天罡刀都變作倒鬚鈎兒，狼牙一般，莫能褪得。那妖精卻才慌了，扳著刀尖，痛聲苦告道：「菩薩，我弟子有眼無珠，不識你廣大法力。千乞垂慈，饒我性命！再不敢恃惡，願入法門戒行也。」

菩薩聞言，卻與二行者、白鸚哥低下金光，到了妖精面前，問道：「你可受吾戒行麼？」妖王點頭滴淚道：「若饒性命，願受戒行。」菩薩道：「你可入我門麼？」妖王道：「果饒性命，願入法門。」菩薩道：「既如此，我與你摩頂受戒。」就袖中取出一把金剃頭刀兒，近前去，把那怪分頂剃了幾刀，剃作一個太山壓頂，與他留下三個頂搭，挽起三個窩角揪兒。行者在旁笑道：「這妖精大晦氣！弄得不男不女，不知像個甚麼東西！」◎34菩薩道：「你今既受我戒，我卻也不慢你，稱你作善財童子，如何？」◎35那妖點頭受持，只望饒命。菩薩卻用手一指，叫聲：「退！」撞的一聲，天罡刀都脫落塵埃，那童子身軀不損。菩薩叫：「惠岸，你將刀送上天宮，還你父王。莫來接我，先到普陀巖會衆諸天等候。」那木叉領命，送刀上界，回海不題。

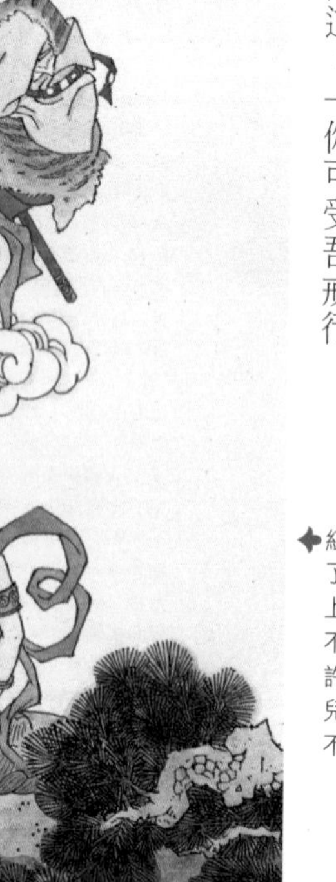

◆紅孩兒見觀音菩薩走了，便自己坐到蓮臺上。正在得意之時，不想蓮臺中突然伸出許多尖刀，插入紅孩兒的身體，讓他動彈不得。（孟慶江繪）

卻說那童子野性不定，見那腿疼處不疼，臀破處不破，頭挽了三個揪兒，他走去綽起長鎗，望菩薩道：「那裏有甚真法力降我，原來是個掩樣術法兒！不受甚戒，看鎗！」望菩薩劈臉刺來。恨得個行者輪鐵棒要打，菩薩只叫：「莫打，我自有懲治。」卻又袖中取出一個金箍兒來，道：「這寶貝原是我佛如來賜我往東土尋取經人的『金、緊、禁』三個箍兒。緊箍兒，先與你戴了；禁箍兒，收了守山大神；這個金箍兒，未曾捨得與人，今觀此怪無禮，與他罷。」好菩薩，將箍兒迎風一幌，叫聲：「變！」即變作五個箍兒，望童子身上抛了去，喝聲：「著！」一個套在他頭頂上，兩個套在他左右手上，兩個套在他左右腳上。菩薩道：「悟空，走開些，等我念念《金箍兒咒》。」行者慌了道：「菩薩呀，請你來此降妖，如何卻要咒我？」菩薩道：「這篇咒，不是《緊箍兒咒》咒你的，是《金箍兒咒》，咒那童子的。」行者卻才放心，緊隨左右，聽得他念咒。菩薩捻著訣，默默的念了幾遍，那妖精搓耳揉腮，攢蹄打滾。正是：

一句能通遍沙界，廣大無邊法力深。

畢竟不知那童子怎的皈依，且聽下回分解。

總批

篇中云：「作惡多端，這三四日齋戒，那裏就積得過來？」此處極可提醒佛口蛇心的齋公。又云：「你便一毫不拔，教我這善財難捨。」此處極可提醒白手抄化的和尚。（李評）

悟一子曰：性者，大命也，命其與天同大，命其與天同久，命其由我不由天。……人能率性，即是持中，即是眞如，即是金丹、聖人、仙佛了也。（陳評節錄）

悟元子曰：上回言火性飛揚，亢陽爲害之由。此回言靜觀密察，改邪歸正之功。篇首「行者暗想當年與牛魔王情同意合，如今我歸正道，他還是邪魔」。是明示邪火妄動，皆由根本處不清，根本若清，火自何來？……噫！無窮野性歸靜定，多少頑心化善報。此提綱「觀音慈善縛紅孩」之旨。……學者若能於「慈善」二字悟得透徹，眞是「片言能識恆沙界，廣大無邊法力深」。（劉評節錄）

評點

◎34. 不男不女，是個頑童。（李評）

◎35. 龍女既稱善財，童子又稱善財，何菩薩之多財也。（周評）

第四十三回 黑河妖孽擒僧去　西洋龍子捉鼉回◎1

卻說那菩薩念了幾遍，卻才住口，那妖精就不疼了。又正性起身看處，頸項裏與手足上都是金箍，◎2勒得疼痛，便就除那箍兒時，莫想褪得動分毫。◎3這寶貝已此是見肉生根，越抹越痛。行者笑道：「我那乖乖，菩薩恐你養不大，與你戴個頸圈鐲頭※1哩。」那童子聞此言，又生煩惱，就此綽起鎗來，望行者亂刺。行者急閃身，立在菩薩後面，叫：「念咒！念咒！」那菩薩將楊柳枝兒，蘸了一點甘露，◎4灑將去，叫聲：「合！」只見他丟了鎗，一雙手合掌當胸，再也不能開放。至今留了一個「觀音扭」，即此意也。那童子開不得手，拿不得鎗，方知是法力深微，沒奈何，才納頭下拜。

菩薩念動真言，把淨瓶敧倒，將那一海水依然收去，更無半點存留。◎5對行者道：「悟空，這妖精已是降了，卻只是野心不定，等我教他一步一拜，只拜到落伽山，方才收法。你如今快早去洞中，救你師父去來！」行者轉身叩頭道：「有勞菩薩遠涉，弟子當送一程。」菩薩道：「你不消送，恐怕誤了你師父性命。」行者聞言，歡喜叩別。那妖精早歸了正果，

◆《新說西遊記圖像》描繪第四十三回精采場景：摩昂太子用三稜簡打中妖精右臂，眾海兵一擁上前，捉住了妖怪。（古版畫，選自《新說西遊記圖像》）

五十三參※2，參拜觀音。

且不題善菩薩收了童子。卻說那沙僧久坐林間，盼望行者不到，將行李捎在馬上，一隻手執著降妖寶杖，一隻手牽著繮繩，出松林向南觀看，只見行者欣喜而來。沙僧迎著道：「哥哥，你怎麼去請菩薩，此時才來？焦殺我也！」行者道：「你還做夢哩。老孫已請了菩薩，降了妖怪。」行者卻將菩薩的法力，備陳了一遍。沙僧十分歡喜道：「救師父去也！」

他兩個才跳過澗去，撞到門前，拴下馬匹，舉兵器齊打入洞裏，剿淨了群妖，解下皮袋，放出八戒來。那獃子謝了行者道：「哥哥，那妖精在那裏？等我去築他幾鈀，出出氣來！」行者道：「且尋師父去。」

三人徑至後邊，只見師父赤條條捆在院中哭哩。沙僧連忙解繩，行者即取衣服穿上。三人跪在面前道：「師父吃苦了。」三藏謝道：「賢徒啊，多累你等。怎生降得妖魔也？」行者又將請菩薩、收童子之言，備陳一遍。三藏聽得，即忙跪下，朝南禮拜。行者道：「不消謝他，轉是我們與他作福，收了一個童子。」如今說童子拜觀音，五十三參，參參見佛，即此是也。◎6——教沙僧將洞內寶物收了。且尋米糧，安排齋飯，管待了師父。那長老得性命，全虧孫大聖；取真經，只靠美猴精。師徒們出洞來，攀鞍上馬，找大

註

※1 頸圈鐲頭：民間傳說嬰兒戴了刻有「長命百歲」的項圈、鐲頭，就可以長壽。

※2 五十三參：《華嚴經》中提到的一種修煉方法，相傳是善財童子所傳，因此叫善財童子五十三參。

評點

◎1.《西遊》以五行證道，其言山，則有黑風山、黃風洞、白虎嶺、火雲洞、青龍山等；而於水，則僅見一黑水河。其因且聽下回分解。（周評節錄）

◎2.金生水，此黑水河之所由來也。（張評）

◎3.菩薩的眞言還有何移動，然人未必盡是眞言也。（張評）

◎4.人不肯信菩薩，亦大費唾沫。（張評）

◎5.放水不難，收水爲難。收海中之水不難，收山上之水爲難。如此神通，合讓菩薩。（周評）

◎6.引證古典寫意，尤爲奇絕。（張評）

路，篤志投西。

行經一個多月，忽聽得水聲振耳。三藏大驚道：「徒弟呀，又是那裏水聲？」行者笑道：「你這老師父忒也多疑，◎7做不得和尚。我們一同四眾，偏你聽見甚麼水聲。你把那《多心經》又忘了也？」唐僧道：「《多心經》乃浮屠山烏巢禪師口授，共五十四句，二百七十個字。我當時耳傳，至今常念，你知我忘了那句兒？」行者道：「老師父，你忘了『無眼耳鼻舌身意』。我等出家人，眼不視色，耳不聽聲，鼻不嗅香，舌不嘗味，身不知寒暑，意不存妄想，如此謂之祛褪六賊。你如今為求經，念念在意，怕妖魔不肯捨身，要齋吃動舌，喜香甜嗅鼻，聞聲音驚耳，睹事物凝眸，招來這六賊紛紛，怎生得西天見佛？」◎8三藏聞言，默然沉慮道：「徒弟呵，我

一自當年別聖君，奔波晝夜甚慇懃。芒鞋踏破山頭霧，竹笠衝開嶺上雲。
夜靜猿啼殊可嘆，月明鳥噪不堪聞。何時滿足三三行，得取如來妙法文！」◎9

行者聽畢，忍不住鼓掌大笑道：「這師父原來只是思鄉難息。◎10若要那三三行滿，有何難哉！常言道：『功到自然成』哩。」八戒回頭道：「哥呵，若照依這般魔障凶高，就走上一千年也不得成功！」沙僧道：「二哥，你和我一般拙口鈍腮，◎11不要惹大哥熱擦※3。且只捱肩磨擔，終須有日成功也。」

師徒們正話間，腳走不停，馬蹄正疾，見前面有一道黑水滔天，馬不能進。四眾停立岸邊，仔細觀看。但見那：

層層濃浪，疊疊渾波。層層濃浪翻烏潦，疊疊渾波捲黑油。近觀不照人身影，遠望難尋樹木形。滾滾一地墨，滔滔千里灰。水沫浮來如積炭，浪花飄起似翻煤。牛羊不飲，鴉鵲難飛。牛羊不飲嫌深黑，鴉鵲難飛怕渺瀰※4。只是岸上蘆蘋知節令，灘頭花草鬥青奇。

湖泊江河天下有，溪源澤洞世間多。人生皆有相逢處，誰見西方黑水河？

唐僧下馬道：「徒弟，這水怎麼如此渾黑？」◎12八戒道：「是那家潑了靛缸了。」沙僧道：「不然，是誰家洗筆硯哩。」行者道：「你們且休胡猜亂道，且設法保師父過去。」八戒道：「這河若是老豬過去不難，或是駕了雲頭，或是下河負水，不消頓飯時，我就過去了。」沙僧道：「若教我老沙，也只消縱雲躧水，頃刻而過。」行者道：「我等容易，只是師父難哩。」三藏道：「徒弟呵，這河有多少寬麼？」八戒道：「約摸有十來里寬。」三藏道：「你三個計較，著那個馱我過去罷。」行者道：「八戒馱得。」八戒道：「不好馱。若是馱著騰雲，三尺也不能離地。常言道：『背凡人重若丘山。』若是馱著負水，轉連我墜下水去了。」

師徒們在河邊正都商議，只見那上溜頭，有一人棹下一隻小船兒來。唐僧喜道：「徒弟，有船來了。叫他渡我們過去。」沙僧厲聲高叫道：「棹船的，來渡人！來渡人！」船上人道：「我不是渡船，如何渡人？」沙僧道：「天上人間，方便第一。你雖不是渡船，

註

※3 熱擦：發怒、發火。

※4 渺瀰：水流曠遠的樣子。

評點

◎7. 疑則不信，是從反面一挑。(張評)

◎8. 如此說經，方是眞實了義，不比俗僧口頭禪。(周評)

◎9. 怕路遠難成，便是不好學的眞病。(張評)

◎10. 不止不好學，信道亦不篤矣。(張評)

◎11. 好個石將軍，就是搗鬼話的祖師。(張評)

◎12. 心爲物蔽，焉得不黑。淵頭不清，便已反照定下意。(張評)

我們也不是常來打攪你的。我等是東土欽差取經的佛子，你可方便方便，渡我們過去，謝你。」那人聞此言，卻把船兒棹近岸邊，扶著槳道：「師父呵，我這船小，你們人多，怎能全渡？」三藏近前看了，那船兒原來是一段木頭刻的，中間只有一個艙口，只好坐下兩個人。三藏道：「怎生是好？」沙僧道：「這般呵，兩遭兒渡罷。」八戒就使心術，要躲懶討乖，道：「悟淨，你與大哥在這邊看著行李、馬匹，等我保師父先過去，卻再來渡馬。教大哥跳過去罷。」行者點頭道：「你說得是。」

那獃子扶著唐僧，那梢公撐開船，舉棹沖流，一直而去。方才行到中間，只聽得一聲響喨，捲浪翻波，遮天迷目。那陣狂風十分利害！好風：

當空一片炮雲起，中溜千層黑浪高。
兩岸飛沙迷日色，四邊樹倒振天號。
翻江攪海龍神怕，播土揚塵花木凋。
呼呼響若春雷吼，陣陣兇如餓虎哮。
蟹鱉魚蝦朝上拜，飛禽走獸失窩巢。
五湖船戶皆遭難，四海人家命不牢。
溪內漁翁難把鈎，河間梢子怎撐篙？
揭瓦翻磚房屋倒，驚天動地泰山搖。

這陣風，原來就是那棹船人弄的。他本是黑水

豬八戒扶著唐僧先上了小木船，往河中而去。不想方行到中間，只聽得一聲巨響，河面起了大風，小船一下沉在水中。（古版畫，選自李卓吾批評本《西遊記》）

河中怪物。眼看著那唐僧與豬八戒，連船兒淬在水裏，無影無形，不知攝了那方去也。

這岸上，沙僧與行者心慌道：「怎麼好？老師父步步逢災，才脫了魔障，幸得這一路平安，又遇著黑水迍邅※5！」沙僧道：「莫是翻了船？我們往下溜頭找尋去。」行者道：「不是翻船。若翻船，八戒會水，他必然保師父，負水而出。我才見那個棹船的有些不正氣，想必就是這廝弄風，把師父拖下水去了。」沙僧聞言道：「哥哥何不早說？你看著馬與行李，等我下水找尋去來。」行者道：「這水色不正，恐你不能去。」沙僧道：「這水比我那流沙河如何？去得，去得！」

好和尚，脫了褊衫，札抹了手腳，輪著降妖寶杖，撲的一聲，分開水路，鑽入波中，大搭步行將進去。正走處，只聽得有人言語。沙僧閃在旁邊，偷睛觀看，那壁廂有一座亭臺，臺門外橫封了八個大字，乃是「衡陽峪黑水河神府」。◎13又聽得那怪物坐在上面道：「一向辛苦，今日方能得物。這和尚乃十世修行的好人，但得吃他一塊肉，便做長生不老人。我為他也等彀多時，今朝卻不負我志。」教：「小的們！快把鐵籠抬出來，將這兩個和尚囫圇蒸熟，具東去請二舅爺來，與他暖壽。」◎14沙僧聞言，按不住心頭火起，掣寶杖將門亂打，口中罵道：「那潑物，快送我唐僧師父與八戒師兄出來！」諕得那門內妖邪急跑去報：「禍事了！」老怪問：「甚麼禍事？」小妖道：「外面有一個晦氣色臉的和尚，打著前門罵，要人哩。」

註

※5 迍邅：音諄沾。路難行不進的樣子，這裏指艱險。

評點

◎13. 以黑水河而有衡陽峪，亦是陰中有陽。（周評）
◎14. 必待和尚而後暖壽，萬一和尚不來，舅爺處不缺典乎？（周評）

那怪聞言，即喚取披掛。小妖抬出披掛，老妖結束整齊，手提一根竹節鋼鞭，走出門來，真箇是兇頑毒像。但見：

方面圜睛霞彩亮，捲唇巨口血盆紅。
幾根鐵線稀髯擺，兩鬢硃砂亂髮蓬。
形似顯靈眞太歲，貌如發怒狠雷公。
身披鐵甲團花燦，頭戴金盔嵌寶濃。
竹節鋼鞭提手內，行時滾滾拽狂風。
生來本是波中物，脫去原流變化兇。
要問妖邪眞姓字，前身喚作小鼉龍。

那怪喝道：「是甚人在此打我門哩？」沙僧道：「我把你個無知的潑怪！你怎麼弄玄虛，變作梢公，架船將我師父攝來？◎15快早送還，饒你性命！」那怪呵呵笑道：「這和尚不知死活！你師父是我拿了，如今要蒸熟了請人哩。你上來，與我見個雌雄！三合敵得我呵，還你師父；如三合敵不得，連你一發都蒸吃了，休想西天去也！」沙僧聞言大怒，輪寶杖，劈頭就打。那怪舉鋼鞭，急架相迎。兩個在水底下這場好殺：

降妖杖與竹節鞭，二人怒發各爭先。一個是黑水河中千載怪，一個是靈霄殿外舊時

沙和尚鑽入河中，來到黑水河神府，恰聽到怪物坐在一邊，讓小妖怪把唐僧和豬八戒在鐵籠中蒸熟，還揚言要去請他的二舅爺一起吃。（朱寶榮繪）

仙。那個因貪三藏肉中吃，這個爲保唐僧命可憐。都來水底相爭鬥，各要功成兩不然※6。殺得蝦魚對對搖頭躲，蟹鱉雙雙縮首潛。只聽水府群妖齊擂鼓，門前衆怪亂爭喧。好個沙門眞悟淨，單身獨力展威權！躍浪翻波無勝敗，鞭迎杖架兩牽連。算來只爲唐和尚，欲取眞經拜佛天。

他二人戰經三十回合，不見高低。沙僧暗想道：「這怪物是我的對手，枉自不能取勝，且引他出去，教師兄打他。」這沙僧虛丟了個架子，拖著寶杖就走。那妖精更不趕來，道：「你去罷，我不與你鬥了。我且具柬帖兒去請客哩。」

沙僧氣呼呼跳出水來，見了行者道：「哥哥，這怪物無禮。」行者問：「你下去許多時才出來，端的是甚妖邪？可曾尋見師父？」沙僧道：「他這裏邊有一座亭臺，臺門外橫書八個大字，喚作『衡陽峪黑水河神府』。我閃在旁邊，聽著他在裏面說話，教小的們刷洗鐵籠，待要把師父與八戒蒸熟了，去請他舅爺來暖壽。是我發起怒來，就去打門。那怪物提一條竹節鋼鞭走出來，與我鬥了這半日，約有三十合，不分勝負。我卻使個佯輸法，要引他出來，著你助陣。那怪物乖得緊，他不來趕我，只要回去具柬請客，我才上來了。」行者道：「不知是個甚麼妖邪？」沙僧道：「那模樣像一個大鱉；不然，便是個鼉龍也。」行者道：「不知那個是他舅爺？」

說不了，只見那下灣裏走出一個老人，遠遠的跪下，叫：「大聖，黑水河河神叩

註

※6 不然：互相不認同。然，合理、正確的意思。

評點

◎15. 道破其故，以見信之不可徒好也。(張評)

頭。」行者道：「你莫是那棹船的妖邪，又來騙我麼？」◎16那老人磕頭滴淚道：「大聖，我不是妖邪，我是這河內真神。那妖精舊年五月間，從西洋海趁大潮來於此處，就與小神交鬥。奈我年邁身衰，敵他不過，把我坐的那衡陽峪黑水河神府，就佔奪去住了，◎17又傷了我許多水族。我卻沒奈何，徑往海內告他。原來西海龍王是他的母舅，不准我的狀子，教我讓與他住。我欲啟奏上天，奈何神微職小，不能得見玉帝。今聞得大聖到此，特來參拜投生。萬望大聖與我出力報冤！」行者聞言道：「這等說，西海龍王都該有罪。他如今攝了我師父與師弟，揚言要蒸熟了，去請他舅爺暖壽；我正要拿他，幸得你來報信。這等呵，你陪著沙僧在此看守，等我去海中，先把那龍王捉來，教他擒此怪物。」河神道：「深感大聖大恩！」

行者即駕雲，徑至西洋大海，按觔斗，捻了避水訣，分開波浪。正然走處，撞見一個黑魚精棒著一個渾金的請書匣兒，從下流頭似箭如梭鑽將上來，被行者撲個滿面，掣鐵棒分頂一下，可憐就打得腦漿迸出，腮骨查開，嗗都的一聲，飄出水面。他卻揭開匣兒看處，裏邊有一張簡帖，上寫著：

「愚甥鼉潔，頓首百拜，◎18啓上二舅爺敖老大人臺下：向承佳惠，感感。今因獲得二物，乃東土僧人，實爲世間之罕物。甥不敢自用。因念舅爺聖誕在邇，特設菲筵，預祝千壽。萬望車駕速臨，是荷！」

行者笑道：「這廝卻把供狀先遞與老孫也！」正才袖了帖子，往前再行。早有一個探海的

夜叉望見行者，急抽身撞上水晶宮報：「大王，齊天大聖孫爺爺來了！」那龍王敖順，即領衆水族出宮迎接道：「大聖，請入小宮少坐，獻茶。」行者道：「我還不曾吃你的茶，你倒先吃了我的酒也！」龍王笑道：「大聖一向皈依佛門，不動葷酒，卻幾時請我吃酒來？」行者道：「你便不曾去吃酒，只是惹下一個吃酒的罪名了。」敖順大驚道：「小龍為何有罪？」行者袖中取出簡帖兒，遞與龍王。

龍王見了，魂飛魄散，慌忙跪下叩頭道：「大聖恕罪！那廝是舍妹第九個兒子。因妹夫錯行了風雨，刻減了雨數，被天曹降旨，著人曹官魏徵丞相夢裏斬了。舍妹無處安身，是小龍帶他到此，◎19恩養成人。前年不幸舍妹疾故，惟他無方居住，我著他在黑水河養性修真。不期他作此惡孽，小龍即差人去擒他來也。」行者道：「你令妹共有幾個賢郎？都在那裏作怪？」龍王道：「舍妹有九個兒子。那八個都是好的：第一個小黃龍，見居淮瀆；第二個小驪龍，見住濟瀆；第三個青背龍，佔了江瀆；第四個赤髯龍，鎮守河瀆；第五個徒勞龍，與佛祖司鐘；第六個穩獸龍，與神宮鎮脊；第七個敬仲龍，與玉帝守擎天華表；第八個蜃龍，在大家兄處砥據太岳。此乃第九個鼉龍，因年幼無甚執事，自舊年才著他居黑水河養性，待成名，別遷調用；誰知他不遵吾旨，沖撞大聖也。」

行者聞言笑道：「你妹妹有幾個妹丈？」◎20敖順道：「只嫁得一個妹丈，乃涇河龍王。向年已此被斬，舍妹孀居於此，前年疾故了。」行者道：「一夫一妻，如何生這幾個雜種？」敖順道：「此正謂『龍生九種，九種各別』。」◎21行者道：「我才心中煩惱，欲

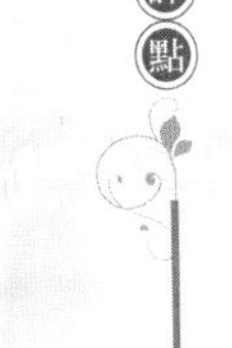

評點

◎16. 既肯信其假，偏又不肯信其眞。(張評)
◎17. 物欲潛藏，眞神離舍，寫蔽字奇絕。(張評)
◎18. 既往黑水河不曰「鼉污」，而曰「鼉潔」，何也？(周評)
◎19. 好照管。(李評)
◎20. 好謔。(李評)
◎21. 神龍遊蕩，是爲下意一挑。(張評)

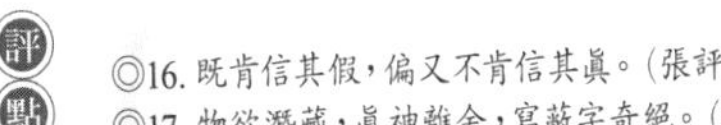

將簡帖為證，上奏天庭，問你個通同作怪，搶奪人口之罪。據你所言，是那廝不遵教誨，我且饒你這次：一則是看你昆玉分上，二來只該怪那廝年幼無知，你也不甚知情。你快差人擒來，救我師父，再作區處。」敖順即喚太子摩昂：「快點五百蝦魚壯兵，將小鼉捉來問罪！」一壁廂安排酒席，與大聖陪禮。行者道：「龍王再勿多心，既講開，饒了你便罷，又何須辦酒？我今須與你令郎同回：一則老師父遭愆，二則我師弟盼望。」

那老龍苦留不住，又見龍女捧茶來獻。行者立飲他一盞香茶，別了老龍，隨與摩昂領兵，離了西海，早到黑水河中。行者道：「賢太子，好生捉怪。我上岸去也！」摩昂道：「大聖寬心，小龍子將他拿上來先見了大聖，懲治了他罪名，把師父送上來，才敢帶回海內，見我家父。」行者欣然相別，捏了避水訣，跳出波津，徑到了東邊崖上。沙僧與那河神迎著道：「師兄，你去時從空而去，怎麼回來卻自河內而回？」行者把那打死魚精，得簡帖，怪龍王，與太子同領兵來之事，備陳

✦怒江發源於唐古喇山南麓，上游藏語稱「那曲」，意為「黑水河」。至於文中黑水河，則難以考證。（美工圖書社：中國圖片大系提供）

了一遍。沙僧十分歡喜，都立在岸邊，候接師父不題。

卻說那摩昂太子著介士先到他水府門前，報與妖怪道：「西海老龍王太子摩昂來也。」那怪正坐，忽聞摩昂來，心中疑惑道：「我差黑魚精投簡帖拜請二舅爺，這早晚不見回話，怎麼舅爺不來，卻是表兄來耶？」正說間，只見那巡河的小怪又來報：「大王，河內有一枝兵，屯於水府之西，旗號上書著『西海儲君摩昂小帥』。」妖怪道：「這表兄卻也狂妄。想是舅爺不得來，命他來赴宴；既是赴宴，如何又領兵勞士？咳！但恐其間有故。」教：「小的們，將我的披掛鋼鞭伺候，恐一時變暴。待我且出去迎他，看是何如。」眾妖領命，一個個擦掌摩拳準備。

這鼉龍出得門來，真箇見一枝海兵扎營在右。只見：

> 征旗飄繡帶，畫戟列明霞。寶劍凝光彩，長鎗纓繞花。
> 弓彎如月小，箭插似狼牙。大刀光燦燦，短棍硬沙沙。
> 鯨鰲並蛤蚌，蟹鱉共魚蝦。大小齊齊擺，干戈似密麻。
> 不是元戎令，誰敢亂爬踏！◎22

鼉怪見了，徑至那營門前，厲聲高叫：「大表兄！小弟在此拱候，有請。」有一個巡營的螺螺，急至中軍帳：「報千歲殿下，外有鼉龍叫請哩。」太子按一按頂上金盔，束一束腰間寶帶，手提一根三稜簡，拽開步，跑出營去，道：「你來請我怎麼？」鼉龍進禮道：

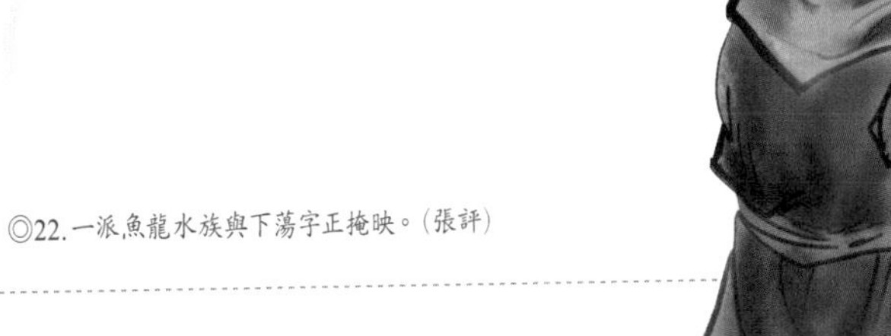

評點

◎22.一派魚龍水族與下蕩字正掩映。（張評）

「小弟今早有簡帖拜請舅爺，想是舅爺見棄，著表兄來的。兄長既來赴席，如何又勞師動衆，不入水府，扎營在此，又貫甲提兵，何也？」太子道：「你請舅爺做甚？」妖怪道：「小弟一向蒙恩賜居於此，久別尊顏，未得孝順。昨日捉得一個東土僧人，我聞他是十世修行的元體，人吃了他，可以延壽，欲請舅爺看過，上鐵籠蒸熟，與舅爺暖壽哩。」太子喝道：「你這廝十分懵懂！你道僧人是誰？」妖怪道：「他是唐朝來的僧人，往西天取經的和尚。」太子道：「你只知他是唐僧，不知他手下徒弟利害哩。」妖怪道：「他有一個長嘴的和尚，喚作個豬八戒，我也把他捉住了，要與唐和尚一同蒸吃。還有一個徒弟，喚作沙和尚，乃是一條黑漢子，晦氣色臉，使一根寶杖；昨日在這門外與我討師父，被我帥出河兵，一頓鋼鞭，戰得他敗陣逃生，也不見怎的利害。」

太子道：「原來是你不知。他還有一個大徒弟，是五百年前大鬧天宮上方太乙金仙齊天大聖，如今保護唐僧往西天拜佛求經，是普陀巖大慈大悲觀音菩薩勸善，與他改名，喚作孫悟空行者。你怎麼沒得做，撞出這件禍來？他又在我海內遇著你的差人，奪了請帖，徑入水晶宮，拿捏※7我父子們有『結連妖邪，搶奪人口』之罪。你快把唐僧、八戒送上河邊，交還了孫大聖，憑著我與他陪禮，你還好得性命；若有半個『不』字，休想得全生居於此也！」那怪鼉聞此言，心中大怒道：「我與你嫡親的姑表，你倒反護他人？聽你所言，就教把唐僧送出。天地間那裏有這等容易事也！你便怕他，莫成我也怕他？他若有手段，敢來我水府門前，與我交戰三合，我才與他師父；若敵不過我，就連他也拿來，一齊

評點

◎23.村蠢愚蒙，無知之至。(張評)

蒸熟，也沒甚麼親人，也不去請客，自家關了門，教小的們唱唱舞舞，我坐在上面，自自在在，吃他娘不是！」◎23

太子見說，開口罵道：「這潑邪果然無狀！且不要教孫大聖與你對敵，你敢與我相持麼？」那怪道：「要做好漢，怕甚麼相持！」教：「取披掛！」呼喚一聲，眾小妖跟隨左右，獻上披掛，捧上鋼鞭。他兩個變了臉，各逞英雄；傳號令，一齊擂鼓。這一場比與沙僧爭鬥，甚是不同。但見那：

旌旗照耀，戈戟搖光。這壁廂營盤解散，那壁廂門戶開張。摩昂太子提金簡，鼉怪輪鞭急架償。一聲炮響河兵烈，三棒鑼鳴海士狂。蝦與蝦爭，蟹與蟹鬥。鯨鰲吞赤鯉，鯾鮊起黃鱨。鯊鯔吃鯗鯖魚走，牡蠣擒蟶蛤蚌慌。少揚刺硬如鐵棍，鰏司針利似鋒芒。鱓鱝追白鱔，鱸鱠捉烏鯧。一河水怪爭高下，兩處龍兵定弱強。混戰多時波浪滾，摩昂太子賽金剛。喝聲金簡當頭重，拿住妖鼉作怪王。

這太子將三稜簡閃了一個破綻，那妖精不知是詐，鑽將進來，被他使個解數，把妖精右臂只一簡，打了個躘踵。趕上前，又一拍腳，跌倒在地。眾海兵一擁上前，揪翻住，將繩子背綁了雙手，將鐵索穿了琵琶骨，拿上岸來。押至孫行者面前道：「大聖，小龍子捉住妖鼉，請大聖定奪。」

行者與沙僧見了道：「你這廝不遵旨令！你舅爺原著你在此居住，教你養性存身，待

註

※7 拿捏：故意刁難。

你名成之日，別有遷用。你怎麼強佔水神之宅，倚勢行兇，欺心誑上，弄玄虛，騙我師父、師弟？我待要打你這一棒，奈何老孫這棒子甚重，略打打兒就了了性命。你將我師父安在何處哩？」那怪叩頭不住道：「大聖，小鼉不知大聖大名，卻才逆了表兄，騁強背理，被表兄把我拿住。今見大聖，幸蒙大聖不殺之恩，感謝不盡。你師父還捆在那水府之間，望大聖解了我的鐵索，放了我手，等我到河中送他出來。」摩昂在旁道：「大聖，這廝是個逆怪，他極奸詐，若放了他，恐生惡念。」沙和尚道：「我認得他那裏，等我尋師父去。」

他兩個跳入水中，徑至水府門前。那裏門扇大開，更無一個小卒。直入亭臺裏面，見唐僧、八戒赤條條都捆在那裏。沙僧即忙解了師父，河神亦隨解了八戒，一家背著一個，

摩昂太子手提一根三稜簡，鼉龍手拿鋼鞭，談論沒有結果，便各率領水怪水兵，展開了激戰。（朱寶榮繪）

出水面，徑至岸邊。豬八戒見那妖精鎖綁在側，急掣鈀上前就築，口裏罵道：「潑邪畜！你如今不吃我了？」行者扯住道：「兄弟，且饒他死罪罷，看敖順賢父子之情。」摩昂進禮道：「大聖，小龍子不敢久停。既然救得你師父，我帶這廝去見家父；雖大聖饒了他死罪，家父決不饒他活罪，定有發落處置，仍回覆大聖謝罪。」行者道：「既如此，你領他去罷。多多拜上令尊，尚容面謝。」那太子押著那妖鼉，投水中，帥領海兵，徑轉西洋大海不題。

卻說那黑水河神謝了行者，道：「多蒙大聖復得水府之恩！」唐僧道：「徒弟啊，如今還在東岸，如何渡此河也？」河神道：「老爺勿慮，且請上馬。小神開路，引老爺過河。」那師父才騎了白馬，八戒採著韁繩，沙和尚挑了行李，孫行者扶持左右。只見河神作起阻水的法術，將上流擋住，須臾，下流撤乾，開出一條大路。◎24師徒們行過西邊，謝了河神，登崖上路。這正是：

禪僧有救朝西域，徹地無波過黑河。

畢竟不知怎生得拜佛求經，且聽下回分解。

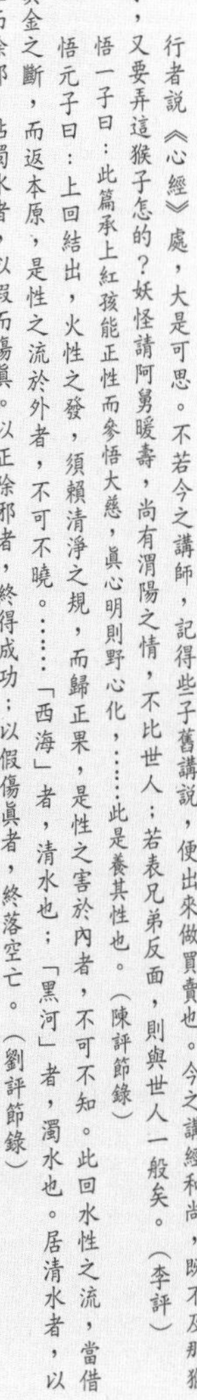

總批

行者說《心經》處，大是可思。不若今之講師，記得些子舊講說，便出來做買賣也。今之講經和尚，既不及那猴子，又要弄這猴子怎的？妖怪請阿舅暖壽，尚有渭陽之情，不比世人；若表兄弟反面，則與世人一般矣。（李評）

悟一子曰：此篇承上紅孩能正性而參悟大慈，眞心明則野心化，……此是養其性也。（陳評節錄）

悟元子曰：上回結出，火性之發，須賴清淨之規，而歸正果，是性之害於內者，不可不知。此回水性之流，當借眞金之斷，而返本原，是性之流於外者，不可不曉。……「西海」者，清水也；「黑河」者，濁水也。居清水者，以正而除邪；佔濁水者，以假而傷眞。以正除邪者，終得成功；以假傷眞者，終落空亡。（劉評節錄）

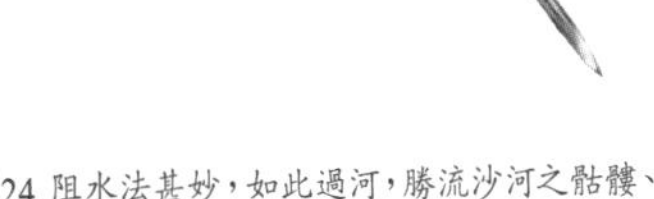

評點

◎24.阻水法甚妙，如此過河，勝流沙河之骷髏、通天河之白鼉多矣。（周評）

第四十四回　法身元運逢車力　心正妖邪度脊關※1◎1

詩曰：

求經脫障向西遊，無數名山不盡休。
兔走烏飛催晝夜，鳥啼花落自春秋。
微塵眼底三千界※2，錫杖頭邊四百州。
宿水餐風登紫陌，未期何日是回頭。

話說唐三藏幸虧龍子降妖，黑水河神開路，師徒們過了黑水河，找大路一直西來。真箇是迎風冒雪，戴月披星。行彀多時，又值早春天氣。◎2但見：

三陽轉運，萬物生輝。三陽轉運，滿天明媚開圖畫；萬物生輝，遍地芳菲設繡茵。梅殘數點雪，麥漲一川雲。漸開冰解山泉溜，盡放萌芽沒燒痕。正是那：太昊乘震※3，勾芒御辰※4；花香風氣暖，雲淡日光新。道旁楊柳舒青眼，膏雨滋生萬象春。

師徒們在路上遊觀景色，緩馬而行，忽聽得一聲吆喝，好便似千萬人吶喊之聲。唐三藏心中害怕，兜住馬不能前進，急回頭道：「悟空，是那裏這等響振？」八戒道：「好一似地

✦《新說西遊記圖像》描繪第四十四回精采場景：大聖變作個遊方的全真，左臂上掛著一個水火籃兒，和兩個道士搭話。（古版畫，選自《新說西遊記圖像》）

裂山崩。」沙僧道：「也就如雷聲霹靂。」三藏道：「還是人喊馬嘶？」孫行者笑道：「你們都猜不著，且住，待老孫看是何如。」

好行者，將身一縱，踏雲光起在空中，睜眼觀看，遠見一座城池。又近覷，倒也祥光隱隱，不見甚麼凶氣紛紛。◎3行者暗自沉吟道：「好去處！如何有響聲振耳？那城中又無旌旗閃灼，戈戟光明，又不是炮聲響振，何以若人馬喧嘩？」正議間，只見那城門外，有一塊沙灘空地，攢簇了許多和尚，在那裏扯車兒哩。原來是一齊著力打號，齊喊「大力王菩薩」，所以驚動唐僧。◎4

行者漸漸按下雲頭來看處，呀！那車子裝的都是磚瓦木植土坯之類；灘頭上坡坂最高，又有一道夾脊小路，兩座大關，關下之路都是直立壁陡之崖，那車兒怎麼拽得上去？雖是天色和暖，那些人卻也衣衫藍縷，看此像十分窘迫。行者心疑道：「想是修蓋寺院，他這裏五穀豐登，尋不出雜工人來，所以這和尚親自努力。」正自猜疑未定，只見那城門裏，搖搖擺擺走出兩個少年道士來。你看他怎生打扮？但見他：

頭戴星冠，身披錦繡。頭戴星冠光耀耀，身披錦繡彩霞飄。足踏雲頭履，腰繫熟絲絛。

註

※1 脊關：道教煉氣的術語：認爲靜坐運氣時，眞氣要經過所謂「夾脊小路」，上自「泥丸宮」、下達「湧泉穴」的雙關，回到「丹田」，使氣能經過全身，就叫作「一周天」。

※2 微塵眼底三千界：佛教關於世界的認識，認爲大千世界是由一千小世界，累進千倍爲中千，再由中千累進千倍，一共經過三次千數的累進而成，所以稱爲「三千大千世界」。此外，佛教還認爲每一個微粒裏面都包含了三千世界，因此有這句詩。

※3 太昊乘震：昊音浩。震，八卦之一，方位爲東方。春天是由東方之「神」太昊司命，所以春回大地，就稱爲「太昊乘震」。

※4 勾芒御辰：勾芒，中國古代神話傳說中的木神名，借指春日。御辰，掌握這個時令。

評點

◎1. 此一回直與第二回相照應，蓋專爲闢傍門外道而發也。（周評節錄）

◎2. 智主生，故活潑潑地也。（張評）

◎3. 智原是美德，好之有何凶處？（張評）

◎4. 亦是異事。（周評）

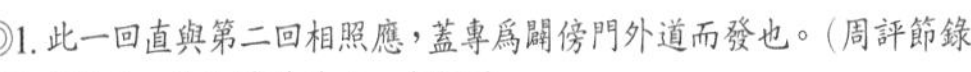

面如滿月多聰俊，形似瑤天仙客嬌。◎5

那些和尚見道士來，一個個心驚膽戰，加倍著力，恨苦的※5拽那車子。行者就曉得了：「咦！想必這和尚們怕那道士，不然啊，怎麼這等著力拽扯？我曾聽得人言，西方路上有個敬道滅僧之處，斷乎此間是也。我待要回報師父，奈何事不明白，反惹他怪，敢道我這等一個伶俐之人，就不能探個實信？且等下去問得明白，好回師父話。」

悟空在雲頭往下看，看到前面一條夾脊小路，一群衣衫藍縷的和尚在拉一輛大車，旁邊還有兩個道人。（古版畫，選自李卓吾批評本《西遊記》）

你道他來問誰？好大聖，按落雲頭，去郡城腳下，搖身一變，變作個遊方的雲水全真，左臂上掛著一個水火籃兒，手敲著漁鼓※6，口唱著道情※7詞。近城門，迎著兩個道士，當面躬身道：「道長，貧道起手。」那道士還禮道：「先生那裏來的？」行者道：「我弟子雲遊於海角，浪蕩在天涯；◎6今朝來此處，欲募善人家。動問二位道長，這城中那條街上好道？那個巷裏好賢？我貧道好去化些齋吃。」那道士笑道：「你這先生，怎麼說這等敗興的話？」行者道：「何為敗興？」道士道：「你要化些齋吃，卻不是敗興？」

行者道：「出家人以乞化為由，卻不化齋吃，怎生有錢買？」道士笑道：「你是遠方來的，不知我這城中之事。我這城中，且休說文武官員好道，富民長者愛賢，大男小女見我等拜請奉齋，這般都不須掛齒，頭一等就是萬歲君王好道愛賢。」行者道：「我貧道一則年幼，二則是遠方乍來，實是不知。煩二位道長將這裏地名、君王好道愛賢之事，細說一遍，足見同道之情。」道士說：「此城名喚車遲國。◎7寶殿上君王與我們有親。」

行者聞言，呵呵笑道：「想是道士做了皇帝？」他道：「不是。只因這二十年前，民遭亢旱，天無點雨，地絕穀苗，不論君臣黎庶，大小人家，家家沐浴焚香，戶戶拜天求雨。正都在倒懸捱命之處，忽然天降下三個仙長來，俯救生靈。」行者問道：「是那三個仙長？」道士說：「便是我家師父。」行者道：「尊師甚號？」道士云：「我大師父，號作虎力大仙；二師父，鹿力大仙；三師父，羊力大仙。」◎8行者問曰：「三位尊師有多少法力？」道士云：「我那師父，呼風喚雨，只在翻掌之間；指水為油，點石成金，卻

註

※5 恨苦的：用力的，艱苦的。

※6 漁鼓：明清兩代河北即有漁鼓道情舊時道士唱道情用的敲擊樂器。以竹筒爲體，長約六十五到一百公分，底端蒙以豬羊護心薄皮，以手敲打。常與簡板合用。

※7 道情：道情藝術的歷史悠久，流傳區域也較廣。它屬道教聲腔藝術，源於唐朝道教經韻。最初的道情稱道歌，是傳道者宣傳教義及募捐化緣的工具。唐朝段常著《續仙傳》書曾記載：「藍采和手持拍板（簡板）唱踏歌行乞於市。」這便是道情的最初形式。在中唐時期，玄宗皇帝李隆基十分崇信道教，並將它奉爲國教，甚至還與老子李耳續起家譜，稱之爲祖上。他手下的重臣賀知章、韋韜等人都是著名道士，就連他的寵妃楊玉環也被封爲「太眞」道士。當時道教廣爲流傳，傳教道士雲遊天下，到全國各地傳道時皆唱道情，道情之影響和活動範圍達到巔峰。因此，中國大約有二十個省流傳有道情藝術。湖廣稱爲「漁鼓」，又有湖北漁鼓、桂林漁鼓、四川竹琴之別；山西則有臨縣道情、離石道情、洪洞道情、永濟道情、陽城道情、長子道情、晉北道情等十來種道情；晉北道情還分爲右玉道情、神池道情、大同道情三大派系。

評點

◎5. 只寫其聰明伶俐，而智字自到。（張評）

◎6. 海角天涯，極言其廣遠。點明蕩字，與上下蔽字不混。（張評）

◎7. 車者河車也，河車轉運，原無一息之停，今爲外道所悞，安得不遲。（周評）

◎8. 虎爲寅，屬木也；鹿與馬同宮，火也；羊爲未，屬土也。外道不成正果，三力豈敵一心。（周評）

如轉身之易。所以有這般法力，能奪天地之造化，換星斗之玄微，君臣相敬，與我們結為親也。」行者道：「這皇帝十分造化。常言道：『術動公卿。』老師父有這般手段，結了親，其實不虧他。——噫，不知我貧道可有星星※8緣法，得見那老師父一面哩？」道士笑曰：「你要見我師父，有何難處？我兩個是他靠胸貼肉的徒弟，◎9我師父卻又好道愛賢，只聽見說個『道』字，就也接出大門。若是我兩個引進你，乃吹灰之力。」

行者深深的唱個大喏道：「多承舉薦，就此進去罷。」道士說：「且少待片時，你在這裏坐下，等我兩個把公事幹了，來和你進去。」行者道：「出家人無拘無束，自由自在，有甚公事？」道士用手指定那沙灘上僧人：「他做的是我家生活，恐他躲懶，我們去點他一卯就來。」行者笑道：「道長差了！僧道之輩都是出家人，為何他替我們做活，伏我們點卯？」道士云：「你不知道。因當年求雨之時，僧人在一邊拜佛，道士在一邊告斗，都請朝廷的糧餉；誰知那和尚不中用，空念空經，不能濟事。◎10後來我師父一到，喚雨呼風，拔濟了萬民塗炭。卻才惱了朝廷，說那和尚無用，拆了他的山門，毀了他的佛像，追了他的度牒，不放他回鄉，御賜與我們家做活，就當小廝一般。我家裏燒火的也是他，掃地的也是他，頂門的也是他。因為後邊還有住房，未曾完備，著這和尚來拽磚瓦，拖木植，起蓋房宇。只恐他貪頑

躲懶，不肯拽車，所以著我兩個去查點查點。」

行者聞言，扯住道士滴淚道：「我說我無緣，真箇無緣，不得見老師父尊面。」道士云：「如何不得見面？」行者道：「我貧道在方上雲遊，一則是為性命，二則也為尋親。」道士問：「你有甚麼親？」行者道：「我有一個叔父，自幼出家，削髮為僧。向日年程饑饉，也來外面求乞。這幾年不見回家，我念祖上之恩，特來順便尋訪；想必是羈遲在此等地方，不能脫身，未可知也。我怎的尋著他見一面，才可與你進城。」道士云：「這般卻是容易。我兩個且坐下，即煩你去沙灘上替我一查，只點頭目有五百名數目便罷，看內中那個是你令叔。果若有呀，我們看道中情分，放他去了，卻與你進城好麼？」

行者頂謝不盡，長揖一聲，別了道士，敲著漁鼓，徑往沙灘之上。過了雙關，轉下夾脊，那和尚一齊跪下磕頭道：「爺爺，我等不曾躲懶，五百名半個不少，都在此扯車哩。」行者看見，暗笑道：「這些和尚被道士打怕了，見我這假道士就這般悚懼。若是個真道士，好道也活不成了。」◎11行者又搖手道：「不要跪，休怕。我不是監工的，我來此是尋親的。」眾僧們聽說認親，就把他圈子陣圍將上來，一個個出頭露面，咳嗽打響，巴不得要認出去。道：「不知那個是他親哩。」行者認了一會，呵呵笑將起來。眾僧道：「老爺不認親，如何發笑？」行者道：「你們知我笑甚麼？笑你這些和尚全不長俊※9！父

註

※8 星星：一些些、一點點。

※9 長俊：猶長進。

評點

◎9.和尚、道士徒弟，那一個不是靠胸貼肉的？（李評）

◎10.和尚著眼。（李評）

◎11.如今眞道士也沒有，假和尚太多。（李評）

母生下你來，皆因命犯華蓋※10，妨爺剋娘，或是不招※11姊妹，才把你捨斷了出家。你怎的不遵三寶，不敬佛法，不去看經拜懺，卻怎麼與道士傭工，作奴婢使喚？」眾僧道：「老爺，你來羞我們哩。你老人家想是個外邊來的，不知我這裏利害。」行者道：「果是外方來的，其實不知你這裏有甚利害。」

眾僧滴淚道：「我們這一國君王，偏心無道，只喜得是老爺等輩，惱的是我們佛子。」行者道：「為何來？」眾僧道：「只因呼風喚雨，三個仙長來此處，滅了我等；哄信君王，把我們寺拆了，度牒追了，不放歸鄉，亦不許補役當差，賜與那仙長家使用，苦楚難當！但有個遊方道者至此，即請拜王領賞；若是和尚來，不分遠近，就拿來與仙長家傭工。」行者道：「想必那道士還有甚麼巧法術，誘了君王？若只是呼風喚雨，也都是傍門小法術耳，安能動得君心？」眾僧道：「他會摶砂煉汞，打坐存神，點水為油，點石成金。如今興蓋三清觀宇，對天地晝夜看經懺悔，祈君王萬年不老，所以就把君心惑動了。」◎12

行者道：「原來這般。你們都走了便罷。」眾僧道：「老爺，走不脫！那仙長奏准君王，把我們畫了影身圖，四下裏長川※12張掛。他這車遲國地界也寬，各府州縣鄉村店集之方，都有一張和尚圖，上面是御筆親題。若有官職的，拿得一個和尚，高陞三級；無官

孫悟空變作唱道情的道士。圖為《唱道情》，約1790年，紙本水彩畫，36×46公分，清代廣州外銷畫。描繪清代廣州唱道情的道士。「道情」是漁鼓的前身，是道教活動中演唱的曲子，用來演唱故事，故有「唱道情」之稱謂。（fotoe提供）

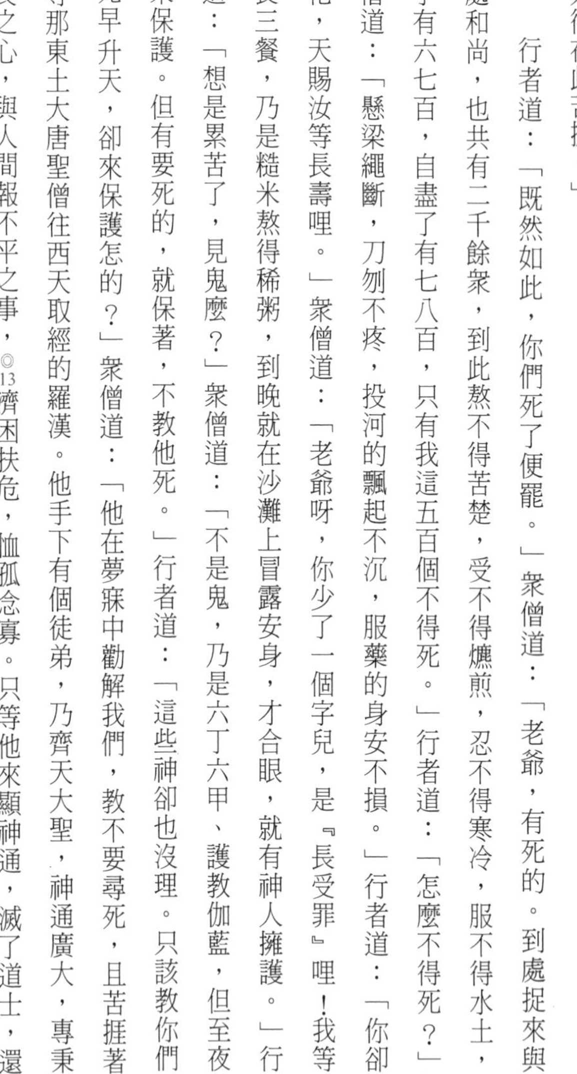

職的，拿得一個和尚，就賞白銀五十兩，所以走不脫。且莫說是和尚，就是剪鬃、禿子、毛稀的，都也難逃。四下裏快手※13又多，緝事的又廣，憑你怎麼也是難脫。我們沒奈何，只得在此苦捱。」

行者道：「既然如此，你們死了便罷。」眾僧道：「老爺，有死的。到處捉來與本處和尚，也共有二千餘眾，到此熬不得苦楚，受不得爊煎，忍不得寒冷，服不得水土，死了有六七百，自盡了有七八百，只有我這五百個不得死。」行者道：「怎麼不得死？」眾僧道：「懸梁繩斷，刀刎不疼，投河的飄起不沉，服藥的身安不損。」行者道：「你卻造化，天賜汝等長壽哩。」眾僧道：「老爺呀，你少了一個字兒，是『長受罪』哩！我等日食三餐，乃是糙米熬得稀粥，到晚就在沙灘上冒露安身，才合眼，就有神人擁護。」行者道：「想是累苦了，見鬼麼？」眾僧道：「不是鬼，乃是六丁六甲、護教伽藍，但至夜就來保護。但有要死的，就保著，不教他死。」行者道：「這些神卻也沒理。只該教你們早死早升天，卻來保護怎的？」眾僧道：「他在夢寐中勸解我們，教不要尋死，且苦捱著，等那東土大唐聖僧往西天取經的羅漢。他手下有個徒弟，乃齊天大聖，神通廣大，專秉忠良之心，與人間報不平之事，◎13濟困扶危，恤孤念寡。只等他來顯神通，滅了道士，還敬

註

※10 華蓋：星命家的迷信說法：華蓋是所謂「吉星」，但和其他許多情況配合時，卻又會變成「煞星」，就是所謂「華蓋煞」，給人帶來災禍，或剋傷父母妻子。

※11 招：招，引。迷信說法：認爲給女孩取名「招弟」，可以生個男孩。這裏所說的不招，指命孤無手足而言。

※12 長川：永遠、長久。

※13 快手：專司逮捕人犯的差役。

評點

◎12. 爲此高遠之術所蔽。(張評)

◎13. 即此二語，便是活佛，菩薩臨凡。(周評)

你們沙門禪教哩。」

行者聞得此言，心中暗笑道：「莫說老孫無手段，預先神聖早傳名。」他急抽身，敲著漁鼓，別了衆僧，徑來城門口見了道士。那道士迎著道：「先生，那一位是令親？」行者道：「五百個都與我有親。」◎14兩個道士笑道：「你怎麼就有許多親？」行者道：「一百個是我左鄰，一百個是我右舍，一百個是我父黨，一百個是我母黨，一百個是我交契。你若肯把這五百人都放了，我便與你進去；不放，我不去了。」道士云：「你想有些風病，一時間就胡說了。那些和尚乃國王御賜，若放一二名，還要在師父處遞了病狀，然後補個死狀，才了得哩。怎麼說都放了？此理不通，不通！且不要說我家沒人使喚，就是朝廷也要怪。他那里長要差官查勘，或時御駕也親來點札，怎麼敢放？」行者道：「不放麼？」道士說：「不放！」行者連問三聲，就怒將起來，把耳朵裏鐵棒取出，迎風捻了一捻，就碗來粗細，幌了一幌，照道士臉上一刮。可憐就打得頭破血流身倒地，皮開頸折腦漿傾！

那灘上僧人遠遠望見他打殺了兩個道士，丟了車兒，跑將上來道：「不好了，不好了！打殺皇親了！」行者道：「那個是皇親？」衆僧把他簸箕陣圍了，道：「他師父上殿不參王，下殿不辭主，朝廷常稱作『國師兄長先生』。你怎麼到這裏闖禍？他徒弟出來監工，與你無干，你怎麼把他來打殺？那仙長不說是你來打殺，只說是來此監工，我們害了他性命，我等怎了？且與你進城去，會了人命出來。」行者笑道：「列位休嚷。我不是雲水全真，我是來救你們的。」眾僧道：「你倒打殺人，害了我們，添了擔兒，如何是救我們的？」行者道：「我是大唐聖僧徒弟孫悟空行者，特特來此救你們性命。」眾僧道：「不是，不是！那老爺我們認得他。」行者道：「又不曾會他，如何認得？」眾僧道：「我們夢中嘗見一個老者，自言太白金星，常教誨我等，說那孫行者的模樣，莫教錯認了。」行者道：「他和你怎麼說來？」眾僧道：「他說那大聖：

　　磕額金睛幌亮，圓頭毛臉無腮。咨牙尖嘴性情乖，貌比雷公古怪。
　　慣使金箍鐵棒，曾將天闕攻開。如今皈正保僧來，專救人間災害。」◎15

行者聞言，又嗔又喜。喜道：「替老孫傳名！」嗔道：「那老賊憊懶，把我的元身都說與這夥凡人！」忽失聲道：「列位誠然認我不是孫行者，我是孫行者的門人，來此處學闖禍耍子的。那裏不是孫行者來了？」用手向東一指，哄得眾僧回頭，他卻現了本相。眾僧們方才認得，一個個倒身下拜道：「爺爺，我等凡胎肉眼，不知是爺爺顯化。望爺爺與我們雪恨消災，早進城降邪從正也！」行者道：「你們且跟我來。」眾僧緊隨左右。

　　那大聖徑至沙灘上，使個神通，將車兒拽過兩關，穿過夾脊，提起來，摔得粉碎；把那些磚瓦木植，盡拋下坡坂。◎16喝教眾僧：「散！莫在我手腳邊，等我明日見這皇帝，滅那道士！」眾僧道：「爺爺呀，我等不敢遠走，但恐在官人拿住解來，卻又吃打發贖，反又生災。」行者道：「既如此，我與你個護身法兒。」好大聖，把毫毛拔了一把，嚼得粉碎，每一個和尚與他一截，都教他：「捻在無名指甲裏，捻著拳頭，只情走路。無人敢拿

評點

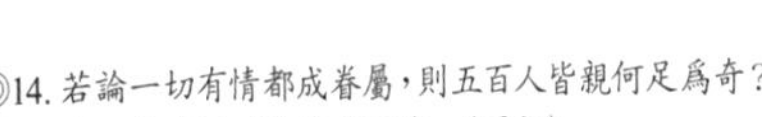

◎14. 若論一切有情都成眷屬，則五百人皆親何足為奇？（周評）
◎15. 此一首〈西江月〉字字確當。（周評）
◎16. 車不遲矣。（周評）

✦悟空要放了五百名和尚，兩個監工的道士不容許。悟空一時氣憤，便從耳朵內取出金箍棒，輕輕兩棒，把兩個道士打得頭破血流，倒地而死！（朱寶榮繪）

你便罷；若有人拿你，攢緊了拳頭，叫一聲『齊天大聖』，我就來護你。」衆僧道：「爺爺，倘若去得遠了，看不見你，叫你不應，怎麼是好？」行者道：「你只管放心，就是萬里之遙，可保全無事。」

衆僧有膽量大的，捻著拳頭，悄悄的叫聲：「齊天大聖！」只見一個雷公站在面前，手執鐵棒，就是千軍萬馬也不能近身。此時有百十衆齊叫，足有百十個大聖護持。衆僧叩頭道：「爺爺，果然靈顯！」行者又分付：「叫聲『寂』字，還你收了。」真箇是叫聲「寂」，依然還是毫毛在那指甲縫裏。◎17衆和尚卻才歡喜逃生，一齊而散。行者道：「不可十分遠遁，聽我城中消息。但有招僧榜出，就進城還我毫毛也。」五百個和尚東的東，

西的西，走的走，立的立，四散不題。

卻說那唐僧在路旁，等不得行者回話，教豬八戒引馬投西，遇著些僧人奔走；將近城邊，見行者還與十數個未散的和尚在那裏。三藏勒馬道：「悟空，你怎麼來打聽個響聲，許久不回？」行者引了十數個和尚，對唐僧馬前施禮，將上項事說了一遍。三藏大驚道：「這般呵，我們怎了？」那十數個和尚道：「老爺放心，孫大聖爺爺乃天神降的，神通廣大，定保老爺無虞。我等是這城裏敕建智淵寺內僧人。因這寺是先王太祖御造的，現有先王太祖神像在內，未曾拆毀。城中寺院，大小盡皆拆了。我等請老爺趕早進城，到我荒山安下。待明日早朝，孫大聖必有處置。」行者道：「汝等說得是。也罷，趁早進城去來。」

那長老卻才下馬，行到城門之下。此時已太陽西墜。過吊橋，進了三層門裏，街上人見智淵寺的和尚牽馬挑包，盡皆迴避。正行時，卻到山門前。但見那門上高懸著一面金字大匾，乃「敕建智淵寺」。眾僧推開門，穿過金剛殿，把正殿門開了。唐僧取袈裟披起，拜畢金身，方入。◎18眾僧叫：「看家的！」老和尚走出來，看見行者就拜道：「爺爺，你來了？」◎19行者道：「你認得我是那個爺爺，就是這等呼拜？」那和尚道：「我認得你是齊天大聖孫爺爺，我們夜夜夢中見你。太白金星常常來托夢，說道只等你來，我們才得性命。今日果見尊顏，與夢中無異。爺爺呀，喜得早來！再遲一兩日，我等已俱做鬼矣！」行者笑道：「請起，請起。明日就有分曉。」眾僧安排齋飯，他師徒們吃了。打掃乾淨方

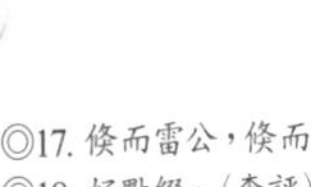

評點

◎17. 倏而雷公，倏而毫毛，如此神通，何妨遊戲。（周評）
◎18. 好點綴。（李評）
◎19. 令人欲泣欲笑。（周評）

丈，安寢一宿。

二更時候，孫大聖心中有事，偏睡不著。只聽那裏吹打，悄悄的爬起來，穿了衣服，跳在空中觀看，原來是正南上燈燭熒煌。低下雲頭仔細再看，卻乃是三清觀道士禳星哩。但見那：

靈區高殿，福地真堂。靈區高殿，巍巍壯似蓬壺景；福地真堂，隱隱清如化樂宮。兩邊道士奏笙簧，正面高公擎玉簡。宣理《消災懺》，開講《道德經》。揚塵幾度盡傳符，表白一番皆俯伏。咒水發檄，燭焰飄搖沖上界；查罡佈斗，香烟馥郁透清霄。案頭有供獻新鮮，桌上有齋筵豐盛。

殿門前掛一聯黃綾織錦的對句，上繡著二十二個大字，云：

雨順風調，願祝天尊無量法；河清海晏，祈求萬歲有餘年。◎20

行者見三個老道士披了法衣，想是那虎力、鹿力、羊力大仙。下面有七八百個散衆，司鼓司鐘，侍香表白，盡都侍立兩邊。行者暗自喜道：「我欲下去與他混一混，奈何單絲不線，孤掌難鳴。且回去照顧八戒、沙僧，一同來耍耍。」

按落祥雲，徑至方丈中。原來八戒與沙僧通腳睡著※14。行者先叫悟淨，沙和尚醒來道：「哥哥，你還不曾睡哩？」行者道：「你且起來，我和你受用些來。」沙僧道：「半夜三更，口枯眼澀，有甚受用？」行者道：「這城裏果有一座三清觀。觀裏道士們修醮※15，三清殿上有許多供養：饅頭足有斗大，燒果有五六十斤一個，襯飯無數，果品新鮮。

和你受用去來！」那豬八戒睡夢裏聽見說吃好東西，就醒了，道：「哥哥，就不帶挈我些兒？」行者道：「兄弟，你要吃東西，不要大呼小叫，驚醒了師父。都跟我去！」

他兩個套上衣服，悄悄的走出門前，隨行者踏了雲頭，跳將起去。那獃子看見燈光，就要下手。行者扯住道：「且休忙，待他散了，方可下去。」八戒道：「他才念到興頭上，卻怎麼肯散？」行者道：「等我弄個法兒，他就散了。」好大聖，捻著訣，念個咒語，往巽地上吸一口氣，呼的吹去，便是一陣狂風，徑直捲進那三清殿上，把他些花瓶、燭臺，四壁上懸掛的功德，一齊刮倒，遂而燈火無光。眾道士心驚膽戰，虎力大仙道：「徒弟們且散。這陣神風所過，吹滅了燈燭香花。各人歸寢，明朝早起，多念幾卷經文補數。」眾道士果各退回。

這行者卻引八戒、沙僧按落雲頭，闖上三清殿。獃子不論生熟，拿過燒果來，張口就啃。行者掣鐵棒，著手便打。八戒縮手躲過道：「還不曾嘗著甚麼滋味，就打！」行者道：「莫要小家子行，且敘禮坐下受用。」八戒道：「不羞！偷東西吃，還要敘禮。若是請將來，卻要如何？」行者道：「這上面坐的是甚麼菩薩？」八戒笑道：「三清也認不得，卻認作甚麼菩薩！」行者道：「那三清？」八戒道：「中間的是元始天尊，左邊的是靈寶道君，右邊的是太上老君。」行者道：「都要變得這般模樣，才吃得安穩哩。」那獃子急了，聞得那香噴噴供養要吃，爬上高臺，把老君一嘴拱下去道：「老官兒，你也坐

註

※14 通腳睡著：同牀兩頭睡，腳心相對，所以叫通腳睡著。
※15 修醮：道教的一種宗教儀式。

評點

◎20.幻甚！（李評）

得穀了，讓我老豬坐坐。」八戒變作太上老君，行者變作元始天尊，沙僧變作靈寶道君，◎21把原像都推下去。及坐下時，八戒就搶大饅頭吃。行者道：「莫忙哩！」八戒道：「哥哥，變得如此，還不吃等甚？」

行者道：「兄弟呀，吃東西事小，泄漏天機事大。這聖像都推在地下，倘有起早的道士來撞鐘掃地，或絆一個根頭，卻不走漏消息？你把他藏過一邊來。」八戒道：「此處路生，摸門不著，卻那裏藏他？」行者道：「我才進來時，那右手下有一重小門兒，那裏面穢氣畜※16人，想必是個五穀輪迴之所。你把他送在那裏去罷。」

這獃子有些夯力量，跳下來，把三個聖像拿在肩膊上，扛將出來。到那廂，用腳登開門看時，原來是個大東廁。笑道：「這個弼馬溫著然會弄嘴弄舌！把個毛坑也與他起個道號，叫作甚麼『五穀輪迴之所』！」那獃子扛在肩上且不丟了去，口裏嘓嘓噥噥的禱道：

「三清，三清，我說你聽：遠方到此，慣滅妖精。欲享供養，無處安寧。借你坐位，略略少停。你等坐久，也且暫下毛坑。你平日家受用無窮，做個清淨道士；今日裏不免享些穢物，也做個受臭氣的天尊！」

祝罷，烹的望裏一捽，灒了半衣襟臭水，走上殿來。行者道：「可藏得好麼？」八戒道：「藏便藏得好；只是灒起些水來，污了衣服，有些醃髒臭氣，你休惡心。」行者笑道：「也罷，你且來受用。但不知可得個乾淨身子出門哩。」那獃子還變作老君。三人坐下，盡情受用。先吃了大饅頭，後吃簇盤、襯飯、點心、拖爐※17、餅錠、油煠、蒸酥，那裏管

◆山東濟南市千佛山三清觀庭院。攝於2007年7月23日。（聶鳴／fotoe提供）

甚麼冷熱，任情吃起。原來孫行者不大吃烟火食，只吃幾個果子，陪他兩個。那一頓如流星趕月，風捲殘雲，吃得罄盡。已此沒得吃了，還不走路，且在那裏閑講，消食耍子。

噫！有這般事！原來那東廊下有一個小道士，才睡下，忽然起來道：「我的手鈴兒忘記在殿上，若失落了，明日師父見責。」與那同睡者道：「你睡著，等我尋去。」急忙中不穿底衣，止扯一領直裰，徑到正殿中尋鈴。摸來摸去，鈴兒摸著了，正欲回頭，只聽得有呼吸之聲。道士害怕，急拽步往外走時，不知怎的，躧著一個荔枝核子，撲的滑了一跌。噹的一聲，把個鈴兒跌得粉碎。豬八戒忍不住呵呵大笑出來，把個小道士諕走了三魂，驚回了七魄，一步一跌，撞到後方丈外，打著門叫：「師公，不好了！禍事了！」三個老道士還未曾睡，即開門問：「有甚禍事？」他戰戰兢兢道：「弟子忘失了手鈴兒，因去殿上尋鈴，只聽得有人呵呵大笑，險些兒諕殺我也！」老道士聞言，即叫：「掌燈來！看是甚麼邪物？」一聲傳令，驚動那兩廊的道士，大大小小，都爬起來點燈著火，往正殿上觀看。不知端的何如，且聽下回分解。

總批

僧也不要滅道，道也不要滅僧。只要做和尚，便做個眞正和尚；做道士，便做個眞正道士，自然各有好處。嘗說，眞正儒者，決不以二氏爲異端也。噫！可與語此者，誰乎！（李評）

悟一子曰：此三篇專爲避傍門外道而發。傍門如徑竇而希入堂奧，委蛇曲直，詭譎不端，能歸正果者，百不得入，何也？既時始進之基，必軌道上之轍。（陳評節錄）

註

※16 畜：淮安方言，指熏、嗆的意思。

※17 拖爐：即拖爐餅，是江陰一帶著名的傳統風味小吃，由此也可判斷《西遊記》的作者是淮安一帶人。

評點

◎21. 雖非仙佛同根，亦是釋道一體，偷嘴之中，又有禮焉。（周評）

卻說孫大聖左手把沙和尚捻一把，右手把豬八戒捻一把，他二人卻就省悟，坐在高處，倥※1著臉，不言不語。憑那些道士點燈著火，前後照看，他三個就如泥塑金裝一般模樣。◎1虎力大仙道：「沒有歹人，如何把供獻都吃了？」鹿力大仙道：「卻像人吃的勾當，有皮的都剝了皮，有核的都吐出核，卻怎麼不見人形？」羊力大仙道：「師兄勿疑。想是我們虔心敬意，在此晝夜誦經，前後申文，又是朝廷名號，斷然驚動天尊。想是三清爺爺聖駕降臨，受用了這些供養。◎2趁今仙從未返，鶴駕在斯，我等可拜告天尊，懇求些聖水金丹，進與陛下，卻不是長生永壽，見我們的功果也？」虎力大仙道：「說得是。」教：「徒弟們動樂誦經！一壁廂取法衣來，等我步罡拜禱。」那些小道士俱遵命，兩班兒擺列齊整。噹的一聲磬響，齊念一卷《黃庭道德真經》。虎力大仙披了法衣，擎著玉簡，對面前舞蹈揚塵，拜伏於地，◎3朝上啟奏道：

「誠惶誠恐，稽首※2歸依。臣等興教，仰望清虛。滅僧鄙俚，敬道光輝。敕修寶殿，

✦《新說西遊記圖像》描繪第四十五回精采場景：行者讓唐僧坐上法壇，作求雨狀。唐僧只在上面默念《密多心經》。（古版畫，選自《新說西遊記圖像》）

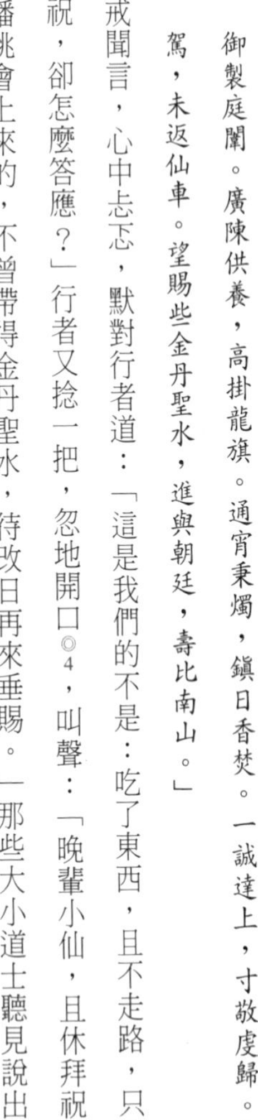

御製庭闈。廣陳供養，高掛龍旗。通宵秉燭，鎮日香焚。一誠達上，寸敬虔歸。今蒙降駕，未返仙車。望賜些金丹聖水，進與朝廷，壽比南山。」

八戒聞言，心中忐忑，默對行者道：「這是我們的不是：吃了東西，且不走路，只等這般禱祝，卻怎麼答應？」行者又捻一把，忽地開口◎4，叫聲：「晚輩小仙，且休拜祝。我等自蟠桃會上來的，不曾帶得金丹聖水，待改日再來垂賜。」那些大小道士聽見說出話來，一個個抖衣而戰道：「爺爺呀！活天尊臨凡，是必莫放，好歹求個長生的法兒。」鹿力大仙上前，又拜云：

「揚塵頓首，謹辦丹誠。微臣歸命，俯仰三清。自來此界，興道除僧。國王心喜，敬重玄齡。羅天大醮※3，徹夜看經。幸天尊之不棄，降聖駕而臨庭。俯求垂念，仰望恩榮。是必留些聖水，與弟子們延壽長生。」◎5

沙僧捻著行者，默默的道：「哥呀，要得緊，又來禱告了。」行者道：「與他些罷。」八戒寂寂道：「那裏有得？」行者道：「你只看著我，我有時，你們也都有了。」那道士吹打已畢，行者開言道：「那晚輩小仙，不須伏拜。我欲不留些聖水與你們，恐滅了苗裔；若要與你，又忒容易了。」眾道聞言，一齊俯伏叩頭道：「萬望天尊念弟子恭敬之意，千

註

※1 倥：倥音空，蒙昧無知的意思。倥臉，繃著臉的意思。

※2 稽首：古代的一種禮節：跪下，拱手至地，頭也至地。

※3 羅天大醮：醮，原是祭儀的意思。羅天大醮是道教大型綜合儀禮的名稱。羅天，即大羅天，道教指天之三界以上的極高處。《無上秘要》稱天之「三界之上，渺渺大羅」，以羅天指設醮之名，是言請降神靈數量多、品位高，設醮時間長、規模大。

評點

◎1. 一班頑皮。(李評)

◎2. 三清豈吃此物！痴心妄想，莫此爲甚。此所以爲蕩也。(張評)

◎3. 荒唐幻渺，活活搗鬼。(張評)

◎4. 泥像都會說話，眞乃不經之甚。(張評)

◎5. 所費無幾，所求得無太過？故曰：「蕩。」(張評)

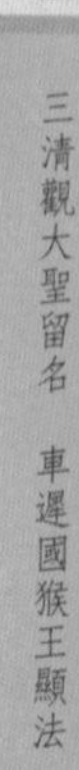

道士們把悟空師兄弟們給的「聖水」抬了出去，虎力大仙先吃了一鍾，覺得有些尿騷味。羊力大仙嘗了嘗，覺得有些豬溺臊氣。（朱寶榮繪）

乞喜賜些須。我弟子廣宣道德，奏國王普敬玄門。」行者道：「既如此，取器皿來。」那道士一齊頓首謝恩。虎力大仙愛強，就抬一口大缸，放在殿上；鹿力大仙端一砂盆，安在供桌之上；羊力大仙把花瓶摘了花，移在中間。行者道：「你們都出殿前，掩上格子，不可泄了天機，好留與你些聖水。」衆道一齊跪伏丹墀之下，掩了殿門。

那行者立將起來，掀著虎皮裙，撒了一花瓶臊溺。豬八戒見了，歡喜道：「哥呵，我把你做這幾年兄弟，只這些兒不曾弄我。我才吃了些東西，倒要幹這個事兒哩。」那獃子揭衣服，忽喇喇，就似呂梁洪倒下坂來，沙沙的溺了一砂盆。沙和尚卻也撒了半缸。依舊整衣端坐在上道：「小仙領聖水。」

那些道士推開格子，磕頭禮拜謝恩，抬出缸去，將那瓶盆總歸一處，◎6教：「徒弟，取個鍾子來嘗嘗。」小道士即便拿了一個茶鍾，遞與老道士。道士舀出一鍾來，喝下口

評點

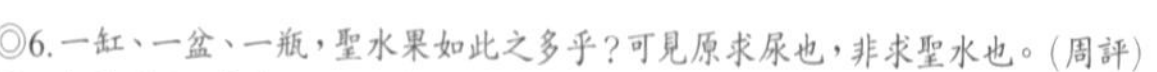

◎6.一缸、一盆、一瓶，聖水果如此之多乎？可見原求尿也，非求聖水也。（周評）
◎7.打罵道士，吃尿亦妙。（李評）
◎8.韻事、韻語，可謂出口成章。（周評）
頑皮！惡狀至此，可發大笑。（李評）

去，只情抹唇咂嘴。◎7鹿力大仙道：「師兄，好吃麼？」老道士努著嘴道：「不甚好吃，有些酣醷※4之味。」羊力大仙道：「等我嘗嘗。」也喝了一口，道：「有些豬溺臊氣。」行者坐在上面，聽見說出這話兒來，已此識破了，道：「我弄個手段，索性留個名罷。」大叫云：

「道號，道號！你好胡思！那個三清，肯降凡基※5？吾將眞姓，說與你知。大唐僧衆，奉旨來西。良宵無事，下降宮闈。吃了供養，閑坐嬉嬉。蒙你叩拜，何以答之？那裏是甚麼聖水，你們吃的都是我一溺之尿！」◎8

那道士聞得此言，攔住門，一齊動叉鈀掃帚、瓦塊石頭，沒頭沒臉往裏面亂打。好行者，左手挾了沙僧，右手挾了八戒，闖出門，駕著雲光，徑轉智淵寺方丈。不敢驚動師父，三人又復睡下。

早是五鼓三點，那國王設朝，聚集兩班文武、四百朝官，但見絳紗燈火光明，寶鼎香雲靉靆。此時唐三藏醒來，叫：「徒弟，徒弟！伏侍我倒換關文去來。」行者與沙僧、八戒急起身穿了衣服，侍立左右，道：「上告師父，這昏君信著那些道士，興道滅僧，恐言語差錯，不肯倒換關文；我等護持師父，都進朝去也。」唐僧大喜，

註

※4 酣醷：形容酒壞時的酸澀之氣。

※5 凡基：凡間、人間。

✦悟空師兄弟三人，吃了供品，又戲弄了三怪。悟空開口點破之後，道士們攔住門，一齊動叉鈀掃帚，沒頭沒臉亂打。行者左手挾了沙僧，右手挾了八戒，駕著雲回至智淵寺。（朱寶榮繪）

披了錦襴袈裟。行者帶了通關文牒，教悟淨捧著鉢盂，悟能拿了錫杖，將行囊、馬匹交與智淵寺僧看守。徑到五鳳樓前，對黃門官作禮，報了姓名，言是東土大唐取經的和尚，來此倒換關文，煩為轉奏。那閣門大使進朝俯伏金階，奏曰：「外面有四個和尚，說是東土大唐取經的，欲來倒換關文，現在五鳳樓前候旨。」國王聞奏道：「這和尚沒處尋死，卻來這裏尋死！那巡捕官員，怎麼不拿他解來？」旁邊閃過當駕的太師，啟奏道：「東土大唐，乃南贍部洲，號曰中華大國；到此有萬里之遙，路多妖怪。這和尚一定有些法力，方敢西來。望陛下看中華之遠僧，且召來驗牒放行，庶不失善緣之意。」國王准奏，把唐僧等宣至金鑾殿下。師徒們排列階前，捧關文遞與國王。

國王展開方看，又見黃門官來奏：「三位國師來也。」慌得國王收了關文，急下龍座，著近侍的設了繡墩，躬身迎接。三藏等回頭觀看，見那大仙搖搖擺擺，後帶著一雙丫髻蓬頭的小童兒，往裏直進。兩班官控背躬身，不敢仰視。他上了金鑾殿，對國王徑不行禮。那國王道：「國師，朕未曾奉請，今日如何肯降？」老道士云：「有一事奉告，故來也。那四個和尚是那國來的？」國王道：「是東土大唐差去西天取經的，來此倒換關文。」那三道士鼓掌大笑道：「我說他走了，原來還在這裏！」國王驚道：「國師有何話說？他才來報了姓名，正欲拿送國師使用，怎奈當駕太師所奏有理，朕因看遠來之意，不滅中華善緣，方才召入驗牒。不期國師有此問，想是他冒犯尊顏，有得罪處也？」道士笑云：「陛下不知。他昨日來的，在東門外打殺了我兩個徒弟，放了五百個囚僧，捽碎車

輛，夜間闖進觀來，把三清聖像毀壞，偷吃了御賜供養。我等被他蒙蔽了，只道是天尊下降，求些聖水金丹，進與陛下，指望延壽長生；不期他遺些小便，哄瞞我等。我等各喝了一口，嘗出滋味，◎9正欲下手擒拿，他卻走了。今日還在此間，正所謂『冤家路兒窄』也！」那國王聞言發怒，欲誅四眾。

孫大聖合掌開言，厲聲高叫道：「陛下暫息雷霆之怒，容僧等啟奏。」國王道：「你沖撞了國師，國師之言，豈有差謬！」行者道：「他說我昨日到城外打殺他兩個徒弟，是誰知證？我等且屈認了，著兩個和尚償命，還放兩個去取經。他又說我捽碎車輛，放了囚僧，此事亦無見證，料不該死，再著一個和尚領罪罷了。他說我毀了三清，鬧了觀宇，這又是栽害我也。」國王道：「怎見栽害？」行者道：「我僧乃東土之人，乍來此處，街道尚且不通，如何夜裏就知他觀中之事？既遺下小便，就該當時捉住，◎10卻這早晚坐名害人。天下假名托姓的無限，怎麼就說是我？望陛下回嗔詳察。」那國王本來昏亂，被行者說了一遍，他就決斷不定。

正疑惑之間，又見黃門官來奏：「陛下，門外有許多鄉老聽宣。」國王道：「有何事幹？」即命宣來。宣至殿前，有三四十名鄉老，朝上磕頭道：「萬歲，今年一春無雨，但恐夏月乾荒，特來啟奏，請那位國師爺爺祈一場甘雨，普濟黎民。」國王道：「鄉老且退，就有雨來也。」鄉老謝恩而出。國王道：「唐朝僧眾，朕敬道滅僧為何？只為當年求雨，我朝僧人更未嘗求得一點；幸天降國師，拯援塗炭。你今遠來，冒犯國師，本當即時問罪；姑且恕你，敢與我國師賭勝求雨麼？若祈得一場甘雨，濟度萬民，朕即饒你罪名，

評點

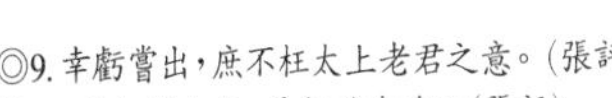
◎9. 幸虧嘗出，庶不枉太上老君之意。（張評）
◎10. 既知是小便，爲何就肯吃？（張評）

倒換關文，放你西去。若賭不過，無雨，就將汝等推赴殺場，典刑示衆。」行者笑道：「小和尚也曉得些兒求禱。」◎11

國王見說，即命打掃壇場，一壁廂教：「擺駕，寡人親上五鳳樓觀看。」當時多官擺駕，須臾，上樓坐了。唐三藏隨著行者、沙僧、八戒，侍立樓下，那三道士陪國王坐在樓上。少時間，一員官飛馬來報：「壇場諸色皆備，請國師爺爺登壇。」

那虎力大仙欠身拱手，辭了國王，徑下樓來。行者向前攔住道：「先生那裏去？」大仙道：「登壇祈雨。」行者道：「你也忒自重了，更不讓我遠鄉之僧。也罷，這正是『強龍不壓地頭蛇』。先生先去，必須對君前講開。」大仙道：「講甚麼？」行者道：「我與你都上壇祈雨，知雨是你的，是我的？不見是誰的功績了。」國王在上聽見，心中暗喜道：「那小和尚說話，倒有些筋節。」沙僧聽見，暗笑道：「不知他一肚子筋節，還不曾拿出來哩！」大仙道：「不消講，陛下自然知之。」行者道：「雖然知之，奈我遠來之僧，未曾與你相會。那時彼此混賴，不成勾當，須講開方好行事。」大仙道：「這一上壇，只看我的令牌為號：一聲令牌響，風來；二聲響，雲起；三聲響，雷閃齊鳴；四聲響，雨至；五聲響，雲散雨收。」行者笑道：「妙啊！我僧是不曾見。請了，請了！」

孫悟空最後叫出四海龍王現身。圖為佚名者畫的四海龍王水陸畫，四海龍王分為東海龍王、西海龍王、北海龍王、南海龍王，除各掌海域外，也司興雲佈雨。

大仙拽開步進前，三藏等隨後，徑到了壇門外。抬頭觀看，那裏有一座高臺，約有三丈多高。臺左右插著二十八宿旗號，頂上放一張桌子，桌上有一個香爐，爐中香烟靄靄。兩邊有兩隻燭臺，臺上風燭煌煌。爐邊靠著一個金牌，牌上鐫的是雷神名號。底下有五個大缸，都注著滿缸清水，水上浮著楊柳枝；楊柳枝上托著一面鐵牌，牌上書的是雷霆都司的符字。左右有五個大樁，樁上寫著五方蠻雷使者的名錄；每一樁邊立兩個道士，各執鐵鎚，伺候著打樁。臺後面有許多道士，在那裏寫作文書。正中間設一架紙爐，又有幾個像生※6的人物，都是那執符使者、土地贊教之神。◎12

那大仙走進去，更不謙遜，直上高臺立定。旁邊有個小道士，捧了幾張黃紙書就的符字、一口寶劍，遞與大仙。大仙執著寶劍，念聲咒語，將一道符在燭上燒了。那底下兩三個道士，拿過一個執符的像生、一道文書，亦點火焚之。那上面乒的一聲令牌響，只見那半空裏悠悠的風色飄來。豬八戒口裏作念道：「不好了，不好了！這道士果然有本事！令牌響了一下，果然就刮風。」行者道：「兄弟悄悄的，你們再莫與我說話，只管護持師父，等我幹事去來。」

好大聖，拔下一根毫毛，吹口仙氣，叫：「變！」就變作一個「假行者」，立在唐僧手下。他的真身出了元神，趕到半空中，高叫：「那司風的是那個？」慌得那風婆婆捻住布袋，巽二郎箚住口繩，上前施禮。行者道：「我保護唐朝聖僧西天取經，路過車遲國，

註

※6 像生：用紙或彩帛紮糊成人物形象，作爲祭祀或玩具之用。

評點

◎11. 只怕求雨更易似求尿。（張評）

◎12. 妝點壇場，大有生色尤妙。眞是《西遊記》行者求雨，不是《三國志》孔明祭風。（周評）
把祈雨壇場一一畫出，妙手！妙手！（李評）

與那妖道賭勝祈雨，你怎麼不助老孫，反助那道士？我且饒你，把風收了。若有一些風兒，把那道士的鬍子吹得動動，各打二十鐵棒！」風婆婆道：「不敢，不敢！」遂而沒些風氣。八戒忍不住亂嚷道：「那先兒※7請退！令牌已響，怎麼不見一些風兒？你下來，讓我們上去！」

那道士又執令牌，燒了符檄，撲的又打了一下，只見那空中雲霧遮滿。孫大聖又當頭叫道：「佈雲的是那個？」慌得那推雲童子、佈霧郎君當面施禮。行者又將前事說了一遍，那雲童、霧子也收了雲霧，放出太陽星耀耀，一天萬里更無雲。八戒笑道：「這先兒只好哄這皇帝，搪塞黎民，全沒些真實本事。令牌響了兩個，如何又不見雲生？」

那道士心中焦躁，仗寶劍，解散了頭髮，念著咒，燒了符，再一令牌打將下去，只見那南天門裏，鄧天君領著雷公、電母到當空，迎著行者施禮。行者又將前項事說了一遍，道：「你們怎麼來得志誠※8！是何法旨？」天君道：「那道士五雷法是個真的。他發了文書，燒了文檄，驚動玉帝，玉帝擲下旨意，徑至九天應元雷聲普化天尊府下。我等奉旨前來，助雷電下雨。」行者道：「既如此，且都住了，伺候老孫行事。」果然雷也不鳴，電也不灼。◎13

那道士愈加著忙，又添香、燒符、念咒、打下令牌。半空中，又有四海龍王一齊擁至。行者當頭喝道：「敖廣！那裏去？」那敖廣、敖順、敖欽、敖閏上前施禮。行者又將前項事說了一遍，道：「向日有勞，未曾成功；今日之事，望為助力。」龍王道：「遵命，遵命！」行者又謝了敖順道：「前日虧令郎縛怪，搭救師父。」龍王道：「那廝還鎖在海中，未敢擅便，正欲請大聖發落。」行者道：「憑你怎麼處治了罷，如今且助我一功。◎14那道士四聲令牌已畢，卻輪到老孫下去幹事了。但我不會發符、燒檄，打甚令牌，你列位卻要助我行行。」

鄧天君道：「大聖分付，誰敢不從！但只是得一個號令，方敢依令而行；不然，雷雨亂了，顯得大聖無款也。」行者道：「我將棍子為號罷。」那雷公大驚道：「爺爺呀！我們怎吃得這棍子？」行者道：「不是打你們，但看我這棍子往上一指，就要刮風。」那風婆婆、巽二郎沒口的答應道：「就放風！」「棍子第二指，就要佈雲。」那推雲童子、佈霧郎君道：「就佈雲，就佈雲！」「棍子第三指，就要雷鳴電灼。」那雷公、電母道：「奉承，奉承！」「棍子第四指，就要下雨。」那龍王道：「遵命，遵命！」「棍子第五指，就要大日晴天，卻莫違誤。」◎15

分付已畢，遂按下雲頭，把毫毛一抖，收上身來。那些人肉眼凡胎，那裏曉得？行者遂在旁邊高叫道：「先生請了。四聲令牌俱已響畢，更沒有風雲雷雨，該讓我了。」那道士無奈，不敢久佔，只得下了臺讓他；努著嘴，徑往樓上見駕。行者道：「等我跟他去，看他說些甚的。」只聽得那國王問道：「寡人這裏洗耳誠聽，你那裏四聲令響，不見風雨，何也？」道士云：「今日龍神都不在家。」行者厲聲

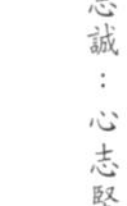

註

※7 先兒：就是先生兒的簡稱。

※8 志誠：心志堅定，這裏是諷刺來得爽快。

評點

◎13. 牛子焉知有此。（張評）

◎14. 全要乘人的現成，更覺伶俐。（張評）

◎15. 妙絕，妙絕，天下大樂事無有過於此者。（周評）

道：「陛下，龍神俱在家，只是這國師法不靈，請他不來。等和尚請來你看。」國王道：「即去登壇，寡人還在此候雨。」

行者得旨，急抽身到壇所，扯著唐僧道：「師父請上臺。」唐僧道：「徒弟，我卻不會祈雨。」八戒笑道：「他害你了。若還沒雨，拿上柴蓬，一把火了帳。」行者道：「你不會求雨，好的會念經。等我助你。」那長老才舉步登壇，到上面端然坐下，定性歸神，默念那《密多心經》。正坐處，忽見一員官，飛馬來問：「那和尚，怎麼不打令牌，不燒符檄？」行者高聲答道：「不用，不用！我們是靜功祈禱。」◎16那官去回奏不題。

行者聽得老師父經文念盡，卻去耳朵內取出鐵棒，迎風幌了一幌，就有丈二長短，碗來粗細，將棍望空一指。那風婆婆見了，急忙扯開皮袋，巽二郎解放口繩：只聽得呼呼風響，滿城中揭瓦翻磚，揚砂走石。看起來，真箇好風，卻比那尋常之風不同也！但見：

折柳傷花，摧林倒樹。九重殿損壁崩牆，五鳳樓搖梁撼柱。天邊紅日無光，地下黃砂有翅。演武廳前武將驚，會文閣內文官懼。三宮粉黛亂青絲，六院嬪妃蓬寶髻。侯伯金冠落繡纓，宰相烏紗飄展翅。當駕有言不敢談，黃門執本無由遞。金魚玉帶※9不依班，象簡羅衫

風婆（左）、推雲童子（右）塑像，河南武陟嘉應觀風神殿。攝於2004年5月15日。（聶鳴／fotoe提供）

無品敘※10。彩閣翠屏盡損傷，綠窗朱户皆狼狽。金鑾殿瓦走磚飛，錦雲堂門歪槅碎。這陣狂風果是兇，刮得那君王父子難相會；六街三市沒人踪，萬户千門皆緊閉！

正是那狂風大作。孫行者又顯神通，把金箍棒鑽一鑽，望空又一指。只見那：

推雲童子，佈霧郎君。推雲童子顯神威，骨都都觸石遮天；佈霧郎君施法力，濃漠漠飛烟蓋地。茫茫三市暗，冉冉六街昏。因風離海上，隨雨出崑崙。頃刻漫天地，須臾蔽世塵。宛然如混沌，不見鳳樓門。

此時昏霧朦朧，濃雲靉靆。孫行者又把金箍棒鑽一鑽，望空又一指。慌得那：

雷公奮怒，電母生嗔。雷公奮怒，倒騎火獸下天關；電母生嗔，亂掣金蛇離斗府。唿喇喇施霹靂，振碎了鐵叉山；淅瀝瀝閃紅綃，飛出了東洋海。呼呼隱隱滾車聲，燁燁煌煌飄稻米。萬萌萬物精神改，多少昆蟲蟄已開。君臣樓上心驚駭，商賈聞聲膽怯忙。

那沉雷護閃，乒乒乓乓，一似那地裂山崩之勢。諕得那滿城人，戶戶焚香，家家化紙。孫行者高呼：「老鄧！仔細替我看那貪贓壞法之官、忤逆不孝之子，多打死幾個示衆！」那雷越發振響起來。行者卻又把鐵棒望上一指。只見那：

龍施號令，雨漫乾坤。勢如銀漢傾天塹，疾似雲流過海門。樓頭聲滴滴，窗外響瀟瀟。天上銀河瀉，街前白浪滔。淙淙如甕撿，滾滾似盆澆。孤莊將漫屋，野岸欲平橋。眞

註

※9 金魚玉帶：古代高官的朝服。《宋史．輿服志》記載，北宋時期，此衫為士大夫按照不同品級，在官服上會佩帶金魚。後用「金魚玉帶」指代官員。

※10 象簡羅衫無品敘：古代官員在不同場合，要穿體現各種不同禮儀功能的服飾，因此有「象簡羅衫無品敘」的詩句。

評點

◎16. 以棒指而行雨，則祈禱非靜功之力。其所以不由祈禱而得者，則靜功之力也。（周評）

箇桑田變滄海，霎時陸岸滾波濤。神龍藉此來相助，抬起長江望下澆。◎17

這場雨自辰時下起，只下到午時前後；下得那車遲城裏裏外外，水漫了街衢。那國王傳旨道：「雨彀了，雨彀了！十分再多，又渰壞了禾苗，反為不美。」五鳳樓下聽事官策馬冒雨來報：「聖僧，雨彀了。」行者聞言，將金箍棒往上又一指。只見霎時間雷收風息，雨散雲收。國王滿心歡喜，文武盡皆稱讚道：「好和尚！這正是『強中更有強中手』！就是我國師求雨雖靈，若要晴，細雨兒還下半日，便不清爽。怎麼這和尚要晴就晴，頃刻間杲杲日出，萬里就無雲也？」

國王教回鑾，倒換關文，打發唐僧過去。正用御寶時，又被那三個道士上前阻住道：「陛下，這場雨全非和尚之功，還是我道門之力。」國王道：「你才說龍王不在家，不曾有雨；◎18他走上去，以靜功祈禱，就雨下來。怎麼又與他爭功，何也？」虎力大仙道：「我上壇發了文書，燒了符檄，擊了令牌，那龍王誰敢不來？想是別方召請，風、雲、雷、雨五司俱不在，一聞我令，隨趕而來；適遇著我下他上，一時撞著這個機會，所以就雨。從根算來，還是我請的龍，下的雨，怎麼算作他的功果？」◎19那國王昏亂，聽此言，卻又疑惑未定。

行者近前一步，合掌奏道：「陛下，這些傍門法術，也不成個功果，算不得我的他的。◎20如今有四海龍王現在空中，我僧未曾發放，他還不敢遽退。那國師若能叫得龍王現身，就算他的功勞。」國王大喜道：「寡人做了二十三年皇帝，更不曾看見活龍是怎麼

模樣。你兩家各顯法力，不論僧道，但叫得來的，就是有功；叫不出的，有罪。」那道士怎麼有那樣本事？就叫，那龍王見大聖在此，也不敢出頭。道士云：「我輩不能，你是叫來。」

那大聖仰面朝空，厲聲高叫：「敖廣何在？弟兄們都現原身來看！」那龍王聽喚，即忙現了本身。四條龍在半空中度霧穿雲，飛舞向金鑾殿上。◎21但見：

飛騰變化，繞霧盤雲。玉爪垂鈎白，銀鱗舞鏡明。髯飄素練根根爽，角聳軒昂挺挺清。磕額崔巍，圓睛幌亮。隱顯莫能測，飛揚不可評。禱雨隨時佈雨，求晴即便天晴。這才是有靈有聖眞龍像，祥瑞繽紛繞殿庭。

那國王在殿上焚香，衆公卿在階前禮拜。國王道：「有勞貴體降臨，請回。寡人改日醮謝。」行者道：「列位衆神各自歸去，這國王改日醮謝哩。」那龍王徑自歸海，衆神各各回天。這正是：

廣大無邊眞妙法，至眞了性劈傍門。◎22

畢竟不知怎麼除邪，且聽下回分解。

總批

描畫祈雨壇場處，是大手筆。其餘雖妙，卻還是剩技。（李評）

悟一子曰：此篇明聖水金丹，本由修煉而非可禱求，眞性情空全以神用而不事聲色。劈破傍門指出眞諦，冷語閒情，處處警策。（陳評節錄）

悟元子曰：上回提明金丹之道，係三教一家之理，故此回示眞破假，使學者悟假以求眞耳。……此篇中言性言法，直入三昧，學者不可以篇中賭勝祈雨字句，誤認提綱「法」字，爲南宮之法，是特道中之法耳。……詩曰：「三教原來是一家，牟尼太極即金花。若無大聖留眞訣，葉葉枝枝盡走差。」（劉評節錄）

◎17. 波翻浪滾，活潑潑地也。（張評）
◎18. 好皇帝！（李評）
◎19. 道士說來，似亦有理。（李評）
◎20. 只三語都說盡矣，此一心之所以能降三力也。（周評）
◎21. 可好看否？（周評）
◎22. 此是三回中大旨。（周評）

第四十六回

外道弄強欺正法　心猿顯聖滅諸邪

話說那國王見孫行者有呼龍使聖之法，即將關文用了寶印，便要遞與唐僧，放行西路。那三個道士，慌得拜倒在金鑾殿上啟奏。那皇帝即下龍位，御手忙攙道：「國師今日行此大禮，何也？」道士說：「陛下，我等至此，匡扶社稷，保國安民，苦歷二十年來，今日這和尚弄法力，抓了丟去※1，敗了我們聲名。陛下以一場之雨，就恕殺人之罪，可不輕了我等也？望陛下且留住他的關文，讓我兄弟與他再賭一賭，看是何如。」那國王著實昏亂，東說向東，西說向西，真箇收了關文，道：「國師，你怎麼與他賭？」虎力大仙道：「我與他賭坐禪※2。」國王道：「國師差矣。

✦《新説西遊記圖像》描繪第四十六回精采場景：孫悟空下油鍋前還和國王打哈哈，詢問：「不知文洗、武洗？」（古版畫，選自《新説西遊記圖像》）

評點

◎1. 如此坐禪，好似撮把戲。(周評)
◎2. 所以玄門功夫只是要靜坐爲主。(周評)

那和尚乃禪教出身，必然先會禪機，才敢奉旨求經，你怎與他賭此？」大仙道：「我這坐禪，比常不同，有一異名，教作『雲梯顯聖』。」國王道：「何為『雲梯顯聖』？」大仙道：「要一百張桌子，五十張作一禪臺，一張一張疊將起去。不許手攀而上，亦不用梯凳而登，各駕一朵雲頭，上臺坐下，約定幾個時辰不動。」◎1

國王見此有些難處，就便傳旨問道：「那和尚，我國師要與你賭『雲梯顯聖』坐禪，那個會麼？」行者聞言，沉吟不答。八戒道：「哥哥，怎麼不言語？」行者道：「兄弟，實不瞞你說。若是踢天弄井、攪海翻江、擔山趕月、換斗移星，諸般巧事，我都幹得；就是砍頭剁腦、剖腹剜心，異樣騰那，卻也不怕。但說坐禪，我就輸了。我那裏有這坐性？◎2你就把我鎖在鐵柱上，我也要上下爬踏，莫想坐得住。」三藏忽的開言道：「我會坐禪。」行者歡喜道：「卻好，卻好！可坐得多少時？」三藏道：「我幼年遇方上禪僧講道，那性命根本上，定性存神，在死生關裏，也坐二三個年頭。」行者道：「師父若坐二三年，我們就不取經罷。多也不上二三個時辰，就下來了。」三藏道：「徒弟呀，卻是不能上去。」行者道：「你上前答應，我送你上去。」那長老果然合掌當胸道：「貧僧會坐禪。」國王教傳旨，立禪臺。國家有倒山之力，不消半個時辰，就設起兩座臺，在金鑾殿左右。

那虎力大仙下殿，立於階心，將身一縱，踏一朵席雲，徑上西邊臺上

註

※1 抓了丟去：搶了功去、佔了先行的意思。

※2 坐禪：修禪的一種方法，形式是打坐。

坐下。行者拔一根毫毛，變作假像，陪著八戒、沙僧立於下面；他卻作五色祥雲，把唐僧撮起空中，徑至東邊臺上坐下。他又斂祥光，變作一個蟭蟟蟲，飛在八戒耳朵邊道：「兄弟，仔細看著師父，再莫與老孫替身說話。」那獃子笑道：「理會得，理會得。」

卻說那鹿力大仙在繡墩上坐看多時，他兩個在高臺上不分勝負。這道士就助他師兄一功，將腦後短髮拔了一根，捻著一團，彈將上去，徑至唐僧頭上，變作一個大臭蟲，咬住長老。◎3那長老先前覺癢，然後覺疼。原來坐禪的不許動手，動手算輸。一時間疼痛難禁，他縮著頭，就著衣襟擦癢。八戒道：「不好了！師父羊兒風發了。」沙僧道：「不是，是頭風發了。」行者聽見道：「我師父乃志誠君子，他說會坐禪，斷然會坐；說不會，只是不會。君子家豈有謬乎？你兩個休言，等我上去看看。」

好行者，嚶的一聲，飛在唐僧頭上，只見有豆粒大小一個臭蟲叮他師父，慌忙用手捻下，替師父撓撓摸摸。那長老不疼不癢，端坐上面。行者暗想道：「和尚頭光，虱子也安不得一個，如何有此臭蟲？想是那道士弄的玄虛，害我師父。哈哈！枉自也不見輸贏，等老孫去弄他一弄！」這行者飛將去，金殿獸頭上落下，搖身一變，變作一條七寸長的蜈蚣，徑來道士鼻凹裏叮了一下。那道士坐不穩，一個觔斗翻將下去，◎4幾乎喪了性命，幸虧大小官員人多救起。國王大驚，即著當駕太師領他往文華殿裏梳洗去了。行者仍駕祥雲，將師父馱下階前，已是長老得勝。

那國王只教放行。鹿力大仙又奏道：「陛下，我師兄原有暗風疾，因到了高處，冒了天風，舊疾舉發，故令和尚得勝。且留下他，等我與他賭『隔板猜枚』。」國王道：「怎麼叫作『隔板猜枚』？」鹿力道：「貧道有隔板知物之法，◎5看那和尚可能彀。他若猜得過我，讓他出去；猜不著，憑陛下問擬罪名，雪我昆仲之恨，不污了二十年保國之恩也。」

真箇那國王十分昏亂，依此讒言，即傳旨，將一硃紅漆的櫃子，命內官抬到宮殿，教娘娘放上件寶貝。須臾抬出，放在白玉階前，教僧道：「你兩家各賭法力，猜那櫃中是何寶貝。」三藏道：「徒弟，櫃中之物，如何得知？」行者斂祥光，還變作蟭蟟蟲，釘在唐僧頭上，道：「師父放心，等我去看看來。」好大聖，輕輕飛到櫃上，爬在那櫃腳之下，見有一條板縫兒。他鑽將進去，見一個紅漆丹盤，內放一套宮衣，乃是山河社稷襖、乾坤地理裙。◎6用手拿起來抖亂了，咬破舌尖上，一口血哨噴將去，叫聲：「變！」即變作一件破爛流丟※3一口鐘，◎7臨行又撒上一泡臊溺；卻還從板縫裏鑽出來，飛在唐僧耳朵上道：「師父，你只猜是破爛流丟一口鐘。」三藏道：「他教猜寶貝哩，『流丟』是件甚寶貝？」行者道：「莫管他，只猜著便是。」

唐僧進前一步，正要猜，那鹿力大仙道：「我先猜，◎8那櫃裏是山河社稷襖、乾坤地理裙。」唐僧道：「不是，不是。櫃裏是件破爛流丟一口鐘。」國王道：「這和尚無禮！

註

※3流丟：破爛的意思，形容腐爛欲滴的方言。

評點

◎3.再無別法，其智窮矣。（張評）
◎4.美跌、美跌，這一跌別人跌不出。（周評）
◎5.智者不知也，故以此自矜。（張評）
◎6.華哉此服，不知如何制度？（周評）
◎7.奇物，奇物，定是從寶林寺窮和尚身上得來樣式。（周評）
◎8.自放自猜，更屬無謂。（張評）

敢笑我國中無寶，猜甚麼流丟一口鐘！」教：「拿了！」那兩班校尉就要動手，慌得唐僧合掌高呼：「陛下，且赦貧僧一時，待打開櫃看。端的是寶，貧僧領罪；如不是寶，卻不屈了貧僧也？」國王教打開看。當駕官即開了，捧出丹盤來看，果然是件破爛流丟一口鐘。國王大怒道：「是誰放上此物？」龍座後面閃上三宮皇后道：「我主，是梓童親手放的山河社稷襖、乾坤地理裙，卻不知怎麼變成此物？」國王道：「御妻請退，寡人知之。宮中所用之物，無非是緞絹綾羅，那有此甚麼流丟？」教：「抬上櫃來，等朕親藏一寶貝，再試如何。」

那皇帝即轉後宮，把御花園裏仙桃樹上結得一個大桃子，有碗來大小，摘下放在櫃內，又抬下叫猜。唐僧道：「徒弟呵，又來猜了。」行者道：「放心，等我再去看看。」又嚶的一聲飛將去，還從板縫兒鑽進去，見是一個桃子，正合他意；即現了原身，坐在櫃裏，將桃子一頓口啃得乾乾淨淨，連兩邊腮凹兒都啃淨了，將核兒安在裏面。仍變蟭蟟蟲，飛將出去，釘在唐僧耳朵上道：「師父，只猜是個桃核子。」長老道：「徒弟呵，休要弄我。先前不是口快，幾乎拿去典刑。這番須猜寶貝方好，桃核子是甚寶貝？」行者道：「休怕，只管贏他便了。」

三藏正要開言，聽得那羊力大仙道：「貧道先猜，是一

✦虎力大仙，《西遊記》神話人物。（fotoe提供）

顆仙桃。」三藏猜道：「不是桃，是個光桃核子。」那國王喝道：「是朕放的仙桃，如何是核？三國師猜著了。」三藏道：「陛下，打開來看就是。」當駕官又抬上去打開，捧出丹盤，果然是一個核子，皮肉俱無。國王見了，心驚道：「國師，休與他賭鬥了，讓他去罷。寡人親手藏的仙桃，如今只是一核子，是甚人吃了？想是有鬼神暗助他也。」八戒聽說，與沙僧微微冷笑道：「還不知他是會吃桃子的積年※4哩！」

正話間，只見那虎力大仙從文華殿梳洗了，走上殿道：「陛下，這和尚有搬運抵物之術。抬上櫃來，我破他術法，與他再猜。」◎9國王道：「國師還要猜甚？」虎力道：「術法只抵得物件，卻抵不得人身。將這道童藏在裏面，管教他抵換不得。」這小童果藏在櫃裏，掩上櫃蓋，抬將下去，教：「那和尚再猜，這三番是甚寶貝。」三藏道：「又來了！」行者道：「等我再去看看。」嚶的又飛去，鑽入裏面，見是一個小童兒。好大聖，他卻有見識，果然是騰那天下少，似這伶俐世間稀！

他就搖身一變，變作個老道士一般容貌，進櫃裏叫聲：「徒弟。」童兒道：「師父，你從那裏來的？」行者道：「我使遁法來的。」童兒道：「你來有甚麼教誨？」行者道：「那和尚看見你進櫃來了，他若猜個道童，卻不又輸了？是特來和你計較計較，剃了頭，我們猜和尚罷。」◎10童兒道：「但憑師父處治，只要我們贏他便了。若是再輸與他，不但低了聲名，又恐朝廷不敬重了。」行者道：「說得是。我兒過來，贏了他，我重重賞

註

※4 積年：就是老手、能手的意思。

評點

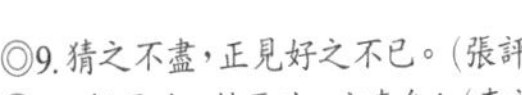
◎9.猜之不盡，正見好之不已。（張評）

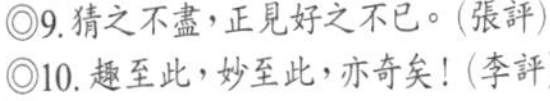
◎10.趣至此，妙至此，亦奇矣！（李評）

你。」將金箍棒就變作一把剃頭刀，摟抱著那童兒，口裏叫道：「乖乖，忍著疼，莫放聲，等我與你剃頭。」須臾剃下髮來，窩作一團，塞在那櫃腳紇絡※5裏。收了刀兒，摸著他的光頭道：「我兒，頭便像個和尚，只是衣裳不趁。脫下來，我與你變一變。」那道童穿的一領蔥白色雲頭花絹繡錦沿邊的鶴氅，真箇脫下來，被行者吹一口仙氣，叫：「變！」即變作一件土黃色的直裰兒，與他穿了。卻又拔下兩根毫毛，變作一個木魚兒，遞在他手裏道：「徒弟，須聽著：但叫道童，千萬莫出去；若叫和尚，你就與我頂開櫃蓋，敲著木魚，念一卷佛經鑽出來，方得成功也。」童兒道：「我只會念《三官經》、《北斗經》、《消災經》※6，不會念佛家經。」行者道：「你可會念佛？」童兒道：「阿彌陀佛，那個不會念？」行者道：「也罷，也罷！就念佛，省得我又教你。切記著，我去也。」◎11還變蟭蟟蟲，鑽出去，飛在唐僧耳輪邊道：「師父，你只猜是個和尚。」三藏道：「這番也准贏了。」行者道：「你怎麼定得？」三藏道：「經上有云：『佛、法、僧三寶。』和尚卻也是一寶。」

正說處，只見那虎力大仙道：「陛下，第三番是個道童。」只管叫，他那裏肯出來。三藏合掌道：「是個和尚。」八戒盡力高叫道：「櫃裏是個和尚！」那童兒忽的頂開櫃蓋，敲著木魚，念著佛，鑽出來。◎12喜得那兩班文武，齊聲喝采；諕得那三個道士，拑口無言。◎13國王道：「這和尚是有鬼神輔佐！怎麼道士入櫃，就變作和尚？縱有待詔跟進去，也只剃得頭便了，如何衣服也能趁體，口裏又會念佛？國師啊，讓他去罷！」

虎力大仙道：「陛下，左右是『棋逢對手，將遇良材』。貧道將鍾南山幼時學的武藝，索性與他賭一賭。」國王道：「有甚麼武藝？」虎力道：「弟兄三個，都有些神通。會砍下頭來，又能安上；剖腹剜心，還再長完；滾油鍋裏，又能洗澡。」國王大驚道：「此三事都是尋死之路！」虎力道：「我等有此法力，才敢出此朗言，斷要與他賭個才休。」那國王叫道：「東土的和尚，我國師不肯放你，還要與你賭砍頭剖腹，下滾油鍋洗澡哩。」

行者正變作蟭蟟蟲，往來報事，忽聽此言，即收了毫毛，現出本相，哈哈大笑道：「造化，造化！買賣上門了！」八戒道：「這三件都是喪性命的事，怎麼說買賣上門？」行者道：「你還不知我的本事。」八戒道：「哥哥，你只像這等變化騰那也彀了，怎麼還有這等本事？」行者道：「我呵：

> 砍下頭來能說話，剁了臂膊打得人。斬去腿腳會走路，剖腹還平妙絕倫。就似人家包匾食，一捻一個就囫圇。油鍋洗澡更容易，只當溫湯滌垢塵。」

八戒、沙僧聞說，呵呵大笑。行者上前道：「陛下，小和尚會砍頭。」國王道：「你怎麼

註

※5 紇絡：音哥落，亦作閣落，意指角落。

※6 《三官經》、《北斗經》、《消災經》：《三官經》為《太上三官寶經》，三官大帝指的是天官、地官和水官。《北斗經》全稱《太上玄靈北斗本命延生眞經》，經中稱，北斗七星乃造化之樞機，人神之主宰，有回生注死之功，消災度厄之力。凡人性命五體，悉屬本命星官主掌。《消災經》按內文應為道教經書，現流傳有佛教《消災經》；內容為給灶、過生日時候消災消難。此三經俱為道教經書。

評點

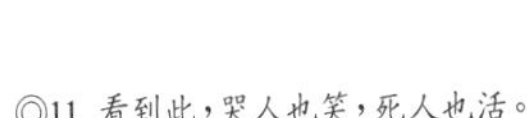

◎11. 看到此，哭人也笑，死人也活。(李評)

◎12. 看至此，定當天花亂墜、地湧金蓮。(周評)

◎13. 到此，作者、讀者俱結大歡喜緣矣。(李評)

會砍頭？」行者道：「我當年在寺裏修行，曾遇著一個方上禪和子※7，教我一個砍頭法，不知好也不好，如今且試試新。」國王笑道：「那和尚年幼不知事。砍頭那裏好試新？頭乃六陽之首，砍下即便死矣。」虎力道：「陛下，正要他如此，方才出得我們之氣。」

那昏君信他言語，即傳旨，教設殺場。一聲傳旨，即有羽林軍三千，擺列朝門之外。國王教：「和尚先去砍頭。」行者欣然應道：「我先去！我先去！」拱著手，高呼道：「國師，恕大膽佔先了。」拽回頭，往外就走。唐僧一把扯住道：「徒弟呀，仔細些。那裏不是耍處。」行者道：「怕他怎的！撒了手，等我去來。」

那大聖徑至殺場裏面，被劊子手撾住了，捆作一團，按在那土墩高處，只聽喊一聲：「開刀！」颼的把個頭砍將下來。又被劊子手一腳踢了去，好似滾西瓜一般，滾有三四十步遠近。行者腔子中更不出血，只聽得肚裏叫聲：「頭來！」慌得鹿力大仙見有這般手段，即念咒語，教本坊土地神祇：「將人頭扯住，待我贏了和尚，奏了國王，

孫悟空被砍頭之後，叫道：「頭來！」那頭被妖怪用法按住，行者心焦，便喝聲：「長！」颼的腔子內長出一個頭來。諕得那劊子手，個個心驚。（朱寶榮繪）

與你把小祠堂蓋作大廟宇，泥塑像改作正金身。」原來那些土地神祇因他有五雷法，也服他使喚，暗中真箇把行者頭按住了。行者又叫聲：「頭來！」那頭一似生根，莫想得動。行者心焦，捻著拳掙了一掙，將捆的繩子就皆掙斷，喝聲：「長！」颼的腔子內長出一個頭來。◎14諕得那劊子手個個心驚，羽林軍人人膽戰。那監斬官急走入朝奏道：「萬歲，那小和尚砍了頭，又長出一顆來了。」八戒冷笑道：「沙僧，那知哥哥還有這般手段！」沙僧道：「他有七十二般變化，就有七十二個頭哩。」

說不了，行者走來，叫聲：「師父。」三藏大喜道：「徒弟，辛苦麼？」行者道：「不辛苦，倒好耍子。」八戒道：「哥哥，可用刀瘡藥麼？」行者道：「你是摸摸看，可有刀痕？」那獃子伸手一摸，就笑得獃獃睜睜道：「妙哉，妙哉！卻也長得完全，截疤兒也沒些兒。」

兄弟們正都歡喜，又聽得國王叫領關文：「赦你無罪。快去，快去！」行者道：「關文雖領，必須國師也赴曹砍砍頭，也當試新去來。」國王道：「大國師，那和尚也不肯放你哩。你與他賭勝，且莫諕了寡人。」虎力也只得去，被幾個劊子手也捆翻在地，幌一幌，把頭砍下，一腳也踢將去，滾了有三十餘步。他腔子裏也不出血，也叫一聲：「頭來！」行者即忙拔下一根毫毛，吹口仙氣，叫：「變！」變作一條黃犬跑入場中，把那道

註

※7 禪和子：即參禪的人。參禪方式多樣，不拘泥於靜坐。本回多條佛教術語參考了陳義孝居士編著的《佛學常見詞彙》。

評點

◎14. 文人之筆，奇幻至此。（李評）

士頭一口啣來，徑跑到御水河邊丟下不題。

卻說那道士連叫三聲，人頭不到，怎似行者的手段，長不出來，腔子中骨都都紅光迸出。可憐空有喚雨呼風法，怎比長生果正仙？須臾倒在塵埃，衆人觀看，乃是一隻無頭的黃毛虎。◎15那監斬官又來奏：「萬歲，大國師砍下頭來，不能長出，死在塵埃，是一隻無頭的黃毛虎。」國王聞奏，大驚失色，目不轉睛看那兩個道士。鹿力起身道：「我師兄已是命到祿絕了，如何是隻黃虎？這都是那和尚懷懶，使的掩樣法兒，將我師兄變作畜類！我今定不饒他，定要與他賭那剖腹剜心！」

國王聽說，方才定性回神，又叫：「那和尚，二國師還要與你賭哩。」行者道：「小和尚久不吃烟火食，前日西來，忽遇齋公家勸飯，多吃了幾個饃饃，這幾日腹中作痛，想是生蟲。正欲借陛下之刀，剖開肚皮，拿出臟腑，洗淨脾胃，方好上西天見佛。」國王聽說，教：「拿他赴曹。」那許多人攙的攙，扯的扯。行者展脫※8手道：「不用人攙，自家走去。但一件，不許縛手，我好用手洗刷臟腑。」國王傳旨，教：「莫綁他手。」

行者搖搖擺擺，徑至殺場。將身靠著大樁，解開衣帶，露出肚腹。那劊子手將一條繩套在他膊項上，一條繩箚住他腿足，把一口牛耳短刀幌一幌，著肚皮下一割，搠個窟窿。這行者雙手爬開肚腹，拿出腸臟來，一條條理彀多時，依然安在裏面，照舊盤曲；捻著肚皮，吹口仙氣，叫：「長！」依然長合。國王大驚，將他那關文捧在手中道：「聖僧莫誤西行，與你關文去罷。」行者笑道：「關文小可，也請二國師剖剖剜剜，何如？」國王對鹿力說：「這事不與寡人相干，是你要與他做對頭的。請去，請去！」鹿力道：「寬心，料我決不輸與他。」

你看他也像孫大聖，搖搖擺擺，徑入殺場。被劊子手套上繩，將牛耳短刀唿喇的一聲，割開肚腹，他也拿出肝腸，用手理弄。行者即拔一根毫毛，吹口仙氣，叫：「變！」即變作一隻餓鷹，展開翅爪，颼的把他五臟心肝盡情抓去，不知飛向何方受用。這道士弄作一個空腔破肚淋漓鬼，少臟無腸浪蕩魂。那劊子手蹬倒大樁，拖屍來看，呀！原來是一隻白毛角鹿！◎16慌得那監斬官又來奏道：「二國師晦氣，正剖腹時，被一隻餓鷹將臟腑肝腸都刁去了，死在那裏。原身是個白毛角鹿也。」國王害怕道：「怎麼是個角鹿？」那羊力大仙又奏道：「我師兄既死，如何得現獸形？這都是那和尚弄術法坐害我等。等我與師兄報仇者！」國王道：「你有甚麼法力贏他？」羊力道：「我與他賭下滾油鍋洗澡。」國王便教取一口大鍋，滿著香油，教他兩個賭去。行者道：「多承下顧。小和尚一向不曾洗澡，這兩日皮膚燥癢，好歹蕩蕩去。」

那當駕官果安下油鍋，架起乾柴，燃著烈火，將油燒滾，教和尚先下去。行者合掌道：「不知文洗、武洗？」國王道：「文洗如何？武洗如何？」行者道：「文洗不脫衣服，似這般叉著手，下去打個滾就起來，不許污壞了衣服，若有一點油膩算輸。武洗要

註

※8 展脫：作掙解、掙開。

評點

◎15. 此虎無力矣。(周評)

◎16. 此鹿之力安在？(周評)
原來道士都是畜生。(李評)

取一張衣架、一條手巾，脫了衣服跳將下去，任意翻觔斗、豎蜻蜓，當耍子洗也。」國王對羊力說：「你要與他文洗、武洗？」羊力道：「文洗，恐他衣服是藥煉過的，隔油。武洗罷。」行者又上前道：「恕大膽，屢次佔先了。」你看他脫了布直裰，褪了虎皮裙，將身一縱，跳在鍋內，翻波鬥浪，就似負水一般頑耍。

八戒見了，咬著指頭對沙僧道：「我們也錯看了這猴子了！平時間劖言訕語※9，鬥他耍子，怎知他有這般真實本事！」他兩個唧唧噥噥，誇獎不盡。行者望見，心疑道：「那獃子笑我哩。正是『巧者多勞拙者閑』，老孫這般舞弄，他倒自在。等我作成他捆一繩，看他可怕？」正洗浴，打個水花，淬在油鍋底上，變作個棗核釘兒，再也不起來了。◎17那監斬官近前又奏：「萬歲，小和尚被滾油烹死了。」國王大喜，教撈上骨骸來看。劊子手將一把鐵笊籬，在油鍋裏撈，原來那笊籬眼稀，行者變得釘小，往往來來，從眼孔漏下去了，那裏撈得著。

孫悟空先下油鍋，他不慌不忙，先告了個罪，才脫掉衣服，然後將身一縱，跳在鍋內，翻波鬥浪，就似負水一般頑耍。（朱寶榮繪）

又奏道：「和尚身微骨嫩，俱扎化了。」

國王教：「拿三個和尚下去！」兩邊校尉見八戒面兇，先揪翻，把背心捆了。慌得三藏高叫：「陛下，赦貧僧一時。我那個徒弟自從歸教，歷歷有功；今日沖撞國師，死在油鍋之內，奈何先死者為神，我貧僧怎敢貪生！正是天下官員也管著天下百姓，陛下若教臣死，臣豈敢不死？只望寬恩，賜我半盞涼漿水飯、三張紙馬，容到油鍋邊，燒此一陌紙，也表我師徒一念，那時再領罪也。」國王聞言道：「也是，那中華人多有義氣。」◎18命：「取些漿飯、黃錢與他。」果然取了，遞與唐僧。

唐僧教沙和尚同去。行至階下，有幾個校尉把八戒揪著耳朵，拉在鍋邊。三藏對鍋祝曰：「徒弟孫悟空！

自從受戒拜禪林，護我西來恩愛深。指望同時成大道，何期今日你歸陰！生前只為求經意，死後還存念佛心。萬里英魂須等候，幽冥做鬼上雷音！」

註

※9 剿言訕語：冷言冷語，諷刺、挖苦的意思。

下油鍋，湖南保靖縣葫蘆鎮苗族「桃花會」。（向暉／fotoe提供）

評點

◎17. 猴極矣！（李評）
◎18. 未必，未必。（周評）

八戒聽見道：「師父，不是這般祝了。沙和尚，你替我奠漿飯，等我禱。」那獃子捆在地下，氣呼呼的道：

「闖禍的潑猴子，無知的弼馬溫！該死的潑猴子，油烹的弼馬溫！猴兒了帳，馬溫斷根！」◎19

孫行者在油鍋底上聽得那獃子亂罵，忍不住現了本相，赤淋淋的站在油鍋底道：「饟糟的夯貨！你罵那個哩？」唐僧見了道：「徒弟，諕殺我也！」沙僧道：「大哥乾淨推佯死慣了。」慌得那兩班文武上前來奏道：「萬歲，那和尚不曾死，又打油鍋裏鑽出來了。」監斬官恐怕虛誑朝廷，卻又奏道：「死是死了，只是日期犯凶，小和尚來顯魂哩。」

行者聞言大怒，跳出鍋來，揩了油膩，穿上衣服，掣出棒，撾過監斬官，著頭一下，打作了肉團，道：「我顯甚麼魂哩！」◎20諕得多官連忙解了八戒，跪地哀告：「恕罪！恕罪！」國王走下龍座，行者上殿扯住道：「陛下不要走，且教你三國師也下下油鍋去！」那皇帝戰戰兢兢道：「三國師，你救朕之命，快下鍋去，莫教和尚打我。」羊力下殿，照依行者脫了衣服，跳下油鍋，也那般支吾洗浴。

行者放了國王，近油鍋邊，叫燒火的添柴，卻伸手探了一把，呀！那滾油都冰冷。心中暗想道：「我洗時滾熱，他洗時卻冷。我曉得了，這不知是那個龍王，在此護持他哩。」急縱身跳在空中，念聲「唵」字咒語，把那北海龍王喚來：「我把你這個帶角的蚯蚓，有鱗的泥鰍！你怎麼助道士，冷龍護住鍋底，教他顯聖贏我？」諕得那龍王喏喏連聲道：「敖順不敢相助。大聖原來不知，這個孽畜苦修行了一場，脫得本殼，卻只是五雷法真受，其餘都躧了傍門，難歸仙道。這個是他在小茅山學來的『大開剝』。那兩個已是大聖破了他法，現了本相。這一個也是他自己煉的冷龍，只好哄瞞世俗之人耍子，怎瞞得大聖？小龍如今就收了他冷龍，管教他骨碎皮焦。」行者道：「趁早收了，免打！」那龍王化一陣旋風，到油鍋邊，將冷龍捉下海去不題。◎21

行者下來，與三藏、八戒、沙僧立在殿前，見那道士在滾油鍋裏打掙，爬不出來，滑了一跌，霎時間骨脫皮焦肉爛。監斬官又來奏道：「萬歲，三國師煠化了也。」◎22那國王滿眼垂淚，手撲著御案，放聲大哭道：

「人身難得果然難，不遇眞傳莫煉丹。空有驅神咒水術，卻無延壽保生丸。
圓明混，怎涅槃？徒用心機命不安。早覺這般輕折挫，何如秘食穩居山！」

這正是：

點金煉汞成何濟，喚雨呼風總是空！

畢竟不知師徒們怎的維持，且聽下回分解。

總批

人決不可有勝負心。你看他三個道士，只爲要贏，反換個輸了。嘗說棋以不著爲高，兵以不戰爲勝。畢竟奕秋還是個第二手，孫武子還是個改軍之將也。世亦有知此者乎？前面黑風洞、黃袍郎、青獅子、紅孩兒等項，都是金、木、水、火、土的別號，作者以之爲魔，欲學者跳出五行也。此處虎力、鹿力、羊力三道士，亦是虎車、鹿車、羊車的隱名，作者之意，亦欲人不以三車爲了義出也。讀《西遊記》者，亦知之乎否也？（李評）

悟元子曰：上回結出至眞了性，方是眞法，而一切在外施爲，皆非眞法矣。然或人疑爲於一身而修。故此回批寂滅頑空之僞，與夫卜算數學之假，使學者知有警戒，急求明師，歸於大道以保性命耳。正陽公云：「道法三千六百門，人人各執一苗根。要知些子玄關竅，不在三千六百門。」正此回之妙旨。（劉評節錄）

評點

◎19. 如此祭軸，可謂絕世奇文。（周評）
◎20. 此一棒亦不可少。（周評）
◎21. 先既有求雨一段，如何又將冷龍助道士，此龍王不應如此聾聵。（周評）
◎22. 羊何力之有焉？（周評）

第四十七回 聖僧夜阻通天水　金木垂慈救小童

卻說那國王倚著龍牀，淚如泉湧，只哭到天晚不住。◎1行者上前高呼道：「你怎麼這等昏亂！見放著那道士的屍骸，一個是虎，一個是鹿，那羊力是一個羚羊。不信時，撈上骨頭來看，那裏人有那樣骷髏？他本是成精的山獸，同心到此害你，因見氣數還旺，不敢下手；若再過二年，你氣數衰敗，他就害了你性命，把你江山一股兒盡屬他了。幸我等早來，除妖邪救了你命。你還哭甚？哭甚！急打發關文，送我出去。」國王聞此，方才省悟。◎2那文武多官俱奏道：「死者果然是白鹿、黃虎，油鍋裏果是羊骨。聖僧之言，不可不聽。」國王道：「既是這等，感謝聖僧。今日天晚，教太師且請聖僧至智淵寺。明日早朝，大開東閣，教光祿寺安排素淨筵宴酬謝。」果送至寺裏安歇。

次日五更時候，國王設朝，聚集多官，傳旨：「快出招僧榜文，四門各路張掛。」一壁廂大排筵宴，擺駕出朝，至智淵寺門外，請了三藏等，共入東閣赴宴，不在話下。

《新説西遊記圖像》描繪第四十七回精采場景：大聖變作陳關保，八戒變作一秤金，被四個後生抬著放在堂上。（古版畫，選自《新説西遊記圖像》）

卻說那脫命的和尚聞有招僧榜，個個欣然，都入城來尋孫大聖，交納毫毛謝恩。這長老散了宴，那國王換了關文，同皇后嬪妃、兩班文武，送出朝門。只見那些和尚跪拜道旁，口稱：「齊天大聖爺爺！我等是沙灘上脫命僧人。聞知爺爺掃除妖孽，救拔我等，◎3又蒙我王出榜招僧，特來交納毫毛，叩謝天恩。」行者笑道：「汝等來了幾何？」僧人道：「五百名，半個不少。」行者將身一抖，收了毫毛，對君臣僧俗人說道：「這些和尚，實是老孫放了；車輛是老孫運轉雙關，穿夾脊，捽碎了，那兩個妖道，也是老孫打死了。今日滅了妖邪，方知是禪門有道。向後來，再不可胡為亂信，望你把三教歸一，也敬僧，也敬道，也養育人才。我保你江山永固。」◎4國王依言，感謝不盡，遂送唐僧出城去訖。

這一去，只為慇懃經三藏，努力修持光一元。曉行夜住，渴飲飢餐，不覺的春盡夏殘，又是秋光天氣。一日，天色已晚，唐僧勒馬道：「徒弟，今宵何處安身也？」行者道：「師父，出家人莫說那在家人的話。」三藏道：「在家人怎麼？出家人怎麼？」行者道：「在家人，這時候溫牀暖被，懷中抱子，腳後蹬妻，自自在在睡覺；我等出家人，那裏能彀？便是要帶月披星，餐風宿水，有路且行，無路方住。」八戒道：「哥哥，你只知其一，不知其二。如今路多險峻，我挑著重擔，著實難走，須要尋個去處，好眠一覺，養養精神，明日方好捱擔；不然，卻不累倒我也？」行者道：「趁月光再走一程，到有人家之所再住。」師徒們沒奈何，只得相隨行者往前。

評點

◎1. 世上自不乏這等痴人。（李評）
◎2. 省悟得太速些。（李評）
◎3. 除了虎狼，衆生自然得命。（張評）
◎4. 公平正大之言，允宜奉爲蓍蔡。（周評）

又行不多時，只聽得滔滔浪響。八戒道：「罷了，來到盡頭路了！」沙僧道：「是一股水擋住也。」◎5唐僧道：「卻怎生得渡？」八戒道：「等我試之，看深淺何如。」三藏道：「悟能，你休亂談。水之淺深，如何試得？」八戒道：「尋一個鵝卵石，拋在當中。若是濺起水泡來，是淺；若是骨都都沉下有聲，是深。」行者道：「你去試試看。」那獃子在路旁摸了一塊石頭，望水中拋去，只聽得骨都都泛起魚津※1，沉下水底。他道：「深，深，深！去不得！」唐僧道：「你雖試得深淺，卻不知有多少寬闊？」八戒道：「這個卻不知，不知。」行者道：「等我看看。」好大聖，縱觔斗雲，跳在空中，定睛觀看。但見那：

洋洋光浸月，浩浩影浮天。
靈派吞華岳，長流貫百川。
千層洶浪滾，萬疊峻波顛。
岸口無漁火，沙頭有鷺眠。
茫然渾似海，一望更無邊。

急收雲頭，按落河邊道：「師父，寬哩，寬哩。去不得！老孫火眼金睛，白日裏常看千里，凶吉曉得，是夜裏也還看三五百里。如今通看

唐僧師徒行不多時，只聽得滔滔浪響，看到眼前一片滔滔流水。八戒在路旁摸了一塊石頭，望水中拋去，石頭馬上沉下水底。（古版畫，選自李卓吾批評本《西遊記》）

不見邊岸，怎定得寬闊之數？」

三藏大驚，口不能言，聲音哽咽道：「徒弟呵，似這等怎了？」沙僧道：「師父莫哭。你看那水邊立的，可不是個人麼？」行者道：「想是扳罾※2的漁人，◎6等我問他去來。」拿了鐵棒，兩三步，跑到面前看處，呀！不是人，是一面石碑。碑上有三個篆文大字，下邊兩行，有十個小字。三個大字乃「通天河」，◎7十個小字乃「徑過八百里，亙古少人行」。行者叫：「師父，你來看看。」三藏看見，滴淚道：「徒弟呀，我當年別了長安，只說西天易走，那知道妖魔阻隔，山水迢遙！」

八戒道：「師父，你且聽，是那裏鼓鈸聲音？想是做齋的人家。我們且去趕些齋飯吃，問個渡口尋船，明日過去罷。」三藏馬上聽得，果然有鼓鈸之聲：「卻不是道家樂器，足是我僧家舉事。我等去來。」行者在前引馬，一行聞響而來。那裏有甚正路，沒高沒低，漫過沙灘，望見一簇人家住處，約摸有四五百家，卻也都住得好。但見：

倚山通路，傍岸臨溪。處處柴扉掩，家家竹院關。沙頭宿鷺夢魂清，柳外啼鵑喉舌冷。短笛無聲，寒砧※3不韻。紅蓼枝搖月，黃蘆葉鬥風。陌頭村犬吠疏籬，渡口老漁眠釣艇。燈火稀，人烟靜，半空皎月如懸鏡。忽聞一陣白蘋香，卻是西風隔岸送。

三藏下馬，只見那路頭上有一家兒，門外豎一首幢幡，內裏有燈燭熒煌，香烟馥郁。

註

※1魚津：魚在水中竄躍所濺起的水泡。泛指類似的水泡。

※2扳罾：罾音增，古代一種用木棍或竹竿做支架的方形魚網。扳罾，意爲拉罾網捕魚。

※3寒砧：指寒秋的搗衣聲，詩詞中常用以描寫秋景的冷落蕭條。砧，搗衣石。

評點

◎5.水則水耳，但不知臣心視何如？（張評）

◎6.是爲魚籃寫照。（張評）

◎7.水出乾位，故云通天。（張評）

孫行者去打探消息，兩三步跑到前方，看到一面石碑，碑上有三個篆文大字，下邊兩行，有十個小字。三個大字乃「通天河」，十個小字乃「徑過八百里，亙古少人行」。（朱寶榮繪）

三藏道：「悟空，此處比那山凹河邊，卻是不同。在人間屋簷下，可以遮得冷露，放心穩睡。你都莫來，讓我先到那齋公門首告求。若肯留我，我就招呼汝等；假若不留，你卻休要撒潑。汝等臉嘴醜陋，只恐諕了人，闖出禍來，卻倒無住處矣。」行者道：「說得有理。請師父先去，我們在此守待。」

那長老才摘了斗笠，光著頭，抖抖褊衫，拖著錫杖，徑來到人家門外。見那門半開半掩，三藏不敢擅入。聊站片時，只見裏面走出一個老者，項下掛著數珠，口念阿彌陀佛，徑自來關門，慌得這長老合掌高叫：「老施主，貧僧問訊了。」那老者還禮道：「你這和尚，卻來遲了。」三藏道：「怎麼說？」老者道：「來遲無物了。早來呵，我舍下齋僧，

盡飽吃飯，熟米三升，白布一段，銅錢十文。你怎麼這時才來？」三藏躬身道：「老施主，貧僧不是趕齋的。」老者道：「既不趕齋，來此何幹？」三藏道：「我是東土大唐欽差往西天取經者，今到貴處，天色已晚。聽得府上鼓鈸之聲，特來告借一宿，天明就行也。」那老者搖手道：「和尚，出家人休打誑語。東土大唐到我這裏，有五萬四千里路，◎8你這等單身，如何來得？」三藏道：「老施主見得最是。但我還有三個小徒，逢山開路，遇水疊橋，保護貧僧，方得到此。」老者道：「既有徒弟，何不同來？」教：「請，請，我舍下有處安歇。」三藏回頭叫聲：「徒弟，這裏來。」

那行者本來性急，八戒生來粗魯，沙僧卻也莽撞，三個人聽得師父招呼，牽著馬，挑著擔，不問好歹，一陣風闖將進去。那老者看見，諕得跌倒在地，口裏只說是：「妖怪來了，妖怪來了！」三藏攙起道：「施主莫怕，不是妖怪，是我徒弟。」老者戰兢兢道：「這般好俊師父，怎麼尋這樣醜徒弟？」三藏道：「雖然相貌不終※4，卻倒會降龍伏虎，捉怪擒妖。」老者似信不信的，扶著唐僧慢走。

卻說那三個兇頑闖入廳房上，拴了馬，丟下行李。那廳中原有幾個和尚念經，八戒掬著長嘴，喝道：「那和尚，念的是甚麼經？」◎9那些和尚聽見問了一聲，忽然抬頭：

觀看外來人，嘴長耳朵大。身粗背膊寬，聲響如雷咋。
行者與沙僧，容貌更醜陋。廳堂幾眾僧，無人不害怕。

註

※4 不終：同不中，不好的意思。

評點

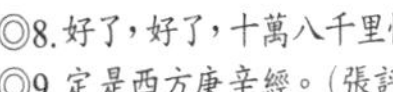

◎8. 好了，好了，十萬八千里恰恰走了一半。（周評）
◎9. 定是西方庚辛經。（張評）

闍黎還念經，班首教行罷。難顧磬和鈴，佛像且丟下。
一齊吹息燈，驚散光乍乍。跌跌與爬爬，門限※5何曾跨。
你頭撞我頭，似倒葫蘆架。清清好道場，翻成大笑話。

這兄弟三人見那些人跌跌爬爬，鼓著掌哈哈大笑。那些僧越加悚懼，磕頭撞腦，各顧性命，通跑淨了。

三藏攙那老者，走上廳堂，燈火全無，三人嘻嘻哈哈的還笑。唐僧罵道：「這潑物，十分不善！我朝朝教誨，日日叮嚀。古人云：『不教而善，非聖而何？教而後善，非賢而何？教亦不善，非愚而何？』汝等這般撒潑，誠為至下至愚之類！走進門不知高低，諕倒了老施主，驚散了念經僧，把人家好事都攪壞了，卻不是墮罪與我？」說得他們不敢回言。那老者方信是他徒弟，急回頭作禮道：「老爺，沒大事，沒大事。才然關了燈，散了花，佛事將收也。」八戒道：「既是了帳，擺出滿散※6的齋來，我們吃了睡覺。」老者叫：「掌燈來，掌燈來！」家裏人聽得，大驚小怪道：「廳上念經，有許多香燭，如何又教掌燈？」幾個僮僕出來看時，這裏黑洞洞的，即便點火把燈籠，一擁而至。忽抬頭見八戒、沙僧，慌得丟了火把，忽抽身關了中門，往裏嚷道：「妖怪來了！妖怪來了！」

行者拿起火把，點上燈燭，扯過一張交椅，請唐僧坐在上面；他兄弟們坐在兩旁，那老者坐在前面。正敘坐間，只聽得裏面門開處，又走出一個老者，拄著拐杖道：「是甚麼邪魔，黑夜裏來我善門之家？」前面坐的老者，急起身迎到屏門後道：「哥哥莫嚷，不是

邪魔，乃東土大唐取經的羅漢。徒弟們相貌雖兇，果然是山惡人善※7。」那老者方才放下拄杖，與他四位行禮。禮畢，也坐了面前，叫：「看茶來，排齋。」連叫數聲，幾個僮僕戰兢兢不敢攏帳。八戒忍不住問道：「老者，你這盛价※8，兩邊走怎的？」老者道：「教他們捧齋來侍奉老爺。」八戒道：「幾個人伏侍？」老者道：「八個人。」八戒道：「這八個人伏侍那個？」老者道：「伏侍你四位。」八戒道：「那白面師父，只消一個人；毛臉雷公嘴的，只消兩個人；那晦氣臉的，要八個人；我得二十個人伏侍方彀。」老者道：「這等說，想是你的食腸大些？」八戒道：「也將就看得過。」老者道：「有人，有人。」七大八小，就叫出有三四十人出來。

那和尚與老者一問一答的講話，眾人方才不怕。卻將上面排了一張桌，請唐僧上坐；兩邊擺了三張桌，請他三位坐；前面一張桌，坐了二位老者。先排上素果品菜蔬，然後是麵飯、米飯、閑食、粉湯，排得齊齊整整。唐長老舉起箸來，先念一卷《啟齋經》※9。那獃子一則有些急吞，二來有些餓了，那裏等唐僧經完，拿過紅漆木碗來，把一碗白米飯撲

註

※5 門限：門下的橫木，作內外之分，猶門檻。

※6 滿散：做佛事或道場期滿謝神的一種儀式。

※7 山惡人善：淮安成語，指地理環境雖然險惡，居民卻很善良；這裏引申爲相貌醜惡而心地善良，亦作相惡人善。

※8 盛价：价音價，指供役使的人。盛价，對別人僕人的尊稱。

※9 《啟齋經》：佛教制定的禁戒之一，也叫《揭齋經》。

的丟下口去，就了了。◎[10]旁邊小的道：「這位老爺忒沒算計，不籠※[10]饅頭，怎的把飯籠了，卻不污了衣服？」八戒笑道：「不曾籠，吃了。」小的道：「你不曾舉口，怎麼就吃了？」八戒道：「兒子們便說謊！分明吃了；不信，再吃與你看。」那小的們又端了碗，盛一碗遞與八戒。獃子幌一幌，又丟下口去就了了。眾僮僕見了道：「爺爺呀！你是磨磚砌的喉嚨，著實又光又溜！」那唐僧一卷經還未完，他已五六碗過手了；然後卻才同舉箸，一齊吃齋。獃子不論米飯、麵飯，果品、閑食，只情一撈亂噇※[11]，口裏還嚷：「添飯，添飯！漸漸不見來了。」行者叫道：「賢弟，少吃些罷，也強似在山凹裏忍餓，將就彀得半飽也好了。」八戒道：「嘴臉！常言道：『齋僧不飽，不如活埋』哩。」行者教：「收了家火，莫睬他！」二老者躬身道：「不瞞老爺說，白日裏倒也不怕，似這大肚子長老，也齋得起百十眾。只是晚了，收了殘齋，只蒸得一石麵飯、五斗米飯與幾桌素食，要請幾個親鄰與眾僧們散福；不期你列位來，諕得眾僧跑了，連親鄰也不曾敢請，盡數都供奉了列位。如不飽，再教蒸去。」八戒道：「再蒸去，再蒸去！」

話畢，收了家火桌席。三藏拱身，謝了齋供，才問：「老施主高姓？」老者道：「姓陳。」三藏合掌道：「這是我貧僧華宗了。」老者道：「老爺也姓陳？」三藏道：「是，俗家也姓陳。請問適才做的甚麼齋事？」八戒笑道：「師父問他怎的！豈不知道？必然是『青苗齋』※[12]、『平安齋』、『了場齋』罷了。」老者道：「不是，不是。」三藏又問：「端的為何？」老者道：「是一場『預修亡齋』。」八戒笑得打跌道：「公公忒沒眼力！

評點

◎10. 凡形容八戒飲食處，都俗且重複。可厭！（李評）

◎11. 若曉得些齋事，還像個和尚。（李評）

我們是扯謊架橋哄人的大王，你怎麼把這謊話哄我。和尚家豈不知齋事？◎11只有個『預修寄庫齋』、『預修填還齋』，那裏有個『預修亡齋』的？你家人又不曾有死的，做甚亡齋？」

行者聞言，暗喜道：「這獃子乖了些也。——老公公，你是錯說了，怎麼叫作『預修亡齋』？」那二位欠身道：「你等取經，怎麼不走正路，卻蹡到我這裏來？」行者道：「走的是正路，只見一股水擋住，不能得渡；因聞鼓鈸之聲，特來造府借宿。」老者道：「你們到水邊，可曾見些甚麼？」行者道：「止見一面石碑，上書『通天河』三字，下書『徑過八百里，亙古少人行』十字，再無別物。」老者道：「再往上岸走走，好的離那碑記只有里許，有一座靈感大王廟，你不曾見？」行者道：「未見。請公公說說，何為靈感？」那兩個老者一齊垂淚道：「老爺啊，那大王：

感應一方興廟宇，威靈千里祐黎民。年年莊上施甘雨，歲歲村中落慶雲。」

行者道：「施甘雨，落慶雲，也是好意思，你卻這等傷情煩惱，何也？」那老者跌腳搥胸，哏了一聲道：「老爺啊，

註

※10 籠：古人用衣袖藏東西叫籠。

※11 噇：音牀。古代特指大吃大喝。

※12 青苗齋：佛教並無爲鄉民的五穀豐收、平安大吉作齋一說，這顯然是將巫教的活動接到佛教的頭上了。爲了貼近佛教，有意將「青苗會」改成「青苗齋」，下文的「平安會」改成「平安齋」是同樣的用法。

圖為長江源頭通天河，攝於1997年。（税曉潔／fotoe提供）

雖則恩多還有怨，縱然慈惠卻傷人。只因要吃童男女，不是昭彰正直神。」

行者道：「要吃童男女麼？」老者道：「正是。」行者道：「想必輪到你家了？」老者道：「今年正到舍下。我們這裏有百家人家居住，此處屬車遲國元會縣所管，喚作陳家莊。這大王一年一次祭賽，要一個童男、一個童女、豬羊牲醴供獻他。他一頓吃了，保我們風調雨順；若不祭賽，就來降禍生災。」

行者道：「你府上幾位令郎？」老者搥胸道：「可憐，可憐！說甚麼令郎，羞殺我等！這個是我舍弟，名喚陳清。老拙叫作陳澄。我今年六十三歲，◎[12]他今年五十八歲，兒女上都艱難。我五十歲上還沒兒子，親友們勸我納了一妾，沒奈何，尋下一房，生得一女，今年才交八歲，取名喚作一秤金。」八戒道：「好貴名！怎麼叫作一秤金？」老者道：「我因兒女艱難，修橋補路，建寺立塔，佈施齋僧，有一本帳目，那裏使三兩，那裏使五兩；到生女之年，卻好用過有三十斤黃金。三十斤為一秤，所以喚作一秤金。」行者道：「那個的兒子麼？」老者道：「舍弟有個兒子，也是偏出※[13]，今年七歲了，取名喚作陳關保。」行者問：「何取此名？」老者道：「家下供養關聖爺爺，因在關爺之位下求得這個兒子，故名關保。我兄弟二人，年歲百二，止得這兩個人種，不期輪次到我家祭賽，所以不敢不獻。◎[13]故此父子之情，難割難捨，先與孩兒做個超生道場。故曰『預修亡齋』者，此也。」◎[14]

三藏聞言，止不住腮邊淚下道：「這正是古人云：『黃梅不落青梅落，老天偏害沒

兒人。』」行者笑道：「等我再問他。老公公，你府上有多大家當？」二老道：「頗有些兒：水田有四五十頃，旱田有六七十頃，草場有八九十處，水黃牛有二三百頭，驢馬有三二十匹，豬羊雞鵝無數。舍下也有吃不著的陳糧，穿不了的衣服。家財產業，也盡得數。」行者道：「你這等家業，也虧你省將起來的。」老者道：「怎見我省？」行者道：「既有這家私，怎麼捨得親生兒女祭賽？拚了五十兩銀子，可買一個童男；拚了一百兩銀子，可買一個童女。◎15連紋纏※14不過二百兩之數，可就留下自己兒女後代，卻不是好？」二老滴淚道：「老爺，你不知道。那大王甚是靈感，常來我們人家行走。」行者道：「他來行走，你們看見他是甚麼嘴臉？有幾多長短？」二老道：「不見其形，只聞得一陣香風，就知是大王爺爺來了，即忙滿斗焚香，老少望風下拜。他把我們這人家匙大碗小之事，他都知道；老幼生時年月，他都記得。只要親生兒女，他方受用。不要說二三百兩沒處買，就是幾千萬兩，也沒處買這般一模一樣同年同月的兒女。」

行者道：「原來這等。也罷，也罷，你且抱你令郎出來，我看看。」◎16那陳清急入裏面，將關保兒抱出廳上，放在燈前。小孩兒那知死活，籠著兩袖果子，跳跳舞舞的吃著耍子。行者見了，默默念聲咒語，搖身一變，變作那關保兒一般模樣。兩個孩兒攙著手，在燈前跳舞，諕得那老者謊忙跪著唐僧道：「老爺，不當人子！不當人子！這位老爺才然說話，怎麼就變作我兒一般模樣？叫他一聲，齊應齊走。卻折了我們年壽！請現本相，請現

註

※13 偏出：庶出，小妾生的子女。

※14 紋纏：猶澆裹、嚼裹，指其他費用或日常生活開支，亦作「繳纏」。

評點

◎12. 說六十三歲，敘事處緣何又是五十八，差錯無疑。（李評）

◎13. 只爲眼前急，剜去心頭肉。（張評）

◎14. 聞此一篇，令我亦不覺淚下。（周評）

◎15. 雌價倍雄價一半，亦可思。（李評）

◎16. 救人之心動矣。（周評）

本回末，孫悟空、豬八戒變作童男童女。圖為石塘民俗風情表演中扛臺閣中的童男童女，攝於2003年3月。（方不割／fotoe提供）

本相。」行者把臉抹了一把，現了本相。那老者跪在面前道：「老爺原來有這樣本事。」行者笑道：「可像你兒子麼？」◎17老者道：「像，像，像！果然一般嘴臉，一般聲音，一般衣服，一般長短。」行者道：「你還沒細看哩。取秤來稱稱，可與他一般輕重？」老者道：「是，是，是！是一般重。」行者道：「似這等可祭賽得過麼？」老者道：「忒好，忒好。祭得過了！」

行者道：「我今替這個孩兒性命，留下你家香烟後代，我去祭賽那大王去也。」那陳清跪地磕頭道：「老爺果若慈悲替得，我送白銀一千兩，與唐老爺做盤纏往西天去。」行者道：「就不謝謝老孫？」老者道：「你已替祭，沒了你也。」行者道：「怎的得沒了？」老者道：「那大王吃了。」行者道：「他敢吃我？」老者道：「不吃你，好道嫌腥。」行者笑道：「任從天命。吃了我，是我的命短；不吃，是我的造化。我與你祭賽去。」

那陳清只管磕頭相謝，又允送銀五百兩；惟陳澄也不磕頭，也不說謝，只是倚著那屏門痛哭。◎18行者知之，上前扯住道：「老大，你這不允我，不謝我，想是捨不得你女兒

麼？」陳澄才跪下道：「是捨不得。敢蒙老爺盛情，救替了我侄子也彀了。但只是老拙無兒，止此一女，就是我死之後，他也哭得痛切，怎麼捨得！」行者道：「你快去蒸上五斗米的飯，整治些好素菜，與我那長嘴師父吃。教他變作你的女兒，我兄弟同去祭賽。索性行個陰騭，救你兩個兒女性命，如何？」那八戒聽得此言，心中大驚道：「哥哥，你要弄精神，不管我死活，就要攀扯我。」行者道：「賢弟，常言道：『雞兒不吃無工之食。』你我進門，感承盛齋，你還嚷吃不飽哩，怎麼就不與人家救些患難？」八戒道：「哥呵，你便會變化，我卻不會哩。」行者道：「你也有三十六般變化，怎麼不會？」唐僧叫：「悟能，你師兄說得最是，處得甚當。常言：『救人一命，勝造七級浮屠。』一則感

老者自我介紹說，自己叫作陳澄，六十三歲，五十多歲上才生得一女，今年才交八歲，取名喚作一秤金。他的弟弟有個兒子，今年七歲了，取名喚作陳關保。（朱寶榮繪）

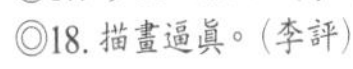

評點

◎17. 妙猴，趣猴。（李評）
◎18. 描畫逼眞。（李評）

謝厚情，二來當積陰德，況涼夜無事，你兄弟耍耍去來。」八戒道：「你看師父說的話！我只會變山、變樹、變石頭，變癩象、變水牛、變大胖漢還可；若變小女兒，有幾分難哩。」行者道：「老大莫信他，抱出你令愛來看。」

那陳澄急入裏邊，抱將一秤金孩兒到了廳上。一家子妻妾大小，不分老幼內外，都出來磕頭禮拜，只請救孩兒性命。◎19那女兒頭上戴一個八寶垂珠的花翠箍，身上穿一件紅閃黃的紵絲襖，上套著一件官綠緞子棋盤領的披風；腰間繫一條大紅花絹裙，腳下踏一雙蝦蟆頭淺紅紵絲鞋，腿上穿兩隻銷金膝褲兒，也袖著果子吃哩。行者道：「八戒，這就是女孩兒。你快變的像他，我們祭賽去。」八戒道：「哥呀，似這般小巧俊秀，怎變？」行者叫：「快些！莫討打！」八戒慌了道：「哥哥不要打，等我變了看。」

這獃子念動咒語，把頭搖了幾搖，叫：「變！」真箇變過頭來，就也像女孩兒面目，只是肚子胖大，郎伉不像。行者笑道：「再變變！」八戒道：「憑你打了罷！變不過來，奈何？」行者道：「莫成是丫頭的頭，和尚的身子？◎20弄的這等不男不女，卻怎生是好？你可佈起罡來。」他就吹他一口仙氣，果然即時把身子變過，與那孩兒一般。便教：「二位老者，帶你寶眷與令郎、令愛進去，不要錯了。一會家，我兄弟躲懶討乖，走進去，轉難識認。你將好果子與他吃，不可教他哭叫，恐大王一時知覺，走了風汛。等我兩人耍子去也！」

好大聖，分付沙僧保護唐僧，他變作陳關保，八戒變作一秤金。二人俱停當了，卻問：「怎麼供獻？還是捆了去，是綁了去？蒸熟了去，是剁碎了去？」八戒道：「哥哥，莫要弄我。我沒這個手段！」老者道：「不敢，不敢！只是用兩個紅漆丹盤，請二位坐在盤內，放在桌上，著兩個後生抬一張桌子，把你們抬上廟去。」行者道：「好，好，好！拿盤子出來，我們試試。」那老者即取出兩個丹盤，行者與八戒坐上。四個後生抬起兩張桌子，往天井裏走走兒，又抬回放在堂上。行者歡喜道：「八戒，像這般子走走耍耍，我們也是上臺盤的和尚了。」八戒道：「若是抬了去，還抬回來，兩頭抬到天明，我也不怕；只是抬到廟裏，就要吃哩，這個卻不是耍子！」行者道：「你只看著我，劖著吃我時，你就走了罷。」八戒道：「知他怎麼吃哩？如先吃童男，我便好跑；如先吃童女，我卻如何？」老者道：「常年祭賽時，我這裏有膽大的，鑽在廟後，或在供桌底下，看見他先吃童男，後吃童女。」八戒道：「造化，造化！」

兄弟正然談論，只聽得外面鑼鼓喧天，燈火照耀，同莊衆人打開前門，叫：「抬出童男童女來！」這老者哭哭啼啼，那四個後生將他二人抬將出去。端的不知性命何如，且聽下回分解。

總批

他兩人能替人性命，眞是大俠。然又談笑而爲之，不動一毫聲色。眞聖也！（李評）

悟一子曰：「一秤金」名雖童女，止八歲，實二八之眞陽；「陳關保」名雖童男，止七歲，實兩七之眞陰。「輪次祭賽」，分明令人各家示寶。（陳評節錄）

悟元子曰：上回結出諸多傍門外道，到老無成，終歸大化者，皆由不得眞傳，而不知有三教一家之理耳。故仙翁於此回先提出三教一家之旨，使學者急求明師，討問出個眞正不死之方，以歸實地耳。（劉評節錄）

評點

◎19. 敘得逼眞。（李評）
◎20. 如今反是和尚的頭、丫頭的身子的多。（李評）

魔弄寒風飄大雪　僧思拜佛履層冰

《新說西遊記圖像》描繪第四十八回精采場景：唐僧師徒在冰上行走，正行時只聽得冰底下撲喇喇一聲響喨，三藏大驚。（古版畫，選自《新說西遊記圖像》）

話說陳家莊眾信人等，將豬羊牲醴與行者、八戒，喧喧嚷嚷，直抬至靈感廟裏排下；將童男女設在上首。行者回頭，看見那供桌上香花蠟燭，正面一個金字牌位，上寫「靈感大王之神」，更無別的神像。眾信擺列停當，一齊朝上叩頭道：「大王爺爺，今年今月今日今時，陳家莊祭主陳澄等眾信，年甲不齊，謹遵年例，供獻童男一名陳關保，童女一名陳一秤金，豬羊牲醴如數，奉上大王享用。保佑風調雨順，五穀豐登。」祝罷，燒了紙馬，各回本宅不題。

那八戒見人散了，對行者道：「我們家去罷。」行者道：「你家在那裏？」◎1八戒道：「往老陳家睡覺去。」行者道：「獃子又亂談了。既允了他，須與他了這願心才是哩。」八戒道：「你倒不是獃子，反說我是獃子。只哄他耍耍便罷，怎麼就與他祭賽，當起真來？」行者道：「莫胡說！為人為徹。一定等那大王

評點

◎1. 好提醒。(李評)
無意一喝，足令痴人猛省。(周評)

◎2. 乖猴，趣猴！(李評)
佛圖澄以石虎爲海鷗，光景如是。(周評)

◎3. 這便是老陳的家當。(張評)

來吃了，才是個全始全終；不然，又教他降災貽害，反為不美。」

正說間，只聽得呼呼風響。八戒道：「不好了！風響是那話兒來了！」行者只叫：「莫言語，等我答應。」頃刻間，廟門外來了一個妖邪。你看他怎生模樣：

金甲金盔燦爛新，腰纏寶帶繞紅雲。
眼如晚出明星皎，牙似重排鋸齒分。
足下烟霞飄蕩蕩，身邊霧靄暖薰薰。
行時陣陣陰風冷，立處層層煞氣溫。
卻似捲簾扶駕將，猶如鎮寺大門神。

那怪物攔住廟門問道：「今年祭祀的是那家？」行者笑吟吟的答道：「承下問，莊頭是陳澄、陳清家。」◎2那怪聞答，心中疑似道：「這童男膽大，言談伶俐。常來供養受用的，問一聲不言語；再問聲，諕了魂；用手去捉，已是死人。怎麼今日這童男善能應對？」怪物不敢來拿，又問：「童男女，叫甚名字？」行者笑道：「童男陳關保，童女一秤金。」◎3怪物道：「這祭賽乃上年舊規，如今供獻，我當吃你。」行者道：「不敢抗拒，請自在受

孫悟空和豬八戒變作童男童女。怪物半夜時分來到廟裏，見到行者變化的童男笑吟吟説話，心中疑道這童男為何如此膽大！（朱寶榮繪）

用。」怪物聽說，又不敢動手，攔住門喝道：「你莫頂嘴！我常年先吃童男，今年倒要先吃童女！」八戒慌了道：「大王還照舊罷，不要吃壞例子。」◎4

那怪不容分說，放開手，就捉八戒。◎5獃子撲的跳下來，現了本相，掣釘鈀，劈手一築，那怪物縮了手，往前就走，只聽得噹的一聲響。八戒道：「築破甲了！」行者也現本相看處，原來是冰盤大小兩個魚鱗。◎6喝聲：「趕上！」二人跳到空中。那怪物因來赴會，不曾帶得兵器，空手在雲端裏問道：「你是那方和尚，到此欺人，破了我的香火，壞了我的名聲？」行者道：「這潑物原來不知。我等乃東土大唐聖僧三藏奉欽差西天取經之徒弟。昨因夜寓陳家，聞有邪魔，假號靈感，年年要童男女祭賽，是我等慈悲，拯救生靈，捉你這潑物！趁早實實供來，一年吃兩個童男女，你在這裏稱了幾年大王，吃了多少男女？一個個算還我，饒你死罪！」那怪聞言就走，被八戒又一釘鈀，未曾打著，他化一陣狂風，鑽入通天河內。

行者道：「不消趕他了，這怪想是河中之物。且待明日設法拿他，送我師父過河。」八戒依言，徑回廟裏，把那豬羊祭醴，連桌面一齊搬到陳家。此時唐長老、沙和尚共陳家兄弟，正在廳中候信，忽見他二人將豬羊等物都丟在天井裏。三藏迎來問道：「悟空，祭賽之事何如？」行者將那稱名趕怪鑽入河中之事，說了一遍。二老十分歡喜，即命打掃廂房，安排牀鋪，請他師徒就寢不題。

卻說那怪得命，回歸水內，坐在宮中，默默無言。水中大小眷族問道：「大王每年

評點

◎4.妙不可言。(張評)
◎5.偏偏吃的是一秤金，妙！反不忠殊，令人奇絕。(張評)
◎6.好一對童男女，快請大王受用。(李評)

享祭，回來歡喜，怎麼今日煩惱？」那怪道：「常年享畢，還帶些餘物與汝等受用，今日連我也不曾吃得。◎7造化低，撞著一個對頭，幾乎傷了性命。」眾水族問：「大王，是那個？」那怪道：「是一個東土大唐聖僧的徒弟，往西天拜佛求經者，假變男女，坐在廟裏。我被他現出本相，險些兒傷了性命。一向聞得人講：唐三藏乃十世修行好人，但得吃他一塊肉，延壽長生。不期他手下有這般徒弟。我被他壞了名聲，◎8破了香火，有心要捉唐僧，只怕不得能彀。」

那水族中，閃上一個斑衣鱖婆，對怪物跬跬拜拜※1，笑道：「大王要捉唐僧，有何難處！但不知捉住他，可賞我些酒肉？」那怪道：「你若有謀，合同用力，捉了唐僧，與你拜為兄妹，共席享之。」鱖婆拜謝了道：「久知大王有呼風喚雨之神通，攪海翻江之勢力，不知可會降雪？」◎9那怪道：「會降。」又道：「既會降雪，不知可會作冷結冰？」那怪道：「更會。」鱖婆鼓掌笑道：「如此極易，極易！」那怪道：「你且將極易之功，講來我聽。」鱖婆道：「今夜有三更天氣，大王不必遲疑，趁早作法，起一陣寒風，下一陣大雪，把通天河盡皆凍結。著我等善變化者，變作幾個人形，在於路口，背包持傘，擔擔推車，不住的在冰上行走。那唐僧取經之心甚急，看見如此人行，斷然踏冰而渡。大王穩坐河心，待他腳踪響處，迸裂寒冰，連他那徒弟們一齊墜落水中，一鼓可得也！」那怪聞言，滿心歡喜道：「甚妙，甚妙。」即出水府，踏長空興風作雪，結冷凝凍成冰不題。◎10

註

※1 跬跬拜拜：跬音傀，半步爲跬。跬跬拜拜，形容敬禮的虔誠，半步都不敢越過的樣子。

評點

◎7. 卻倒弄得兩袖清風。（張評）
◎8. 聲名固然怕壞，第一更怕體統。這般就名上寫。（張評）
◎9. 此婆亦通。（李評）
◎10. 人但知冷處害人，不知熱處害人更甚。（李評）

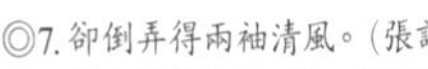

卻說唐長老師徒四人歇在陳家，將近天曉，師徒們衾寒枕冷。八戒咳歌打戰※2，睡不得，叫道：「師兄，冷呵！」行者道：「你這獃子，忒不長俊！出家人寒暑不侵，怎麼怕冷？」三藏道：「徒弟，果然冷。你看，就是那：

重衾無暖氣，袖手似揣冰。此時敗葉垂霜蕊，蒼松掛凍鈴。地裂因寒甚，池平為水凝。漁舟不見叟，山寺怎逢僧？樵子愁柴少，王孫喜炭增。征人鬚似鐵，詩客筆如菱。皮襖猶嫌薄，貂裘尚恨輕。蒲團僵老衲，紙帳旅魂驚。繡被重裀褥，渾身戰抖鈴。」◎11

妖怪聽從了鱖婆的計策，三更時分開始作法，起了一陣寒風，下一陣大雪，通天河原本波濤洶湧的水面開始凍結。（古版畫，選自李卓吾批評本《西遊記》）

師徒們都睡不得，爬起來穿了衣服。開門看處，呀！外面白茫茫的，原來下雪哩。行者道：「怪道你們害冷哩，卻是這般大雪！」四人眼同觀看，好雪！但見那：

彤雲密佈，慘霧重浸。彤雲密佈，朔風凜凜號空；慘霧重浸，大雪紛紛蓋地。真箇是六出花，片片飛瓊；千林樹，株株帶玉。須臾積粉，頃刻成鹽。白鸚哥失素，皓鶴羽毛同。平添吳楚千江水，壓倒東南幾樹梅。卻便似戰退玉龍三百萬，果然如敗鱗殘甲滿天

評點

◎11. 不通之極。可笑！（李評）

飛。那裏得東郭履※3，袁安臥※4，孫康映讀※5；更不見子猷舟※6，王恭氅※7，蘇武餐氈※8。但只是幾家村舍如銀砌，萬里江山似玉團。好雪！柳絮漫橋，梨花蓋舍。柳絮漫橋，橋邊漁叟掛蓑衣；梨花蓋舍，舍下野翁煨榾柮※9。客子難沽酒，蒼頭※10苦覓梅。灑灑瀟瀟裁蝶翅，飄飄蕩蕩剪鵝衣。團團滾滾隨風勢，疊疊層層道路迷。陣陣寒威穿小幙，颼颼冷氣透幽幃。豐年祥瑞從天降，堪賀人間好事宜。

那場雪紛紛灑灑，果如剪玉飛綿。師徒們嘆翫多時，只見陳家老者，著兩個僮僕掃開道路，又兩個送出熱湯洗面。須臾，又送滾茶乳餅，又抬出炭火。俱到廂房，師徒們敘坐。長老問道：「老施主，貴處時令，不

註

※2 咳歌打戰：打哆嗦、發抖。

※3 東郭履：沒底的靴子，東郭先生很窮，經常穿破衣破鞋，他的鞋子沒有底。常喻爲窮困潦倒之況。

※4 袁安臥：袁安，東漢大官，袁紹的祖父。《後漢書．袁安傳》李賢注引晉周斐《汝南先賢傳》：「時大雪積地丈餘，洛陽令身出案行，見人家皆除雪出，有乞食者。至袁安門，無有行路。謂安已死，令人除雪入戶，見安僵臥。問何以不出。安曰：『大雪人皆餓，不宜干人。』」後人用袁安臥雪來形容一個人的志向高潔。

※5 孫康映讀：孫康，晉代京兆（今河南洛陽）人，官至御史大夫。孫康幼時酷愛讀書，常常感到時間不夠用。他想夜以繼日攻讀，可是家中貧窮，沒錢購買燈油。一日，下了一場大雪，他便藉著雪光讀書。

※6 子猷舟：《世說新語》記載：晉朝名士王子猷有一晚上想念好朋友戴安道，便馬上駕船去山陰（今浙江紹興）拜訪，到了戴的門前，他沒見面就回來了。別人問他原因，他說：「乘興而來，興盡而返，何必見戴。」

※7 王恭氅：王恭，魏晉時期著名的才子加美男子，是太原晉陽王氏。東晉南北朝時期的貴族王氏有兩大支，一支是來自山東臨沂的王氏，代表人物有王導、王敦、王羲之等人；另一支就是太原晉陽王氏，王恭就是其中之一。《晉書．王恭傳》上寫王恭「少有美譽，清操過人」。《世說新語》上也記載了不少當時人對於王恭的評價，大家讚譽說他「濯濯如春月柳」。據說王恭有一次穿著一件鶴氅在雪上行走，人們看到以後，都覺得那件衣服更漂亮了。

※8 蘇武餐氈：蘇武字子卿，杜陵（今陝西西安西南）人，漢武帝派遣蘇武出使匈奴，被扣留了十九年：十九年中，蘇武拒絕了匈奴的俸祿和高官，表現了難能可貴的氣節。蘇武被囚的時候，餓了曾經吃過氈子。

※9 榾柮：木柴塊，樹根疙瘩；此處可代炭用。

※10 蒼頭：古代用深藍色布裹頭的士兵。古代亦指奴僕，這裏作奴僕用。

知可分春夏秋冬？」陳老笑道：「此間雖是僻地，但只風俗人物與上國不同；至於諸凡穀苗牲畜，都是同天共日，豈有不分四時之理？」三藏道：「既分四時，怎麼如今就有這般大雪，這般寒冷？」陳老道：「此時雖是七月，昨日已交白露，就是八月節了。我這裏常年八月間就有霜雪。」三藏道：「甚比我東土不同，我那裏交冬節方有之。」

正話間，又見僮僕來安桌子，請吃粥。粥罷之後，雪比早間又大，須臾，平地有二尺來深。三藏心焦垂淚。陳老道：「老爺放心，莫見雪深憂慮。我舍下頗有幾石糧食，供養得老爺們半生。」三藏道：「老施主不知貧僧之苦。我當年蒙聖恩賜了旨意，擺大駕親送出關，唐王御手擎杯奉餞，問道：『幾時可回？』貧僧不知有山川之險，順口回奏：『只消三年，可取經回國。』自別後，今已七八個年頭，還未見佛面，恐違了欽限；又怕的是妖魔兇狠，所以焦慮。今日有緣得寓潭府，昨夜愚徒們略施小惠報答，實指望求一船隻渡河。不期天降大雪，道路迷漫，不知幾時才得功成回故土也！」◎12陳老道：「老爺放心，正是多的日子過了，那裏在這幾日？且待天晴，化了冰，老拙傾家費產，必處置送老爺過河。」只見一僮又請進早齋。到廳上吃畢，敘不多時，又午齋相繼而進。三藏見品物豐盛，再四不安道：「既蒙見留，只可以家常相待。」陳老道：「老爺，感蒙替祭救命之恩，雖逐日設筵奉款，也難酬難謝。」

此後大雪方住，就有人行走。陳老見三藏不快，又打掃花園，大盆架火，請去雪洞裏閑耍散悶。八戒笑道：「那老兒忒沒算計！春二三月好賞花園，這等大雪，又冷，賞翫何

物？」行者道：「獃子不知事！雪景自然幽靜，一則遊賞，二來與師父寬懷。」陳老道：「正是，正是。」遂此邀請到園。但見：

景值三秋，風光如臘。蒼松結玉蕊，衰柳掛銀花。階下玉苔堆粉屑，窗前翠竹吐瓊芽。巧石山頭，養魚池內。巧石山頭，削削尖峰排玉筍；養魚池內，清清活水作冰盤。臨岸芙蓉嬌色淺，傍崖木槿嫩枝垂。秋海棠，全然壓倒；臘梅樹，聊發新枝。牡丹亭、海榴亭、丹桂亭，亭亭盡鵝毛堆積；放懷處、款客處、遣興處，處處皆蝶翅鋪漫。兩籬黃菊玉綃金，幾樹丹楓紅間白。無數閑庭冷難到，且觀雪洞冷如冰。那裏邊放一個獸面象足銅火盆，熱烘烘炭火才生；那上下有幾張虎皮搭苫漆交椅，軟溫溫紙窗鋪設。

四壁上掛幾軸名公古畫，卻是那：

七賢過關※11，寒江獨釣※12，疊嶂層巒團雪景；蘇武餐氈，折梅逢使，瓊林玉樹寫寒文。說不盡那家近水亭魚易買，雪迷山徑酒難沽。眞箇可堪容膝處，算來何用訪蓬壺？

眾人觀翫良久，就於雪洞裏坐下，對鄰叟道取經之事，又捧香茶飲畢。陳老問：「列位老爺，可飲酒麼？」三藏道：「貧僧不飲，小徒略飲幾杯素酒。」陳老大喜，即命：「取素果品，燉暖酒，與列位湯寒※13。」那僮僕即抬桌圍爐，與兩個鄰叟各飲了幾杯，收了家火。

註

※11 七賢過關：古代名畫之一。流傳的畫上沒有作者名款，據說是宋人之筆，然畫風已入明人之軌，畫中人物多著宋人衣冠，故可推斷此畫係明人摹宋。「七子過關」是較爲固定的人馬畫題材，其內容是記述的唐代開元年間（西元七一三至七四一年）的七位才子頂風冒雪出藍田關、遊龍門寺的典故。對於「七子」衆說不一，一說是張說、張九齡、李白、李華、王維、鄭虔、孟浩然。也有傳說是蘇軾所作。

※12 寒江獨釣：唐朝詩人柳宗元有「孤舟蓑笠翁，獨釣寒江雪」的詩句，從此句詩中化來的意思。

※13 湯寒：湯，古同「蕩」，擋寒的意思。

評點

◎12. 功不成便不得回故土，此意可思。著眼，著眼。（李評）

不覺天色將晚，又仍請到廳上晚齋。只聽得街上行人都說：「好冷天啊！把通天河凍住了！」◎13三藏聞言道：「悟空，凍住河，我們怎生是好？」陳老道：「乍寒乍冷，想是近河邊淺水處凍結。」那行人道：「把八百里都凍的似鏡面一般，路口上有人走哩。」三藏聽說有人走，就要去看。陳老道：「老爺莫忙，今日晚了，明日去看。」遂此別卻鄰叟。又晚齋畢，依然歇在廂房。

及次日天曉，八戒起來道：「師兄，今夜更冷，想必河凍住也。」三藏迎著門，朝天禮拜道：「衆位護教大神，弟子一向西來，虔心拜佛，苦歷山川，更無一聲報怨。今至於此，感得皇天佑助，結凍河水，弟子空心權謝，待得經回，奏上唐皇，竭誠酬答。」禮拜畢，遂教悟淨背馬，趁冰過河。陳老又道：「莫忙，待幾日雪融冰解，老拙這裏辦船相送。」沙僧道：「就行也不是話，再住也不是話，口說無憑，耳聞不如眼見。我背了馬，且請師父親去看看。」陳老道：「言之有理。」教：「小的們，快去背我們六匹馬來，且莫背唐僧老爺馬。」

四川川西高原上的雪地。（美工圖書社：中國圖片大系提供）

就有六個小价跟隨，一行人徑往河邊來看。真箇是：

雪積如山聳，雲收破曉晴。寒凝楚塞千峰瘦，冰結江湖一片平。朔風凜凜，滑凍稜稜。池魚偎密藻，野鳥戀枯槎。塞外征夫俱墜指，江頭梢子亂敲牙。裂蛇腹，斷鳥足，果然冰山千百尺。萬壑冷浮銀，一川寒浸玉。東方自信出僵蠶※14，北地果然有鼠窟※15。王祥臥※16，光武渡※17，一夜溪橋連底固。曲沼結稜層，深淵重疊冱※18。通天闊水更無波，皎潔冰漫如陸路。

三藏與一行人到了河邊，勒馬觀看，真箇那路口上有人行走。三藏問道：「施主，那些人上冰往那裏去？」陳老道：「河那邊乃西梁女國，這起人都是做買賣的。我這邊百錢之物，到那邊可值萬錢；那邊百錢之物，到這邊亦可值萬錢。利重本輕，所以人不顧生死而去。◎14常年家有五七人一船，或十數人一船，飄洋而過。見如今河道凍住，故捨命而步行也。」三藏道：「世間事，惟名利最重。似他為利的捨死忘生，我弟子奉旨全忠，也只是為名，與他能差幾何？」教：「悟空，快回施主家，收拾行囊，叩背馬匹，趁此層冰，早奔西方去也。」行者笑吟吟答應。

沙僧道：「師父呵，常言道：『千日吃了千升米。』今已托賴陳府上，且再住幾日，

註

※14 東方自信出僵蠶：《拾遺記》載：東海員嶠山有冰蠶長七寸，黑色，有角，有鱗。以霜雪覆之，然後作繭，絲爲五彩色，織成文錦，入水準濡。這裏所說的東方即指此而言。

※15 北地果然有鼠窟：磎鼠，神話中的一種獸名，居於北方冰下的土中。

※16 王祥臥：即王祥臥冰求魚，古代著名關於孝的故事，比喻子女孝順父母。傳說晉朝王祥，母親冬天想吃魚，他就「臥」在冰上，融冰捕獲鯉魚。

※17 光武渡：《後漢書·馮異傳》載，漢光武兵敗，馮異於滹沱河進麥飯，蕪萎亭進豆粥。此處即引用這個故事。

※18 冱：閉、塞的意思。

評點

◎13. 如見其人，如聞其聲。（周評）

◎14. 世情如此，眞是可憐。（李評）

待天晴化凍，辦船而過。忙中恐有錯也。」◎15三藏道：「悟淨，怎麼這等愚見！若是正二月，一日暖似一日，可以待得凍解。此時乃八月，一日冷似一日，如何可便望解凍！卻不又誤了半載行程？」

八戒跳下馬來：「你們且休講閑口，等老豬試看有多少厚薄。」行者道：「獃子，前夜試水，能去抛石；如今冰凍重漫，怎生試得？」八戒道：「師兄不知。等我舉釘鈀築他一下，假若築破，就是冰薄，且不敢行；若築不動，便是冰厚，如何不行？」三藏道：「正是，說得有理。」那獃子撩衣拽步，走上河邊，雙手舉鈀，盡力一築，只聽撲的一聲，築了九個白跡，手也振得生疼。獃子笑道：「去得，去得！連底都錮住了。」

三藏聞言，十分歡喜，與衆同回陳家，只教收拾走路。那兩個老者苦留不住，只得安排些乾糧烘炒，做些燒餅饃饃相送。一家子磕頭禮拜，又捧出一盤子散碎金銀，跪在面前道：「多蒙老爺活子之恩，聊表途中一飯之敬。」三藏擺手搖頭，只是不受，道：「貧僧出家人，財帛何用？就途中也不敢取出，只是以化齋度日為正事。收了乾糧足矣。」二老又再三央求，行者用指尖兒捻了一小塊，約有四五錢重，遞與唐僧道：「師父，也只當些襯錢※19，莫教空負二老之意。」

遂此相向而別。徑至河邊冰上，那馬蹄滑了一滑，險些兒把三藏跌下馬來。◎16沙僧道：「師父，難行！」八戒道：「且住！問陳老官討個稻草來我用。」行者道：「要稻草何用？」八戒道：「你那裏得知。要稻草包著馬蹄方才不滑，免教跌下師父來也。」陳老在岸上聽言，急命人家中取一束稻草，卻請唐僧上岸下馬。八戒將草包裹馬足，然後踏冰而行。

別陳老離河邊，行有三四里遠近，八戒把九環錫杖遞與唐僧道：「師父，你橫此在馬上。」行者道：「這獃子奸詐！錫杖原是你挑的，如何又叫師父拿著？」八戒道：「你不曾走過冰凌，不曉得。凡是冰凍之上，必有凌眼；倘或躧著凌眼，脫將下去，若沒橫擔之物，骨都的落水，就如一個大鍋蓋蓋住，如何鑽得上來？須是如此架住方可。」行者暗笑道：「這獃子倒是個積年走冰的。」果然都依了他。◎17長老橫擔著錫杖，行者橫擔著鐵棒，沙僧橫擔著降妖寶杖，八戒肩挑著行李，腰橫著釘鈀，師徒們放心前進。這一直行到天晚，吃了些乾糧，卻又不敢久停，對著星月光華，觀的冰凍上亮灼灼、白茫茫，只情奔走。果然是馬不停蹄，師徒們莫能合眼，走了一夜。天明又吃些乾糧，望西又進。

正行時，只聽得冰底下撲喇喇一聲響喨，險些兒諕倒了白馬。三藏大驚道：「徒弟呀，怎麼這般響喨？」八戒道：「這河忒也凍得結實，地凌響了，或者這半中間連底通錮住了也。」三藏聞言，又驚又喜，策馬前進，趲行不題。

卻說那妖邪自從回歸水府，引衆精在於冰下。等候多時，只聽得馬蹄響處，他在底下弄個神通，滑喇的迸開冰凍。慌得孫大聖跳上空中，早把那白馬落於水內，三人盡皆脫下。那妖邪將三藏捉住，引群精徑回水府，厲聲高叫：「鱖妹何在？」老鱖婆迎門施禮

註

※19 襯錢：佈施的錢。

評點

◎15. 好言語。(李評)
◎16. 就似眞的一般，奇矣。(李評)
◎17. 走冰之法雖好，然八百里河面誰敢履冰而行，此法無乃虛設。(周評)

唐僧師徒在冰面行走，那妖邪引衆精在於冰下等候多時，聽得馬蹄響處，便弄個神通，滑喇的迸開冰凍，只有孫大聖跳上空中，其餘三人包括白馬都掉入水中。（朱寶榮繪）

道：「大王，不敢，不敢。」妖邪道：「賢妹何出此言！『一言既出，駟馬難追。』原說聽從汝計，捉了唐僧，與你拜為兄妹。今日果成妙計，捉了唐僧，就好昧了前言？」教：「小的們，抬過案桌，磨快刀來，把這和尚剖腹剜心，◎18剝皮剮肉；一壁廂響動樂器，與賢妹共而食之，延壽長生也。」鱖婆道：「大王，且休吃他，恐他徒弟們尋來吵鬧。且寧耐兩日，讓那廝不來尋，然後剖開，請大王上坐，衆眷族環列，吹彈歌舞，奉上大王，從容自在享用，卻不好也？」那怪依言，把唐僧藏於宮後，使一個六尺長的石匣，蓋在中間不題。◎19

卻說八戒、沙僧在水裏撈著行囊，放在白馬身上馱了，分開水路，湧浪翻波，負水而出。只見行者在半空中看見，問道：「師父何在？」八戒道：「師父姓『陳』，名『到底』了。如今沒處找尋，且上岸再作區處。」——原來八戒本是天蓬元帥臨凡，他當年掌管天河八萬水兵大衆；沙和尚是流沙河內出身；白馬本是西海龍孫：故此能知水性。——大聖在空中指引，須臾回轉東崖，曬刷了馬

評點

◎18. 和尚何罪？（周評）
◎19. 此款甚新，豈桓司馬之石槨耶？（周評）

匹，紾掠了衣裳。大聖雲頭按落，一同到於陳家莊上。早有人報與二老道：「四個取經的老爺，如今只剩了三個來也。」兄弟即忙接出門外，果見衣裳還濕，道：「老爺們，我等那般苦留，卻不肯住，只要這樣方休。怎麼不見三藏老爺？」八戒道：「不叫作三藏了，改名叫作『陳到底』也。」二老垂淚道：「可憐，可憐！我說等雪融備船相送，堅執不從，致令喪了性命！」行者道：「老兒，莫替古人耽憂，我師父管他不死長命。老孫知道，決然是那靈感大王弄法算計去了。你且放心，與我們漿漿衣服，曬曬關文，取草料喂著白馬，等我弟兄尋著那廝，救出師父，索性剪草除根，替你一莊人除了後患，庶幾永遠得安生也。」陳老聞言，滿心歡喜，即命安排齋供。

兄弟三人，飽餐一頓，將馬匹、行囊交與陳家看守，各整兵器，徑赴河邊尋師擒怪。正是：

誤踏層冰傷本性，大丹脫漏怎周全？

畢竟不知怎麼救得唐僧，且聽下回分解。

總批

（並前七回）：人見妖魔要吃童男童女，便以為怪事。殊不知世上有父母自吃童男童女的，甚至有童男自吃童男，童女自吃童女的；比比而是，亦常事耳，何怪之有？或問：「何故？」曰：「以童男付之庸師，童女付之淫娭，此非父母自吃童男女乎？為男者自甘為兇人，為女者自甘為妒婦，喪失其赤子之心，此非童男女自吃童男女乎？」或鼓掌大笑曰：「原來今日卻是妖魔世界也！」余亦笑而不言。（李評）

悟元子曰：上回言金丹之道，乃真陰、真陽兩而相合之道。但陰陽相合，出於自然，而非強作，倘不能循序漸進，急欲成功，則其進銳者其退速，反致陰陽不和，金丹難成，大道難修。故此回寫其急躁之害，使學者剛柔相當，知所警戒耳。（劉評節錄）

✦唐僧被抓後，通天河又冰化水。圖為青藏高原溶解後的雪水。（fotoe提供）

第四十九回

三藏有災沉水宅　觀音救難現魚籃

卻說孫大聖與八戒、沙僧辭陳老來至河邊，道：「兄弟，你兩個議定，那一個先下水。」八戒道：「哥呵，我兩個手段不見怎的，還得你先下水。」行者道：「不瞞賢弟說，若是山裏妖精，全不用你們費力；水中之事，我去不得。就是下海行江，我須要捻著避水訣，或者變化甚麼魚蟹之形才去得；若是那般捻訣，卻輪不得鐵棒，使不得神通，打不得妖怪。我久知你兩個乃慣水之人，所以要你兩個下去。」沙僧道：「哥呵，小弟雖是去得，但不知水底如何。我等大家都去。哥哥變作甚麼模樣，或是我馱著你，分開水道，尋著妖聖的巢穴，你先進去打聽打聽。若是師父不曾傷損，還在那裏，我們好努力征討；假若不是這怪弄法，或者淹殺師父，或者被妖吃了，我等不須苦求，早早的別尋

◆《新說西遊記圖像》描繪第四十九回精采場景：菩薩提著籃子，半踏雲彩，把籃子抛在河中。這場景後來成為經典的菩薩圖畫場景。（古版畫，選自《新說西遊記圖像》）

道路何如？」◎1行者道：「賢弟說得有理。你們那個馱我？」八戒暗喜道：「這猴子不知捉弄了我多少，今番原來不會水，等老豬馱他，也捉弄他捉弄。」獃子笑嘻嘻的叫道：「哥哥，我馱你。」行者就知有意，卻便將計就計道：「是，也好。你比悟淨還有些膂力。」八戒就背著他。

沙僧剖開水路，弟兄們同入通天河內。向水底下行有百十里遠近，那獃子要捉弄行者。行者隨即拔下一根毫毛，變作假身，伏在八戒背上，真身變作一個豬虱子，緊緊的貼在他耳朵裏。◎2八戒正行，忽然打個躘踵，得故子※1把行者往前一攢，撲的跌了一跤。原來那個假身本是毫毛變的，卻就飄起去，無影無形。沙僧道：「二哥，你是怎麼說？不好生走路，就跌在泥裏便也罷了，卻把大哥不知跌在那裏去了。」八戒道：「那猴子不禁跌，一跌就跌化了。兄弟，莫管他死活，我和你且去尋師父去。」沙僧道：「不好，還得他來。他雖不知水性，他比我們乖巧。若無他來，我不與你去。」行者在八戒耳朵裏，忍不住高叫道：「悟淨，老孫在這裏也！」沙僧聽得，笑道：「罷了，這獃子是死了！你怎麼就敢捉弄他！如今弄得聞聲不見面，卻怎是好？」八戒慌得跪在泥裏磕頭道：「哥哥，是我不是了。待救了師父，上岸陪禮。◎3你在那裏做聲？就影※2殺我也！你請現原身出來，我馱著你，再不敢沖撞你了。」行者道：「是你還馱著我哩。我不弄你，你快走！快走！」那獃子絮絮叨叨，只管念誦著陪禮，爬起來與沙僧又進。

註

※1 得故子：得到機會。故子，機會。

※2 影：方言。模糊、不確定，以及對此擔心害怕的精神感覺。

評點

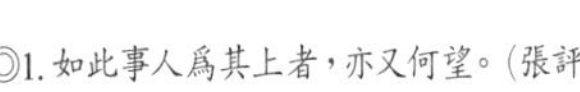

◎1. 如此事人爲其上者，亦又何望。（張評）

◎2. 這般頑皮。（李評）

◎3. 禮字已挑下意。（張評）

行了又有百十里遠近，忽抬頭望見一座樓臺，上有「水黿之第」◎4四個大字。沙僧道：「這廂想是妖精住處，我兩個不知虛實，怎麼上門索戰？」行者道：「悟淨，那門裏外可有水麼？」沙僧道：「無水。」行者道：「既無水，你再藏隱在左右，待老孫去打聽打聽。」

好大聖，爬離了八戒耳朵裏，卻又搖身一變，變作個長腳蝦婆，兩三跳跳到門裏。睜眼看時，只見那怪坐在上面，衆水族擺列兩邊，有個斑衣鱖婆坐於側手，都商議要吃唐僧。行者留心，兩邊尋找不見，忽看見一個大肚蝦婆走將來，徑往西廊下立定。行者跳到面前，稱呼道：「姆姆，大王與衆商議要吃唐僧，唐僧卻在那裏？」蝦婆道：「唐僧被大王降雪結冰，昨日拿在宮後石匣中間，只等明日他徒弟們不來吵鬧，就奏樂享用也。」

行者聞言，演了一會，徑直尋到宮後，看果有一個石匣，卻像人家槽房裏的豬槽，又似人間一口石棺材之樣，◎5量量足有六尺長短；卻伏在上面聽了一會，只聽得三藏在裏面嚶嚶的哭哩。行者不言語，側耳再聽，那師父挫得牙響，哏了一聲道：

✦大聖去打探消息，搖身一變，變作個長腳蝦婆，兩三跳跳到妖怪水府門裏。只見那怪坐在上面，衆水族擺列兩邊，有個斑衣鱖婆坐於側手，都商議要吃唐僧。（朱寶榮繪）

西藏一段的通天河。（美工圖書社：中國圖片大系提供）

「自恨江流命有愆，生時多少水災纏。
出娘胎腹淘波浪，拜佛西天墮渺淵。
前遇黑河身有難，今逢冰解命歸泉。
不知徒弟能來否，可得眞經返故園？」◎6

行者忍不住叫道：「師父，莫恨水災。《經》云：『土乃五行之母，水乃五行之源。無土不生，無水不長。』老孫來了！」三藏聞得道：「徒弟呵，救我耶！」行者道：「你且放心，待我們擒住妖精，管教你脫難。」三藏道：「快些兒下手，再停一日，足足悶殺我也。」行者道：「沒事，沒事！我去也。」急回頭跳將出去，到門外現了原身◎7，叫：「八戒！」那獃子與沙僧近道：「哥哥，如何？」行者道：「正是此怪騙了師父。師父未曾傷損，被怪物蓋在石匣之下。你兩個快早挑戰，讓老孫先出水面。你若擒得他就擒；擒不得，做個佯輸，引他出水，等我打他。」沙僧道：「哥哥放心先去，待小弟們鑒貌辨色。」

評點

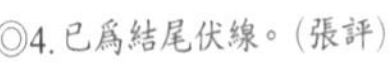

◎4. 已爲結尾伏線。（張評）
◎5. 石即實也，此中培植宜無有不實者。（張評）
◎6. 三藏本屬土，土與水爲仇，一生每多水厄，當是仇星照命。（周評）
◎7. 方是本來面貌。（張評）

這行者捻著避水訣，鑽出波中，停立岸邊等候不題。

你看那豬八戒行兇，闖至門前，厲聲高叫：「潑怪物！送我師父出來！」慌得那門裏小妖急報：「大王，門外有人要師父哩！」妖邪道：「這定是那潑和尚來了。」教：「快取披掛、兵器來！」衆小妖連忙取出。妖邪結束了，執兵器在手，即命開門，走將出來。八戒與沙僧對列左右，見妖邪怎生披掛。好怪物！你看他：

頭戴金盔晃且輝，身披金甲掣虹霓。腰圍寶帶團珠翠，足踏烟黃靴樣奇。
鼻準高隆如嶠聳，天庭廣闊若龍儀。眼光閃灼圓還暴，牙齒鋼鋒尖又齊。
短髮蓬鬆飄火焰，長鬚瀟灑挺金錐。口咬一枝青嫩藻，手拿九瓣赤銅鎚。
一聲咿啞門開處，響似三春驚蟄雷。這等形容人世少，敢稱靈顯大王威。

妖邪出得門來，隨後有百十個小妖，一個個輪鎗舞劍，擺開兩哨，對八戒道：「你是那寺裏和尚，為甚到此喧嚷？」八戒喝道：「我把你這打不死的潑物！你前夜與我頂嘴，今日如何推不知來問我？◎8我本是東土大唐聖僧之徒弟，往西天拜佛求經者。你弄玄虛，假做甚麼靈感大王，專在陳家莊要吃童男童女。我本是陳清家一秤金，你不認得我麼？」那妖邪道：「你這和尚，甚沒道理！你變作一秤金，該一個冒名頂替之罪。我倒不曾吃你，反被你傷了我手背，已此讓了你，你怎麼又尋上我的門來？」八戒道：「你既讓我，卻怎麼又弄冷風，下大雪，凍結堅冰，害我師父？快早送我師父出來，萬事皆休；牙迸半個『不』字，你只看看手中鈀，決不饒你！」妖邪聞言，微微冷笑道：「這和尚賣此長舌，

胡誇大口。果然是我作冷下雪凍河，攝你師父。你今嚷上門來，思量取討，只怕這一番不比那一番了。那時節，我因赴會，不曾帶得兵器，誤中你傷。你如今且休要走，我與你交敵三合，三合敵得我過，還你師父；敵不過，連你一發吃了！」

八戒道：「好乖兒子，正是這等說。仔細看鈀！」妖邪道：「你原來是半路上出家的和尚！」八戒道：「我的兒，你真箇有些靈感，怎麼就曉得我是半路出家的？」妖邪道：「你會使鈀，想是雇在那裏種園，把他釘鈀拐將來也。」八戒道：「兒子，我這鈀不是那築地之鈀。你看：

巨齒鑄就如龍爪，遜金裝來似蟒形。若逢對敵寒風灑，但遇相持火焰生。
能與聖僧除怪物，西方路上捉妖精。輪動烟雲遮日月，使開霞彩照分明。
築倒太山千虎怕，掀翻大海萬龍驚。饒你威靈有手段，一築須教九竅窿！」

那個妖邪那裏肯信，舉銅鎚劈頭就打。八戒使釘鈀架住道：「你這潑物，原來也是半路上成精的邪魔！」那怪道：「你怎麼認得我是半路上成精的？」八戒道：「你會使銅鎚，想是雇在那個銀匠家扯爐，被你得了手，偷將出來的。」妖邪道：「這不是打銀之鎚。你看：

九瓣攢成花骨朵，一竿虛孔萬年青。原來不比凡間物，出處還從仙苑名。
綠房紫菂※3瑤池老，素質清香碧沼生。因我用功摶煉過，堅如鋼銳徹通靈。

註

※3 菂：菂音滴，古代指蓮子。

評點

◎8.不曾吃得這個，自然不認。（張評）

鎗刀劍戟渾難賽，鉞斧戈矛莫敢經。縱讓你鈀能利刃，湯著吾鎚迸折釘！」

沙和尚見他兩個攀話，忍不住近前高叫道：「那怪物休得浪言！古人云：『口說無憑，做出便見。』不要走，且吃我一杖！」妖邪使鎚桿架住道：「你也是半路裏出家的和尚。」沙僧道：「你怎麼認得？」妖邪道：「你這個模樣，像一個磨博士出身。」沙僧道：「如何認得我像個磨博士？」妖邪道：「你不是磨博士，怎麼會使趕麵杖？」沙僧罵道：「你這孽障！是也不曾見：

這般兵器人間少，故此難知寶杖名。出自月宮無影處，梭羅仙木琢磨成。
外邊嵌寶霞光耀，內裏鑽金瑞氣凝。先日也曾陪御宴，今朝秉正保唐僧。
西方路上無知識，上界宮中有大名。喚作降妖眞寶杖，管教一下碎天靈！」

那妖邪不容分說，三家變臉，這一場，在水底下好殺：

銅鎚寶杖與釘鈀，悟能悟淨戰妖邪。一個是天蓬臨世界，一個是上將降天涯。他兩個夾攻水怪施威武，這一個獨抵神僧勢可誇。有分有緣成大道，相生相剋秉恆沙。土剋水，水乾見底；水生木，木旺開花。禪法參修歸一體，還丹炮煉伏三家。◎9土是母，發金芽，金生神水產嬰娃；水爲本，潤木華，木有輝煌烈火霞。攢簇五行皆別異，故然變臉各爭差。◎10看他那銅鎚九瓣光明好，寶杖千絲彩繡佳。鈀按陰陽分九曜，不明解數亂如麻。捐軀棄命因僧難，捨死忘生爲釋迦。致使銅鎚忙不墜，左遮寶杖右遮鈀。

三人在水底下鬥經兩個時辰，不分勝敗。豬八戒料道不得贏他，對沙僧丟了個眼色，二人

◆新疆賽里木湖畔風光。（美工圖書社：中國圖片大系提供）

詐敗佯輸，各拖兵器，回頭就走。那怪物教：「小的們，扎住在此，等我趕上這廝，捉將來與汝等湊吃呀！」你看他如風吹敗葉，似雨打殘花，將他兩個趕出水面。

那孫大聖在東岸上，眼不轉睛，只望著河邊水勢。忽然見波浪翻騰，喊聲號吼，八戒先跳上岸道：「來了！來了！」沙僧也到岸邊道：「來了！來了！」那妖邪隨後叫：「那裏走！」才出頭，被行者喝道：「看棍！」那妖邪閃身躲過，使銅鎚急架相還。一個在河邊湧浪，一個在岸上施威。搭上手未經三合，那妖遮架不住，◎11打個花，又淬於水裏，遂此風平浪息。

行者回轉高崖，道：「兄弟們，辛苦啊。」沙僧道：「哥啊，這妖精他在岸上覺到不濟，在水底也盡利害哩！我與二哥左右齊攻，只戰得個兩平，卻怎麼處置，救師父也？」行者道：「不必疑遲，恐被他傷了師父。」八戒道：「哥哥，我這一去哄他出來，你莫做聲，但只在半空中等候。估著他鑽出頭來，卻使個搗蒜打，照他頂門上著著實實一下！縱然打不死他，好道也護疼※4發暈，卻等老豬趕上一鈀，管教他了帳！」行者道：「正是，正是。這叫作『裏迎外合』，方可濟事。」他兩個復入水中不題。

卻說那妖邪敗陣逃生，回歸本宅。眾妖接到宮中，鱖婆上前問道：「大王趕那兩個和尚到那方來？」妖邪道：「那和尚原來還有一個幫手。他兩個跳上岸去，那幫手輪一條鐵棒打我，我閃過與他相持。也不知他那棍子有多少斤重，我的銅鎚莫想架得他住，戰未三

註

※4 護疼：疼痛、怕疼因此而膽怯。

評點

◎9. 説得明白。(李評)

◎10. 隨口説來，橫豎都成妙理。(周評)

◎11. 這根金箍棒，吃不起。(張評)

合，我卻敗回來也。」鱖婆道：「大王可記得那幫手是甚相貌？」妖邪道：「是一個毛臉雷公嘴，查耳朵，折鼻梁，火眼金睛和尚。」鱖婆聞說，打了一個寒噤道：「大王啊，虧了你識俊※5，逃了性命。若再三合，決然不得全生！那和尚我認得他。」妖邪道：「你認得他是誰？」鱖婆道：「我當年在東洋海內，曾聞得老龍王說他的名譽，乃是五百年前大鬧天宮、混元一氣上方太乙金仙◎12美猴王齊天大聖。◎13如今歸依佛教，保唐僧往西天取經，改名喚作孫悟空行者。他的神通廣大，變化多端。大王，你怎麼惹他！今後再莫與他戰了。」

說不了，只見門裏小妖來報：「大王，那兩個和尚又來門前索戰哩！」妖精道：「賢妹所見甚長，再不出去，看他怎麼。」急傳令，教：「小的們，把門關緊了。正是『任君門外叫，只是不開門』。讓他纏兩日，性攤了回去時，我們卻不自在受用唐僧也？」那小妖一齊都搬石頭，塞泥塊，把門閉殺。八戒與沙僧連叫不出，獃子心焦，就使釘鈀築門。那門已此緊閉牢關，莫想能彀；被他七八鈀築破門扇，裏面卻都是泥土石塊，高疊千層。沙僧見了道：「二哥，這怪物懼怕之甚，閉門不出，我和你且回上河崖，再與大哥計較去來。」八戒依言，徑轉東岸。

那行者半雲半霧，提著鐵棒等哩。看見他兩個上來，不見妖怪，即按雲頭，迎至岸邊，問道：「兄弟，那話兒怎麼不上來？」沙僧道：「那怪物緊閉宅門，再不出來見面。被二哥打破門扇看時，那裏面都是些泥土石塊，實實的疊住了。故此不能得戰，卻來與哥哥計議，再怎麼設法去救師父。」行者道：「似這般卻也無法可治。你兩個只在河岸上巡視著，不可放他往別處走了，待我去來。」八戒道：「哥哥，你往那裏去？」行者道：「我上普陀巖拜問菩薩，看這妖怪是那裏出身，姓甚名誰。尋著他的祖居，拿了他的家屬，捉了他的四鄰，卻來此擒怪救師。」八戒笑道：「哥呵，這等幹只是忒費事，擔擱了時辰了。」行者道：「管你不費事，不擔擱，我去就來！」

好大聖，急縱祥光，躲離河口，徑赴南海。那裏消半個時辰，早望見落伽山不遠，低下雲頭，徑至普陀崖上。只見那二十四路諸天與守山大神、木叉行者、善財童子、捧珠龍女，一齊上前，迎著施禮道：「大聖何來？」行者道：「有事要見菩薩。」眾神道：「菩薩今早出洞，不許人隨，自入竹林裏觀翫。知大聖今日必來，分付我等在此候接大聖，不可就見。請在翠巖前聊坐片時，待菩薩出來，自有道理。」

行者依言，還未坐下，又見那善財童子上前施禮◎14道：「孫大聖，前蒙盛意，幸菩薩不棄收留，早晚不離左右，專侍蓮臺之下，甚得善慈。」◎15行者知是紅孩兒，笑道：「你那時節魔孽迷心，今朝得成正果，才知老孫是好人也。」

行者久等不見，心焦道：「列位與我傳報傳報，但遲了，恐傷吾師之命。」諸天道：「不敢報。菩薩分付，只等他自出來哩。」行者性急，那裏等得，急縱身往裏便走。噫！

這個美猴王，性急能鵲薄※6。諸天留不住，要往裏邊躧※7。

註

※5 識俊：識相、有眼色。

※6 鵲薄：譏誚挖苦。

※7 躧：原意是赤腳，這裏作進入。

評點

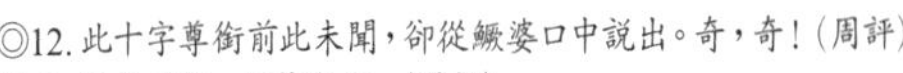

◎12. 此十字尊銜前此未聞，卻從鱖婆口中說出。奇，奇！（周評）

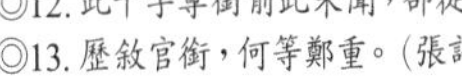

◎13. 歷敘官銜，何等鄭重。（張評）

◎14. 好照應。（李評）

◎15. 此中清靜，再不傷生，借題寫意，方知回挽之妙。（張評）

拽步入深林，睜眼偷覷著。遠觀救苦尊，盤坐襯殘箬※8。
懶散怕梳妝，容顏多綽約。散挽一窩絲，未曾戴纓絡※9。
不掛素藍袍，貼身小襖縛。漫腰束錦裙，赤了一雙腳。
披肩繡帶無，精光兩臂膊。玉手執鋼刀，正把竹皮削。◎16

行者見了，忍不住厲聲高叫道：「菩薩，弟子孫悟空志心朝禮。」菩薩教：「外面候候。」行者叩頭道：「菩薩，我師父有難，特來拜問通天河妖怪根源。」菩薩道：「你且出去，待我出來。」

行者不敢強，只得走出竹林，對衆諸天道：「菩薩今日又重置家事哩。怎麼不坐蓮臺，不妝飾，不喜歡，在林裏削篾做甚？」諸天道：「我等卻不知。今早出洞，未曾妝束，就入林中去了。又教我等在此接候大聖，必然為大聖有事。」行者沒奈何，只得等候。

不多時，只見菩薩手提一個紫竹籃兒，出林道：「悟空，我與你救唐僧去來。」◎17行者慌忙跪下道：「弟子不敢催促，且請菩薩著衣登座。」菩薩道：「不消著衣，就此去也。」那菩薩撇下諸天，縱祥雲騰空而去。孫大聖只得相隨。

頃刻間，到了通天河界。八戒與沙僧看見道：「師兄性急，不知在南海怎麼亂嚷亂叫，把一個未梳妝的菩薩逼將來也。」說不了，到於河岸。

二人下拜道：「菩薩，我等擅干，有罪！有罪！」菩薩即解下一根束襖的絲縧，將籃兒拴定，提著絲縧，半踏雲彩，拋在河中，往上溜頭扯著，口念頌子道：「死的去，活的住！死的去，活的住！」念了七遍，提起籃兒，但見那籃裏亮灼灼一尾金魚，還斬眼※10動鱗。◎18菩薩叫：「悟空，快下水救你師父耶。」行者道：「未曾拿住妖邪，如何救得師父？」菩薩道：「這籃兒裏不是？」八戒與沙僧拜問道：「這魚兒怎生有那等手段？」菩薩道：「他本是我蓮花池裏養大的金魚，每日浮頭聽經，修成手段。那一柄九瓣銅鎚，乃是一枝未開的菡萏，被他運煉成兵。不知是那一日海潮泛漲，走到此間。我今早扶欄看花，卻不見這廝出拜，掐指巡紋，算著他在此成精，害你師父。故此未及梳妝，運神功，織個竹籃兒擒他。」◎19

行者道：「菩薩，既然如此，且待片時，我等叫陳家莊眾信人等，看看菩薩的金面：一則留恩，二來說此收怪之事，好教凡人信心供養。」菩薩道：「也罷，你快去叫來。」那八戒與沙僧一齊飛跑至莊前，高呼道：「都來看活觀音菩薩！都來看活觀音菩薩！」一莊老幼男女，都向河邊，也不顧泥水，都跪在裏面，磕頭禮拜。內中有善圖畫者，傳下影神，這才是魚籃觀音現身。當時菩薩就歸南海。

八戒與沙僧分開水道，徑往那水黿之第找尋師父。原來那裏邊水怪魚精，盡皆死爛。

註

※8 箬：一種竹子，葉大而寬，可編竹笠。

※9 纓絡：同「瓔珞」，珠玉串成的裝飾物，多作頸飾。

※10 斬眼：眨眼。

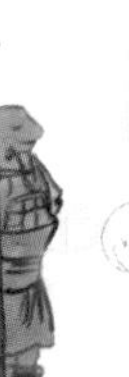

評點

◎16. 形容如畫。（周評）

◎17. 又是一樣行徑，前後絕不雷同。（周評）

◎18. 如此擒怪之法，從來未有，耳目又一新矣。（周評）

◎19. 真活觀音，未梳妝就想救人；假活觀音，未梳妝只是害人。（李評）

◎20卻入後宮，揭開石匣，馱著唐僧，出離波津，與衆相見。那陳清兄弟叩頭稱謝道：「老爺不依小人勸留，致令如此受苦。」行者道：「不消說了。你們這裏人家，下年再不用祭賽，那大王已此除根，永無傷害。陳老兒，如今才好累你，快尋一隻船兒，送我們過河去也。」那陳清道：「有，有，有！」就教解板打船。衆莊客聞得此言，無不喜捨。那個道，我買桅篷；這個道，我辦篙槳；有的說，我出繩索；有的說，我雇水手。

正都在河邊上吵鬧，忽聽得河中間高叫：「孫大聖不要打船，花費人家財物。我送你師徒們過去。」衆人聽說，個個心驚，膽小的走了回家，膽大的戰兢兢貪看。須臾，那水裏鑽出一個怪來，你道怎生模樣：

方頭神物非凡品，九助靈機號水仙。曳尾能延千紀壽，潛身靜隱百川淵。
翻波跳浪衝江岸，向日朝風臥海邊。養氣含靈眞有道，多年粉蓋癩頭黿。

那老黿又叫：「大聖，不要打船，我送你師徒過去。」◎21行者輪著鐵棒道：「我把你這個孽畜！若到邊前，這一棒就打死你！」老黿道：「我感大聖之恩，情願辦好心送你師徒，你怎麼反要打我？」行者道：「與你有甚恩惠？」老黿道：「大聖，你不知這底下水黿之第，乃是我的住宅，自歷代以來，祖上傳留到我。我因省悟本根，養成靈氣，在此處修行，被我將祖居翻蓋了一遍，立做一個水黿之第。那妖邪乃九年前海嘯波翻，他趕潮頭，來於此處，仗逞兇頑，與我爭鬥，被他傷了我許多兒女，奪了我許多眷族。我鬥他不過，將巢穴白白的被他佔了。今蒙大聖至此搭救唐師父，請了觀音菩薩掃淨妖氛，收去怪物，

將第宅還歸於我。我如今團圞老小，再不須挨土幫泥，得居舊舍。此恩重若丘山，深如大海。且不但我等蒙惠，只這一莊上人，免得年年祭賽，全了多少人家兒女，此誠所謂一舉而兩得之恩也！敢不報答？」

行者聞言，心中暗喜，收了鐵棒道：「你端的是真實之情麼？」老黿道：「因大聖恩德洪深，怎敢虛謬？」行者道：「既是真情，你朝天賭咒。」那老黿張著紅口，朝天發誓道：「我若真情不送唐僧過此通天河，將身化為血水！」行者笑道：「你上來，你上來。」老黿卻才負近岸邊，將身一縱，爬上河崖。眾人近前觀看，有四丈圍圓的一個大白蓋。行者道：「師父，我們上他身，渡過去也。」三藏道：「徒弟呀，那層冰厚凍，尚且邅迍，況此黿背，恐不穩便。」老黿道：「師父放心。我比那層冰厚凍，穩得緊哩，但歪一歪，不成功果。」行者道：「師父呵，凡諸眾生，會說人話，決不打誑語。」◎22 教：「兄弟們，快牽馬來。」

到了河邊，陳家莊老幼男女一齊來拜送。行者教把馬牽在白黿蓋上，請唐僧站在馬的頸項左邊，沙僧站在右邊，八戒站在馬後，行者站在馬前。又恐那黿無禮，解下虎筋絛子，穿在老黿的鼻之內，扯起來，像一條韁繩。卻使一隻腳踏在蓋上，一隻腳登在頭上，一隻手執著鐵棒，一隻手扯著韁繩，叫道：「老黿，慢慢走啊。歪一歪兒，就照頭一下！」老黿道：「不敢，不敢！」他卻蹬開四足，踏水面如行平地。眾人都在岸上焚香叩頭，都念：「南無阿彌陀佛！」這正是：真羅漢臨凡，活菩薩出現。眾人只拜的望不見形

◎20. 鱖妹何在？(周評)

◎21. 此一轉殊出意外，不但可省花費財物，且免擔擱工夫。妙甚，妙甚。(周評)

◎22. 今人卻會打誑語。(李評)

唐僧師徒在白黿蓋上，唐僧站在馬的左邊，沙僧站在右邊，八戒站在馬後，行者站在馬前，解下虎筋絛子，穿在老黿的鼻之內，像扯馬韁繩一樣，漂蕩在通天河上。（朱寶榮繪）

影方回，不題。

卻說那師父駕著白黿，那消一日，行過了八百里通天河界，乾手乾腳的登岸。三藏上崖，合手稱謝道：「老黿累你，無物可贈，待我取經回謝你罷。」老黿道：「不勞師父賜謝。我聞得西天佛祖無滅無生，能知過去未來之事。我在此間，整修行了一千三百餘年，雖然延壽身輕，會說人語，只是難脫本殼。萬望老師父到西天，與我問佛祖一聲，看我幾時得脫本殼，可得一個人身。」◎23 三藏響允道：「我問，我問。」那老黿才淬水中去了。行者遂伏侍唐僧上馬，八戒挑著行囊，沙僧跟隨左右。師徒們找大路，一直奔西。這的是：

聖僧奉旨拜彌陀，水遠山遙災難多。意志心誠不懼死，白黿馱渡過天河。

畢竟不知此後還有多少路程，還有甚麼凶吉，且聽下回分解。

總批

你看老黿修了一千三百餘年，尚且不得人身。人身如此難得，緣何今人把這身子不作一錢看待？眞可爲之痛哭流涕！語曰：「一失足時千古恨，再回頭是百年身。」警省，警省！（李評）

悟一子曰：此篇正明收服金丹下手之妙用，即觀音奉旨上長安釋尼救難之密諦。乃一部《釋厄傳》之大元本、大結穴篇。（陳評節錄）

悟元子曰：上回言燥性爲害之由，此回言脫胎火候之妙。……「三人鬥經兩個時辰，不分勝負。」火候未到也。……「把門關緊，任君門外叫，只是不開門。」謹封牢藏，不使泄露也。……詩曰：「心忙性燥道難全，縱是丹成有變遷。靜養嬰兒歸自在，隨時脫化出塵寰。」（劉評節錄）

評點

◎23. 著眼。人身這樣難得。（李評）

第五十回　情亂性從因愛欲　神昏心動遇魔頭

詞曰：

心地頻頻掃，塵情細細除，莫教坑塹陷毗盧※1。本體常清淨，方可論元初。

性燭須挑剔，曹溪※2任吸呼，勿令猿馬氣聲粗。晝夜綿綿息，方顯是功夫。◎1

這一首詞，牌名〈南柯子〉，◎2單道著唐僧脫卻通天河寒冰之災，踏白黿負登彼岸。◎3四眾奔西，正遇嚴冬之景，但見那林光漠漠烟中淡，山骨稜稜水外清。師徒們正當行處，忽然又遇一座大山，阻住去道。路窄崖高，石多嶺峻，人馬難進。三藏在馬上兜住韁繩，叫聲：「徒弟。」時有孫行者引八戒、沙僧近前侍立道：「師父，有何分付？」三藏道：「你看那前面山高，只恐有虎狼作怪，妖獸傷人，今番是必仔細！」行者道：「師父放心莫慮。我等兄弟三人，性和意合，歸正求真，使出蕩怪降妖之法，怕甚麼虎狼妖獸！」三藏聞言，只得放懷前進。

◆《新說西遊記圖像》描繪第五十回精采場景：老妖魔登臺高坐，衆小妖把唐僧推近臺邊，跪伏於地。妖魔問道：「你是那方和尚？怎麼這般膽大，白日裏偷盜我的衣服？」（古版畫，選自《新說西遊記圖像》）

到於谷口，促馬登崖，抬頭觀看，好山：

嵯峨矗矗，巒削巍巍。嵯峨矗矗沖霄漢，巒削巍巍礙碧空。怪石亂堆如坐虎，蒼松斜掛似飛龍。嶺上鳥啼嬌韻美，崖前梅放異香濃。澗水潺湲流出冷，巔雲黯淡過來兇。又見那飄飄雪，凜凜風，咆哮餓虎吼山中。寒鴉揀樹無棲處，野鹿尋窩沒定踪。可嘆行人難進步，皺眉愁臉把頭蒙。◎4

師徒四眾冒雪沖寒，戰澌澌行過那巔峰峻嶺，遠望見山凹中有樓臺高聳，房舍清幽。◎5唐僧馬上欣然道：「徒弟呵，這一日又飢又寒，幸得那山凹裏有樓臺房舍，斷乎是莊戶人家、庵觀寺院。且去化些齋飯，吃了再走。」行者聞言，急睜睛看，只見那壁廂凶雲隱隱，惡氣紛紛，回首對唐僧道：「師父，那廂不是好處。」三藏道：「見有樓臺亭宇，如何不是好處？」行者笑道：「師父呵，你那裏知道？西方路上多有妖怪邪魔，善能點化莊宅，不拘甚麼樓臺房舍、館閣亭宇，俱能指化了哄人。你知道龍生九種，內有一種名『蜃』；蜃氣放光，就如樓閣淺池。若遇大江昏迷，蜃現此勢，倘有鳥鵲飛騰，定來歇翅，那怕你上萬論千，盡被他一氣吞之。此意害人最重。那壁廂氣色凶惡，斷不可入。」

三藏道：「既不可入，我卻著實飢了。」行者道：「師父果飢，且請下馬，就在這平處坐下，待我別處化些齋來你吃。」三藏依言下馬。八戒採定繮繩，沙僧放下行李，即去解開包裹，取出鉢盂，遞與行者。行者接鉢盂在手，分付沙僧道：「賢弟，卻不可前進。

註

※1 毗盧：毗音皮，毗盧，佛名。是毗盧舍那的略稱，梵文是光明遍照的意思。

※2 曹溪：見第八回第六條注釋。

評點

◎1.猿馬氣息，頗不粗，只恐肝木伐脾土耳。（周評）
◎2.南柯乃夢也，隱喻此章爲孟氏而發也。（張評）
◎3.忠臣必是孝子，領及通天便得此章之脈。（張評）
◎4.餓虎寒鴉，無棲沒定，點綴殊妙。（張評）
◎5.禮儀出於富足，只寫高樓大廈，便得禮字之神。（張評）

好生保護師父穩坐於此，待我化齋回來，再往西去。」沙僧領諾。行者又向三藏道：「師父，這去處少吉多凶，切莫要動身別往。老孫化齋去也。」唐僧道：「不必多言，但要你快去快來。我在這裏等你。」行者轉身欲行，卻又回來道：「師父，我知你沒甚坐性，我與你個安身法兒。」◎6即取金箍棒，幌了一幌，將那平地下周圍劃了一道圈子，請唐僧坐在中間，著八戒、沙僧侍立左右，把馬與行李都放在近身。對唐僧合掌道：「老孫畫的這圈，強似那銅牆鐵壁，憑他甚麼虎豹狼蟲、妖魔鬼怪，俱莫敢近。但只不許你們走出圈外，只在中間穩坐，保你無虞；但若出了圈兒，定遭毒手。千萬，千萬！至囑，至囑！」◎7三藏依言，師徒俱端然坐下。

行者才起雲頭，尋莊化齋，一直南行，忽見那古樹參天，乃一村莊舍。按下雲頭，仔細觀看，但只見：

雪欺衰柳，冰結方塘。疏疏修竹搖青，鬱鬱喬松凝翠。幾間茅屋半裝銀，一座小橋斜砌粉。籬邊微吐水仙花，簷下長垂冰凍箸。颯颯寒風送異香，雪漫不見梅開處。

行者隨步觀看莊景，只聽得呀的一聲，柴扉響處，走出一個老者，手拖藜杖，頭頂羊裘，身穿破衲，足踏蒲鞋，拄著杖，仰身朝天道：「西北風起，明日晴了。」說不了，後邊跑出一個哈巴狗兒來，望著行者汪汪的亂吠。老者卻才轉過頭來，看見行者捧著鉢盂。打個問訊道：「老施主，我和尚是東土大唐欽差上西天拜佛求經者，適路過寶方，我師父腹中飢餒，特造尊府募化一齋。」老者聞言，點頭頓杖道：「長老，你且休化齋，你走錯路

評點

◎6.此安身法即是安心法。(周評)
◎7.叮嚀告誡，儼然無違之旨。(張評)

孫悟空要去化緣，不放心唐僧，便取出金箍棒，將那平地下周圍劃了一道圈子，請唐僧坐在中間，著八戒、沙僧侍立左右，把馬與行李都放在近身，對唐僧說：不出這個圈，便可阻擋妖魔鬼怪。（朱寶榮繪）

了。」◎8行者道：「不錯。」老者道：「往西天大路，在那直北下。此間到那裏有千里之遙，還不去找大路而行？」行者笑道：「正是直北下。我師父現在大路上端坐，等我化齋哩。」那老者道：「這和尚胡說了。你師父在大路上等你化齋，似這千里之遙，◎9就會走路，也須得六七日，走回去又要六七日，卻不餓壞他也？」

行者笑道：「不瞞老施主說，我才然離了師父，還不上一盞熱茶之時，卻就走到此處。如今化了齋，還要趕去作午齋哩。」老者見說，心中害怕道：「這和尚是鬼，是鬼！」急抽身往裏就走。行者一把扯住道：「施主那裏去？有齋快化些兒。」老者道：「不方便，不方便！別轉一家兒罷。」行者道：「你這施主，好不會事！你說我離此有千里之遙，若再轉一家，卻不又有千里？真是餓殺我師父也。」那老者道：「實不瞞你說，我家老小六七口，才淘了三升米下鍋，還未曾煮熟。你且到別處轉轉再來。」行者道：「古人云：『走三家不如坐一家。』我貧僧在此等一等罷。」那老者見纏得緊，惱了，舉藜杖就打。行者公然不懼，被他照光頭上打了七八下，只當與他拂癢。那老者道：「這是個撞頭的和尚！」行者笑道：「老官兒，憑你怎麼打，只要記得杖數明白。一杖一升米，慢慢量來。」◎10那老者聞言，急丟了藜杖，跑進去把門關了，只嚷：「有鬼！有鬼！」慌得那一家兒戰戰兢兢，把前後門俱關上。

行者見他關了門，心中暗想：「這老賊才說淘米下鍋，不知是虛是實。常言道：『道化賢良釋化愚。』且等老孫進去看看。」好大聖，捻著訣，使個隱身遁法，徑走入廚中看處，果然那鍋裏氣騰騰的，煮了半鍋乾飯。就把鉢盂往裏一揌，滿滿的揌了一鉢盂，即駕雲回轉不題。

卻說唐僧坐在圈子裏，等待多時，不見行者回來，欠身悵望道：「這猴子往那裏化齋去了？」八戒在旁笑道：「知他往那裏耍子去來！化甚麼齋，卻教我們在此坐牢。」◎11三藏道：「怎麼謂之坐牢？」八戒道：「師父，你原來不知。古人劃地為牢，他將棍子劃個圈兒，強似鐵壁銅牆，假如有虎狼妖獸來時，如何擋得他住？只好白白的送與他吃罷了。」三藏道：「悟能，憑你怎麼處治？」八戒道：「此間又不藏風，又不避冷，若依老豬，只該順著路，往西且行。師兄化了齋，駕了雲，必然來快，讓他趕來。如有齋，吃了再走。如今坐了這一會，老大腳冷！」

三藏聞此言，就是晦氣星進宮※3，遂依獃子，一齊出了圈外。◎12八戒牽了馬，沙僧挑了擔，那長老順路步行前進。不一時，到了那樓閣之所，原來是坐北向南之家。門外八字粉牆，有一座倒垂蓮升斗門樓，都是五色裝的。那門兒半開半掩。◎13八戒就把馬拴在門枕石鼓上，沙僧歇了擔子；三藏畏風，坐於門限之上。八戒道：「師父，這所在想是公侯之宅，相輔之家。前門外無人，想必都在裏面烘火。你們坐著，讓我進去看看。」唐僧道：

註

※3 進宮：星命家的術語。認爲九宮中的惡星（如星睺、計都等）當值，必定遭遇凶險。

評點

◎8. 事不以禮，便非正道，故云錯路。（張評）
◎9. 此時已出圈子之外，而違禮遠矣。（張評）
◎10. 此頭索價太賤。（周評）
◎11. 譬喻更妙。（張評）
◎12. 不以禮矣，故云圈外。（張評）
◎13. 如此門徑，彷佛眞眞、愛愛、憐憐之家，但此處殊有鬼氣。（周評）

「仔細耶！莫要沖撞了人家。」獃子道：「我曉得。自從歸正禪門，這一向也學了些禮數，不比那村莽之夫也。」

那獃子把釘鈀撒在腰裏，整一整青錦直裰，斯斯文文，走入門裏。只見是三間大廳，簾櫳高控，靜悄悄全無人跡，也無桌椅家火。轉過屏門，往裏又走，乃是一座穿堂。堂後有一座大樓，樓上窗格半開，隱隱見一頂黃綾帳幔。◎14獃子道：「想是有人怕冷，還睡哩。」他也不分內外，拽步走上樓來，用手掀開看時，把獃子諕了一個蹦踵。原來那帳裏象牙牀上，白媸媸的一堆骸骨，骷髏有巴斗大，腿挺骨有四五尺長。◎15那獃子定了性，止不住腮邊淚落，對骷髏點頭嘆云：「你不知是：

那代那朝元帥體，何邦何國大將軍。
當時豪傑爭強勝，今日淒涼露骨筋。
不見妻兒來侍奉，那逢士卒把香焚？
謾觀這等眞堪嘆，可惜興王霸業人。」

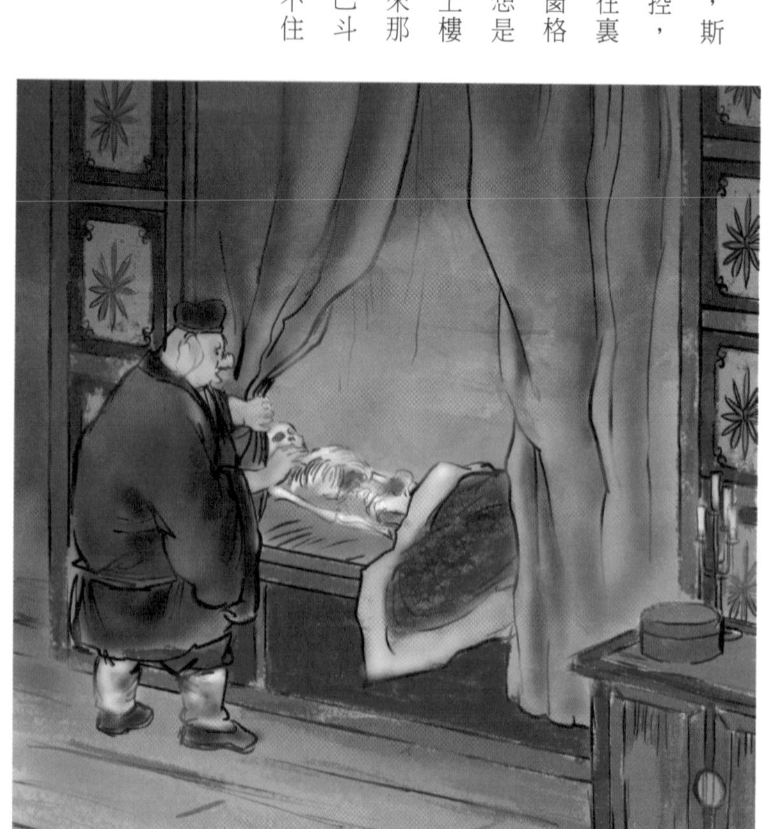

豬八戒到樓閣裏去打探，在樓上發現一頂象牙牀，牀上一堆白媸媸的骸骨。（朱寶榮繪）

八戒正才感嘆，只見那帳幔後有火光一幌。獃子道：「想是有侍奉香火之人在後面哩。」急轉步過帳觀看，卻是穿樓的窗扇透光。那壁廂有一張彩漆的桌子，桌子上亂搭著幾件錦繡綿衣。獃子提起來看時，卻是三件納錦背心兒。

他也不管好歹，拿下樓來，出廳房，徑到門外，道：「師父，這裏全沒人烟，是一所亡靈之宅。老豬走進裏面，直至高樓之上，黃綾帳內，有一堆骸骨。串樓旁有三件納錦的背心，被我拿來了；也是我們一程兒造化，此時天氣寒冷，正當用處。師父，且脫了褊衫，把他且穿在底下，受用受用，免得吃冷。」三藏道：「不可，不可！律云：『公取竊取皆為盜。』倘或有人知覺，趕上我們，到了當官，斷然是一個竊盜之罪。還不送進去與他搭在原處！我們在此避風坐一坐，等悟空來時走路。出家人不要這等愛小※4。」八戒道：「四顧無人，雖雞犬亦不知之，但只我們知道，誰人告我？有何證見？就如拾到的一般，那裏論甚麼公取竊取也！」◎16三藏道：「你胡做啊！雖是人不知之，天何蓋焉！玄帝垂訓云：『暗室虧心，神目如電。』趁早送去還他，莫愛非禮之物。」

那獃子莫想肯聽，對唐僧笑道：「師父呵，我自為人，也穿了幾件背心，不曾見這等納錦的。你不穿，且等老豬穿一穿，試試新，晤晤※5脊背。等師兄來，脫了還他走路。」沙僧道：「既如此說，我也穿一件兒。」兩個齊脫了上蓋直裰，將背心套上。才緊帶子，不知怎麼立站不穩，撲的一跌。原來這背心兒賽過綁縛手，霎時間，把他兩個背剪手貼心

註

※4 愛小：貪小便宜、打小算盤的意思。

※5 晤晤：焐焐、暖暖的意思。

評點

◎14. 鬼氣逼人。(周評)

◎15. 此宅既咒妖點化，安用此物，想故作幻詭以惑人耶？(周評)

◎16. 悟能偷心未盡。(李評)

綑了。◎17慌得個三藏跌足報怨，急忙上前來解，那裏便解得開？三個人在那裏吆喝之聲不絕，卻早驚動了魔頭也。

原來那座樓房果是妖精點化的，終日在此拿人。他在洞裏正坐，忽聞得怨恨之聲，急出門來看，果見綑住幾個人了。妖魔即喚小妖，同到那廂，收了樓臺房屋之形，把唐僧攙住，牽了白馬，挑了行李，將八戒、沙僧一齊捉到洞裏。老妖魔登臺高坐，衆小妖把唐僧推近臺邊，跪伏於地。妖魔問道：「你是那方和尚？怎麼這般膽大，白日裏偷盜我的衣服？」三藏滴淚告曰：「貧僧是東土大唐欽差往西天取經的，因腹中飢餒，著大徒弟去化齋未回，不曾依得他的言語，誤撞仙庭避風。不期我這兩個徒弟愛小，拿出這衣物，貧僧決不敢壞心，當教送還本處。他不聽吾言，要穿此晤晤脊背，不料中了大王機會，把貧僧拿來。萬望慈憫，留我殘生，求取真經，永注大王恩情，回東土千古傳揚也。」那妖魔笑道：「我這裏常聽得人言：有人吃了唐僧一塊肉，髮白還黑，齒落更生。◎18幸今日不請自來，還指望饒你哩！你那大徒弟叫作甚麼名字？往何方化齋？」八戒聞言，即開口稱揚道：「我師兄乃五百年前大鬧天宮齊天大聖孫悟空也。」

那妖魔聽說是齊天大聖孫悟空，老大有些悚懼，口內不言，心中暗想道：「久聞那廝神通廣大，如今不期而會。」教：「小的們，把唐僧綑了；將那兩個解下寶貝，換兩條繩子，也綑了。且抬在後邊，待我拿住他大徒弟，一發刷洗，卻好湊籠蒸吃。」衆小妖答應一聲，把三人一齊綑了，抬在後邊，將白馬拴在槽頭，行李挑在屋裏。衆妖都磨兵器，準備擒拿行者不題。

卻說孫行者自南莊人家攝了一鉢盂齋飯，駕雲回返舊路，徑至山坡平處，按下雲頭，早已不見唐僧，不知何往。棍劃的圈子還在，只是人馬都不見了。回看那樓臺處所，亦俱無矣，惟見山根怪石。行者心驚道：「不消說了，他們定是遭那毒手也！」急依路看著馬蹄，向西而趕。

行有五六里，正在悽愴之際，只聞得北坡外有人言語。看時，乃一個老翁，氈衣苫體，暖帽蒙頭，足下踏一雙半新半舊的油靴，手持著一根龍頭拐棒，後邊跟一個年幼的僮僕，折一枝臘梅花，◎19自坡前念歌而走。行者放下鉢盂，覿面道個問訊，叫：「老公公，貧僧問訊了。」那老翁即便回禮道：「長老那裏來的？」行者道：「我們東土來的，往西天拜佛求經，一行師徒四眾。我因師父飢了，特去化齋，教他三眾坐在那山坡平處相候。及回來不見，不知往那條路上去了。動問公公，可曾看見？」老者聞言，呵呵冷笑道：「你那三眾，可有一個長嘴大耳的麼？」行者道：「有，有，有。」「又有一個晦氣色臉的，牽著一匹白馬，領著一個白臉的胖和尚麼？」行者道：「是，是，是。」老翁道：「你們走錯路了。你休尋他，各人顧命去也。」行者道：「那白臉者是我師父，那怪樣者是我師弟。我與他共發虔心，要往西天取經，如何不尋他去！」老翁道：「我才然從此過時，看見他錯走了路徑，闖入妖魔口裏去了。」行者道：「煩公公指教指教，是個甚麼妖魔？居於何方？我好上門取索他等，往西天去也。」老翁道：「這座山叫作金峴山，山前

◎17. 此背心又不減莫氏三女珍珠汗衫矣，可見貪痴俱有取縛之道。（周評）
◎18. 好避風牛皮帳，又暖似錦背心。（張評）
◎19. 寒梅有意，子獨何心？（張評）

有個金兜洞，那洞中有個獨角兕大王。◎20那大王神通廣大，威武高強。那三眾此回斷沒命了，你若去尋，只怕連你也難保，不如不去之為愈也。我也不敢阻你，也不敢留你，只憑你心中度量。」

行者再拜稱謝道：「多蒙公公指教，我豈有不尋之理！」把這齋飯倒與他，將這空鉢盂自家收拾。那老翁放下拐棒，接了鉢盂，遞與僮僕，現出本相，雙雙跪下叩頭，叫：「大聖，小神不敢隱瞞。我們兩個就是此山山神、土地，在此候接大聖。這齋飯連鉢盂，小神收下，讓大聖身輕好施法力；待救唐僧出難，將此齋還奉唐僧，方顯得大聖至恭至孝。」行者喝道：「你這毛鬼討打！既知我到，何不早迎！卻又這般藏頭露尾，是甚道理？」土地道：「大聖性急，小神不敢造次，恐犯威顏，故此隱像告知。」行者息怒道：「你且記打！好生與我收著鉢盂，待我拿那妖精去來。」土地、山神遵領。

這大聖卻才束一束虎筋絛，拽起虎皮裙，執著金箍棒，徑奔山前，找尋妖洞。轉過山崖，只見那亂石磷磷，翠崖邊有兩扇石門，門外有許多小妖，在那裏輪鎗舞劍。真箇是：

烟雲凝瑞，苔蘚堆青。崚嶒怪石列，崎嶇曲道縈。猿嘯鳥啼風景麗，鸞飛鳳舞若蓬瀛。向陽幾樹梅初放，弄暖千竿竹自青。陡崖之下，深澗之中；陡崖之下雪堆粉，深澗之中水結冰。兩林松柏千年秀，幾簇山茶一樣紅。

這大聖觀看不盡，拽開步徑至門前，厲聲高叫道：「那小妖，你快進去與你那洞主說，我本是唐朝聖僧徒弟齊天大聖孫悟空。快教他送我師父出來，免教你等喪了性命！」

廟中所擺奉的金屬鉢。（典匠資訊提供）

那夥小妖急入洞裏報道：「大王，前面有一個毛臉勾嘴的和尚，稱是齊天大聖孫悟空，來要他師父哩。」那魔王聞得此言，滿心歡喜道：「正要他來哩！我自離了本宮，下降塵世，更不曾試試武藝。今日他來，必是個對手。」即命：「小的們！取出兵器。」那洞中大小群魔，一個個精神抖擻，即忙抬出一根丈二長的點鋼鎗，遞與老怪。老怪傳令，教：「小的們，各要整齊。進前者賞，退後者誅！」眾妖得令，隨著老怪，騰出門來。叫道：「那個是孫悟空？」行者在旁閃過，見那魔王生得好不兇醜：

> 獨角參差，雙眸幌亮。頂上粗皮突，耳根黑肉光。舌長時攪鼻，口闊版牙黃。毛皮青似靛，筋攣硬如鋼。比犀難照水，像牯不耕荒。全無喘月※6犁雲用，倒有欺天振地強。兩隻焦筋藍靛手，雄威直挺點鋼鎗。細看這等兇模樣，不枉名稱兕大王！

孫大聖上前道：「你孫外公在這裏也。快早還我師父，兩無毀傷；若道半個『不』字，我教你死無葬身之地！」那魔喝道：「我把你這個大膽潑猴精！你有些甚麼手段，敢出這般大言！」行者道：「你這潑物，是也不曾見我老孫的手段！」那妖魔道：「你師父偷盜我的衣服，實是我拿住了，如今待要蒸吃。你是個甚麼好漢，就敢上我的門來取討！」行者道：「我師父乃忠良正直之僧，豈有偷你甚麼妖物之理？」妖魔道：「我在山路邊點化一座仙莊，你師父潛入裏面，心愛情欲，將我三領納錦綿裝背心兒偷穿在身，見有贓證，故此我才拿他。你今果有手段，即與我比勢：假若三合敵得我，饒了你師之命；如敵不過

註

※6喘月：水牛畏暑，看見月亮以為日頭，所以就喘起來。此處喻指青牛怪。

評點

◎20.莫非獨角鬼王一族？（周評）

我，教你一路歸陰！」

行者笑道：「潑物，不須講口！但說比勢，正合老孫之意。走上來，吃吾之棒！」那怪物那怕甚麼賭鬥，挺鋼鎗劈面迎來。這一場好殺！你看那：

金箍棒舉，長桿鎗迎。金箍棒舉，亮藿藿似電掣金蛇；長桿鎗迎，明幌幌如龍離黑海。那門前小妖擂鼓，排開陣勢助威風；這壁廂大聖施功，使出縱橫逞本事。他那裏一桿鎗，精神抖擻；我這裏一條棒，武藝高強。正是英雄相遇英雄漢，果然對手才逢對手人。那魔王口噴紫氣盤烟霧，這大聖眼放光華結繡雲。只爲大唐僧有難，兩家無義苦爭輪。

他兩個戰經三十合，不分勝負。那魔王見孫悟空棍法齊整，一往一來，全無些破綻，喜得他連聲喝采道：「好猴兒，好猴兒！真箇是那鬧天宮的本事！」這大聖也愛他鎗法不亂，右遮左擋，甚有解數，也叫道：「好妖精，好妖精！果然是一個偷丹的魔頭！」◎21二人又鬥了一二十合。

那魔王把鎗尖點地，喝令小妖齊來。那些潑怪一個個拿刀弄杖，執劍輪鎗，把個孫大聖圍在中間。行者公然不懼，只叫：「來得好，來得好！正合吾意！」使一條金箍棒，前迎後架，東擋西除。那夥群妖，莫想肯退。行者忍不住焦躁，把金箍棒丟將起去，喝聲：「變！」即變作千百條鐵棒，好便似飛蛇走蟒，盈空裏亂落下來。那夥妖精見了，一個個魄散魂飛，抱頭縮頸，盡往洞中逃命。老魔王唏唏冷笑道：「那猴不要無禮，看手段！」即忙袖中取出一個亮灼灼、白森森的圈子來，望空抛起，叫聲：「著！」唿喇一下，把金

箍棒收作一條，套將去了。弄得孫大聖赤手空拳，翻觔斗逃了性命。那妖魔得勝回歸洞，行者矇朧失主張。這正是：

道高一尺魔高丈，性亂情昏錯認家。可恨法身無坐位，當時行動念頭差。◎22

畢竟不知這番怎麼結果，且聽下回分解。

總批

篇中云：「道高一尺魔高丈」，的是名言。若無彼丈魔，亦無此尺道，即所云「沙裏淘金」是也。離沙決無有金理，離魔亦決無有道理。（李評）

悟一子曰：《西遊》一書講金丹大道，止講得性命二字，實只是先天眞乙之氣。修性命者修此一氣，性命雙全而還歸於一。（陳評節錄）

悟元子曰：上回結出金丹大道，須得水中金一味，運火煅煉，可以結胎出胎，而超凡入聖矣。……冠首〈南柯子〉一詞，叫人心地清淨，掃除塵積，拋去世事，綿綿用功，不得少有差遲，方能入於大道。……其曰：「妖魔得勝回山洞，行者矇朧失主張。」最爲妙語。……詩云：「情亂性從愛欲深，出眞入假背良心。可嘆皮相痴迷漢，衣食忙忙苦惱侵。」（劉評節錄）

獨角兕大王原型，來自於《山海經．海內南經》。兕乃是獨角獸，文德之獸。

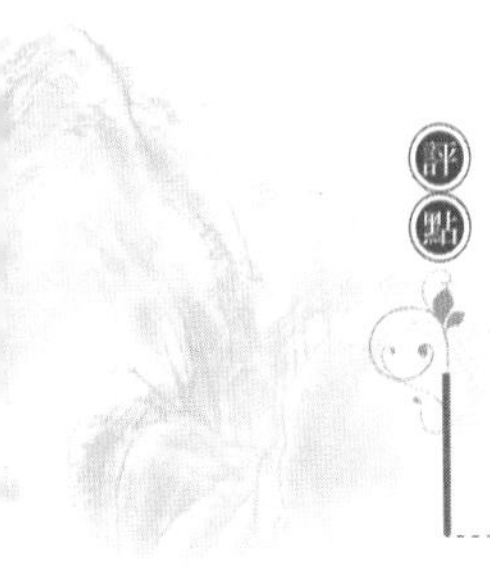

評點

◎21. 還是一對知己。（李評）
◎22. 何其明顯！（周評）

第五十一回　心猿空用千般計　水火無功難煉魔

話說齊天大聖空著手，敗了陣，來坐於金峴山後，撲梭梭兩眼滴淚，叫道：「師父啊！指望和你：

佛恩有德有和融，同幼同生意莫窮。
同住同修同解脫，同慈同念顯靈功。
同緣同相心真契，同見同知道轉通。
豈料如今無主杖，◎1空拳赤腳怎興隆！」◎2

大聖淒慘多時，心中暗想道：「那妖精認得我。我記得他在陣上誇獎道：『真箇是鬧天宮之類！』這等呵，決不是凡間怪物，定然是天上凶星，想因思凡下界。又不知是那裏降下來魔頭，且須去上界查勘查勘。」

行者這才是以心問心，自張自主，急翻身縱起祥雲，直至南天門外。忽抬頭見廣目天王當面迎著長揖道：「大聖何往？」行者道：「有事要見玉帝。你在此何幹？」廣目道：「今日輪該巡視南天門。」說未了，又見那馬、趙、溫、關四大元帥作禮道：「大聖，失迎。請待茶。」行者道：「有事哩。」遂辭了廣目並四元帥，徑入南天門裏，直至靈霄殿

✦《新說西遊記圖像》描繪第五十一回精采場景：水伯將白玉盂向裏一傾，那妖見是水來，撇了長鎗，即忙取出圈子，撐住二門。只見那股水骨都都的都往外泛將出來，慌得孫大聖急縱觔斗，與水伯跳在高峰。（古版畫，選自《新說西遊記圖像》）

外。果又見張道陵、葛仙翁、許旌陽、丘弘濟四天師，並南斗六司、北斗七元，都在殿前迎著行者，一齊起手道：「大聖如何到此？」又問：「保唐僧之功完否？」行者道：「早哩，早哩！路遙魔廣，才有一半之功。見如今阻住在金峴山金峴洞。有一個兕怪，把唐師父拿於洞裏，是老孫尋上門與他交戰一場，那廝的神通廣大，把老孫的金箍棒搶去了，因此難縛魔王。疑是上界那個凶星思凡下界，又不知是那裏降來的魔頭，老孫因此來尋尋玉帝，問他個鈐束不嚴。」許旌陽笑道：「這猴頭還是如此放刁！」行者道：「不是放刁，我老孫一生是這口兒緊些，才尋的著個頭兒。」張道陵道：「不消多說，只與他傳報便了。」行者道：「多謝，多謝！」

當時四天師傳奏靈霄，引見玉陛。行者朝上唱個大喏道：「老官兒，累你，累你！◎3我老孫保護唐僧往西天取經，一路凶多吉少，也不消說。於今來在金峴山金峴洞，有一兕怪把唐僧拿在洞裏，不知是要蒸、要煮、要曬。是老孫尋上他門，與他交戰，那怪卻就有些認得老孫，卓是※1神通廣大，把老孫的金箍棒搶去，因此難縛妖魔。疑是上天凶星思凡下界，為此老孫特來啟奏。伏乞天尊垂慈洞鑒，降旨查勘凶星，發兵收剿妖魔，老孫不勝戰慄屏營※2之至！」卻又打個深躬道：「以聞。」旁有葛仙翁笑道：「猴子是何前倨後恭？」行者道：「不敢，不敢！不是甚前倨後恭，老孫於今是沒棒弄了。」

彼時玉皇天尊聞奏，即忙降旨可韓司知，◎4道：「既如悟空

註

※1 卓是：著是、著實、確實的意思。
※2 屏營：作謙詞用於信札中，意爲惶恐。

評點

◎1. 還是已前多此。（李評）
◎2. 至此德不修而業亦不進，眞可悲嘆。（張評）
◎3. 累及張主，此心亦大不安，而不知爲人子者其心又何如。（張評）
◎4. 司名甚奇。（周評）

所奏，可隨查諸天星斗、各宿神王有無思凡下界，隨即覆奏施行，以聞。」可韓丈人真君領旨，當時即同大聖去查。先查了四天門門上神王官吏；次查了三微垣垣中大小群真；又查了雷霆官將陶、張、辛、鄧、苟、畢、龐、劉；最後才查三十三天，天天自在。又查二十八宿：東七宿，角、亢、氐、房、參、尾、箕，西七宿，斗、牛、女、虛、危、室、壁；南七宿，北七宿，宿宿安寧。又查了太陽、太陰、水、火、木、金、土七政；羅睺、計都、炁、孛四餘。滿天星斗，並無思凡下界。行者道：「既是如此，我老孫也不消上那靈霄寶殿打攪玉皇大帝，深為不便。你自回旨去罷，我只在此等你回話便了。」那可韓丈人真君依命。孫行者等候良久，作詩紀興曰：

「風清雲霽樂昇平，神靜星明顯瑞禎※3。
河漢安寧天地泰，五方八極偃戈旌。」◎5

那可韓司丈人真君歷歷查勘，回奏玉帝道：「滿天星宿不少，各方神將皆存，並無思凡下界者。」玉帝聞奏：「著孫悟空挑選幾員天將，下界擒魔去也。」

四大天師奉旨意，即出靈霄寶殿，對行者道：「大聖呵，玉帝寬恩，言天宮無神思凡，著你挑選幾員天將，擒魔去哩。」行者低頭暗想道：「天上將不如老孫者多，勝似老孫者少。◎6想我鬧天宮時，玉帝遣十萬天兵，佈天羅地網，更不曾有一將敢與我比手；向後來，調了小聖二郎，方是我的對手。如今那怪物手段又強似老孫，卻怎麼得能彀取勝？」許旌陽道：「此一時，彼一時，大不同也。◎7常言道『一物降一物』哩，你好違了

孫行者到天宮去搬救兵，玉帝遣托塔天王帶領天兵天將助戰，同時還帶了兩個雷公，準備等天王戰鬥之時，在雲端裏下個雷掮，照頂門上錠死那妖魔。（古版畫，選自李卓吾批評本《西遊記》）

旨意？但憑高見選用天將，勿得遲疑誤事。」行者道：「既然如此，深感上恩。果是不好違旨。一則老孫又不可空走這遭，煩旌陽轉奏玉帝，只教托塔李天王與哪吒太子去罷，他還有幾件降妖兵器，且下界法與那怪見一仗，以看如何。果若能擒得他，是老孫之幸；若不能，那時再作區處。」

真箇那天師啟奏了玉帝，玉帝即令李天王父子率領眾部天兵，與行者助力。那天王即奉旨來會行者。行者又對天師道：「蒙玉帝遣差天王，謝之不盡。還有一事，再煩轉達：但得兩個雷公使用，等天王戰鬥之時，教雷公在雲端裏下個雷掮，照頂門上錠死那妖魔，深為良計也。」天師笑道：「好，好，好！」天師又奏玉帝，傳旨教九天府下點鄧化、張蕃二雷公，與天王合力縛妖救難。遂與天王、孫大聖徑下南天門外。

註

※3 瑞禎：即禎瑞，猶祥瑞，吉祥之事。

評點

◎5. 的是猴詩，然今日山人中極多對手。（李評）
◎6. 這樣小覷他天上無人，地下更當何如？（李評）
◎7. 不如說「此一題彼一題」更妙。（張評）

頃刻而到。行者道：「此山便是金峴山，山中間乃是金峴洞。列位商議，卻教那個先去索戰？」天王停下雲頭，扎住天兵在於山南坡下，道：「大聖素知小兒哪吒，曾降九十六洞妖魔，善能變化，隨身有降妖兵器，須教他先去出陣。」行者道：「既如此，等老孫引太子去來。」

那太子抖擻雄威，與大聖跳在高山，徑至洞口，但見那洞門緊閉，崖下無精。行者上前高叫：「潑魔，快開門！還我師父來也！」那洞裏把門的小妖看見，急報道：「大王，孫行者領著一個小童男，在門前叫戰哩。」那魔王道：「這猴子鐵棒被我奪了，空手難爭，想是請得救兵來也。」叫：「取兵器！」魔王綽鎗在手，走到門外觀看，那小童男生得相貌清奇，十分精壯。真箇是：

玉面嬌容如滿月，朱唇方口露銀牙。眼光掣電睛珠暴，額闊凝霞髮鬠鬆。
繡帶舞風飛彩焰，錦袍映日放金花。環縧灼灼攀心鏡，寶甲輝輝襯戰靴。
身小聲洪多壯麗，三天護教惡哪吒。

魔王笑道：「你是李天王第三個孩兒，名喚作哪吒太子，卻如何到我這門前呼喝？」太子道：「因你這潑魔作亂，困害東土聖僧，奉玉帝金旨，特來拿你！」魔王大怒道：「你想是孫悟空請來的。我就是那聖僧的魔頭哩！量你這小兒曹有何武藝，敢出浪言。不要走，吃吾一鎗！」

這太子使斬妖劍，劈手相迎。他兩個搭上手，卻才賭鬥，那大聖急轉山坡，叫：「雷

浙江桐鄉市烏鎮，真觀玉皇閣修繕，玉皇大帝和王母娘娘彩塑。（汪順陵／fotoe提供）

公何在？快早去，著妖魔下個雷捐，助太子降伏來也！」鄧、張二公即踏雲光，正欲下手，只見那太子使出法來，將身一變，變作三頭六臂，手持六般兵器，望妖魔砍來；那魔王也變作三頭六臂，三柄長鎗抵住。這太子又弄出降妖法力，將六般兵器拋將起去。是那六般兵器？卻是砍妖劍、斬妖刀、縛妖索、降魔杵、繡毬、火輪兒。大叫一聲：「變！」一變十，十變百，百變千，千變萬，都是一般兵器，如驟雨冰雹，紛紛密密，望妖魔打將去。那魔王公然不懼，一隻手取出那白森森的圈子來，望空拋起，叫聲：「著！」唿喇的一下，把六般兵器套將下來，◎8慌得那哪吒太子赤手逃生。魔王得勝而回。

鄧、張二雷公在空中暗笑道：「早是我先看頭勢，不曾放了雷捐。假若被他套將去，卻怎麼回見天尊？」◎9二公按落雲頭，與太子來山南坡下，對李天王道：「妖魔果神通廣大！」悟空在旁笑道：「那廝神通也只如此，爭奈那個圈子利害，不知是甚麼寶貝，丟起來善套諸物。」哪吒恨道：「這大聖甚不成人！我等折兵敗陣，十分煩惱，都只為你；你反喜笑何也！」行者道：「你說煩惱，終然我老孫不煩惱？我如今沒計奈何，哭不得，所以只得笑也。」天王道：「似此怎生結果？」行者道：「憑你等再怎計較，只是圈子套不去的，就可拿住他了。」◎10天王道：「套不去者，惟水火最利。常言道：『水火無情。』」行者聞言道：「說得有理！你且穩坐在此，待老孫再上天走走來。」鄧、張二公道：「又去做甚的？」行者道：「老孫這去，不消啟奏玉帝，只到南天門裏，上彤華宮，

評點

◎8.本是事親之寶，卻作應敵之具，可嘆。（張評）
◎9.好雷公，如此坐視，難道不怕雷打？（李評）
◎10.世焉有能勝禮而並出諸其外者。（張評）

請熒惑火德星君來此放火，燒那怪物一場，或者連那圈子燒作灰燼，捉住妖魔。一則取兵器還汝等歸天，二則可解脫吾師之難。」太子聞言甚喜，道：「不必遲疑，請大聖早去早來。我等只在此拱候。」

行者縱起祥光，又至南天門外。那廣目與四將迎道：「大聖如何又來？」行者道：「李天王著太子出師，只一陣，被那魔王把六件兵器撈了去了。我如今要到彤華宮請火德星君助陣哩。」四將不敢久留，讓他進去。至彤華宮，只見那火部衆神即入報道：「孫悟空欲見主公。」那南方三炁火德星君，整衣出門迎進道：「昨日可韓司查點小宮，更無一人思凡。」◎11行者道：「已知。但李天王與太子敗陣，失了兵器，特來請你救援救援。」星君道：「那哪吒乃三壇海會大神，他出身時，曾降九十六洞妖魔，神通廣大。若他不能，小神又怎敢望也？」行者道：「因與李天王計議，天地間至利者，惟水火也。◎12那怪物有一個圈子，善能套人的物件，◎13不知是甚麼寶貝？故此說火能滅諸物，特請星君領火部到下方縱火燒那妖魔，救我師父一難。」

火德星君聞言，即點本部神兵，同行者到金峴山南坡下，與天王、雷公等相見了。天王道：「孫大聖，你還去叫那廝出來，等我與他交戰。待他拿動圈子，我卻閃過，教火德帥衆燒他。」行者笑道：「正是，我和你去來。」火德共太子，鄧、張二公，立於高峰之上，與他挑戰。

這大聖到了金峴洞口，叫聲：「開門！快早還我師父！」那小妖又急通報道：「孫

悟空又來了！」那魔帥衆出洞，見了行者道：「你這潑猴！又請了甚麼兵來耶？」這壁廂轉上托塔天王，喝道：「潑魔頭！認得我麼？」魔王笑道：「李天王，想是要與你令郎報仇，欲討兵器麼？」天王道：「一則報仇要兵器，二來是拿你救唐僧。不要走，吃吾一刀！」那怪物側身躲過，挺長鎗，隨手相迎。他兩個在洞前這場好殺！你看那：

天王刀砍，妖怪鎗迎。刀砍霜光噴烈火，鎗迎銳氣迸愁雲。一個是金嵬山生成的惡怪，一個是靈霄殿差下的天神。那一個因欺禪性施威武，這一個爲救師災展大倫。天王使法飛沙石，魔怪爭強播土塵。播土能教天地暗，飛沙善著海江渾。兩家努力爭功績，皆爲唐僧拜世尊。

那孫大聖見他兩個交戰，即轉身跳上高峰，對火德星君道：「三炁用心者！」你看那個妖魔與天王正鬥到好處，卻又取出圈子來。天王看見，即撥祥光，敗陣而走。◎14這高峰上火德星君忙傳號令，教衆部火神一齊放火。這一場真箇利害。好火：

經云：「南方者，火之精也。」雖星星之火，能燒萬頃之田；乃三炁之威，能變百端之火。今有火鎗、火刀、火弓、火箭，各部神祇，所用不一。但見那半空中，火鴉飛噪；滿山頭，火馬奔騰。雙雙赤鼠，對對火龍。雙雙赤鼠噴烈焰，萬里通紅；對對火龍吐濃烟，千方共黑。火車兒推出，火葫蘆撒開。火旗搖動一天霞，火棒攪行盈地燎。說甚麼寧戚鞭牛※4，勝強似周郎赤壁。這個是天火非凡眞利害，烘烘𤈦𤈦火風紅！

註

※4 寧戚鞭牛：寧戚，春秋時魏國人，因爲在齊國經商，曾敲著牛角作歌，爲齊桓公發現，任用他爲客卿。這個典故作者明顯誤用，應作「田單鞭牛」。田單，戰國時期齊國著名軍事家，用火牛陣衝擊燕軍陣地，大敗燕軍，並收復了七十多個城池。

評點

◎11. 好點綴。（李評）
◎12. 水火緊貼生事，並照下飲食。（張評）
◎13. 如今世上亦有一圈子，善能套人物件，人亦知否？（李評）
◎14. 如此以禮，天王亦爲之掃地。（張評）

那妖魔見火來時，全無恐懼，將圈子望空抛起，唿喇一聲，把這火龍火馬、火鴉火鼠、火鎗火刀、火弓火箭，一圈子又套將下去，轉回本洞，得勝收兵。

這火德星君，手執著一桿空旗，◎15招回衆將，會合天王等，坐於山南坡下，對行者道：「大聖呵，這個兇魔真是罕見！我今折了火具，怎生是好？」行者笑道：「不須報怨。列位且請寬坐坐，待老孫再去去來。」天王道：「你又往那裏去？」行者道：「那怪物既不怕火，斷然怕水。常言道：『水能剋火。』等老孫去北天門裏，請水德星君施佈水勢，往他洞裏一灌，把魔王渰死，取物件還你們。」天王道：「此計雖妙，但恐連你師父都渰殺也。」行者道：「沒事！渰死我師，我自有個法兒教他活來。◎16如今稽遲列位，甚是不當。」火德道：「既如此，且請行，請行。」

好大聖，又駕觔斗雲，徑到北天門外。忽抬頭，見多聞天王向前施禮道：「孫大聖何

大聖見妖怪在下面交戰，便轉身跳上高峰，讓火德星君放火，天王看見便假裝敗陣而走。火德星君忙傳號令，教衆部火神一齊放火。（朱寶榮繪）

日月水火神圖，明代絹畫。圖中上方兩位為日神、月神，下方為水神、火神，依序搭配象徵其職掌的金雞、玉兔、水波、火焰。

往？」行者道：「有一事要入烏浩宮見水德星君。你在此作甚？」多聞道：「今日輪該巡視。」正說處，又見那龐、劉、苟、畢四大天將，進禮邀茶。行者道：「不勞，不勞！我事急矣！」遂別卻諸神，直至烏浩宮，著水部眾神即時通報。眾神報道：「齊天大聖孫悟空來了。」水德星君聞言，即將查點四海五湖、八河四瀆、三江九派並各處龍王俱遣退，整冠束帶，接出宮門，迎進宮內道：「昨日可韓司查勘小宮，恐有本部之神思凡作怪，正在此點查江海河瀆之神，尚未完也。」◎17行者道：「那魔王不是江河之神，此乃廣大之精。先蒙玉帝差李天王父子並兩個雷公下界擒拿，被他弄個圈子，將六件神兵套去。老孫無奈，又上彤華宮請火德星君帥火部眾神放火，又將火龍、火馬等物，一圈子套去。我想此物既不怕火，必然怕水，特來告請星君施水勢，與我捉那妖精，取兵器歸還天將，吾師之難亦可救也。」

水德聞言，即令黃河水伯神王：「隨大聖去助功。」水伯自衣袖中取出一個白玉盂兒，道：「我有此物盛水。」行者道：「看這盂兒，能盛幾何？妖魔如何渰得？」水伯道：「不瞞大聖說。我這一盂，乃是黃河之水。半盂就是半河，一盂就是一河。」行者喜道：

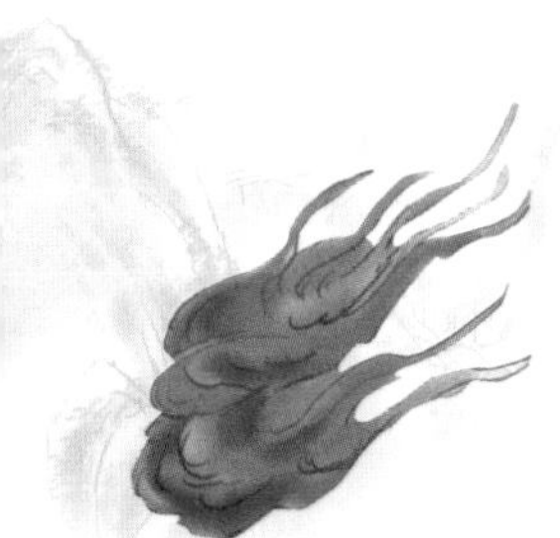

評點

◎15. 雖搖不出火來，倒怕搖出水來。(張評)
◎16. 生死全在掌握，鞭血棒痕，筆筆有力。(張評)
◎17. 又一小變插足，若與火處一例，便可厭矣。(李評)

「只消半盂足矣。」遂辭別水德，與黃河神急離天闕。

那水伯將盂兒望黃河舀了半盂，跟大聖至金峴山，向南坡下見了天王、太子、雷公、火德，具言前事。行者道：「不必細講，且教水伯跟我去。待我叫開他門，不要等他出來，就將水往門裏一倒，那怪物一窩子可都渰死。我卻去撈師父的屍首，再救活不遲。」那水伯依命，緊隨行者，轉山坡，徑至洞口，叫聲：「妖怪開門！」那把門的小妖，聽得是孫大聖的聲音，急又去報道：「孫悟空又來矣！」

那魔聞說，帶了寶貝，綽鎗就走。響一聲，開了石門。這水伯將白玉盂向裏一傾，那妖見是水來，撒了長鎗，即忙取出圈子，撐住二門。只見那股水骨都都的只往外泛將出來，◎18慌得孫大聖急縱觔斗，與水伯跳在高峰。那天王同眾都駕雲停於高峰之前觀看，那水波濤泛漲，著實狂瀾。好水！真箇是：

一勺之多，果然不測。蓋唯神功運化，利萬物而流漲百川。只聽得那潺潺聲振谷，又見那滔滔勢漫天。雄威響若雷奔走，猛湧波如雪捲顛。千丈波高漫路道，萬層濤激泛山巖。冷冷如漱玉，滾滾似鳴絃。觸石滄滄噴碎玉，回湍渺渺漩窩圓。低低凹凹隨流蕩，滿澗平溝上下連。

行者見了心慌道：「不好啊！水漫四野，渰了民田，未曾灌在他的洞裏，曾奈之何？」喚水伯急忙收水。水伯道：「小神只會放水，卻不會收水。常言道：『潑水難收。』」咦！那座山卻也高峻，這場水只奔低流，須臾間，四散而歸澗壑。

又只見那洞外跳出幾個小妖，在外邊吆吆喝喝，伸拳捋袖，弄棒拈鎗，依舊喜喜歡歡耍子。天王道：「這水原來不曾灌入洞內，枉費一場之功也。」行者忍不住心中怒發，雙手輪拳，闖至妖魔門首，喝道：「那裏走，看打！」諕得那幾個小妖丟了鎗棒，跑入洞裏，戰兢兢的報道：「大王，不好了，打將來了！」魔王挺長鎗，迎出門前道：「這潑猴老大憊懶！你幾番家敵不過我，縱水火亦不能近，怎麼又踵將來送命？」行者道：「這兒子反說了哩。不知是我送命，是你送命？走過來，吃老外公一拳！」那妖魔笑道：「這猴兒勉強纏帳！我倒使鎗，他卻使拳。那般一個筋髗子※5拳頭，只好有個核桃兒大小，怎麼稱得個鎚子起也？罷，罷，罷！我且把鎗放下，與你走一路拳看看。」行者笑道：「說得是，走上來！」

那妖撩衣進步，丟了個架子，舉起兩個拳來，真似打油的鐵鎚模樣。這大聖展足挪身，擺開解數，在那洞門前，與那魔王遞走拳勢。這一場好打！咦！

> 拽開大四平，踢起雙飛腳。韜脅劈胸墩，剜心摘膽著。仙人指路，老子騎鶴。餓虎撲食最傷人，蛟龍戲水能兇惡。魔王使個蟒翻身，大聖卻施鹿解角。翹跟淬地龍，扭腕拿天橐。青獅張口來，鯉魚跌脊躍。蓋頂撒花，繞腰貫索。迎風貼扇兒，急雨催花落。妖精便使觀音掌，行者就對羅漢腳。長掌開闊自然鬆，怎比短拳多緊削※6？兩個相持數十回，一

註

※5 筋髗子：乾瘦，沒有肉，這裏形容瘦得皮包骨。

※6 怎比短拳多緊削：這段韻語所敘述的術語都是拳術的招數名稱，例如大四平、雙飛腳、韜（搗）脅劈胸……長拳、短拳等。

評點

◎18. 卻不將白玉盂套去。（周評）

般本事無強弱。

他兩個在那洞門前廝打，只見這高峰頭，喜得個李天王厲聲喝采，火德星鼓掌誇稱。那兩個雷公與哪吒太子，帥眾神跳到跟前，都要來相助；這壁廂群妖搖旗擂鼓，舞劍輪刀一齊護。孫大聖見事不諧，將毫毛拔下一把，望空撒起，叫：「變！」即變作三五十個小猴，一擁上前，把那妖纏住，抱腿的抱腿，扯腰的扯腰，抓眼的抓眼，撏毛的撏毛。◎19那怪物慌了，急把圈子拿將出來。大聖與天王等見他弄出圈套，撥轉雲頭，走上高峰逃陣。那妖把圈子往上拋起，唿喇的一聲，把那三五十個毫毛變的小猴收為本相，套入洞中；得了勝，領兵閉門，賀喜而去。

這太子道：「孫大聖還是個好漢！這一路拳，走得似錦上添花；使分身法，正是人前顯貴。」行者笑道：「列位在此遠觀，那怪的本事，比老孫如何？」李天王道：「他拳鬆腳慢，不如大聖的緊疾。他見我們去時，也就著忙；又見你使出分身法來，他就急了，所以大弄個圈套。」行者道：「魔王好治，只是圈子難降。」火德與水伯道：「若還取勝，除非得了他那寶貝，然後可擒。」行者道：「他那寶貝如何可得？只除是偷去來。」鄧、張二公笑道：「若要行偷禮，除大聖再無能者。想當年大鬧天宮時，偷御酒，偷蟠桃，偷龍肝鳳髓及老君之丹，那是何等手段！今日正該拿此處用也。」行者

黃河水伯帶了一半黃河水來幫孫悟空。圖為黃河著名的壺口瀑布。（美工圖書社：中國圖片大系提供）

道：「好說，好說！既如此，你們且坐，等老孫打聽去來。」

好大聖，跳下峰頭，私至洞口，搖身一變，變作個麻蒼蠅兒。真箇秀溜※7！你看他：

翎翅薄如竹膜，身軀小似花心。手足比毛更奘※8，星星眼窟明明。善自聞香逐氣，飛時迅速乘風。稱來剛壓定盤星，可愛些些有用。

輕輕的飛在門上，爬到門縫邊，鑽進去，只見那大小群妖，舞的舞，唱的唱，排列兩旁；老魔王高坐臺上，面前擺著些蛇肉、鹿脯、熊掌、駝峰、山蔬果品，有一把青磁酒壺，香噴噴的羊酪、椰醪，大碗家寬懷暢飲。行者落於小妖叢裏，又變作一個獾頭精，慢慢的挨近臺邊，看彀多時，全不見寶貝放在何方。急抽身轉至臺後，又見那後廳上高吊著火龍吟嘯，火馬號嘶。忽抬頭，見他的那金箍棒靠在東壁，◎20喜得他心癢難撾，忘記了更容變相，走上前拿了鐵棒，現原身丟開解數，一路棒打將出去。慌得那群妖膽戰心驚，老魔王措手不及，卻被他推倒三個，放倒兩個，打開一條血路，徑自出了洞門。這才是：

魔頭驕傲無防備，主杖還歸與本人。◎21

畢竟不知吉凶如何，且聽下回分解。

總批

誰人跳出這個圈子，誰人不在這個圈子裏？可憐，可憐。（李評）

悟元子曰：上回言意土妄動，心失主杖矣。然失去主杖，若不得其自失之由，任你用盡心機，終落空亡，極其巧僞，到底虛謬。故此回極寫其肆意無忌，使學者鑽研參悟，深造自得耳。篇首「大聖空著手，兩眼滴淚道：『豈料如今無主杖，空拳赤手怎興隆！』」言修行者失去主杖，即如孫大聖失去金箍棒相同，尚欲盡性至命以了大事，萬無是理。（劉評節錄）

註

※7 秀溜：靈巧、秀氣的意思。

※8 奘：壯大，多用於人名，另外也有說話粗魯、態度生硬的意思。

評點

◎19. 此怪若無圈子，幾爲水臓洞混世魔王矣。（周評）

◎20. 好照管。（李評）

◎21. 主杖雖歸本人，其奈圈套尚在他手。（周評）

第五十二回

悟空大鬧金兜洞　如來暗示主人公

話說孫大聖得了金箍棒，打出門前，跳上高峰，對衆神滿心歡喜。李天王道：「你這場如何？」行者道：「老孫變化進他洞去，那怪物越發唱唱舞舞的，吃得勝酒哩。更不曾打聽得他的寶貝在那裏。我轉他後面，忽聽得馬叫龍吟，知是火部之物。東壁廂靠著我的金箍棒，是老孫拿在手中，一路打將出來也。」衆神道：「你的寶貝得了，我們的寶貝何時到手？」◎1行者道：「不難，不難！我有了這根鐵棒，不管怎的，也要打倒他，取寶貝還你。」正講處，只聽得那山坡下鑼鼓齊鳴，喊聲振地，原來是兕大王帥衆精靈來趕行者。行者見了，叫道：「好，好，好！正合吾意！列位請坐，待老孫再去捉他。」

好大聖，舉鐵棒劈面迎來，喝道：「潑魔那裏走！看棍！」那怪使鎗支住，罵道：「賊猴頭，著實無禮！你怎麼白晝劫吾物件？」行者道：「我把你這個不知死的孽畜！你倒弄圈套◎2白晝搶奪我物。那件兒是你的？不要走，吃老爺一棍！」那怪物輪鎗隔架。這一場好戰：

大聖施威猛，妖魔不順柔。兩家齊鬥勇，那個肯干休！這一

◆《新説西遊記圖像》描繪第五十二回精采場景：老君輕鬆收伏了怪物，原來是一隻青牛。（古版畫，選自《新説西遊記圖像》）

個鐵棒如龍尾，那一個長鎗似蟒頭。這一個棒來解數如風響，那一個鎗架雄威似水流。只見那彩霧朦朦山嶺暗，祥雲靉靉樹林愁。滿空飛鳥皆停翅，四野狼蟲盡縮頭。那陣上小妖吶喊，這壁廂行者抖擻。一條鐵棒無人敵，打遍西方萬里遊。那桿長鎗眞對手，永鎮金峴稱上籌。相遇這場無好散，不見高低誓不休。

那魔王與孫大聖戰經三個時辰，不分勝敗，早又見天色將晚。妖魔支著長鎗道：「悟空，你住了。天昏地暗，不是個賭鬥之時，且各歇息歇息，明朝再與你比迸。」行者罵道：「潑畜休言！老孫的興頭才來，管甚麼天晚！是必與你定個輸贏！」那怪物喝一聲，虛幌一鎗，逃了性命，帥群妖收轉干戈，入洞中，將門緊緊閉了。

這大聖拽棍方回，天神在岸頭賀喜，都道：「是有能有力的大齊天，無量無邊的真本事！」行者笑道：「承過獎，承過獎。」李天王近前道：「此言實非褒獎，真是一條好漢子！這一陣，也不亞當時瞞地網罩天羅也。」◎3行者道：「且休題夙話。那妖魔被老孫打了這一場，必然疲倦。我也說不得辛苦，你們都放懷坐坐，等我再進洞去打聽他的圈子，務要偷了他的，捉住那怪，尋取兵器，奉還汝等歸天。」太子道：「今已天晚，不若安眠一宿，明早去罷。」行者笑道：「這小郎不知世事，那見做賊的好白日裏下手？似這等掏摸的，必須夜去夜來，不知不覺，才是買賣哩。」火德與雷公道：「三太子休言，這件事我們不知。大聖是個慣家熟套，須教他趁此時候，一則魔頭困倦，二來夜黑無防。就請快去，快去！」

好大聖，笑唏唏的，將鐵棒藏了，跳下高峰，又至洞口。搖身一變，變作一個促織

◎1. 凡人只管自己，再不顧禮，是以無復問禮者。（張評）
◎2. 偏說他以禮，妙不可言。（張評）
◎3. 好點綴。（李評）

兒。真箇：

> 嘴硬鬚長皮黑，眼明爪腳丫叉。風清月明叫牆涯，夜靜如同人話。泣露淒涼景色，聲音斷續堪誇。客窗旅思怕聞他，偏在空階牀下。

蹬開大腿，三五跳跳到門邊，自門縫裏鑽將進去，蹲在那壁根下，迎著裏面燈光，仔細觀看。只見那大小群妖，一個個狼餐虎咽，正都吃東西哩。行者揲揲鎚鎚※1的叫了一遍。少時間，收了家火，又都去安排窩鋪，各各安身。約摸有一更時分，行者才到他後邊房裏。只聽那老魔傳令，教：「各門上小的醒睡！恐孫悟空又變甚麼，私入家偷盜。」◎4又有些該班坐夜的，滌滌托托，梆鈴齊響。這大聖越好行事，鑽入房門，見有一架石牀，左右列幾個抹粉搽胭的山精樹鬼，◎5展鋪蓋伏侍老魔，脫腳的脫腳，解衣的解衣。只見那魔王寬了衣服，左肐膊上，白森森的套著那個圈子，原來像一個連珠鐲頭模樣。你看他更不取下，轉往上抹了兩抹，緊緊的勒在肐膊上，方才睡下。行者見了，將身又變，變作一個黃皮蛇蚤，跳上石牀，鑽入被裏，爬在那怪的肐膊上，著實一口，叮的那怪翻身罵道：「這些少打的奴才！被也不抖，牀也不拂，不知甚麼東西，咬了我這一下！」他卻把圈子又捋上兩捋，依然睡下。行者爬上那圈子，又咬一口。那怪睡不得，又翻過身來道：「刺鬧※2殺我也！」

行者見他關防得緊，◎6寶貝又隨身，不肯除下，料偷他的不得。跳下牀來，還變作促織兒，出了房門，徑至後面，又聽得龍吟馬嘶。原來那層門緊鎖，火龍、火馬都吊在裏

◆以柳坪石雕成的十八羅漢像，林炳生作，福建省壽山石珍藏館藏品。（陳浩／fotoe提供）

面。行者現了原身，走近門前，使個解鎖法，念動咒語，用手一抹，扢扠一聲，那鎖雙鐶俱就脫落；推開門，闖將進去觀看，原來那裏面被火器照得明幌幌的，如白日一般。忽見東西兩邊斜靠著幾件兵器，都是太子的砍妖刀等物，並那火德的火弓、火箭等物。行者映火光，周圍看了一遍，又見那門背後一張石桌子上有一個篾絲盤兒，放著一把毫毛。大聖滿心歡喜，將毫毛拿起來，呵了兩口熱氣，叫聲：「變！」即變作三五十個小猴。教他都拿了刀、劍、杵、索、毬輪及弓、箭、鎗、車、葫蘆、火鴉、火鼠、火馬一應套去之物，跨了火龍，縱起火勢，從裏面往外燒來。只聽得烘烘焃焃，撲撲乒乒，好便似咋雷連炮之聲。◎7慌得那些大小妖精，夢夢查查※3的，抱著被，朦著頭，喊的喊，哭的哭，一個個走頭無路，被這火燒死大半。美猴王得勝回來，只好有三更時候。

卻說那高峰上，李天王衆位忽見火光幌亮，一擁前來。見行者騎著龍，喝喝呼呼，縱著小猴，徑上峰頭，厲聲高叫道：「來收兵器！來收兵器！」火德與哪吒答應一聲，這行者將身一抖，那把毫毛復上身來。哪吒太子收了他六件兵器，火德星君著衆火部收了火龍等物，都笑吟吟贊賀行者不題。

卻說那金皘洞裏火焰紛紛，唬得個兕大王魂不附體，急欠身開了房門，雙手拿看圈子，

註

※1 揲揲鎚鎚：形容蛐蛐的叫聲。
※2 剌鬧：刺癢。
※3 夢夢查查：迷迷糊糊的意思。

老子騎牛像。老子是道家的代表人物，有記載名李耳，也有稱其名為老聃。（意念圖庫提供）

評點

◎4. 強盜又怕賊，爲之絕倒。（張評）
◎5. 此即兕大王之金釵十二也。（周評）
◎6. 只防人，再不防天盜，亦未免失智。（張評）
◎7. 此舉雖不能成功，聊且快意。（周評）

東推東火滅，西推西火消，滿空中冒烟突火，執著寶貝跑了一遍，四下裏烟火俱熄。急忙收救群妖，已此燒殺大半，男男女女，收不上百十餘丁；又查看藏兵之內，各件皆無；又去後面看處，見八戒、沙僧與長老還捆住未解，白龍馬還在槽上，行李擔亦在屋裏。妖魔遂恨道：「不知是那個小妖不仔細，失了火，致令如此！」旁有近侍的告道：「大王，這火不干本家之事，多是個偷營劫寨之賊，放了那火部之物，盜了神兵去也。」老魔方然省悟道：「沒有別人，斷乎是孫悟空那賊！怪道我臨睡時不得安穩，想是那賊猴變化進來，在我這肐膊叮了兩口。一定是要偷我的寶貝，見我抹勒得緊，不能下手，故此盜了兵器，縱著火龍，放此狠毒之心，意欲燒殺我也。賊猴呵！你枉使機關，不知我的本事。我但帶了這件寶貝，就是入大海而不能溺，赴火池而不能焚哩！◎8這番若拿住那賊，只把刮了點垛※4，方趁我心！」說著話，懊惱多時，不覺的雞鳴天曉。

那高峰上太子得了六件兵器，對行者道：「大聖，天色已明，不須怠慢。我們趁那妖魔挫了銳氣，與火部等扶助你，再去力戰，庶幾這次可擒拿也。」行者笑道：「說得有理。我們齊了心，耍子兒去耶！」

一個個抖擻威風，喜弄武藝，徑至洞口。行者叫道：「潑魔出來！與老孫打者！」原來那裏兩扇石門被火氣化成灰燼，門裏邊有幾個小妖，正然掃地撮灰。◎9忽見衆聖齊來，慌得丟了掃帚，撇下灰耙，跑入裏面又報道：「孫悟空領著許多天神，又在門外罵戰哩。」那兕怪聞報大驚，扢迸迸鋼牙咬響，滴溜溜環眼睜圓，挺著長鎗，帶了寶貝，走

◎8. 本是事親之寶，卻作護身之符，如此以禮，絕妙奇談。(張評)
◎9. 好點綴。(李評)
◎10. 卻是一幅做賊供狀。(李評)

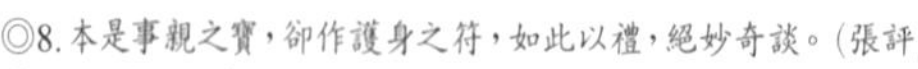

出門來，潑口亂罵道：「我把你這個偷營放火的賊猴！你有多大手段，敢這等藐視我也？」行者笑臉兒罵道：「潑怪物！你要知我的手段，且上前來，我說與你聽：

自小生來手段強，乾坤萬里有名揚。當時穎悟修仙道，昔日傳來不老方。
立志拜投方寸地，虔心參見聖人鄉。學成變化無量法，宇宙長空任我狂。
閑在山前將虎伏，悶來海內把龍降。祖居花果稱王位，水簾洞裏逞剛強。
幾番有意圖天界，數次無知奪上方。御賜齊天名大聖，敕封又贈美猴王。
只因宴設蟠桃會，無簡相邀我性剛。暗闖瑤池偷玉液，私行寶閣飲瓊漿。
龍肝鳳髓曾偷吃，百味珍饈我竊嘗。千載蟠桃隨受用，萬年丹藥任充腸。
天宮異物般般取，聖府奇珍件件藏。◎10玉帝訪我有手段，即發天兵擺戰場。
九曜惡星遭我貶，五方凶宿被吾傷。普天神將皆無敵，十萬雄師不敢當。
威逼玉皇傳旨意，灌江小聖把兵揚。相持七十單二變，各弄精神個個強。
南海觀音來助戰，淨瓶楊柳也相幫。老君又使金剛套，把我擒拿到上方。
綁見玉皇張大帝，曹官拷較罪該當。即差大力開刀斬，刀砍頭皮火焰光。
百計千方弄不死，將吾押赴老君堂。六丁神火爐中煉，煉得渾身硬似鋼。
七七數完開鼎看，我身跳出又兇張。諸神閉戶無遮擋，眾聖商量把佛央。
其實如來多法力，果然智慧廣無量。手中賭賽翻觔斗，將山壓我不能強。

註

※4 點垜：垜：牆或某些建築物突出的部分，有支撐或掩蔽作用，如垜子、垜堞（城牆上凹凸狀矮牆，即「女兒牆」）、城垜。點垜，指點天燈，把人當作燈點著，古代一種殘酷的刑法。

玉皇才設安天會，西域方稱極樂場。壓困老孫五百載，一些茶飯不曾嘗。
金蟬長老臨凡世，東土差他拜佛鄉。欲取眞經回上國，大唐帝主度先亡。
觀音勸我皈依善，秉教迦持不放狂。解脫高山根下難，如今西去取經章。
潑魔休弄獐狐智，還我唐僧拜法王！」

那怪聞言，指著行者道：「你原來是個偷天的大賊！不要走，吃吾一鎗！」這大聖使棒來迎。兩個正自相持，這壁廂哪吒太子生嗔，火德星君發狠，即將那六件神兵、火部等物，望妖魔身上拋來。孫大聖更加雄勢。一邊又雷公使掮，天王舉刀，不分上下，一擁齊來。那魔頭巍巍冷笑，袖子中暗暗將寶貝取出，撒手拋起空中，叫聲：「著！」唿喇的一下，把六件神兵、火部等物，雷公掮、天王刀、行者棒，盡情又都撈去。眾神靈依然赤手，孫大聖仍是空拳。◎11妖魔得勝，回身叫：「小的們，搬石砌門，動土修造，從新整理房廊。待齊備了，殺唐僧三眾來謝土，大家散福受用。」眾小妖領命維持不題。

卻說那李天王帥眾回上高峰，火德怨哪吒性急，雷公怪天王放刁，◎12惟水伯在旁無語。◎13行者見他們面不廝睹，心有縈思，沒奈何，懷恨強歡，對眾笑道：「列位不須煩惱。自古道：『勝敗兵家之常。』我和他論武藝，也只如此；但只是他多了這個圈子，所以為害，把我等兵器又套將去了。你且放心，待老孫再去查查他的腳色來也。」太子道：「你前啟奏玉帝，查勘滿天世界，更無一點踪跡，如今卻又何處去查？」行者道：「我想起來，佛法無邊。如今且上西天去問我佛如來，教他著慧眼觀看大地四部洲，看這怪是那

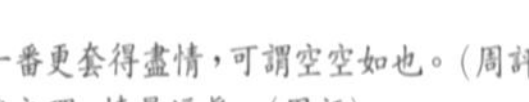

評點

◎11. 此一番更套得盡情，可謂空空如也。（周評）
◎12. 自然之理，情景逼眞。（周評）
◎13. 水性善柔，畢竟便宜。（周評）
◎14. 何不把經典偷了罷。（李評）
◎15. 好學者，大抵於此尚有未釋。（張評）

方生長，何處鄉貫住居，圈子是件甚麼寶貝。不管怎的，一定要拿他與列位出氣，還汝等歡喜歸天。」眾神道：「既有此意，不須久停，快去，快去！」

好行者，說聲去，就縱觔斗雲，早至靈山。落下祥光，四方觀看，好去處：

靈峰疏傑，疊嶂清佳，仙岳頂巔摩碧漢。西天瞻巨鎮，形勢壓中華。元氣流通天地遠，威風飛徹滿臺花。時聞鐘磬音長，每聽經聲明朗。又見那青松之下優婆※5講，翠柏之間羅漢行。白鶴有情來鷲嶺，青鸞著意佇閑亭。玄猴對對擎仙果，壽鹿雙雙獻紫英。幽鳥聲頻如訴語，奇花色絢不知名。迴巒盤繞重重顧，古道灣環處處平。正是清虛靈秀地，莊嚴大覺佛家風。

那行者正然點看山景，忽聽得有人叫道：「孫悟空，從那裏來？往何處去？」急回頭看，原來是比丘尼尊者。大聖作禮道：「正有一事，欲見如來。」比丘尼道：「你這個頑皮！既然要見如來，怎麼不登寶剎，且在這裏看山？」行者道：「初來貴地，故此大膽。」◎14比丘尼道：「你快跟我來也。」這行者緊隨至雷音寺山門下，又見那八大金剛，雄糾糾的兩邊擋住。比丘尼道：「悟空，暫候片時，等我與你奏上去來。」行者只得住立門外。那比丘尼至佛前合掌道：「孫悟空有事，要見如來。」如來傳旨令入，金剛才閃路放行。

行者低頭禮拜畢，如來問道：「悟空，前聞得觀音尊者解脫汝身，皈依釋教，◎15保唐僧來此求經，你怎麼獨自到此，有何事故？」行者頓首道：「上告我佛，弟子自秉迦持，

註

※5 優婆：梵文，指善男信女。梵文中優婆塞是善男，優婆夷是善女。

圖為靈山寺的山門，四川省涼山州冕寧縣。攝於2007年6月。（楊興斌／fotoe提供）

與唐朝師父西來，行至金峴山金峴洞，遇著一個惡魔頭，名喚兕大王，神通廣大，把師父與師弟等攝入洞中。弟子向伊求取，沒好意，兩家比迸，被他將一個白森森的圈子，搶了我的鐵棒。我恐他是天將思凡，急上界查勘不出。蒙玉帝差遣李天王父子助援，又被他搶了太子的六般兵器；及請火德星君放火燒他，又被他將火具搶去；又請水德星君放水渰他，一毫又渰他不著。弟子費若干精神氣力，將那鐵棒等物偷出，復去索戰，又被他將前物依然套去，◎16無法收降。因此特告我佛，望垂慈與弟子看看，果然是何物出身，我好去拿他家屬四鄰，擒此魔頭，救我師父，合拱虔誠，拜求正果。」

如來聽說，將慧眼遙觀，早已知識。對行者道：「那怪物我雖知之，但不可與你說。你這猴兒口敞※6，一傳道是我說他，他就不與你鬥，定要嚷上靈山，反遺禍於我也。◎17我這裏著法力助你擒他去罷。」行者再拜稱謝道：「如來助我甚麼法力？」如來即令十八尊羅漢開寶庫，取十八粒「金丹砂」與悟空助力。行者道：「金丹砂卻如何？」如來道：「你去洞外，叫那妖魔比試。演他出來，卻教羅漢放砂，陷住他，使他動不得身，拔不得腳，憑你揪打便了。」行者笑道：「妙，妙，妙！趁早去來！」

那羅漢不敢遲延，即取金丹砂出門，行者又謝了如來。一路查看，止有十六尊羅漢，行者嚷道：「這是那個去處，卻賣放人！」眾羅漢道：「那個賣放？」行者道：「原差十八尊，今怎麼只得十六尊？」說不了，裏邊走出降龍、伏虎二尊，上前道：「悟空，怎麼就這等放刁？我兩個在後聽如來分付話的。」行者道：「忒賣法，忒賣法！才自若嚷遲

了些兒，你敢就不出來了。」眾羅漢笑呵呵駕起祥雲。

不多時，到了金峴山界。那李天王見了，帥眾相迎，備言前事。羅漢道：「不必絮繁，快去叫他出來。」這大聖捻著拳頭，來於洞口，罵道：「腯※7潑怪物，快出來與你孫外公見個上下！」那小妖又飛跑去報。魔王怒道：「這賊猴又不知請誰來猖獗也！」小妖道：「更無甚將，止他一人。」魔王道：「那根棒子已被我收來，怎麼卻又一人到此？敢是又要走拳？」隨帶了寶貝，綽鎗在手，叫小妖搬開石塊，跳出門來罵道：「賊猴！你幾番家不得便宜，就該迴避，如何又來吆喝？」行者道：「這潑魔不識好歹！若要你外公不來，除非你服了降，陪了禮，◎18送出我師父、師弟，我就饒你！」那怪道：「你那三個和尚已被我洗淨了，不久便要宰殺，你還不識起倒！去了罷。」

行者聽說「宰殺」二字，扢蹬蹬腮邊火發，按不住心頭之怒，丟了架子，輪著拳，斜行抝步，望妖魔使個掛面。那怪展長鎗，劈手相迎。行者左跳右跳，哄那妖魔；妖魔不知是計，趕離洞口南來。行者即招呼羅漢，把金丹砂望妖魔一齊拋下，共顯神通。好砂！正是那：

似霧如烟初散漫，紛紛靄靄下天涯。白茫茫，到處迷人眼；昏漠漠，飛時找路差。打柴的樵子失了伴，採藥的仙童不見家。細細輕飄如麥麵，粗粗翻復似芝麻。世界朦朧山頂暗，長空迷沒太陽遮。不比囂塵隨駿馬，難言輕軟襯香車。此砂本是無情物，蓋地遮天把

註

※6 口敞：亂說、說話沒有顧忌、不能保密。
※7 腯：音圖，肥壯。多用以形容牲畜，罵人肥腫叫腯。

評點

◎16. 層層收煞，一筆不漏。（張評）
◎17. 深得宣聖渾含之意。（張評）
◎18. 挑逗以禮，更妙。（張評）

怪拿。只為妖魔侵正道，阿羅奉法逞豪華。手中就有明珠現，等時刮得眼生花。

那妖魔見飛砂迷目，把頭低了一低，足下就有三尺餘深；慌得他將身一縱，跳在浮上一層，未曾立得穩，須臾，又有二尺餘深。那怪急了，拔出腳來，即忙取圈子，往上一撇，叫聲：「著！」唿喇的一下，把十八粒金丹砂又盡套去，拽回步，徑歸本洞。

那羅漢一個個空手停雲。行者近前問道：「眾羅漢，怎麼不下砂了？」羅漢道：「適才響了一聲，金丹砂就不見矣。」行者笑道：「又是那話兒套將去了。」天王等眾道：「這般難伏呵，卻怎麼捉得他，何日歸天，何顏見帝也！」旁有降龍、伏虎二羅漢對行者道：「悟空，你曉得我兩個出門遲滯何也？」行者道：「老孫只怪你躲避不來，卻不知有甚話說。」羅漢道：「如來分付我兩個說：『那妖魔神通廣大，如失了金丹砂，就教孫悟空上離恨天兜率宮太上老君處尋他的蹤跡，庶幾可一鼓而擒也。』」◎19行者聞言道：「可恨，可恨！如來卻也閃賺※8老孫！當時就該對我說了，卻不免教汝等遠涉？」李天王道：「既是如來有此明示，大聖就當早起。」

好行者，說聲去，就縱一道觔斗雲，直入南天門裏。時有四大元帥擎拳拱手道：「擒

羅漢用金丹砂來攻擊妖怪，一時砂塵漫天。（朱寶榮繪）

◆青牛怪原來是太上老君的坐騎，老君降伏了青牛，騎之而去。（朱寶榮繪）

怪事如何？」行者且行且答道：「未哩，未哩！如今有處尋根去也。」四將不敢留阻，讓他進了天門。不上靈霄殿，不入斗牛宮，徑至三十三天之外離恨天兜率宮前，見兩仙童侍立，他也不通姓名，一直徑走，慌得兩童扯住道：「你是何人？待往何處去？」行者才說：「我是齊天大聖，欲尋李老君哩。」仙童道：「你怎這樣粗魯？且住下，讓我們通報。」行者那容分說，喝了一聲，往裏徑走，忽見老君自內而出，撞個滿懷。行者躬身唱個喏道：「老官，一向少看。」老君笑道：「這猴兒不去取經，卻來我處何幹？」行者道：「取經取經，晝夜無停；有些阻礙，到此行行。」老君道：「西天路阻，與我何干？」行者道：「西天西天，你且休言；尋著蹤跡，與你纏纏。」◎20老君道：「我這裏乃是無上仙宮，有甚蹤跡可尋？」

行者入裏，眼不轉睛，東張西看。走過幾層廊宇，忽見那牛欄邊一個童兒盹睡，青牛不在欄中。行者道：「老官，走了牛也，走了牛也！」老君大驚道：「這孽畜幾時走了？」正嚷間，那童兒方醒，跪於當面道：「爺爺，弟子睡著，不知是幾時走的。」老君罵道：「你這廝如何

註

※8 閃賺：欺騙、放鴿子。

評點

◎19. 好照應。（李評）
◎20. 忽作四言古詩，奇，奇。（周評）
好頑皮。（李評）

盹睡？」童兒叩頭道：「弟子在丹房裏拾得一粒丹，當時吃了，就在此睡著。」老君道：「想是前日煉的『七返火丹』，吊※9了一粒，被這廝拾吃了。那丹吃一粒，該睡七日哩。那孽畜因你睡著，無人看管，遂乘機走下界去，今亦是七日矣。」即查可曾偷甚寶貝。行者道：「無甚寶貝，只見他有一個圈子，甚是利害。」

老君急查看時，諸般俱在，止不見了金剛琢。老君道：「這孽畜偷了我金剛琢去了！」行者道：「原來是這件寶貝！當時打著老孫的是他，◎21如今在下界張狂，不知套了我等多少物件！」老君道：「這孽畜在甚地方？」行者道：「現住金峴山金峴洞。他捉了我唐僧進去，搶了我金箍棒；請天兵相助，又搶了太子的神兵；及請火德星君，又搶了他的火具；惟水伯雖不能渰死他，倒還不曾搶他物件；至請如來著羅漢下砂，又將金丹砂搶去。似你這老官，縱放怪物，搶奪傷人，該當何罪？」老君道：「我那金剛琢，乃是我過函關化胡※10之器，自幼煉成之寶。憑你甚麼兵器、水火，俱莫能近他。若偷去我的芭蕉扇兒，連我也不能奈他何矣。」

大聖才歡歡喜喜，隨著老君。老君執了芭蕉扇，駕著祥雲同行，出了仙宮；南天門外，低下雲頭，徑至金峴山界。見了十八尊羅漢、雷公、水伯、火德、李天王父子，備言前事一遍。老君道：「孫悟空還去誘他出來，我好收他。」

這行者跳下峰頭，又高聲罵道：「腯潑孽畜，趁早出來受死！」那小妖又去報知。老魔道：「這賊猴又不知請誰來也。」急綽鎗舉寶，迎出門來。行者罵道：「你這潑魔，今番坐定是死了！不要走，吃吾一掌！」急縱身跳個滿懷，劈臉打了一個耳括子，回頭就跑。那魔輪鎗就趕，只聽得高峰上叫道：「那牛兒還不歸家，更待何日？」◎22那魔抬頭，看見是太上老君，就諕得心驚膽戰道：「這賊猴真箇是個地裏鬼！卻怎麼就訪得我的主公來也？」

老君念個咒語，將扇子搧了一下，那怪將圈子丟來，◎23被老君一把接住；又一搧，那怪物力軟筋麻，現了本相，原來是一隻青牛。老君將金鋼琢吹口仙氣，穿了那怪的鼻子，解下勒袍帶，繫於琢上，牽在手中。——至今留下個拴牛鼻的拘兒，又名「賓郎」※11，職此之謂。——老君辭了眾神，跨上青牛背上，駕彩雲，徑歸兜率院；縛妖怪，高升離恨天。

孫大聖才同天王等眾打入洞裏，把那百十個小妖盡皆打死，各取兵器。謝了天王父子回天，雷公入府，火德歸宮，水伯回河，羅漢向西；然後才解放唐僧、八戒、沙僧，拿了鐵棒。他三人又謝了行者，收拾馬匹行裝，師徒們離洞，找大路方走。正走間，只聽得路旁叫：「唐聖僧，吃了齋飯去。」那長老心驚。不知是甚人叫喚，且聽下回分解。

總批

人人有個主人公，若能常常照管，決不到弄圈套時節矣。（李評）

悟一子曰：篇中老君道：「七返火丹，吃了一粒，該睡七日。」之語，另有妙諦。……仙師特於昏睡放牛處，閑閑逗露耳。（陳評節錄）

悟元子曰：上回言意土放蕩，須要自有主張，方可濟事矣。然不能格物致知，則根本不清，雖一時自慊，轉時自歉；或慊或歉，終爲意所主，而不能主乎意，何以能誠一不二乎？仙翁於此回寫出格物致知，爲誠意之實學，使人於根本上著力耳。（劉評節錄）

註

※9 吊：同「掉」。

※10 函關化胡：指老子點化佛祖的事情。

※11 賓郎：俗稱拴牛鼻子的鈎環。

評點

◎21. 好點綴。（李評）

◎22. 不動聲色，自覺凜然，主人公之妙如此。（周評）

◎23. 圈子丟來，幸不將蕉扇套去。（周評）

第五十三回　禪主吞餐懷鬼孕　黃婆運水解邪胎◎1

德行要修八百，陰功須積三千。均平物我與親冤，始合西天本願。
魔兕刀兵不怯，空勞水火無愆。老君降伏卻朝天，笑把青牛牽轉。

話說那大路旁叫喚者誰？乃金峴山山神、土地，捧著紫金鉢盂叫道：「聖僧呵，這鉢盂飯是孫大聖向好處化來的。因你等不聽良言，誤入妖魔之手，致令大聖勞苦萬端，今日方救得出。且來吃了飯，再去走路，莫孤負孫大聖一片恭孝之心也。」◎2三藏道：「徒弟，萬分虧你，言謝不盡。早知不出圈痕，那有此殺身之害！」行者道：「不瞞師父說，只因你不信我的圈子，卻教你受別人的圈子。多少苦楚，可嘆！可嘆！」八戒道：「怎麼又有個圈子？」行者道：「都是你這孽嘴孽舌的夯貨，弄師父遭此一場大難！◎3著老孫翻天覆地，請天兵水火與佛祖丹砂，盡被他使一個白森森的圈子套去。如來暗示了羅漢，對老孫說出那妖的根原，才請老君來收伏，卻是個青牛作怪。」三藏聞言，感激不盡道：「賢徒，今番經此，下次定然聽你分付。」遂此四人分吃那飯，那飯熱氣騰騰的。行者道：「這飯多時

《新說西遊記圖像》描繪第五十三回精采場景：唐僧師徒走到一條小河邊，看到河邊有柳樹、有人家。（古版畫，選自《新說西遊記圖像》）

了，卻怎麼還熱？」土地跪下道：「是小神知大聖功完，才自熱來伺候。」須臾飯畢，◎4收拾了鉢盂，辭了土地、山神。

那師父才攀鞍上馬，過了高山。正是：滌慮洗心皈正覺，餐風宿水向西行。行彀多時，又值早春天氣，聽了些：

紫燕呢喃，黃鸝睍睆※1。紫燕呢喃香嘴困，黃鸝睍睆巧音頻。滿地落紅如佈錦，遍山發翠似堆茵。嶺上青梅結豆，崖前古柏留雲。野潤烟光淡，沙暄日色曛。幾處園林花放蕊，陽回大地柳芽新。

正行處，忽遇一道小河，澄澄清水，湛湛寒波。唐長老勒過馬觀看，遠見河那邊有柳陰垂碧，微露著茅屋幾椽。行者遙指那廂道：「那裏人家，一定是擺渡的。」三藏道：「我見那廂也似這般，卻不見船隻，未敢開言。」八戒旋下行李，厲聲高叫道：「擺渡的！撐船過來！」連叫幾遍，只見那柳陰裏面，咿咿啞啞的撐出一隻船兒。不多時，相近這岸。師徒們仔細看了那船兒，真箇是：

短棹分波，輕橈泛浪。艙堂油漆彩，艎板※2滿平倉。船頭上鐵纜盤窩，船後邊舵樓明亮。雖然是一葦之航，也不亞泛湖浮海。縱無錦纜牙檣※3，實有松樁桂楫。固不如萬里神舟，眞可渡一河之隔。往來只在兩崖邊，出入不離古渡口。

那船兒須臾頂岸，有梢子叫云：「過河的，這裏去。」三藏縱馬近前看處，那梢子怎

註

※1睍睆：形容鳥色美好或鳥聲清和圓轉貌。睆，明亮、渾圓的意思。

※2艎板：船面上的鋪板。

※3牙檣：象牙裝飾的桅杆，一說桅杆頂端尖銳如牙，因此而名。後爲桅杆的美稱。

評點

◎1.提綱中云：「黃婆運水解邪胎」，黃婆者誰？即三藏耳。行者爲眞汞，沙僧爲眞鉛，則黃婆之胎，自懷之，自運之，而自解之，夫復何疑！（周評節錄）

◎2.好照應。（李評）

◎3.因小失大，此飲食之人所以爲賤也。（張評）

◎4.與結尾正相呼應，以上作一段讀。（張評）

生模樣：

頭裹錦絨帕，足踏皂絲鞋。身穿百納綿襠襖，腰束千針裙布衫。手腕皮粗筋力硬，眼花眉皺面容衰。聲音嬌細如鶯囀，近觀乃是老裙釵。

行者走近船邊道：「你是擺渡的？」那婦人道：「是。」行者道：「梢公如何不在，卻著梢婆撐船？」婦人微笑不答，◎5用手拖上跳板。沙和尚將行李挑上去，行者扶著師父上跳，然後順過船來，八戒牽上白馬，收了跳板。那婦人撐開船，搖動槳，頃刻間過了河。◎6

身登西岸，長老教沙僧解開包，取幾文錢鈔與他。婦人更不爭多寡，將纜拴在傍水的樁上，笑嘻嘻徑入莊屋裏去了。三藏見那水清，一時口渴，便著八戒：「取鉢盂，舀些水來我吃。」那獃子道：「我也正要些兒吃哩。」即取鉢盂舀了一鉢，遞與師父。師父吃了有一少半，還剩了多半，獃子接來，一氣飲乾，◎7卻伏侍三藏上馬。

師徒們找路西行，不上半個時辰，那長老在馬上呻吟道：「腹痛！」八戒隨後道：「我也有些腹痛。」沙僧道：「想是吃冷水了？」說未畢，師父聲喚道：「疼得緊！」八戒也道：「疼得緊！」他兩個疼痛難禁，漸漸肚子大了。用手摸時，似有血團肉塊，不住

三藏和豬八戒都吃了子母河的水。
（古版畫，選自李卓吾批評本《西遊記》）

的骨冗骨冗※4亂動。三藏正不穩便，忽然見那路旁有一村舍，樹梢頭挑著兩個草把。行者道：「師父，好了，那廂是個賣酒的人家。我們且去化他些熱湯與你吃，◎8就問可有賣藥的，討貼藥與你治治腹痛。」

三藏聞言甚喜，卻打白馬，不一時，到了村舍門口下馬。但只見那門兒外有一個老婆婆，端坐在草墩上績麻。行者上前，打個問訊道：「婆婆，貧僧是東土大唐來的。我師父乃唐朝御弟，因為過河吃了河水，覺肚腹疼痛。」那婆婆喜哈哈的道：「你們在那邊河裏吃水來？」行者道：「是在此東邊清水河吃的。」那婆婆欣欣的笑道：「好耍子！好耍子！你都進來，我與你說。」

行者即攙唐僧，沙僧即扶八戒，兩人聲聲喚喚，腆著肚子，一個個只疼得面黃眉皺，入草舍坐下。行者只叫：「婆婆，是必燒些熱湯與我師父，我們謝你。」那婆婆且不燒湯，笑唏唏跑走後邊，叫道：「你們來看，你們來看！」那裏面，蹼踋蹼踏※5的又走出兩三個半老不老的婦人，都來望著唐僧哂笑。行者大怒，喝了一聲，把牙一嗟，諕得那一家子跌跌蹡蹡，往後就走。行者上前，扯住那老婆子道：「快早燒湯，我饒了你！」那婆子戰兢兢的道：「爺爺呀，我燒湯也不濟事，也治不得他兩個肚疼。你放了我，等我說。」行者放了他，他說：「我這裏乃是西梁女國。我們這一國盡是女人，更無男子，故此見了你們歡喜。◎9你師父吃的那水不好了，那條河喚作子母河；我那國王城外，還有一座迎陽

註

※4 骨冗：方言，嬰兒在母腹內蠕動叫「骨冗」，現代漢語寫作「咕容」。

※5 蹼踋蹼踏：狀聲詞，拖著鞋走路的聲音。

評點

◎5. 無字已在言外。（張評）

◎6. 敘得宛然。（李評）

◎7. 此河邊該立一禁約石碑云：「一切遠方往來男子，無得飲此水，恐成胎氣不便。」又恐有不識字者，奈何？（周評）

◎8. 還想喝，則止知有小而不知有大矣。（張評）

◎9. 便有想吃之意。（張評）

館驛，驛門外有一個照胎泉。我這裏人，但得年登二十歲以上，方敢去吃那河裏水。吃水之後，便覺腹痛有胎。至三日之後，到那迎陽館照胎水邊照去。若照得有了雙影，便就降生孩兒。你師吃了子母河水，已此成了胎氣，也不日要生孩子，熱湯怎麼治得？」◎10

三藏聞言，大驚失色道：「徒弟呵！似此怎了？」八戒扭腰撒胯的哼道：「爺爺呀！要生孩子，我們卻是男身，那裏開得產門？如何脫得出來。」行者笑道：「古人云：『瓜熟自落。』若到那個時節，一定從脅下裂個窟窿，鑽出來也。」八戒見說，戰兢兢，忍不得疼痛道：「罷了，罷了！死了，死了！」沙僧笑道：「二哥莫扭，莫扭！只怕錯了養兒腸，弄作個胎前病。」那獃子越發慌了，眼中噙淚，扯著行者道：「哥哥，你問這婆婆，看那裏有手輕的穩婆，預先尋下幾個。這半會一陣陣的動蕩得緊，想是摧陣※6疼。快了！快了！」沙僧又笑道：「二哥，既知摧陣疼，不要扭動，只恐擠破漿泡※7耳。」

三藏哼著道：「婆婆呵，你這裏可有醫家？教我徒弟去買一貼墮胎藥吃了，打下胎來罷。」那婆子道：「就有藥也不濟事。只是我們這正南街上有一座解陽山，山中有一個破兒洞，洞裏有一眼落胎泉。須得那泉裏水吃一口，方才解了胎氣。◎11卻如今取不得水了，向年來了一個道人，稱名如意真仙，把那破兒洞改作聚仙庵，護住落胎泉水，不肯善賜與人。◎12但欲求水者，須要花紅表禮、羊酒果盤，志誠奉獻，只拜求得他一碗兒水哩。你們這行腳僧，怎麼得許多錢財買辦？但只可挨命，待時而生產罷了。」行者聞得此言，滿心歡喜道：「婆婆，你這裏到那解陽山有幾多路程？」婆婆道：「有三十里。」行者道：

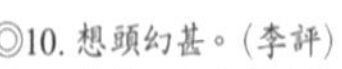

評點

◎10. 想頭幻甚。(李評)

◎11. 有子母河便有破兒洞，有迎陽館照胎泉，便有解陽山落胎泉，可見世間有此病即有此藥，道理原在眼前，人自看不見耳。(周評)

◎12. 竟想獨吃，寫飲食之人如畫。(張評)

「好了，好了！師父放心，待老孫取些水來你吃。」

好大聖，分付沙僧道：「你好仔細看著師父。若這家子無禮，侵哄師父，你拿出舊時手段來，裝嬰虎唬他，等我取水去。」沙僧依命。只見那婆子端出一個大瓦鉢來，遞與行者道：「拿這鉢頭兒去，是必多取些來，與我們留著用急。」行者真箇接了瓦鉢，出草舍，縱雲而去。那婆子才望空禮拜道：「爺爺呀！這和尚會駕雲！」才進去叫出那幾個婦人來，對唐僧磕頭禮拜，都稱為羅漢菩薩。一壁廂燒湯辦飯，供奉唐僧不題。

卻說那孫大聖觔斗雲起，少頃間見一座山頭，阻住雲角，即按雲光，睜睛看處，好山！但見那：

幽花擺錦，野草鋪藍。澗水相連落，溪雲一樣閑。重重谷壑藤蘿密，遠遠峰巒樹木繁。鳥啼雁過，鹿飲猿攀。翠岱如屏嶂，青崖似髻鬟。塵埃滾滾真難到，泉石涓涓不厭看。每見仙童採藥去，常逢樵子負薪還。果然不亞天臺景，勝似三峰西華山！

這大聖正然觀看那山不盡，又只見背陰處有一所莊院，忽聞得犬吠之聲。大聖下山，徑至莊所，卻也好個去處。看那：

註

※6 摧陣：催產的意思。

※7 漿泡：俗稱子宮。

隱藏在深山中的幽居。（美工圖書社：中國圖片大系提供）

小橋通活水，茅舍倚青山。村犬汪籬落，幽人自往還。

不時來至門首，見一個老道人盤坐在綠茵之上。大聖放下瓦鉢，近前道問訊。那道人欠身還禮道：「那方來者？至小庵有何勾當？」行者道：「貧僧乃東土大唐欽差西天取經者。因我師父誤飲了子母河之水，如今腹疼腫脹難禁。問及土人，說是結成胎氣，無方可治。訪得解陽山破兒洞有落胎泉可以消得胎氣，故此特來拜見如意真仙，求些泉水，搭救師父。累煩老道指引指引。」那道人笑道：「此間就是破兒洞，今改為聚仙庵了。◎13我卻不是別人，即是如意真仙老爺的大徒弟。你叫作甚麼名字？待我好與你通報。」行者道：「我是唐三藏法師的大徒弟，賤名孫悟空。」那道人問曰：「你的花紅酒禮都在那裏？」行者道：「我是個過路的掛搭僧，不曾辦得來。」道人笑道：「你好痴呀！我老師父護住山泉，並不曾白送與人。你回去辦將禮來，我好通報，不然請回，莫想，莫想！」行者道：「人情大似聖旨。你去說我老孫的名字，他必然做個人情，或者連井都送我也。」

那道人聞此言，只得進去通報。卻見那真仙撫琴，只待他琴終，方才說道：「師父，外面有個和尚，口稱是唐三藏大徒弟孫悟空，欲求落胎泉水，救他師父。」那真仙不聽說便罷，一聽得說個悟空名字，卻就怒從心上起，惡向膽邊生。急起身，下了琴牀，脫了素服，換上道衣，取一把如意鈎子，◎14跳出庵門，叫道：「孫悟空何在？」行者轉頭，觀見那真仙打扮：

頭戴星冠飛彩豔，身穿金縷法衣紅。

足下雲鞋堆錦繡，腰間寶帶繞玲瓏。
一雙納錦凌波襪，半露裙襴閃繡絨。
手拿如意金鈎子，鐏利杵長若蟒龍。
鳳眼光明眉菂豎，鋼牙尖利口翻紅。
頷下髯飄如烈火，鬢邊赤髮短蓬鬆。
形容惡似溫元帥，爭奈衣冠不一同。

行者見了，合掌作禮道：「貧僧便是孫悟空。」那先生笑道：「你真箇是孫悟空，卻是假名托姓者？」行者道：「你看先生說話，常言道：『君子行不更名，坐不改姓。』我便是悟空，豈有假托之理？」先生道：「你可認得我麼？」行者道：「我因歸正釋門，秉誠僧教，這一向登山涉水，把我那幼時的朋友也都疏失，未及拜訪，少識尊顏。適間問道子母河西鄉人家，言及先生乃如意真仙，故此知之。」那先生道：「你走你的路，我修我的真，你來訪我怎的？」行者道：「因我師父誤飲了子母河水，腹疼成胎，特來仙府拜求一碗落胎泉水，救解師難也。」

那先生怒目道：「你師父可是唐三藏麼？」行者道：「正是，正是。」先生咬牙恨道：「你們可曾會著一個聖嬰大王麼？」行者道：「他是號山枯松澗火雲洞紅孩兒妖怪的綽號，真仙問他怎的？」先生道：「是我之舍侄。我乃牛魔王的兄弟。前者家兄處有信來報我，稱說唐三藏的大徒弟孫悟空憊懶，將他害了。我這裏正沒處尋你報仇，你倒來尋

◎13. 定是些酒仙。（張評）
◎14. 又強似兩把板斧。（張評）

甘肅省敦煌市，沙漠環抱中的月牙泉。攝於2004年8月26日。（張波／fotoe提供）

我，還要甚麼水哩！」行者陪笑道：「先生差了。你令兄也曾與我做朋友，幼年間也曾拜七弟兄，但只是不知先生尊府，有失拜望。如今令侄得了好處，現隨著觀音菩薩做了善財童子，我等尚且不如，怎麼反怪我也？」◎15

先生喝道：「這潑猢猻，還弄巧舌！我舍侄還是自在為王好，還是與人為奴好？不得無禮，吃我這一鈎！」大聖使鐵棒架住道：「先生莫說打的話，且與些泉水去也。」那先生罵道：「潑猢猻，不知死活！如若三合敵得我，與你水去；敵不去，只把你剁為肉醬，方與我侄子報仇。」大聖罵道：「我把你不識起倒的孽障！既要打，走上來看棍！」那先生如意鈎劈手相還。二人在聚仙庵好殺：

聖僧誤食成胎水，行者來尋如意仙。那曉眞仙原是怪，◎16倚強護住落胎泉。及至相逢講仇隙，爭持決不遂如然。言來語去成僝僽※8，意惡情兇要報冤。這一個因師傷命來求水，那一個爲侄亡身不與泉。如意鈎強如蠍毒，金箍棒狠似龍巔。當胸亂刺施威猛，著腳

斜鉤展妙玄。陰手棍丟傷處重，過肩鉤起近頭鞭。鎖腰一棍鷹持雀，壓頂三鉤蜋捕蟬。往往來來爭勝敗，返返復復兩回還。鉤攣棒打無前後，不見輸贏在那邊。

那先生與大聖戰經十數合，敵不得大聖。這大聖越加猛烈，一條棒似滾滾流星，著頭亂打。先生敗了筋力，倒拖著如意鉤，往山上走了。

大聖不去趕他，卻來庵內尋水。那個道人早把庵門關了。大聖拿著瓦鉢，趕至門前，盡力氣一腳，踢破庵門，闖將進去。見那道人伏在井欄上，被大聖喝了一聲，舉棒要打。那道人往後跑了。卻才尋出吊桶來，正要打水，又被那先生趕到前邊，使如意鉤子把大聖鉤著腳一跌，跌了個嘴哏地。大聖爬起來，使鐵棒就打。他卻閃在旁邊，執著鉤子道：「看你可取得我的水去！」大聖罵道：「你上來！你上來！我把你這個孽障，直打殺你！」那先生也不上前拒敵，只是禁住了，不許大聖打水。大聖見他不動，卻使左手輪著鐵棒，右手使吊桶，將索子才突魯魯的放下。他又來使鉤。大聖一隻手撐持不得，又被他一鉤鉤著腳，扯了個蹦踵，連索子通跌下井去了。大聖道：「這廝卻是無禮！」爬起來，雙手輪棒，沒頭沒臉的打將上去。那先生依然走了，不敢迎敵。大聖又要去取水，奈何沒有吊桶，又恐怕來鉤扯，心中暗暗想道：「且去叫個幫手來。」◎17

好大聖，撥轉雲頭，徑至村舍門首，叫一聲：「沙和尚。」那裏邊三藏忍痛呻吟，豬八戒哼聲不絕，聽得叫喚，二人歡喜道：「沙僧呵，悟空來也。」沙僧連忙出門接著

註

※8 僝僽：音纏咒，亦作「僝偢」。責罵埋怨、煩惱愁苦的意思。

評點

◎15. 他如何得知？（周評）

◎16. 是個貪飲好嘴的口腹怪。（張評）

◎17. 何不把毫毛變小猴乎？（周評）

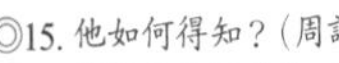

道：「大哥，取水來了？」大聖進門，對唐僧備言前事。三藏滴淚道：「徒弟呵，似此怎了？」大聖道：「我來叫沙兄弟與我同去，到那庵邊，等老孫和那廝敵鬥，教沙僧乘便取水來救你。」◎18三藏道：「你兩個沒病的都去了，丟下我兩個有病的，教誰伏侍？」那個老婆婆在旁道：「老羅漢只管放心，不須要你徒弟，我家自然看顧伏侍你。你們早間到時，我等實有愛憐之意；卻才見這位菩薩雲來霧去，方知你是羅漢菩薩，我家決不敢復害你。」

行者咄的一聲道：「汝等女流之輩，敢傷那個？」老婆子笑道：「爺爺呀，還是你們有造化，來到我家！若到第二家，你們也不得囫圇了。」◎19八戒哼哼的道：「不得囫圇，是怎麼的？」婆婆道：「我一家兒四五口，都是有幾歲年紀的，把那風月事盡皆休了，故此不肯傷你。◎20若還到第二家，老小衆大，那年小之人，那個肯放過你去？就要與你交合。假如不從，就要害你性命，把你們身上肉都割了去做香袋兒哩。」◎21八戒道：「若這等，我決無傷。他們都是香噴噴的，好做香袋；我是個臊豬，就割了肉去，也是臊的，故此可以無傷。」行者笑道：「你不要說嘴，省些力氣，好生產也。」那婆婆道：「不必遲疑，快求水去。」行者道：「你家可有吊桶？借個使使。」那婆子即往後邊取出一個吊桶，又窩了一條索子，遞與沙僧。沙僧道：「帶兩條索子去，恐一時井深要用。」

沙僧接了桶索，即隨大聖出了村舍，一同駕雲而去。那消半個時辰，卻到解陽山界，按下雲頭，徑至庵外。大聖分付沙僧道：「你將桶索拿了，且在一邊躲著，等老孫出頭索戰。你待我兩人交戰正濃之時，你乘機進去，取水就走。」沙僧謹依言命。

孫大聖掣了鐵棒，近門高叫：「開門！開門！」那守門的看見，急入裏通報道：「師父，那孫悟空又來了也。」那先生心中大怒道：「這潑猴老大無狀！一向聞他有些手段，果然今日方知，他那條棒真是難敵。」道人道：「師父，他的手段雖高，你亦不亞與他，正是個對手。」先生道：「前面兩回，被他贏了。」道人道：「前兩回雖贏，不過是一猛之性；後面兩次打水之時，被師父鉤他兩跌，卻不是相比肩也？先既無奈而去，今又復來，必然是三藏胎成身重，埋怨得緊，不得已而來也。決有慢他師之心，管取我師決勝無疑。」

真仙聞言，喜孜孜滿懷春意，笑盈盈一陣威風，挺如意鉤子，走出門來喝道：「潑猢猻！你又來作甚？」大聖道：「我來只是取水。」真仙道：「泉水乃吾家之井，憑是帝王宰相，也須表禮羊酒來求，方才僅與些須；況你又是我的仇人，擅敢白手來取！」大聖道：「真箇不與？」真仙道：「不與，不與！」大聖罵道：「潑孽障！既不與水，看棍！」丟一個架子，搶個滿懷，不容說，著頭便打。那真仙側身躲過，使鉤子急架相還。這一場比前更勝，好殺：

金箍棒，如意鉤，二人奮怒各懷仇。飛砂走石乾坤暗，播土揚塵日月愁。大聖救師來取水，妖仙爲侄不容求。兩家齊努力，一處賭安休。咬牙爭勝負，切齒定剛柔。添機見，越抖擻，噴雲曖霧鬼神愁。朴朴兵兵鉤棒響，喊聲哮吼振山丘。狂風滾滾催林木，殺氣紛

評點

◎18. 如此爲嘴，大是奇文。(張評)
◎19. 可畏哉！(周評)
◎20. 不知年紀大的反風流。(李評)
◎21. 這叫作異味合香。(周評)

紛過斗牛。大聖愈爭愈喜悅，
眞仙越打越綢繆。有心有意相
爭戰，不定存亡不罷休。

他兩個在庵門外交手，跳跳舞舞的，鬥到山坡之下，恨苦相持不題。

卻說那沙和尚提著吊桶，闖進門去，只見那道人在井邊擋住道：「你是甚人，敢來取水！」沙僧放下吊桶，取出降妖寶杖，不對話，著頭便打。那道人躲閃不及，把左臂膊打折，道人倒在地下掙命。沙僧罵道：「我要打殺你這孽畜，爭奈你是個人身。我還憐你，饒你去罷！讓我打水！」那道人叫天叫地的，爬到後面去了。沙僧卻才將吊桶向井中滿滿的打了一吊桶水，走出庵門，駕起雲霧，望著行者喊道：「大哥，我已取了水去也！饒他罷，饒他罷！」

大聖聽得，方才使鐵棒支住鈎子道：「你聽老孫說，我本待斬盡殺絕，爭奈你不曾犯

孫悟空和妖怪打鬥，沙和尚乘機去取泉水。（朱寶榮繪）

法，二來看你令兄牛魔王的情上。先頭來，我被鈎了兩下，未得水去。才然來，我是個調虎離山計，哄你出來爭戰，卻著我師弟取水去了。老孫若肯拿出本事來打你，莫說你是一個甚麼如意真仙，就是再有幾個，也打死了。正是打死不如放生，且饒你，教你活幾年耳；已後再有取水者，切不可勒掯※9他。」那妖仙不識好歹，演一演，就來鈎腳。被大聖閃過鈎頭，趕上前，喝聲：「休走！」那妖仙措手不及，推了一個蹼辣※10，掙扎不起。大聖奪過如意鈎來，折為兩段，總拿著又一抉，抉作四段，擲之於地道：「潑孽畜！再敢無禮麼？」那妖仙戰戰兢兢，忍辱無言。這大聖笑呵呵，駕雲而起。有詩為證，詩曰：

眞鉛若煉須眞水，眞水調和眞汞乾。
眞汞眞鉛無母氣，靈砂靈藥是仙丹。
嬰兒枉結成胎像，土母施功不費難。
推倒傍門宗正教，心君得意笑容還。

大聖縱著祥光，趕上沙僧。得了真水，喜喜歡歡，回於本處。按下雲頭，徑來村舍，只見豬八戒腆著肚子，倚在門枋上哼哩。行者悄悄上前道：「獃子，幾時佔房※11的？」獃子慌了道：「哥哥莫取笑。可曾有水來麼？」行者還要耍他，沙僧隨後就到，笑道：「水來了，水來了！」三藏忍痛欠身道：「徒弟啊，累了你們也！」那婆婆卻也歡喜，幾口兒

註

※9 勒掯：要挾、需索。
※10 蹼辣：跌倒的聲音。這裏用作跌跟頭的形容詞。
※11 佔房：指生產。舊時孕婦生產，不准有外人進入產房，所以叫佔房。

都出禮拜道：「菩薩呀，卻是難得！難得！」即忙取個花磁盞子，舀了半盞兒，遞與三藏道：「老師父，細細的吃，只消一口，就解了胎氣。」八戒道：「我不用盞子，連吊桶等我喝了罷。」那婆子道：「老爺爺，諕殺人罷了！若吃了這吊桶水，好道連腸子肚子都化盡了！」唬得獃子不敢胡為，也只吃了半盞。

那裏有頓飯之時，他兩個腹中絞痛，只聽轂轆轂轆三五陣腸鳴。腸鳴之後，那獃子忍不住，大小便齊流；唐僧也忍不住，要往靜處解手。行者道：「師父呵，切莫出風地裏去。怕人子，一時冒了風，弄作個產後之疾。」那婆婆即取兩個淨桶來，教他兩個方便。須臾間，各行了幾遍，才覺住了疼痛，漸漸的銷了腫脹，化了那血團肉塊。那婆婆家又煎些白米粥與他補虛。八戒道：「婆婆，我的身子實落※12，不用補虛。你且燒些湯水與我洗個澡，卻好吃粥。」沙僧道：「哥哥，洗不得澡。坐月子的人弄了水漿致病。」八戒道：「我又不曾大生，左右只是個小產，怕他怎的？洗洗兒乾淨。」真箇那婆子燒些湯，與他兩個淨了手腳。唐僧才吃兩盞兒粥湯，八戒就吃了十數碗，還只要添。行者笑道：「夯貨，少吃些！莫弄作個沙包肚，不像模樣。」八戒道：「沒事，沒事！我又不是母豬，怕他做甚？」那家子真箇又去收拾煮飯。

老婆婆對唐僧道：「老師父，把這水賜了我罷。」行者道：「獃子，不吃水了？」八戒道：「我的肚腹也不疼了，胎氣想是已行散了。灑然無事，又吃水何為？」行者道：「既是他兩個都好了，將水送你家罷。」那婆婆謝了行者，將餘剩之水裝於瓦罐之中，埋在後邊地下，對衆老小道：「這罐水，彀我的棺材本也！」衆老小無不歡喜。整頓齋飯，調開桌凳，唐僧們吃了齋。消消停停，將息了一宿。

次日天明，師徒們謝了婆婆家，出離村舍。唐三藏攀鞍上馬，沙和尚挑著行囊，孫大聖前邊引路，豬八戒攏了韁繩。這才是：

洗淨口業身乾淨，銷化凡胎體自然。

畢竟不知到國界中還有甚麼理會，且聽下回分解。

總批

這回想頭，奇甚，幻甚！眞是文人之筆，九天九地，無所不至。（李評）

悟元子曰：上回結出修道者，須要遇境不動，正心誠意，攻苦前進，方能無阻無擋，了性了命矣。而不知者，反疑爲修性在內，修命在外，或流於紅鉛梅子，或疑爲採陰補陽，醜態百出，作惡千端，深可痛恨。故仙翁於此回，合下四五篇，借假寫眞，破迷指正，以見金丹乃先天之氣凝結而成，非可求之於人者也。（劉評節錄）

註

※12 實落：結實。

第五十四回

法性西來逢女國　心猿定計脫烟花※1

話說三藏師徒別了村舍人家，依路西進，不上三四十里，早到西梁國界。唐僧在馬上指道：「悟空，前面城池相近，市井上人語喧嘩，想是西梁女國。汝等須要仔細，謹慎規矩，切休放蕩情懷，紊亂法門教旨。」三人聞言，謹遵嚴命。

言未盡，卻至東關廂街口。那裏人都是長裙短襖，粉面油頭，不分老少，盡是婦女。正在兩街上做買做賣，忽見他四眾來時，一齊都鼓掌呵呵，整容歡笑道：「人種來了！人種來了！」慌得那三藏勒馬難行。須臾間，就塞滿街道，惟聞笑語。八戒口裏亂嚷道：「我是個銷豬※2，我是個銷豬！」行者道：「獃子，莫胡談！拿出舊嘴臉便是。」八戒真箇把頭搖上兩搖，豎起一雙蒲扇耳，扭動蓮蓬吊搭唇，發一聲喊，把那些婦女們諕得跌跌爬爬。有詩為證，詩曰：

聖僧拜佛到西梁，國內衠陰※3世少陽。
農士工商皆女輩，◎1漁樵耕牧盡紅妝。
嬌娥滿路呼人種，幼婦盈街接粉郎。

《新説西遊記圖像》描繪第五十四回精采場景：女王賜出一盤碎金銀，孫悟空婉言謝絕了。（古版畫，選自《新説西遊記圖像》）

不是悟能施醜相，烟花圍困苦難當！◎2

遂此衆皆恐懼，不敢上前，一個個都捻手矬腰，搖頭咬指，戰戰兢兢，排塞街旁路下，都看唐僧。孫大聖卻也弄出醜相開路，沙僧也裝嬰虎維持。八戒採著馬，掬著嘴，擺著耳朵。

一行前進，又見那市井上房屋齊整，鋪面軒昂，一般有賣鹽賣米、酒肆茶房；鼓角樓臺通貨殖，旗亭候館掛簾櫳。師徒們轉彎抹角，忽見有一女官侍立街下，高聲叫道：「遠來的使客，不可擅入城門。請投館驛，注名上簿，待下官執名奏駕，驗引放行。」三藏聞言，下馬觀看，那衙門上有一匾，上書「迎陽驛」三字。長老道：「悟空，那村舍人家傳言是實，果有迎陽之驛。」沙僧笑道：「二哥，你卻去照胎泉邊照照，看可有雙影？」◎3八戒道：「莫弄我。我自吃了那盞兒落胎泉水，已此打下胎來了，還照他怎的？」三藏回頭分付道：「悟能，謹言，謹言！」遂上前與那女官作禮。

女官引路，請他們都進驛內，正廳坐下，即喚看茶。又見那手下人盡是三綹梳頭、兩截穿衣之類。你看他拿茶的也笑。少頃茶罷，女官欠身問曰：「使客何來？」行者道：「我等乃東土大唐王駕下欽差上西天拜佛求經者。我師父便是唐王御弟，號曰唐三藏。我乃他大徒弟孫悟空，這兩個是我師弟豬悟能、沙悟淨，一行連馬五口。隨身有通關文牒，

註

※1 烟花：本意是烟火，一般比喻娼妓，這裏指女兒國。

※2 銷豬：即閹割過的豬。

※3 衠陰：衠爲純粹的意思，衠陰指全爲女性。

評點

◎1. 農士工商皆女輩，罵得毒。（李評）

◎2. 宇宙大矣，何所不有？此國當因此詩而傳。（周評）

◎3. 好照應。（李評）

唐僧師徒來到城邊，被要求先去驛館註冊，因此師徒來到迎陽驛。（古版畫，選自李卓吾批評本《西遊記》）

乞為照驗放行。」那女官執筆寫罷，下來叩頭道：「老爺恕罪。下官乃迎陽驛驛丞，實不知上邦老爺，知當遠接。」◎[4]拜畢起身，即令管事的安排飲饌，道：「爺爺們寬坐一時，待下官進城啟奏我王，倒換關文，打發領給，送老爺們西進。」三藏欣然而坐不題。

且說那驛丞整了衣冠，徑入城中五鳳樓前，對黃門官道：「我是迎陽館驛丞，有事見駕。」黃門即時啟奏。降旨傳宣至殿，問曰：「驛丞有何事來奏？」驛丞道：「微臣在驛，接得東土大唐王御弟唐三藏，有三個徒弟，名喚孫悟空、豬悟能、沙悟淨，連馬五口，欲上西天拜佛取經。特來啟奏主公，可許他倒換關文放行？」女王聞奏，滿心歡喜，對衆文武道：「寡人夜來夢見金屏生彩豔，玉鏡展光明，乃是今日之喜兆也。」衆女官擁拜丹墀道：「主公，怎見得是今日之喜兆？」女王道：「東土男人，乃唐朝御弟。我國中自混沌開闢之時，累代帝王，更不曾見個男人至此。幸今唐王御弟下降，想是天賜來的。」

寡人以一國之富，願招御弟為王，我願為后，與他陰陽配合，生子生孫，永傳帝業。卻不是今日之喜兆也？」眾女官拜舞稱揚，無不歡悅。

驛丞又奏道：「主公之論，乃萬代傳家之好。但只是御弟三徒兇惡，不成相貌。」女王道：「卿見御弟怎生模樣？他徒弟怎生兇醜？」驛丞道：「御弟相貌堂堂，丰姿英俊，誠是天朝上國之男兒，南贍中華之人物。◎5那三徒卻是形容獰惡，相貌如精。」女王道：「既如此，把他徒弟與他領給，倒換關文，打發他往西天，只留下御弟，有何不可？」眾官拜奏道：「主公之言極當，臣等欽此欽遵。但只是匹配之事，無媒不可，自古道：『姻緣配合憑紅葉，月老夫妻繫赤繩。』」女王道：「依卿所奏，就著當駕太師作媒，迎陽驛丞主婚，先去驛中與御弟求親。待他許可，寡人卻擺駕出城迎接。」那太師、驛丞領旨出朝。

卻說三藏師徒們在驛廳上正享齋飯，只見外面人報：「當駕太師與我們本官老姆來了。」三藏道：「太師來卻是何意？」八戒道：「怕是女王請我們也。」行者道：「不是相請，定是說親。」三藏道：「悟空，假如不放，強逼成親，卻怎麼是好？」行者道：「師父只管允他，老孫自有處治。」

說不了，二女官早至，對長老下拜。長老一一還禮道：「貧僧出家人，有何德能，敢勞大人下拜？」那太師見長老相貌軒昂，心中暗喜道：「我國中實有造化，這個男子，卻也做得我王之夫。」二官拜畢起來，侍立左右道：「御弟爺爺，萬千之喜了！」三藏道：

評點

◎4.何其彬彬有禮。(周評)
◎5.女人自愛好男子。(李評)

四川鹽源瀘沽湖女兒國。（胡小平／fotoe提供）

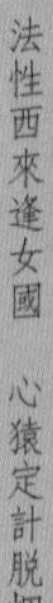

「我出家人，喜從何來？」太師躬身道：「此處乃西梁女國，國中自來沒個男子。今幸御弟爺爺降臨，臣奉我王旨意，特來求親。」三藏道：「善哉，善哉！我貧僧隻身來到貴地，又無兒女相隨，止有頑徒三個，不知大人求的是那個親事？」驛丞道：「下官才進朝啟奏，我王十分歡喜，道夜來得一吉夢，夢見金屏生彩豔，玉鏡展光明。知御弟乃中華上國男兒，我王願以一國之富，招贅御弟爺爺為夫，坐南面稱孤，我王願為帝后。傳旨著太師作媒，下官主婚，故此特來求這親事也。」三藏聞言，低頭不語。太師道：「大丈夫遇時不可錯過，似此招贅之事，天下雖有；托國之富，世上實稀。請御弟速允，庶好回奏。」長老越加痴啞。

八戒在旁掬著碓挺嘴※4，叫道：「太師，你去上覆國王：我師父乃久修得道的羅漢，決

◎6.好個毛遂自薦。（周評）
妙豬！（李評）
◎7.白米不堪參稗子，羊肉焉肯拌東瓜。（張評）
◎8.嘗言：「豬八戒嗑瓜子，好個牙幫子。」（張評）

不愛你托國之富，也不愛你傾國之容。快些兒倒換關文，打發他往西去，留我在此招贅，如何？」◎6太師聞說，膽戰心驚，不敢回話。驛丞道：「你雖是個男身，但只形容醜陋，不中我王之意。」◎7八戒笑道：「你甚不通變。常言道：『粗柳簸箕細柳斗，世上誰見男兒醜。』」◎8行者道：「獃子，勿得胡談！任師父尊意，可行則行，可止則止，莫要擔閣※5了媒妁工夫。」三藏道：「悟空，憑你怎麼說好？」行者道：「依老孫說，你在這裏也好。自古道：『千里姻緣似線牽』哩，那裏再有這般相應處？」三藏道：「徒弟，我們在這裏貪圖富貴，誰去西天取經？卻不望壞了我大唐之帝主也？」太師道：「御弟在上，微臣不敢隱言。我王旨意，原只教求御弟為親，教你三位徒弟赴了會親筵宴，發付領給，倒換關文，往西天取經去哩。」行者道：「太師說得有理。我等不必作難，情願留下師父，與你主為夫。快換關文，打發我們西去；待取經回來，好到此拜爺娘，討盤纏，回大唐也。」那太師與驛丞對行者作禮道：「多謝老師玉成之恩！」八戒道：「太師，切莫要『口裏擺菜碟兒』※6。既然我們許諾，且教你主先安排一席，與我們吃鍾肯酒※7如何？」太師道：「有，有，有！就教擺設筵宴來也。」那驛丞與太師歡天喜地，回奏女主不題。

卻說唐長老一把扯住行者，罵道：「你這猴頭弄殺我也！怎麼說出這般話來，教我在此招婚，你們西天拜佛？我就死也不敢如此！」行者道：「師父放心。老孫豈不知你性

註

※4 碓挺嘴：杵頭般向前伸出的長嘴。
※5 擔閣：同「耽擱」。
※6 口裏擺菜碟兒：比喻口惠而實不至，說空話。
※7 肯酒：訂婚酒。表示女方允親了。

情，但只是到此地，遇此人，不得不將計就計。」三藏道：「怎麼叫作將計就計？」行者道：「你若使住法兒不允他，他便不肯倒換關文，不放我們走路。倘或意惡心毒，喝令多人剮了你肉，做甚麼香袋呵，我等豈有善報？一定要使出降魔蕩怪的神通。你知我們的手腳又重，器械又兇，但動動手兒，這一國的人，盡打殺了。他雖然阻當我等，卻不是怪物妖精，還是一國人身；◎9你又平素是個好善慈悲的人，在路上一靈不損，若打殺無限的平人，你心何忍？誠為不善了也。」三藏聽說，道：「悟空此論最善。但恐女主招我進去，要行夫婦之禮，我怎肯喪元陽，敗壞了佛家德行；走真精，墜落了本教人身？」行者道：「今日允了親事，他一定以皇帝禮擺駕出城接你。你更不要推辭，就坐他鳳輦龍車，登寶殿，面南坐下；問女王取出御寶印信來，宣我們兄弟進朝，把通關文牒用了印，再請女王寫個手字花押，僉押了交付與我們。一壁廂教擺筵宴，就當與女王會喜，就與我們送行。待筵宴已畢，再叫排駕，只說送我們三人出城，回來與女王配合。哄得他君臣歡悅，更無阻擋之心，亦不起毒惡之念，卻待送出城外，你下了龍車鳳輦，教沙僧伺候左右，伏侍你騎上白馬。老孫卻使個定身法兒，教他君臣人等皆不能動，我們順大路只管西行。行得一晝夜，我卻念個咒，解了術法，還教他君臣們甦醒回城。一則不傷了他的性命，二來不損了你的元神。——這叫作『假親脫網』之計，豈非一舉兩全之美也？」◎10三藏聞言，如醉方醒，似夢初覺，樂以忘憂，稱謝不盡道：「深感賢徒高見。」四衆同心合意，正自商量不題。

卻說那太師與驛丞不等宣詔，直入朝門白玉階前，奏道：「主公佳夢最準，魚水之歡就矣。」女王聞奏，捲珠簾，下龍牀，啟櫻唇，露銀齒，笑吟吟嬌聲問曰：「賢卿見御弟，怎麼說來？」太師道：「臣等到驛，拜見御弟畢，即備言求親之事。御弟還有推托之辭，幸虧他大徒弟慨然見允，願留他師父與我王為夫，面南稱帝，只教先倒換關文，打發他三人西去；取得經回，却到此拜認爺娘，討盤費回大唐也。」女王笑道：「御弟再有何說？」太師奏道：「御弟不言，願配我主。只是他那二徒弟，先要吃席肯酒。」女王聞言，即傳旨教光祿寺排宴，一壁廂排大駕，出城迎接夫君。衆女官即欽遵王命，打掃宮殿，鋪設庭臺。一班兒擺宴的，火速安排；一班兒擺駕的，流星整備。你看那西梁國雖是婦女之邦，那鑾輿不亞中華之盛。◎11但見：

六龍噴彩，雙鳳生祥。六龍噴彩扶車出，雙鳳生祥駕輦來。馥郁異香藹，氤氳瑞氣開。金魚玉佩多官擁，寶髻雲鬟衆女排。鴛鴦掌扇遮鑾駕，翡翠珠簾影鳳釵。笙歌音美，絃管聲諧。一片歡情沖碧漢，無邊喜氣出靈臺。三簷羅蓋搖天宇，五色旌旗映御階。此地自來無合巹※8，◎12女王今日配男才。

不多時，大駕出城，早到迎陽館驛。忽有人報三藏師徒道：「駕到了。」三藏聞言，即與三徒整衣出廳迎駕。女王捲簾下輦道：「那一位是唐朝御弟？」太師指道：「那驛門

註

※8 合巹：巹音緊，古代結婚時用作酒器的一種瓢。合巹，舊時夫妻結婚的一種儀式，把一個匏瓜剖成兩個瓢，新郎新娘各拿一個飲酒，即所謂交杯酒，現在多指夫妻同房。

評點

◎9. 既是女人矣，緣何不是怪物妖精？（李評）
◎10. 好計，好計！此亦棋家倒跌法也。（周評）
◎11. 寫得豔如花、熱如火，眞令人應接不暇。（周評）
◎12. 奇事創句。（周評）

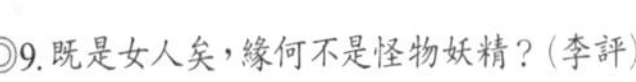

外香案前穿襴衣者便是。」女王閃鳳目，簇蛾眉，仔細觀看，果然一表非凡。你看他：

丰姿英偉，相貌軒昂。齒白如銀砌，唇紅口四方。頂平額闊天倉※9滿，目秀眉清地閣※10長。兩耳有輪眞傑士，一身不俗是才郎。好個妙齡聰俊風流子，堪配西梁窈窕娘。

女王看到那心歡意美之處，不覺淫情汲汲，愛欲恣恣，展放櫻桃小口，呼道：「大唐御弟，還不來佔鳳乘鸞也？」三藏聞言，耳紅面赤，羞答答不敢抬頭。

豬八戒在旁，掬著嘴，餳眼觀看那女王，卻也嬝娜。真箇：

眉如翠羽，肌似羊脂。臉襯桃花瓣，鬟堆金鳳絲。秋波湛湛妖嬈態，春筍纖纖嬌媚姿。斜嚲※11紅綃飄彩豔，高簪珠翠顯光輝。說甚麼昭君美貌，果然是賽過西施。柳腰微展鳴金珮，蓮步輕移動玉肢。月裏嫦娥難到此，九天仙子怎如斯。宮妝巧樣非凡類，誠然王母降瑤池。

那獃子看到好處，忍不住口嘴流涎，心頭撞鹿，一時間骨軟筋麻，好便似雪獅子向火，不覺的都化去也。◎13

只見那女王走近前來，一把扯住三藏，俏語嬌聲，叫道：「御弟哥哥，請上龍車，和我同上金鑾寶殿，匹配夫婦去來。」這長老戰兢兢立站不住，似醉如痴。行者在側教道：「師父不必太謙，請共師娘上輦。快快倒換關文，等我們取經去罷。」長老不敢回言，把行者抹了兩抹，止不住落下淚來。◎14行者道：「師父切莫煩惱。這般富貴，不受用還待怎麼哩？」三藏沒及奈何，只得依從。揩了眼淚，強整歡容，移步近前，與女主：

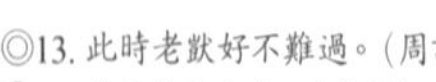

評點

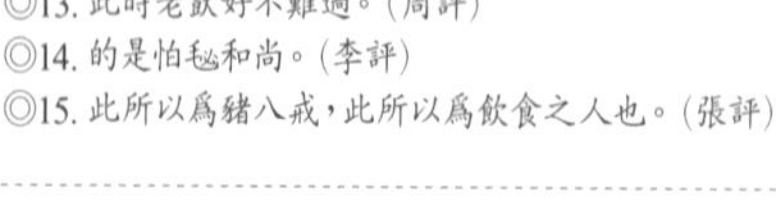

◎13. 此時老獃好不難過。(周評)
◎14. 的是怕毬和尚。(李評)
◎15. 此所以爲豬八戒，此所以爲飲食之人也。(張評)

同攜素手，共坐龍車。那女主喜孜孜欲配夫妻，這長老憂惶惶只思拜佛。一個要洞房花燭交鴛侶，一個要西宇靈山見世尊。女帝眞情，聖僧假意。女帝眞情，指望和諧同到老；聖僧假意，牢藏情意養元神。一個喜見男身，恨不得白晝並頭諧伉儷；一個怕逢女色，只思量即時脫網上雷音。二人和會同登輦，豈料唐僧各有心！

那些文武官見主公與長老同登鳳輦，並肩而坐，一個個眉花眼笑，撥轉儀從，復入城中。孫大聖才教沙僧挑著行李，牽著白馬，隨大駕後邊同行。豬八戒往前亂跑，先到五鳳樓前，嚷道：「好自在，好現成呀！這個弄不成，這個弄不成！吃了喜酒進親才是！」諕得些執儀從引導的女官，一個個回至駕邊道：「主公，那一個長嘴大耳的，在五鳳樓前嚷道要喜酒吃哩。」女主聞奏，與長老倚香肩，偎並桃腮，開檀口，俏聲叫道：「御弟哥哥，長嘴大耳的是你那個高徒？」三藏道：「是我第二個徒弟。他生得食腸寬大，一生要圖口肥※12，◎15須是先安排些酒食與他吃了，方可行事。」女主急問：「光祿寺安排筵宴完否？」女官奏道：「已設完了，葷素兩樣，在東閣上哩。」女王又問：「怎麼兩樣？」女官奏道：「臣恐唐朝御弟與高徒等平素吃齋，故有葷素兩樣。」女王卻又笑吟吟，偎著長老的香腮道：「御弟哥哥，你吃素吃葷？」三藏道：「貧僧吃素，但是小徒未曾戒酒，須得幾杯素酒，與我二徒弟吃些。」

註

※9 天倉：相術術語，指兩額角。
※10 地閣：相術術語，指下頦。
※11 軃：音朵，下垂。
※12 口肥：口福。

頤和園長廊上的西遊師徒四人繪畫。（Rolf Müller攝於2005年4月）

說未了，太師啟奏：「請赴東閣會宴。今宵吉日良辰，就可與御弟爺爺成親。明日天開黃道，請御弟爺爺登寶殿，面南改年號即位。」◎16女王大喜，即與長老攜手相攙，下了龍車，共入端門裏。但見那：

風飄仙樂下樓臺，閶闔※13中間翠輦來。鳳闕大開光藹藹，皇宮不閉錦排排。
麒麟殿內爐烟裊，孔雀屏邊房影迴。亭閣崢嶸如上國，玉堂金馬更奇哉！

既至東閣之下，又聞得一派笙歌聲韻美，又見兩行紅粉貌嬌嬈。正中堂排設兩般盛宴：左邊上首是素筵，右邊上首是葷筵，下兩路盡是單席。那女王斂袍袖，十指尖尖，奉著玉杯，便來安席。行者近前道：「我師徒都是吃素。先請師父坐了左手素席，轉下三席，分左右，我兄弟們好坐。」太師喜道：「正是，正是。師徒如父子也，不可並肩。」眾女官連忙調了席面。女王一一傳杯，安了他弟兄三位。行者又與唐僧丟個眼色，教師父回禮。三藏下來，卻也擎玉杯，與女王安席。那些文武官朝上拜謝了皇恩，各依品從，分坐兩邊，才住了音樂請酒。

那八戒那管好歹，放開肚子，只情吃起。也不管甚麼玉屑、米飯、蒸餅、糖糕、蘑菇、香蕈、筍芽、木耳、黃花菜、石花菜、紫菜、蔓菁、芋頭、蘿菔※14、山藥、黃精，一骨辣※15嗺了個罄盡，喝了五七杯酒，口裏嚷道：「看添換來！拿大觥來！再吃幾觥，各人幹事去。」沙僧問道：「好筵席不吃，還要幹甚事？」獃子笑道：「古人云：『造弓的造弓，造箭的造箭。』我們如今招的招，嫁的嫁，取經的還去取經，走路的還去走路，莫只管貪杯誤事，快早兒打發關文。正是『將軍不下馬，各自奔前程』。」女王聞說，即命取大杯來。近侍官連忙取幾個鸚鵡杯、鸕鷀杓、金叵羅、銀鑿落、玻璃盞、水晶盆、蓬萊碗、琥珀鍾，滿斟玉液，連注瓊漿。果然都各飲一巡。

三藏欠身而起，對女王合掌道：「陛下，多蒙盛設，酒已彀了。請登寶殿，倒換關文，趕天早，送他三人出城罷。」女王依言，攜著長老，散了筵宴，上金鑾寶殿，即讓長老即位。三藏道：「不可，不可。適太師言過，明日天開黃道，貧僧才敢即位稱孤。今日即印關文，打發他去也。」女王依言，仍坐了龍牀，即取金交椅一張，放在龍牀左首，請唐僧坐了，◎17叫徒弟們拿上通關文牒來。大聖便教沙僧解開包袱，取出關文。大聖將關文雙手捧上。那女王細看一番，上有大唐皇帝寶印九顆，下有寶象國印、烏雞國印、車遲國印。女王看罷，嬌滴滴笑語道：「御弟哥哥又姓陳？」三藏道：「俗家姓陳，法名玄奘。因我唐王聖恩，認為御弟，賜姓我為唐也。」女王道：「關文上如何沒有高徒之名？」三藏道：「三個頑徒，不是我唐朝人物。」女王道：「既不是你唐朝人物，為何肯隨你來？」三藏道：「大的個徒弟，乃是東勝神洲傲來國人氏；第二個乃西牛賀洲烏斯莊人氏；第三個乃流沙河人氏。他三人都因罪犯天條，南海觀世音菩薩解脫他苦，秉善皈依，

註

※13 閶闔：傳說中的天門，此處借喻為宮殿大門。

※14 蘿蔽：通常指某些能爬蔓的植物。

※15 一骨辣：一齊的意思，猶一股腦兒。

評點

◎16. 大有「黃袍加身」之意，眞所謂天上跌下一頂平天冠來也。（周評）

◎17. 此座亦不易得。（周評）

將功折罪，情願保護我上西天取經。皆是途中收得，故此未注法名在牒。」女王道：「我與你添注法名，好麼？」三藏道：「但憑陛下尊意。」女王即令取筆硯來，濃磨香翰※16，飽潤香毫，牒文之後，寫上孫悟空、豬悟能、沙悟淨三人名諱；◎18卻才取出御印，端端正正印了，又畫個手字花押，傳將下去。孫大聖接了，教沙僧包裹停當。

那女王又賜出碎金散銀一盤，下龍牀遞與行者道：「你三人將此權為路費，早上西天；待汝等取經回來，寡人還有重謝。」行者道：「我們出家人不受金銀，途中自有乞化之處。」女王見他不受，又取出綾錦十疋，對行者道：「汝等行色匆匆，裁製不及，將此路上做件衣服遮寒。」行者道：「出家人穿不得綾錦，自有護體布衣。」女王見他不受，教：「取御米三升，在路權為一飯。」八戒聽說個「飯」字，便就接了，捎在包袱之中。行者道：「兄弟，行李見今沉重，且倒有氣力挑米？」八戒笑道：「你那裏知道，米好的是個日消貨，只消一頓飯，就了帳也。」遂此合掌謝恩。

三藏道：「敢煩陛下相同貧僧送他三人出城，待我囑付他們幾句，教他好生西去，我卻回來，與陛下永受榮華，無掛無牽，方可會鸞交鳳友也。」女王不知是計，便傳旨擺駕，與三藏並倚香肩，同登鳳輦，出西城而去。滿城中都盞添淨水，爐降真香，一則看女王鑾駕，二來看御弟男身。沒

唐僧還沒擺脱女兒國王，就突然被妖怪擄走，三個徒弟也感到頭痛。（朱寶榮繪）

老沒小，盡是粉容嬌面、綠鬢雲鬟之輩。不多時，大駕出城，到西關之外。

行者、八戒、沙僧同心合意，結束整齊，徑迎著鑾輿，厲聲高叫道：「那女王不必遠送，我等就此拜別。」長老慢下龍車，對女王拱手道：「陛下請回，讓貧僧取經去也。」女王聞言，大驚失色，扯住唐僧道：「御弟哥哥，我願將一國之富，招你為夫，明日高登寶位，即位稱君，我願為君之后。喜筵通皆吃了，如何卻又變卦？」八戒聽說，發起個風來，把嘴亂扭，耳朵亂搖，闖至駕前，嚷道：「我們和尚家和你這粉骷髏做甚夫妻？◎19放我師父走路！」那女王見他那等撒潑弄醜，諕得魂飛魄散，跌入輦駕之中。沙僧卻把三藏搶出人叢，伏侍上馬。只見那路旁閃出一個女子，喝道：「唐御弟，那裏走！我和你耍風月兒去來！」◎20沙僧罵道：「賊輩無知！」掣寶杖劈頭就打。那女子弄陣旋風，嗚的一聲，把唐僧攝將去了，無影無踪，不知下落何處。咦！正是：

脫得烟花網，又遇風月魔。◎21

畢竟不知那女子是人是怪，老師父的性命得死得生，且聽下回分解。

總批

一人曰：「大奇，大奇！這國裏強姦和尚。」又一人曰：「不奇，不奇！到處有底，也是常事。」難道此國裏再無一個丈夫？作者亦嘲弄極矣！（李評）

悟一子曰：修丹之士，才聞眞乙之氣由陰陽交感而結，遂謬猜爲男女配偶，待時採取而得，是採後天濁亂之陰，而非採先天眞乙之氣也。（陳評節錄）

悟元子曰：上回言金丹之道務在得先天眞一之水，而不可誤認房中之邪行矣。……曰：「法性西來逢女國」者，言女國西天必由之路，而女國不能避。曰「逢」者，是無意之相逢，非有心之遇合，是在逢之而正性以過之，不得因女色有亂其性也。（劉評節錄）

註

※16香翰：借指毛筆和文字、書信等。不同稱呼還有「翰苑」、「翰墨」（筆墨，借指詩文書畫）、翰藻。

評點

◎18. 此女王亦細潤有致。（周評）
◎19. 妙喝！位至人王，可謂極貴矣，卻不免「粉骷髏」三字，奈何！（周評）
◎20. 一波未平，一波又起，此轉更險仄。（周評）
◎21. 總是花星照命。（周評）

第五十五回

色邪淫戲唐三藏　性正修持不壞身

卻說孫大聖與豬八戒正要使法定那些婦女，忽聞得風響處，沙僧嚷鬧，急回頭時，不見了唐僧。行者道：「是甚人來搶師父去了？」沙僧道：「是一個女子，弄陣旋風，把師父攝去了也。」◎1行者聞言，唿哨跳在雲端裏，用手搭涼篷，四下裏觀看。只見一陣灰塵，風滾滾，往西北上去了。急回頭叫道：「兄弟們，快駕雲同我趕師父去來！」八戒與沙僧即把行囊捎在馬上，響一聲，都跳在半空裏去。

慌得那西梁國君臣女輩跪在塵埃，都道：「是白

✦《新説西遊記圖像》描繪第五十五回精采場景：星官現出本相，原來是隻雙冠子大公雞，輕鬆打敗了蠍子精。（古版畫，選自《新説西遊記圖像》）

日飛升的羅漢，我主不必驚疑。唐御弟也是個有道的禪僧，我們都有眼無珠，錯認了中華男子，枉費了這場神思。請主公上輦回朝也。」女王自覺慚愧，多官都一齊回國不題。

卻說孫大聖兄弟三人騰空踏霧，望著那陣旋風，一直趕來。前至一座高山，只見灰塵息靜，風頭散了，更不知怪向何方。兄弟們按落雲霧，找路尋訪，忽見一壁廂青石光明，卻似個屏風模樣。◎2三人牽著馬轉過石屏，石屏後有兩扇石門，門上有六個大字，乃是「毒敵山琵琶洞」。◎3八戒無知，上前就使釘鈀築門。行者急止住道：「兄弟莫忙。我們隨旋風趕便趕到這裏，尋了這會，方遇此門，又不知深淺如何。倘不是這個門兒，卻不惹他見怪？你兩個且牽了馬，還轉石屏前立等片時，待老孫進去打聽打聽，察個有無虛實，卻好行事。」沙僧聽說，大喜道：「好，好，好！正是粗中有細，果然急處從寬。」他二人牽馬回頭。

孫大聖顯個神通，捻著訣，念個咒語，搖身一變，變作蜜蜂兒，◎4真箇輕巧！你看他：

翅薄隨風軟，腰輕映日纖。嘴甜曾覓蕊，尾利善降蟾。
釀蜜功何淺，投衙禮自謙。如今施巧計，飛舞入門簷。◎5

行者自門瑕※1處鑽將進去，飛過二層門裏，只見正當中花亭子上端坐著一個女怪，左右列幾個彩衣繡服、丫髻兩揫※2的女童，都歡天喜地，正不知講論甚麼。這行者輕輕的飛上

註

※1 門瑕：即門縫。瑕為「罅」的假借，指縫隙。
※2 丫髻兩揫：指雙髻如丫字分梳在頭上兩邊。

評點

◎1. 攝魄勾魂，大抵還是自己。（張評）
◎2. 此洞甚冠冕，與他處不同。（周評）
◎3. 琵琶像其形，毒敵者，言其毒能敵世間一切物，而世間之毒無與爲敵也。（周評）
◎4. 尋花覓果，單爲口腹之計。（張評）
◎5. 甜嘴蜜舌，伏下聽字。（張評）

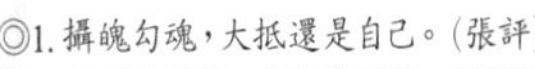

去，釘在那花亭格子上，側耳才聽，又見兩個總角蓬頭女子，捧兩盤熱騰騰的麵食，上亭來道：「奶奶，一盤是人肉餡的葷饃饃，一盤是鄧沙餡※3的素饃饃。」那女怪笑道：「小的們，攙出唐御弟來。」幾個彩衣繡服的女童走向後房，把唐僧扶出。那師父面黃唇白，眼紅淚滴。行者在暗中嗟嘆道：「師父中毒了！」

那怪走下亭，露春蔥十指纖纖，扯住長老道：「御弟寬心。我這裏雖不是西梁女國的宮殿，不比富貴奢華，其實卻也清閑自在，正好念佛看經。我與你做個道伴兒，真箇是百歲和諧也。」◎6三藏不語。那怪道：「且休煩惱。我知你在女國中赴宴之時，不曾進得飲食。這裏葷素饃饃兩盤，憑你受用些兒壓驚。」三藏沉思默想道：「我待不說話，不吃東西，此怪比那女王不同：女王還是人身，行動以禮；此怪乃是妖神，恐為加害，奈何？我三個徒弟不知我困陷在於這裏，倘或加害，卻不枉丟性命？」以心問心，無計所奈，只得強打精神，開口道：「葷的何如？素的何如？」女怪道：「葷的是人肉餡饃饃，素的是鄧沙餡饃饃。」◎7三藏道：「貧僧吃素。」那怪笑道：「女童，看熱茶來，與你家長爺爺吃素饃饃。」一女童果捧著香茶一盞，放在長老面前。那怪將一個素饃饃劈破，遞與三藏。三藏將個葷饃饃囫圇遞與女怪。女怪笑道：「御弟，你怎麼不劈破與我？」三藏合掌道：「我出家人，不敢破葷。」那女怪道：「你出家人不敢破葷，怎麼前日在子母河邊吃水高※4，今日又好吃鄧沙餡？」三藏道：「水高船去急，沙陷馬行遲。」

行者在格子眼聽著兩個言語相攀，恐怕師父亂了真性，忍不住現了本相，掣鐵棒喝道：「孽畜無禮！」那女怪見了，口噴一道烟光，把花亭子罩住，教：「小的們，收了御弟！」他卻拿一柄三股鋼叉，跳出亭門，罵道：「潑猴憊懶！怎敢私入吾家，偷窺我容貌！◎8不要走，吃老娘一叉！」這大聖使鐵棒架住，且戰且退。

二人打出洞外。那八戒、沙僧正在石屏前等候，忽見他兩人爭持，慌得八戒將白馬牽過道：「沙僧，你只管看守行李、馬匹，等老豬去幫打幫打。」好獃子，雙手舉釘鈀，趕上前叫道：「師兄靠後，讓我打這潑賤！」那怪見八戒來，他又使個手段，呼了一聲，鼻中出火，口內生烟，把身子抖了一抖，三股叉飛舞沖迎。那女怪也不知有幾隻手，◎9沒頭沒臉的滾將來。這行者與八戒兩邊攻住。那怪道：「孫悟空，你好不識進退！我便認得你，你是不認得我。你那雷音寺裏佛如來，也還怕我哩。量你這兩個毛人，到得那裏？都上來，一個個仔細看打！」這一場怎見得好戰：

女怪威風長，猴王氣概興。天蓬元帥爭功績，亂舉釘鈀要顯能。那一個手多叉緊烟光繞，這兩個性急兵強霧氣騰。女怪只因求配偶，男僧怎肯泄元精！陰陽不對相持鬥，各逞雄才恨苦爭。陰靜養榮思動動，陽收息衛愛清清。致令兩處無和睦，叉鈀鐵棒賭輸贏。這個棒有力，鈀更能，女怪鋼叉丁對丁。毒敵山前三不讓，琵琶洞外兩無情。那一個喜得唐僧諧鳳侶，這兩個必隨長老取眞經。驚天動地來相戰，只殺得日月無光星斗更！

註

※3 鄧沙餡：即澄沙，純淨的豆沙。鄧，同「澄」。

※4 水高：高與糕字同音。借水糕喻唐僧飲子母河水而孕。

評點

◎6. 忽而富貴奢華，忽而清閑自在，境界不同，而要做夫妻則同。不論人怪皆具欲根，異哉！（周評）

◎7. 又美似混沌板刀麵。吃了這個包子，而不能聽枕邊之言者蓋鮮矣。（張評）

◎8. 自慚不是牛僧孺，也向雲階拜玉容。（張評）

◎9. 手倒只是兩雙，不過來的忒快。（張評）

三個戰鬥多時，不分勝負。那女怪將身一縱，使出個倒馬毒樁※5，不覺的把大聖頭皮上扎了一下。◎10行者叫聲：「苦啊！」忍耐不得，負痛敗陣而走。八戒見事不諧，拖著鈀徹身而退。那怪得了勝，收了鋼叉。

行者抱頭，皺眉苦面，叫聲：「利害！利害！」八戒到跟前問道：「哥哥，你怎麼正戰到好處，卻就叫苦連天的走了？」行者抱著頭，只叫：「疼！疼！疼！」沙僧道：「想是你頭風發了？」行者跳道：「不是，不是！」八戒道：「哥哥，我不曾見你受傷，卻頭疼，何也？」行者哼哼的道：「了不得，了不得！我與他正然打處，他見我破了他的叉勢，他就把身子一縱，不知是件甚麼兵器，著我頭上扎了一下，就這般頭疼難禁，故此敗了陣來。」八戒笑道：「只這等靜處※6常誇口，說你的頭是修煉過的。卻怎麼就不禁這一下兒？」行者道：「正

◆行者變作飛蟲自門縫處鑽進去，看到花亭子上妖怪正在引誘唐僧。（古版畫，選自李卓吾批評本《西遊記》）

是。我這頭，自從修煉成真，盜食了蟠桃仙酒、老子金丹；大鬧天宮時，又被玉帝差大力鬼王、二十八宿押赴斗牛宮外處斬，那些神將使刀斧鎚劍，雷打火燒；及老子把我安於八卦爐煅煉四十九日，俱未傷損。今日不知這婦人用的是甚麼兵器，把老孫頭弄傷也！」◎11沙僧道：「你放了手，等我看看。莫破了！」行者道：「不破，不破。」八戒道：「我去西梁國討個膏藥你貼貼。」行者道：「又不腫不破，怎麼貼得膏藥？」八戒笑道：「哥呵，我的胎前產後病倒不曾有，你倒弄了個腦門癰了。」◎12

沙僧道：「二哥且休取笑。如今天色晚矣，大哥傷了頭，師父又不知死活，怎的是好？」行者哼道：「師父沒事。我進去時，變作蜜蜂兒飛入裏面，見那婦人坐在花亭子上。少頃，兩個丫鬟捧兩盤饃饃：一盤是人肉餡，葷的；一盤是鄧沙餡，素的。又著兩個女童扶師父出來，吃一個壓驚，又要與師父做甚麼道伴兒。師父始初不與那婦人答話，也不吃饃饃；後見他甜言美語，不知怎麼，就開口說話，卻說吃素的。那婦人就將一個素的劈開，遞與師父。師父將個囫圇葷的遞與那婦人。婦人道：『怎不劈破？』師父道：『出家人不敢破葷。』那婦人道：『既不破葷，前日怎麼在子母河邊飲水高，今日又好吃鄧沙餡？』◎13師父不解其意，答他兩句道：『水高船去急，沙陷馬行遲。』我在格子上聽見，恐怕師父亂性，便就現了原身，掣棒就打。他也使神通，噴出烟霧，叫：『收了御弟。』

註

※5 倒馬毒樁：蠍子螫人用尾尖，所以叫「倒馬樁」。

※6 靜處：平時、空閑的時候。

評點

◎10. 倒馬毒乃尾上之鉤，此怪衣裙濟濟，此鉤何由而出現乎？（周評）

◎11. 原來是不只婦人毒。（李評）

◎12. 癰乃飲食之積毒。（張評）

◎13. 飲食有意，那怕口腹無情。（張評）

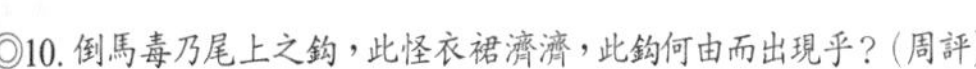

本回中，孫悟空與女妖怪打鬥，豬八戒忙上前幫忙。（朱寶榮繪）

就輪鋼叉，與老孫打出洞來也。」沙僧聽說，咬指道：「這潑賤也不知從那裏就隨將我們來，把上項事都知道了！」

八戒道：「這等說，便我們安歇不成？莫管甚麼黃昏半夜，且去他門上索戰，嚷嚷鬧鬧，攪他個不睡，莫教他捉弄了我師父。」行者道：「頭疼，去不得。」沙僧道：「不須索戰。一則師兄頭痛，二來我師父是個真僧，決不以色空亂性。且就在山坡下閉風處，坐這一夜，養養精神，待天明再作理會。」遂此三個弟兄拴牢白馬，守護行囊，就在坡下安歇不題。

卻說那女怪放下兇惡之心，重整歡愉之色，叫：「小的們，把前後門都關緊了。」又使兩個支更※7，防守行者，但聽門響，即時通報。卻又教：「女童，將臥房收拾齊整，掌燭焚香，請唐御弟來，我與他交歡。」遂把長老從後邊攙出。那女怪弄出十分嬌媚之態，攜定唐僧道：「常言：『黃金未為貴，安樂值錢多。』且和你做會夫妻兒，耍子去也。」

這長老咬定牙關，聲也不透。欲待不去，恐他生心害命，只得戰兢兢，跟著他步入香房。卻如痴如啞，那裏抬頭舉目，更不曾看他房裏是甚牀鋪幔帳，也不知有甚箱籠梳妝。那女怪說出的雨意雲情，亦漠然無聽。◎14好和尚，真是那：

> 目不視惡色，耳不聽淫聲。他把這錦繡嬌容如糞土，金珠美貌若灰塵。一生只愛參禪，半步不離佛地。那裏會惜玉憐香，只曉得修真養性。那女怪活潑潑，春意無邊；這長

註

※7 支更：打更的人。

評點

◎14. 正自難得。（周評）

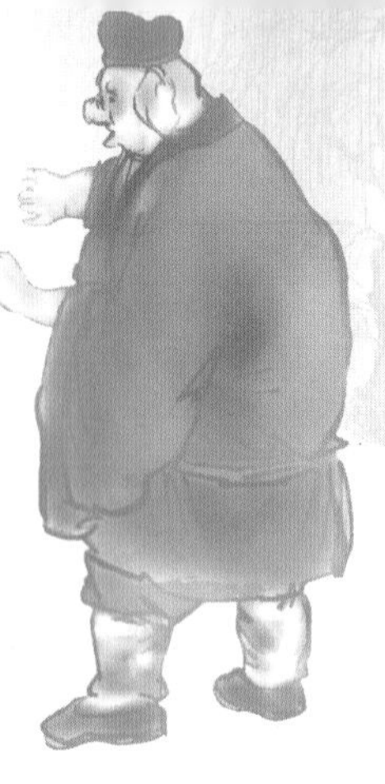

老死丁丁，禪機有在。一個似軟玉溫香，一個如死灰槁木。那一個展鴛衾，淫興濃濃；這一個束褊衫，丹心耿耿。那個要貼胸交股和鸞鳳，這個要面壁歸山訪達摩。女怪解衣，賣弄他肌香膚膩；唐僧斂衽，緊藏了糙肉粗皮。女怪道：「我枕剩衾閑何不睡？」唐僧道：「我頭光服異怎相陪！」那個道：「我願作前朝柳翠翠。」這個道：「貧僧不是月闍黎※8。」女怪道：「我美若西施還嬝娜。」唐僧道：「我越王因此久埋屍。」女怪道：「御弟，你記得『寧教花下死，做鬼也風流』？」唐僧道：「我的眞陽爲至寶，怎肯輕與你這粉骷髏！」

他兩個散言碎語的，直鬥到更深，唐長老全不動念。那女怪扯扯拉拉的不放，這師父只是老老成成的不肯。◎15直纏到有半夜時候，把那怪弄得惱了，叫：「小的們，拿繩來！」◎16可憐將一個心愛的人兒，一條繩捆得像個猱獅模樣。又教拖在房廊下去，卻吹滅銀燈，各歸寢處。一夜無詞。

不覺的雞聲三唱。那山坡下孫大聖欠身道：「我這頭疼了一會，到如今也不疼不麻，只是有些作癢。」八戒笑道：「癢便再教他扎一下，何如？」行者啐了一口道：「放，放，放！」八戒又笑道：「放，放，放！我師父這一夜倒浪，浪，浪！」沙僧道：「且莫鬥口。天亮了，快趕早兒捉妖怪去。」行者道：「兄弟，你只管在此守馬，休得動身。豬八戒跟我去。」

那獃子抖擻精神，束一束皂錦直裰，相隨行者，各帶了兵器，跳上山崖，徑至石屏之下。行者道：「你且立住。只怕這怪物夜裏傷了師父，先等我進去打聽打聽。倘若被他哄了，喪了元陽，真箇虧了德行，卻就大家散火；若不亂性情，禪心未動，卻好努力相持，打死精怪，救師西去。」八戒道：「你好痴啊！常言道：『乾魚可好與貓兒作枕頭？』就不如此，也要抓你幾把是！」◎17行者道：「莫胡疑亂說，待我看去。」

好大聖，轉石屏，別了八戒，搖身還變個蜜蜂兒，飛入門裏。見那門裏有兩個丫鬟，頭枕著梆鈴，正然睡哩。卻到花亭子觀看，那妖精原來弄了半夜，都辛苦了，一個個都不知天曉，還睡著哩。行者飛來後面，隱隱的只聽見唐僧聲喚，◎18忽抬頭，見那房廊下四馬攢蹄捆著師父。◎19行者輕輕的釘在唐僧頭上，叫：「師父。」唐僧認得聲音，道：「悟空來了？快救我命！」行者道：「夜來好事如何？」三藏咬牙道：「我寧死也不肯如此！」行者道：「昨日我見他有相憐相愛之意，卻怎麼今日把你這般挫折？」三藏道：「他把我纏了半夜，我衣不解帶，身未沾牀。他見我不肯相從，才捆我在此。你千萬救我取經去也！」他師徒們正然問答，早驚醒了那個妖精。妖精雖是下狠，卻還有流連不捨之意。一覺翻身，只聽見「取經去也」一句，他就滾下牀來，厲聲高叫道：「好夫妻不做，卻取甚麼經去！」

註

※8 柳翠翠、月闍黎：話本小說《月明和尚度柳翠》中的主人公。柳翠翠誘引月闍黎，使之破了色戒。月闍黎，即月明和尚。

評點

◎15. 這三藏也是個沒用和尚。（李評）
◎16. 此豈繫足之赤繩乎？（周評）
◎17. 此而爲有不吃，又爲有不聽者也，是爲無字一逼。（張評）
◎18. 一路俱是打聽，以爲下文伏線。（張評）
◎19. 只道他雙鴛交頸，誰知是四馬攢蹄。（周評）

◆女妖怪用美色引誘唐僧。（朱寶榮繪）

行者慌了，撇卻師父，急展翅，飛將出去，現了本相，叫聲：「八戒。」那獃子轉過石屏道：「那話兒成了否？」行者笑道：「不曾，不曾。老師父被他摩弄不從，惱了，捆在那裏。正與我訴說前情，那怪驚醒了，我慌得出來也。」八戒道：「師父曾說甚來？」行者道：「他只說衣不解帶，身未沾牀。」八戒笑道：「好，好，好！還是個真和尚。我們救他去！」

獃子粗鹵，不容分說，舉釘鈀，望他那石頭門上盡力氣一鈀，唿喇喇築作幾塊。唬得那幾個枕梆鈴睡的丫鬟，跑至二層門外，叫聲：「開門！前門被昨日那兩個醜男人打破了！」那女怪正出房門，只見四五個丫鬟跑進去報道：「奶奶，昨日那兩個醜男人又來，把前門已打碎矣。」那怪聞言，即忙叫：「小的們，快燒湯洗面梳妝！」叫：「把御弟連繩抬在後房收了。等我打他去！」好妖精，走出來，舉著三股叉，罵道：「潑猴！野彘！老大無知！你怎敢打破我門！」八戒罵道：「濫淫賤貨！你倒困陷我師父，反敢硬嘴！我師父是你哄將來做老公的？快快送出饒你！敢再說半個『不』字，老豬一頓鈀，連山也築倒你的！」那妖精那容分說，抖擻身軀，依前弄法，鼻口內噴烟冒火，舉鋼叉就刺八戒。八戒側身躲過，著鈀就築。孫大聖使鐵棒，並力相幫。那怪又弄神通，也不知是幾隻手，左右遮攔。交鋒三五個回合，不知是甚兵器，把八戒嘴唇上也扎了一下。那獃子拖著鈀，侮著嘴，負痛逃生。行者卻也有些醋※9他，虛丟一棒，敗陣而走。那妖精得勝而回，叫小

註

※9 醋：怵的同音字，意爲恐懼、畏怯。

的們搬石塊壘疊了前門不題。

卻說那沙和尚正在坡前放馬，只聽得那裏豬哼，忽抬頭，見八戒侮著嘴哼將來。沙僧道：「怎的說？」獃子哼道：「了不得，了不得！疼，疼，疼！」說不了，行者也到跟前，笑道：「好獃子啊，昨日咒我是腦門癰，今日卻也弄作個瘇嘴瘟了。」八戒哼道：「難忍，難忍！疼得緊！利害，利害！」

三人正然難處，只見一個老媽媽兒，左手提著青竹籃兒，自南山路上挑菜而來。沙僧道：「大哥，那媽媽來得近了，等我問他個信兒，看這個是甚妖精，是甚兵器，這般傷人。」行者道：「你且住，等老孫問他去來。」行者急睜睛看，只見頭直上有祥雲蓋頂，左右有香霧籠身。行者認得，即叫：「兄弟們，還不來叩頭！那媽媽是菩薩來也。」慌得豬八戒忍疼下拜，沙和尚牽馬躬身，孫大聖合掌跪下，叫聲：「南無大慈大悲救苦救難靈感觀世音菩薩。」

那菩薩見他們認得元光，即踏祥雲，起在半空，現了真像。原來是魚籃之像。行者趕到空中，拜告道：「菩薩，恕弟子失迎之罪。我等努力救師，不知菩薩下降。今遇魔難難收，萬望菩薩搭救搭救！」菩薩道：「這妖精十分利害。他那三股叉，是生成的兩隻鉗腳；扎人痛者，是尾上一個鉤子，喚作『倒馬毒』。本身是個蠍子精。他前者在雷音寺聽佛談經，如來見了，不合用手推他一把，他就轉過鉤子，把如來左手中拇指上扎了一下；如來也疼難禁，◎20即著金剛拿他。他卻在這裏。若要救得唐僧，除是別告一位方好。我也

是近他不得。」行者再拜道：「望菩薩指示指示，別告那位去好，弟子即去請他也。」菩薩道：「你去東天門裏光明宮告求昴日星官，方能降伏。」言罷，遂化作一道金光，徑回南海。

孫大聖才按雲頭，對八戒、沙僧道：「兄弟放心，師父有救星了。」沙僧道：「是那裏救星？」行者道：「才然菩薩指示，教我告請昴日星官。老孫去來。」八戒侮著嘴哼道：「哥呵，就問星官討些止疼的藥餌來！」行者笑道：「不須用藥，只似昨日疼過夜就好了。」沙僧道：「不必煩敘，快早去罷。」

好行者，急忙駕觔斗雲，須臾到東天門外。忽見增長天王當面作禮道：「大聖何往？」行者道：「因保唐僧西方取經，路遇魔障纏身，要到光明宮見昴日星官走走。」忽又見陶、張、辛、鄧四大元帥，也問何往。行者道：「要尋昴日星官去降妖救師。」四元帥道：「星官今早奉玉帝旨意，上觀星臺巡札去了。」行者道：「可有這話？」辛天君道：「小將等與他同下斗牛宮，豈敢說假？」陶天君道：「今已許久，或將回矣。大聖還先去光明宮，如未回，再去觀星臺可也。」大聖遂喜，即別他們。至光明宮門首，果是無人，復抽身就走；只見那壁廂有一行兵士擺列，後面星官來了。那星官還穿的是拜駕朝衣，一身金縷。但見他：

冠簪五岳金光彩，笏執山河玉色瓊。袍掛七星雲

評點

◎20.如來亦受此怪之痛，則此怪可名「佛見愁」。(周評)

昂日星官住在東天門。圖為武當山紫金城東天門，攝於2003年。（時風／fotoe提供）

霎靆，腰圍八極寶環明。

叮噹珮響如敲韻，迅速風聲似擺鈴。翠羽扇開來昴宿，天香飄襲滿門庭。

前行的兵士看見行者立於光明宮外，急轉身報道：「主公，孫大聖在這裏也。」那星官斂雲霧整束朝衣，停執事分開左右，上前作禮道：「大聖何來？」行者道：「專來拜煩救師父一難。」星官道：「何難？在何地方？」行者道：「在西梁國毒敵山琵琶洞。」星官道：「那山洞有甚妖怪，卻來呼喚小神？」行者道：「觀音菩薩適才顯化，說是一個蠍子精，特舉先生方能治

得，因此來請。」星官道：「本欲回奏玉帝，奈大聖至此，又感菩薩舉薦，恐遲誤事，小神不敢請獻茶，且和你去降妖精，卻再來回旨罷。」

大聖聞言，即同出東天門，直至西梁國。望見毒敵山不遠，行者指道：「此山便是。」星官按下雲頭，同行者至石屏前山坡之下。沙僧見了道：「二哥起來，大哥請得星官來了。」那獃子還侮著嘴，道：「恕罪，恕罪！有病在身，不能行禮。」星官道：「你是個修行之人，何病之有？」八戒道：「早間與那妖精交戰，被他著我唇上扎了一下，至今還疼哩。」星官道：「你上來，我與你醫治醫治。」獃子才放了手，口裏哼哼唧唧道：「千萬治治，待好了謝你。」那星官用手把嘴唇上摸了一摸，吹一口氣，就不疼了。獃子歡喜下拜道：「妙啊，妙啊！」行者笑道：「煩星官也把我頭上摸摸。」星官道：「你未遭毒，摸他何為？」行者道：「昨日也曾遭過，只是過了夜，才不疼。如今還有些麻癢，只恐發天陰，也煩治治。」星官真箇也把頭上摸了一摸，吹口氣，也就解了餘毒，不麻不癢了。八戒發狠道：「哥哥，去打那潑賤去！」星官道：「正是，正是。你兩個叫他出來，等我好降他。」

行者與八戒跳上山坡，又至石屏之後。獃子口裏亂罵，手似撈鈎，一頓釘鈀，把那洞門外壘疊的石塊爬開；闖至

一層門，又一釘鈀，將二門築得粉碎。慌得那門裏小妖飛報：「奶奶，那兩個醜男人又把二層門也打破了！」那怪正教解放唐僧，討素茶飯與他吃哩，聽見打破二門，即便跳出花亭子，輪叉來刺八戒。八戒使釘鈀迎架，行者在旁，又使鐵棒來打。那怪趕至身邊，要下毒手，行者與八戒識得方法，回頭就走。

引那怪趕過石屏之後，行者叫聲：「昴宿何在？」只見那星官立於山坡上，現出本相，原來是一隻雙冠子大公雞，昂起頭來，約有六七尺高，對著妖精叫了一聲，那怪即時就現了本相，原來是個琵琶來大小的蠍子精。這星官再叫一聲，那怪渾身酥軟，死在坡前。◎21有詩為證，詩曰：

花冠繡頸若團纓，爪硬距長目怒睛。踴躍雄威全五德，崢嶸壯勢羨三鳴。
豈如凡鳥啼茅屋，本是天星顯聖名。毒蠍枉修人道行，還原返本見眞形。

八戒上前，一隻腳踹住那怪的胸背道：「孽畜！今番使不得倒馬毒了！」那怪動也不動，被獃子一頓釘鈀，搗作一團爛醬。那星官復聚金光，駕雲而去。行者與八戒、沙僧朝天拱謝道：「有累，有累！改日赴宮拜酬。」

三人謝畢，卻才收拾行李、馬匹，都進洞裏。見那大小丫鬟兩邊跪下，拜道：「爺爺，我們不是妖邪，都是西梁國女人，前者被這妖精攝來的。你師父在後邊香房裏坐著哭哩。」行者聞言，仔細觀看，果然不見妖氣，遂入後邊叫道：「師父！」那唐僧見衆齊來，十分歡

喜道：「賢徒，累及你們了！那婦人何如也？」八戒道：「那廝原是個大母蠍子。幸得觀音菩薩指示，大哥去天宮裏請得那昴日星官下降，把那廝收伏。才被老豬築作個泥了，方敢深入於此，得見師父之面。」唐僧謝之不盡。又尋些素米、素麵，安排了飲食，吃了一頓。把那些攝將來的女子趕下山，指與回家之路。點上一把火，把幾間房宇燒毀罄盡。請唐僧上馬，找尋大路西行。正是：

割斷塵緣離色相，推乾金海悟禪心。

畢竟不知幾年上才得成真，且聽下回分解。

總批

人言蠍子毒，我道婦人更毒。或問：「何也？」曰：「若是蠍子毒似婦人，他不來假戲婦人名色矣。」爲之絕倒。又批：或問：「蠍子毒矣，乃化婦人。何也？」答曰：「以婦人尤毒耳。」（李評）

悟一子曰：此篇明女色傷人，其毒與蠍相敵，故曰「毒敵山」。稱「琵琶洞」者，像蠍之形。（陳評節錄）

悟元子曰：上回言女色之來於外，此回言邪色之起於內。然外者易過，而內者難除。故仙翁於此回，寫出金丹妙旨，使學者尋師以求眞耳。……詩曰：「色中利害最難防，或著或空俱不良。正性修持歸大覺，有無悉卻保眞陽。」（劉評節錄）

評點

◎21. 琵琶則誠琵琶也，而毒已不敵雜矣。(周評)

第五十六回

神狂誅草寇　道昧放心猿

詩曰：

靈臺無物謂之清，寂寂全無一念生。
猿馬牢收休放蕩，精神謹慎莫崢嶸。
除六賊，悟三乘，萬緣都罷自分明。
色邪永滅超眞界，坐享西方極樂城。

話說唐三藏咬釘嚼鐵※1，◎1以死命留得一個不壞之身，感蒙行者等打死蠍子精，救出琵琶洞。一路無詞，又早是朱明※2時節。但見那：

熏風時送野蘭香，濯雨才晴新竹涼。
艾葉滿山無客採，蒲花盈澗自爭芳。
海榴嬌豔遊蜂喜，溪柳陰濃黃雀狂。
長路那能包角黍※3，龍舟應弔汨羅江※4。◎2

他師徒們行賞端陽之景，虛度中天之節，忽又見一座高山阻路。長老勒馬回頭叫道：「悟空，前面有山，恐又生妖怪，是必謹防。」行者等道：「師父放心。我等皈命投誠，怕甚

◆《新說西遊記圖像》描繪第五十六回精采場景：唐僧行路間，突然被一群強盜圍住，嚇得他膽戰心驚。（古版畫，選自《新說西遊記圖像》）

妖怪！」長老聞言甚喜，加鞭催駿馬，放轡趲蛟龍。須臾上了山崖，舉頭觀看，真箇是：

頂巔松柏接雲青，石壁荊榛掛野藤。萬丈崔巍，千層懸削。萬丈崔巍峰嶺峻，千層懸削壑崖深。蒼苔碧蘚鋪陰石，古檜高槐結大林。林深處，聽幽禽，巧聲睍睆實堪吟。澗內水流如瀉玉，路旁花落似堆金。山勢惡，不堪行，十步全無半步平。狐狸麋鹿成雙遇，白鹿玄猿作對迎。忽聞虎嘯驚人膽，鶴鳴振耳透天庭。黃梅紅杏堪供食，野草閑花不識名。

四衆進山，緩行良久，過了山頭。下西坡，乃是一段平陽之地。豬八戒賣弄精神，教沙和尚挑著擔子，他雙手舉鈀，上前趕馬。那馬更不懼他，憑那獃子嗒笞笞的趕，只是緩行不緊。行者道：「兄弟，你趕他怎的？讓他慢慢走罷了。」八戒道：「天色將晚，自上山行了這一日，肚裏餓了，大家走動些，尋個人家化些齋吃。」行者聞言道：「既如此，等我教他快走。」把金箍棒幌一幌，喝了一聲，那馬溜了繮，如飛似箭，順平路往前去了。——你說馬不怕八戒，只怕行者，何也？◎3行者五百年前曾受玉帝封在大羅天御馬監養馬，官名「弼馬溫」，故此傳留至今，是馬皆懼猴子。◎4——那長老挽不住繮繩，只扳緊著鞍橋，讓他放了一路轡頭，有二十里向開田地，方才緩步而行。

正走處，忽聽得一棒鑼聲，路兩邊閃出三十多人，一個個鎗刀棍棒，攔住路口道：

註

※1 咬釘嚼鐵：意即斬釘截鐵，形容意志堅定、毫無動搖。

※2 朱明：指夏天。《爾雅．釋天》：「夏爲朱明。」古代人認爲朱明爲祭夏天之神。古人以青、赤、白、黑四色配東、南、西、北和春、夏、秋、冬四季。

※3 角黍：即粽子。《本草綱目．穀部四》：「角黍，俗作粽。古人以菰蘆葉裹黍米煮成，尖角，如棕櫚葉心之形，故曰粽，曰角黍。」

※4 汨羅江：汨羅江全長二百五十三公里。戰國時期，楚國詩人屈原憂憤國事，投汨羅江而死。後人才有在端午吃粽子、賽龍舟以紀念屈原的習俗。

評點

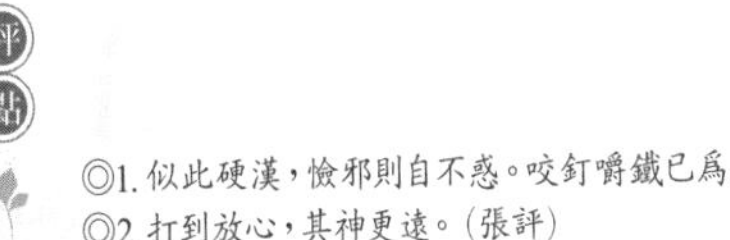

◎1. 似此硬漢，愉邪則自不惑。咬釘嚼鐵已爲爲氣伏線。（張評）

◎2. 打到放心，其神更遠。（張評）

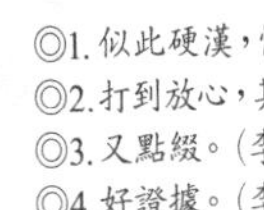

◎3. 又點綴。（李評）

◎4. 好證據。（李評）

「和尚，那裏走！」諕得個唐僧戰兢兢，坐不穩，跌下馬來，蹲在路旁草科裏，只叫：「大王饒命！大王饒命！」那為頭的兩個大漢道：「不打你，只是有盤纏留下。」長老方才省悟，知他是一夥強人，卻欠身抬頭觀看。但見他：

一個青臉獠牙欺太歲，一個暴睛圜眼賽喪門。鬢邊紅髮如飄火，頷下黃鬚似插針。他兩個頭戴虎皮花磕腦，腰繫貂裘彩戰裙。一個手中執著狼牙棒，一個肩上橫擔扢撻藤。果然不亞巴山虎，真箇猶如出水龍。

三藏見他這般兇惡，只得走起來，合掌當胸道：「大王，貧僧是東土唐王差往西天取經者，自別了長安，年深日久，就有些盤纏也使盡了。出家人專以乞化為由，那得個財帛？萬望大王方便方便，◎5讓貧僧過去罷！」那兩個賊帥眾向前道：「我們在這裏起一片虎心，截住要路，專要些財帛，甚麼方便方便？你果無財帛，快早脫下衣服，留下白馬，放你過去！」三藏道：「阿彌陀佛！貧僧這件衣服，是東家化布，西家化針，零零碎碎化來的。你若剝去，可不害殺我也？只是這世裏做得好漢，那世裏變畜生哩。」◎6

那賊聞言大怒，掣大棍，上前就打。這長老口內不言，心中暗想道：「可憐！你只說你的棍子，還不知我徒弟的棍子哩。」◎7那賊那容分說，舉著棍，沒頭沒臉的打來。長老一生不會說謊，遇著這急難處，沒奈何，只得打個誑語道：「二位大王且莫動手，我有個小徒弟，在後面就到。他身上有幾兩銀子，把與你罷。」那賊道：「這和尚是也吃不得虧的，◎8且捆起來。」眾嘍囉一齊下手，把一條繩捆了，高高吊在樹上。

卻說三個撞禍精隨後趕來。八戒呵呵大笑道：「師父去得好快，不知在那裏等我們哩？」忽見長老在樹上，他又說：「你看師父，等便罷了，卻又有這般心腸，爬上樹去，扯著藤兒打秋千耍子哩。」行者見了道：「獃子，莫亂談。師父吊在那裏不是？你兩個慢來，等我去看看。」好大聖，急登高坡細看，認得是夥強人，心中暗喜道：「造化，造化！買賣上門了！」即轉步，搖身一變，變作個乾乾淨淨的小和尚，穿一領緇衣，年紀只有二八，肩上背著一個藍布包袱。拽開步，來到前邊，叫道：「師父，這是怎麼說話？這都是些甚麼歹人？」三藏道：「徒弟呀，還不救我一救，還問甚的？」行者道：「是幹甚勾當的？」三藏道：「這一夥攔路的，把我攔住，要買路錢。因身邊無物，遂把我吊在這裏，只等你來計較計較；不然，把這匹馬送與他罷。」行者聞言笑道：「師父不濟。天下也有和尚，似你這樣皮鬆※5的卻少。唐太宗差你往西天見佛，誰教你把這龍馬送人？」三藏道：「徒弟呀，似這等吊起來打著要，怎生是好？」行者道：「你怎麼與他說來？」三藏道：「他打得我急了，沒奈何，把你供出來也。」行者道：「師父，你好沒搭撒※6。你供我怎的？」三藏道：「我說你身邊有些盤纏，且教道莫打我，是一時救難的話兒。」行者道：「好，好，好！承你抬舉，正是這樣供。若肯一個月供得七八十遭，老孫越有買賣。」◎9

那夥賊見行者與他師父講話，撒開勢，圍將上來道：「小和尚，你師父說你腰裏有盤

註

※5 皮鬆：意謂懦弱、軟弱。

※6 搭撒：猶搭剌，低垂貌。這裏指沒有骨氣，一下子就招供的意思。

評點

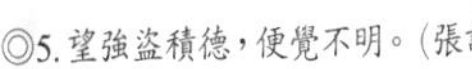

◎5. 望強盜積德，便覺不明。（張評）

◎6. 做好漢者不可不知。（周評）

◎7. 既知厲害，爲何哄他，即此便是罪案。（張評）

◎8. 哄人的話，偏有人聽，無怪說謊的太多。（張評）

◎9. 你有買賣，師父豈不成了個謊精？（張評）

纏。趁早拿出來，饒你們性命！若道半個『不』字，就都送了你的殘生！」行者放下包袱道：「列位長官不要嚷。盤纏有些在此包袱，不多，只有馬蹄金二十來錠，粉面銀二三十錠，散碎的未曾見數。要時就連包兒拿去，切莫打我師父。古書云：『德者，本也；財者，末也。』◎10此是末事。我等出家人自有化處，若遇著個齋僧的長者，襯錢也有，衣服也有，能用幾何？只望放下我師父來，我就一併奉承。」那夥賊聞言，都甚歡喜道：「這老和尚慳吝，這小和尚倒還慷慨。」教：「放下來！」那長老得了性命，跳上馬，顧不得行者，操著鞭，一直跑回舊路。

行者忙叫道：「走錯路了！」提著包袱，就要追去。那夥賊攔住道：「那裏走？將盤纏留下，免得動刑！」行者笑道：「說開，盤纏須三分分之。」那賊頭道：「這小和尚忒乖，就要瞞著他師父留起些兒。也罷，拿出來看；若多時，也分些與你背地裏買果子吃。」行者道：「哥呀，不是這等說。我那裏有甚盤纏？說你兩個打劫別人的金銀，是必分些與我。」那賊聞言大怒，罵道：「這和尚不知死活！你倒不肯與我，反問我要！不要走，看打！」◎11輪起一條扢撻藤棍，照行者光頭上打了七八下。行者只當不知，且滿面陪笑道：「哥呀，若是這等打，就打到

✦行者戲弄了幾個強盜一會，便拿出金箍棒，打死了兩個強盜，其餘的嘍囉四散而逃。（朱寶榮繪）

來年打罷春，也是不當真的。」那賊大驚道：「這和尚好硬頭！」行者笑道：「不敢，不敢，承過獎了。也將就看得過。」那賊那容分說，兩三個一齊亂打。行者道：「列位息怒，等我拿出來。」

好大聖，耳中摸一摸，拔出一個繡花針兒道：「列位，我出家人，果然不曾帶得盤纏，只這個針兒送你罷。」那賊道：「晦氣呀！把一個富貴和尚放了，卻拿住這個窮禿驢！你好道會做裁縫？我要針做甚的？」行者聽說不要，就拈在手中，幌了一幌，變作碗來粗細的一條棍子。那賊害怕道：「這和尚生得小，倒會弄術法兒。」行者將棍子插在地下道：「列位拿得動，就送你罷。」兩個賊上前搶奪，可憐就如蜻蜓撼石柱，莫想弄動半分毫。這條棍本是如意金箍棒，天秤稱的，一萬三千五百斤重，◎12那夥賊怎麼知得？大聖走上前，輕輕的拿起，丟一個蟒翻身拗步勢，指著強人道：「你都造化低，遇著我老孫了！」那賊上前來，又打了五六十下。行者笑道：「你也打得手困了，且讓老孫打一棒兒，卻休當真。」你看他展開棍子，幌一幌，有井欄粗細，七八丈長短，蕩的一棍，把一個打倒在地，嘴唇搵土※7，再不做聲。那一個開言罵道：「這禿廝老大無禮！盤纏沒有，轉傷我一個人！」行者笑道：「且消停，且消停！待我一個個打來，一發教你斷了根罷！」蕩的又一棍，把第二個又打死了。諕得那衆嘍囉撇鎗棄棍，四路逃生而走。

卻說唐僧騎著馬，往東正跑，八戒、沙僧攔住道：「師父往那裏去？錯走路了。」長

註

※7 搵土：黏在土上。

評點

◎10. 引證甚妙，但不知出何古書。（周評）
◎11. 此時方知是哄，豈不遲了。（張評）
◎12. 虧他耳朵中放得下。（張評）

老兒馬道：「徒弟呵，趁早去與你師兄說，教他棍下留情，莫要打殺那些強盜。」八戒道：「師父住下，等我去來。」獃子一路跑到前邊，厲聲高叫道：「哥哥，師父教你莫打人哩。」行者道：「兄弟，那曾打人？」八戒道：「那強盜往那裏去了？」行者道：「別個都散了，只是兩個頭兒在這裏睡覺哩。」八戒笑道：「你兩個遭瘟的，好道是熬了夜，這般辛苦，不往別處睡，卻睡在此處！」獃子行到身邊，看看道：「倒與我是一起的，乾淨張著口睡，淌出些黏涎來了。」行者道：「是老孫一棍子打出豆腐來了。」八戒道：「人頭上又有豆腐？」行者道：「打出腦子來了。」

八戒聽說打出腦子來，慌忙跑轉去，對唐僧道：「散了夥也！」三藏道：「善哉，善哉！往那條路上去了？」八戒道：「打也打得直了腳，又會往那裏去走哩！」三藏道：「你怎麼說散夥？」八戒道：「打殺了，不是散夥是甚的？」三藏問：「打的怎麼模樣？」八戒道：「頭上打了兩個大窟窿。」三藏教：「解開包，取幾文襯錢，快去那裏討兩個膏藥，與他兩個貼貼。」◎[13]八戒笑道：「師父好沒正經。膏藥只好貼得活人的瘡腫，那裏好貼得死人的窟窿？」三藏道：「真打死了？」就惱起來，口裏不住的絮絮叨叨，猢猻長，猴子短。兜轉馬，與沙僧、八戒至死人前，見那血淋淋的倒臥山坡之下。

這長老甚不忍見，即著八戒：「快使釘鈀築個坑子埋了，我與他念卷《倒頭經》。」◎[14]八戒道：「師父左使※[8]了人也。行者打殺人，還該教他去燒埋，怎麼教老豬做土工？」行者被師父罵惱了，喝著八戒道：「潑懶夯貨，趁早兒去埋！遲了些兒，就是一棍！」獃

子慌了，往山坡下築了有三尺深，下面都是石腳石根，掆※9住鈀齒。獃子丟了鈀，便把嘴拱，拱到軟處，一嘴有二尺五，兩嘴有五尺深，把兩個賊屍埋了，盤作一個墳堆。◎15三藏叫：「悟空，取香燭來，待我禱祝，好念經。」行者努著嘴道：「好不知趣！這半山之中，前不巴村，後不著店，那討香燭？就有錢也無處去買。」三藏恨恨的道：「猴頭過去！等我撮土焚香禱告。」這是三藏離鞍悲野塚，聖僧善念祝荒墳。祝云：

「拜惟好漢，聽禱原因：念我弟子，東土唐人。奉太宗皇帝旨意，上西方求取經文。適來此地，逢爾多人，不知是何府、何州、何縣，都在此山內結黨成群。我以好話，哀告慇懃。爾等不聽，反善生嗔；卻遭行者，棍下傷身。切念屍骸暴露，吾隨掩土盤墳。折青竹為香燭，無光彩，有心勤；取頑石作施食，無滋味，有誠真。你到森羅殿下興詞，倒樹尋根，他姓孫，我姓陳，各居異姓。冤有頭，債有主，切莫告我取經僧人。」◎16

八戒笑道：「師父推了乾淨。他打時，卻也沒有我們兩個。」三藏真箇又撮土祝告道：「好漢告狀，只告行者，也不干八戒、沙僧之事。」

大聖聞言，忍不住笑道：「師父，你老人家忒沒情義。為你取經，我費了多少慇懃勞苦，如今打死這兩個毛賊，你倒教他去告老孫。雖是我動手打，卻也只是為你。你不往西天取經，我不與你做徒弟，怎麼會來這裏，會打殺人！索性等我祝他一祝。」揝著鐵棒，望那墳上搗了三下，道：「遭瘟的強盜，你聽著！我被你前七八棍，後七八棍，打得我不

註

※8 左使：支使人不當，此處是叫錯人的意思。

※9 掆：同扛。掆住，頂住。

評點

◎13. 老和尚腐甚！（李評）

◎14. 此和尚可厭。緣何和尚倒有秀才氣？腐極了，腐極了！（李評）

◎15. 在此閑工閑想。不知西天路上至今尚存此強盜墳否？（周評）

◎16. 可笑，可笑。三藏此時憒憒已甚，安得不放心猿。（周評）

疼不癢的，觸惱了性子，一差二誤將你打死了。盡你到那裏去告，我老孫實是不怕！玉帝認得我，天王隨得我；二十八宿懼我，九曜星官怕我；府縣城隍跪我，東岳天齊怖我；十代閻君曾與我為僕從，五路猖神曾與我當後生。不論三界五司，十方諸宰，都與我情深面熟，隨你那裏去告！」◎17三藏見說出這般惡話，卻又心驚道：「徒弟呀，我這禱祝是教你體好生之德，為良善之人。你怎麼就認真起來？」行者道：「師父，這不是好耍子的勾當。且和你趕早尋宿去。」那長老只得懷嗔上馬。

孫大聖有不睦之心，八戒、沙僧亦有嫉妒之意，師徒都面是背非。依大路向西正走，忽見路北下有一座莊院。三藏用鞭指定道：「我們到那裏借宿去。」八戒道：「正是。」遂行至莊舍邊下馬。看時，卻也好個住場。但見：

野花盈徑，雜樹遮扉。遠岸流山水，平畦種麥葵※10。蒹葭露潤輕鷗宿，楊柳風微倦鳥棲。青柏間松爭翠碧，紅蓬映蓼鬥芳菲。村犬吠，晚雞啼，牛羊食飽牧童歸。爨烟結霧黃粱熟，正是山家入暮時。

長老向前，忽見那村舍門裏走出一個老者，即與相見，道了問訊。那老者問道：「僧家從那裏來？」三藏道：「貧僧乃東土大唐欽差往西天求經者。適路過寶方，天色將晚，特來檀府告宿一宵。」老者笑道：「你貴處到我這裏，程途迢遞，怎麼涉水登山，獨自到此？」三藏道：「貧僧還有三個徒弟同來。」老者問：「高徒何在？」三藏用手指道：「那大路旁立的便是。」老者猛抬頭，看見他們面貌醜陋，急回身往裏就走。被三藏扯住

◎17. 惹他賣弄。(李評)
◎18. 傳神！(李評)

道：「老施主，千萬慈悲，告借一宿！」老者戰兢兢，箝口難言，搖著頭，擺著手道：「不、不、不、不像人模樣！是、是、是幾個妖精！」◎18三藏陪笑道：「施主切休恐懼。我徒弟生得是這等相貌，不是妖精。」老者道：「爺爺呀，一個夜叉，一個馬面，一個雷公！」行者聞言，厲聲高叫道：「雷公是我孫子，夜叉是我重孫，馬面是我玄孫哩！」那老者聽見，魄散魂飛，面容失色，只要進去。三藏攙住他，同到草堂，陪笑道：「老施主，不要怕他。他都是這等粗魯，不會說話。」

正勸解處，只見後面走出一個婆婆，攙著五六歲的一個小孩兒，道：「爺爺，為何這般驚恐？」老者才叫：「媽媽，看茶來。」那婆婆真箇丟了孩兒，入裏面捧出二鍾茶來。茶罷，三藏卻轉下來，對婆婆作禮道：「貧僧是東土大唐差往西天取經的，才到貴處，拜求尊府借宿。因是我三個徒弟貌醜，老家長見了虛驚也。」婆婆道：「見貌醜的就這等虛驚，若見了老虎豺狼，卻怎麼好？」老者道：「媽媽呀，人面醜陋還可，只是言語一發嚇人。我說他像夜叉、馬面、雷公，他吆

註

※10葵：指「冬葵」，古代主要的蔬菜。可醃製，稱葵菹。《說文》：「菜也。」也指「向日葵」。

有說豬八戒像馬面，古代版畫中豬八戒的形象確實像馬面。圖為重慶市酆都縣名山「鬼城」天子殿的馬面塑像，攝於2006年。（劉朔／fotoe提供）

沙僧被當作夜叉。圖為夜叉鬼——重慶市酆都縣名山「鬼城」石雕塑，攝於2006年。（劉朔／fotoe提供）

喝道，雷公是他孫子，夜叉是他重孫，馬面是他玄孫。我聽此言，故然悚懼。」唐僧道：「不是，不是。像雷公的是我大徒孫悟空，像馬面的是我二徒豬悟能，像夜叉的是我三徒沙悟淨。他們雖是醜陋，卻也秉教沙門，皈依善果，不是甚麼惡魔毒怪，怕他怎麼？」

公婆兩個，聞說他名號、皈正沙門之言，卻才定性回驚，教：「請來，請來。」長老出門叫來，又分付道：「適才這老者甚惡你等，今進去相見，切勿抗禮，各要尊重些。」八戒道：「我俊秀，我斯文，不比師兄撒潑。」行者笑道：「不是嘴長、耳大、臉醜，便也是一個好男子。」◎19沙僧道：「莫爭講，這裏不是那抓乖弄俏之處。且進去，且進去！」遂此把行囊、馬匹都到草堂上，齊同唱了個喏，坐定。那媽媽兒賢慧，即便攜轉小兒，分付煮飯，安排一頓素齋，他師徒吃了。

漸漸晚了，又掌起燈來，都在草堂上閑敘。長老才問：「施主高姓？」老者道：「姓楊。」又問年紀。老者道：「七十四歲。」又問：「幾位令郎？」老者道：「止得一個。適才媽媽攜的是小孫。」長老：「請令郎相見拜揖。」老者道：「那廝不中拜。老拙命苦，養不著，他如今不在家了。」三藏道：「何方生理？」老者點頭而嘆：「可憐，可憐！若肯何方生理，是吾之幸也。那廝專生惡念，不務本等，專好打家截道，殺人放火。相交的都是些狐群狗黨！自五日之前出去，至今未回。」三藏聞說，不敢言喘，心中暗想道：「或者悟空打殺的就是也。」長老神思不安，◎20欠身道：「善哉，善哉！如此賢父母，何生惡逆兒！」行者近前道：「老官兒，似這等不良不肖、奸盜邪淫之子，連累父母，要他何用！等我替你尋他來打殺了罷。」老者道：「我待也要送了他，奈何再無以次人丁，縱是不才，一定還留他與老漢掩土。」沙僧與八戒笑道：「師兄莫管閑事，你我不是官府。他家不肖，與我何干？且告施主，見賜一束草兒，在那廂打鋪睡覺，天明走路。」老者即起身，著沙僧到後園裏拿兩個稻草，教他們在園中草團瓢※11內安歇。行者牽了馬，八戒挑了行李，同長老俱到團瓢內安歇不題。

卻說那夥賊內果有老楊的兒子。自天早在山前被行者打死兩個賊首，他們都四散逃生。約摸到四更時候，又結成一夥，在門前打門。老者聽得門響，即披衣道：「媽媽，那廝們來也。」媽媽道：「既來，你去開門，放他來家。」老者方才開門，只見那一夥賊都嚷道：「餓了，餓了！」這老楊的兒子忙入裏面，叫起他妻來打米煮飯。卻廚下無柴，往後園裏拿柴到廚房裏，問妻道：「後園裏白馬是那裏的？」其妻道：「是東土取經的和尚，昨晚至此借宿，公公婆婆管待他一頓晚齋，教他在草團瓢內睡哩。」

那廝聞言，走出草堂，拍手打掌笑道：「兄弟們，造化！造化！冤家在我家裏也。」◎21眾賊道：「那個冤家？」那廝道：「卻是打死我們頭兒的和尚，來我家借宿，現睡在草團瓢裏。」眾賊道：「卻好，卻好！拿住這些禿驢，一個個剁成肉醬，一則得那行囊、白馬，二來與我們頭兒報仇！」那廝道：「且莫忙。你們且去磨刀，等我煮飯熟了，大家吃飽些，一齊下手。」真箇那些賊磨刀的磨刀，磨鎗的磨鎗。◎22

註

※11 草團瓢：草舍。

評點

◎19. 你嫌我憎，取笑的絕妙。（張評）

◎20. 一團疑惑不聽，如畫。（張評）

◎21. 莫巧不成趣，非巧亦不成文。（張評）

◎22. 殺人放火，不德之至。（張評）

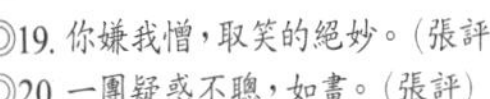

那老兒聽得此言，悄悄的走到後園，叫起唐僧四位道：「那廝領衆來了。知得汝等在此，意欲圖害。我老拙念你遠來，不忍傷害。快早收拾行李，我送你往後門出去罷。」三藏聽說，戰兢兢的叩頭謝了老者，即喚八戒牽馬，沙僧挑擔，行者拿了九環錫杖。老者開後門，放他去了，依舊悄悄的來前睡下。

卻說那廝們磨快了刀鎗，吃飽了飯食，時已五更天氣，一齊來到園中看處，卻不見了。即忙點燈著火，尋覷多時，四無踪跡，但見後門開著。都道：「從後門走了！走了！」發一聲喊，趕將上來。一個個如飛似箭，直趕到東方日出，卻才望見唐僧。那長老忽聽得喊聲，回頭觀看，後面有二三十人，鎗刀簇簇而來，便叫：「徒弟呵，賊兵追至，怎生奈何？」行者道：「放心，放心。老孫了他去來！」三藏勒馬道：「悟空，切莫傷人，只嚇退他便罷。」行者那肯聽信，急掣棒回首相迎道：「列位那裏去？」衆賊罵道：「禿廝無禮！還我大王的命來！」那廝們圈子陣把行者圍在中間，舉鎗刀亂砍亂搠。這大聖把金箍棒幌一幌，碗來粗細，把那夥賊打得星落雲散，蕩著的就死，挽著的就亡；搕著的骨折，擦著的皮傷；乖些的跑脫幾個，痴些的都見閻王！

三藏在馬上，見打倒許多人，慌得放馬奔西。豬八戒與沙和尚緊隨鞭鐙而去。行者問那不死帶傷的賊人道：「那個是那楊老兒的兒子？」那賊哼哼的告道：「爺爺，那穿黃的是。」行者上前，奪過刀來，把個穿黃的割下頭來，血淋淋提在手中，收了鐵棒，拽開雲步，趕到唐僧馬前，提著頭道：「師父，這是楊老兒的逆子，被老孫取將首級來也。」

評點

◎23. 殺之可矣，何必到馬前獻功，行者原自多事。（周評）
◎24. 此一番去得容易，自不與白虎嶺雷同。（周評）

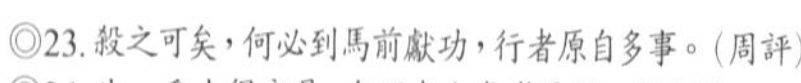

◎23三藏見了，大驚失色，慌得跌下馬來，罵道：「這潑猢猻諕殺我也！快拿過，快拿過！」八戒上前，將人頭一腳踢下路旁，使釘鈀築些土蓋了。

沙僧放下擔子，攙著唐僧道：「師父請起。」那長老在地下正了性，口中念起《緊箍兒咒》來，把個行者勒得耳紅面赤，眼脹頭昏，在地下打滾，只教：「莫念！莫念！」那長老念彀有十餘遍，還不住口。行者翻觔斗，豎蜻蜓，疼痛難禁，只叫：「師父饒我罷罷，有話便說。莫念！莫念！」三藏卻才住口道：「沒話說，我不要你跟了。你回去罷！」行者忍疼磕頭道：「師父，怎的就趕我去耶？」三藏道：「你這潑猴，兇惡太甚，不是個取經之人。昨日在山坡下打死那兩個賊頭，我已怪你不仁；及晚了，到老者之家，蒙他賜齋借宿，又蒙他開後門放我等逃了性命。雖然他的兒子不肖，與我無干，也不該就梟他首；況又殺死多人，壞了多少生命，傷了天地多少和氣。屢次勸你，更無一毫善念，要你何為！快走，快走！免得又念真言。」行者害怕，只教：「莫念，莫念！我去也！」說聲去，一路觔斗雲，無影無踪，遂不見了。◎24咦！這正是：

心有兇狂丹不熟，神無定位道難成。

畢竟不知那大聖投向何方，且聽下回分解。

總批

唐三藏甚是腐氣，可厭！可厭！此回極有微意。吾人怒是大病，乃心之奴也，非心之主也。一怒，此心便要走漏懲忿。不遷怒，此聖學之所拳拳也。讀者著眼。又批：唐三藏對強盜云：「這世裏做好漢，那世裏變畜生。」是眞實話，非誑語也。做盜賊者念之，凡有盜賊之心者都念之。（李評）

悟元子曰：上回結出全線割斷，金海推乾，離色相而悟禪心，是明示人以修道必須死心，而不可有心矣。故仙翁於此回，發明有心爲害之端，叫學者自解悟耳。（劉評節錄）

唐僧狠心要趕走孫悟空，先念起《緊箍兒咒》來，最後仍趕走了孫大聖。（古版畫，選自李卓吾批評本《西遊記》）

第五十七回

眞行者落伽山訴苦　假猴王水簾洞謄文

卻說孫大聖惱惱悶悶，起在空中，欲待回花果山水簾洞，恐本洞小妖見笑，笑我出乎爾反乎爾※1，不是個大丈夫之器；欲待要投奔天宮，又恐天宮內不容久住；欲待要投海島，卻又羞見那三島諸仙；欲待要奔龍宮，又不伏氣求告龍王。真箇是無依無倚，苦自忖量道：「罷，罷，罷！我還去見我師父，還是正果。」◎1

遂按下雲頭，徑至三藏馬前侍立道：「師父，恕弟子這遭！向後再不敢行兇，一一受師父教誨。千萬還得我保你西天去也。」唐僧見了，更不答應，◎2兜住馬，即念《緊箍兒咒》。顛來倒去，又念有二十餘遍，把大聖咒倒在地，箍兒陷在肉裏有一寸來深淺，方才住口道：「你不回去，又來纏我怎的？」行者只教：「莫念，莫念！我是有處過日子的，只怕你

《新說西遊記圖像》描繪第五十七回精采場景：孫悟空被唐僧趕走後，悲憤不已，最後去了落伽山，找菩薩訴苦。（古版畫，選自《新說西遊記圖像》）

無我，去不得西天。」三藏發怒道：「你這猢猻殺生害命，連累了我多少？如今實不要你了！我去得去不得，不干你事。快走！快走！遲了些兒，我又念真言。這番決不住口，把你腦漿都勒出來哩！」大聖疼痛難忍，見師父更不回心，沒奈何，只得又駕觔斗雲，起在空中，忽然省悟道：「這和尚負了我心，◎3我且向普陀崖告訴觀音菩薩去來。」

好大聖，撥回觔斗，那消一個時辰，早至南洋大海。住下祥光，直至落伽山上，撞入紫竹林中，忽見木叉行者迎面作禮道：「大聖何往？」行者道：「要見菩薩。」木叉即引行者至潮音洞口，又見善財童子作禮道：「大聖何來？」行者道：「有事要告菩薩。」善財聽見一個「告」字，笑道：「好刁嘴猴兒！還像當時我拿住唐僧被你欺哩。我菩薩是個大慈大悲、大願大乘、救苦救難、無邊無量的聖善菩薩，有甚不是處，你要告他？」行者滿懷悶氣，一聞此言，心中怒發，咄的一聲，把善財童子喝了個倒退，道：「這個背義忘恩的小畜生，著實愚魯！你那時節作怪成精，我請菩薩收了你，皈正迦持，如今得這等極樂長生，自在逍遙，與天同壽，還不拜謝老孫，轉倒這般侮慢！我是有事來告求菩薩，卻怎麼說我刁嘴要告菩薩？」善財陪笑道：「還是個急猴子。我與你作笑耍子，你怎麼就變臉了？」

正講處，只見白鸚哥飛來飛去，知是菩薩呼喚，木叉與善財遂向前引導至寶蓮臺下。行者望見菩薩，倒身下拜，止不住淚如泉湧，放聲大哭。◎4菩薩教木叉與善財扶起，道：

註

※1 出乎爾反乎爾：即出爾反爾，常用成語，出自《孟子．梁惠王下》：「出乎爾者，反乎爾者也。」指一個人言行自相矛盾。

評點

◎1. 忽又一折，文心絕妙。(張評)
◎2. 已惑八戒之邪言，自不聽此正話。(張評)
◎3. 不聰之人，自然要違本心。(張評)
◎4. 不應屈死，也要悶死。(張評)

「悟空，有甚傷感之事，明明說來。莫哭，莫哭，我與你救苦消災也。」行者垂淚再拜道：「當年弟子為人，曾受那個氣來？自蒙菩薩解脫天災，秉教沙門，保護唐僧往西天拜佛求經，我弟子捨身拚命，救解他的魔障，就如老虎口裏奪脆骨，蛟龍背上揭生鱗。只指望歸真正果，洗孽除邪；怎知那長老背義忘恩，直迷了一片善緣，更不察皂白之苦！」◎5菩薩道：「且說那皂白原因來我聽。」行者即將那打殺草寇前後始終，細陳了一遍。卻說唐僧因他打死多人，心生怨恨，不分皂白，遂念《緊箍兒咒》，趕他幾次。上天無路，入地無門，特來告訴菩薩。

菩薩道：「唐三藏奉旨投西，一心要秉善為僧，決不輕傷性命。似你有無量神通，何苦打死許多草寇？草寇雖是不良，到底是個人身，不該打死，比那妖禽怪獸、鬼魅精魔不同。那個打死，是你的功績；這人身打死，還是你的不仁。但祛退散，自然救了你師父。據我公論，還是你的不善。」

行者噙淚叩頭道：「縱是弟子不善，也當將功折罪，不該這般逐我。萬望菩薩捨大慈悲，將《鬆箍兒咒》念念，褪下金箍，交還與你，放我仍往水簾洞逃生去罷。」菩薩笑道：「《緊箍兒咒》本是如來傳我的，當年差我上東土尋取經人，賜我三件寶貝，乃是錦襴袈裟、九環

◆行者離開唐僧，沒有回花果山，而是去了南海；見到了菩薩，下拜之後，不禁委屈得大哭，然後向觀音菩薩訴說無辜被驅趕的事情。（古版畫，選自李卓吾批評本《西遊記》）

錫杖、金緊禁三個箍兒。秘授與咒語三篇，卻無甚麼《鬆箍兒咒》。」◎6行者道：「既如此，我告辭菩薩去也。」菩薩道：「你辭我往那裏去？」行者道：「我上西天，拜告如來，求念《鬆箍兒咒》去也。」菩薩道：「你且住，我與你看看祥晦如何。」行者道：「不消看，只這樣不祥也彀了。」菩薩道：「我不看你，看唐僧的祥晦。」好菩薩，端坐蓮臺，運心三界，慧眼遙觀，遍周宇宙，霎時間開口道：「悟空，你那師父頃刻之際就有傷身之難，不久便來尋你。你只在此處，待我與唐僧說，教他還同你去取經，了成正果。」孫大聖只得皈依，不敢造次，侍立於寶蓮臺下不題。

卻說唐長老自趕回行者，教八戒引馬，沙僧挑擔，連馬四口，奔西走不上五十里遠近，三藏勒馬道：「徒弟，自五更時出了村舍，又被那弼馬溫著了氣惱，這半日飢又飢，渴又渴，那個去化些齋來我吃？」八戒道：「師父且請下馬，等我看可有鄰近的莊村，化齋去也。」三藏聞言，滾下馬來。獃子縱起雲頭，半空中仔細觀看，一望盡是山嶺，莫想有個人家。八戒按下雲來，對三藏道：「卻是沒處化齋，一望之間，全無莊舍。」三藏道：「既無化齋之處，且得些水來解渴也可。」八戒道：「等我去南山澗下取些水來。」沙僧即取鉢盂，遞與八戒。八戒托著鉢盂，駕起雲霧而去。那長老坐在路旁，等彀多時，不見回來，可憐口乾舌苦難熬。有詩為證，詩曰：

保神養氣謂之精，情性原來一稟形。
心亂神昏諸病作，形衰精敗道元傾。

評點

◎5. 耳之不聰，亦聽不出個是非。（張評）
◎6. 此心原有進無退，如何鬆得？（張評）

三花※2不就空勞碌，四大蕭條枉費爭。
土木無功金水絕，法身疏懶幾時成！

沙僧在旁見三藏飢渴難忍，八戒又取水不來，只得穩了行囊，拴牢了白馬，道：「師父，你自在著，等我去催水來。」長老含淚無言，但點頭相答。沙僧急駕雲光，也向南山而去。

那師父獨煉自熬，困苦太甚。正在愴惶之際，忽聽得一聲響亮，諕得長老欠身看處，原來是孫行者◎7跪在路旁，雙手捧著一個磁杯道：「師父，沒有老孫，你連水也不能彀哩。這一杯好涼水，你且吃口水解渴，待我再去化齋。」長老道：「我不吃你的水！立地渴死，我當任命。不要你了！你去罷！」行者道：「無我，你去不得西天也。」三藏道：「去得去不得，不干你事。潑猢猻！只管來纏我做甚！」那行者變了臉，發怒生嗔，喝罵長老道：「你這個狠心的潑禿，十分賤我！」輪鐵棒，丟了磁杯，望長老脊背上砑※3了一下。那長老昏暈在地，不能言語，被他把兩個青氈包袱提在手中，駕觔斗雲，不知去向。◎8

卻說八戒托著鉢盂，只奔山南坡下，忽見山凹之間，有一座草舍人家。原來在先看時，被山高遮住，未曾見得；今來到邊前，方知是個人家。獃子暗想道：「我若是這等醜嘴臉，決然怕我，枉勞神思，◎9斷然化不得齋飯。須是變好，須是變好。」

好獃子，捻著訣，念個咒，把身搖了七八搖，變作一個食癆病黃胖和尚，口裏哼哼唧唧的挨近門前，叫道：「施主，廚中有剩飯，路上有飢人。貧僧是東土來，往西天取經的。我師父在路飢渴了，家中有鍋巴冷飯，千萬化些兒救口。」原來那家子男人不在，都去插秧種穀去了；只有兩個女人在家，正才煮了午飯，盛起兩盆，卻收拾送下田，鍋裏還有些飯與鍋巴未曾盛了。那女人見他這等病容，卻又說東土往西天去的話，只恐他是病昏了胡說，◎10又怕跌倒死在門首，只得哄哄翕翕，將些剩飯鍋巴，滿滿的與了一鉢。獃子拿轉來，現了本相，徑回舊路。

正走間，聽得有人叫：「八戒。」八戒抬頭看時，卻是沙僧站在山崖上喊道：「這裏來，這裏來！」及下崖，迎至面前道：「這澗裏好清水不舀，你往那裏去的？」八戒笑道：「我到這裏，見山凹子有個人家，我去化了這一鉢乾飯來了。」沙僧道：「飯也用著，只是師父渴得緊了，怎得水去？」八戒道：「要水也容易，你將衣襟來兜著這飯，等我使鉢盂去舀水。」

二人歡歡喜喜回至路上，只見三藏面磕地，倒在塵埃，白馬撒韁，在路旁長嘶跑跳，行李擔不見踪影。慌得八戒跌腳搥胸，大呼小叫道：「不消講，不消講。這還是孫行者趕走的餘黨，來此打殺師父，搶了行李去了！」沙僧道：「且去把馬拴住。」只叫：「怎麼好，怎麼好！這誠所謂半途而廢，中道而止也！」叫一聲：「師父！」滿眼抛珠，傷心痛哭。八戒道：「兄弟且休哭，如今事已到此，取經之事，且莫說了。你看著師父的屍靈，

註

※2 三花：道教指人的精、氣、神。

※3 砑：音壓，碾壓或摩擦。

評點

◎7. 神奇鬼怪，令人莫測。（張評）

◎8. 此一轉奇絕、險絕，當令讀者口呿心悸。（周評）

◎9. 看他處處不脫，惟字方見手筆之妙。（張評）

◎10. 不德之言，偏有人聽。（張評）

等我把馬騎到那個府州縣鄉村店集，賣幾兩銀子，買口棺木，把師父埋了，我兩個各尋道路散夥。」

沙僧實不忍捨，將唐僧扳轉身體，以臉溫臉，哭一聲：「苦命的師父！」只見那長老口鼻中吐出熱氣，胸前溫暖，連叫：「八戒，你來！師父未傷命哩。」這獃子才近前扶起。長老甦醒，呻吟一會，罵道：「好潑猢猻，打殺我也！」沙僧、八戒問道：「是那個猢猻？」長老不言，只是嘆息，卻討水吃了幾口，才說：「徒弟，你們剛去，那悟空更來纏我。是我堅執不收，他遂將我打了一棒，青氈包袱都搶去了。」◎11八戒聽說，咬響口中牙，發起心頭火，道：「叵耐這潑猴子，怎敢這般無禮！」教沙僧道：「你伏侍師父，等我到他家討包袱去！」沙僧道：「你且休發怒。我們扶師父到那山凹人家，化些熱茶湯，將先化的飯熱熱，調理師父，再去尋他。」

八戒依言，把師父扶上馬，拿著鉢盂，兜著冷飯，直至那家門首。只見那家止有個老婆子在家，忽見他們，慌忙躲過。沙僧合掌道：「老母親，我等是東土唐朝差往西天去者。師父有些不快，特拜府上，化口熱茶湯，與他吃飯。」那媽媽道：「適才有個食癆病和尚，說是東土差來的，已化齋去了。又有個甚麼東土的？我沒人在家，請別轉轉。」長老聞言，扶著八戒，下馬躬身道：「老婆婆，我弟子有三個徒弟，合意同心，保護我上天竺國大雷音拜佛求經。只因我大徒弟，喚孫悟空，一生兇惡，不遵善道，是我逐回。不期他暗暗走來，著我背上打了一棒，將我行囊衣鉢搶去。如今要著一個徒弟尋他取討，因在

評點

◎11. 若聽此言，豈不屈死？（張評）
◎12. 先將下文假猴一挑。（張評）
◎13. 其爲氣也，已於此伏線。（張評）

那空路上不是坐處，特來老婆婆府上權安息一時；待討將行李來就行，決不敢久住。」那媽媽道：「剛才一個食癆病黃胖和尚，他化齋去了，也說是東土往西天去的，怎麼又有一起？」◎12八戒忍不住笑道：「就是我。因我生得嘴長耳大，恐你家害怕，不肯與齋，故變作那等模樣。你不信，我兄弟衣兜裏不是你家鍋巴飯？」

那媽媽認得果是他與的飯，遂不拒他，留他們坐了，卻燒了一罐熱茶，遞與沙僧泡飯。沙僧即將冷飯泡了，遞與師父。師父吃了幾口，定性多時，道：「那個去討行李？」八戒道：「我前年因師父趕他回去，我曾尋他一次，認得他花果山水簾洞。等我去，等我去！」長老道：「你去不得。那猢猻原與你不和，你又說話粗魯，或一言兩句之間有些差池，他就要打你。◎13著悟淨去罷。」沙僧應承道：「我去，我去。」長老又分付沙僧道：「你到那裏，須看個頭勢。他若肯與你包袱，你就假謝謝拿來；若不肯，切莫與他爭競，徑至南海菩薩處，將此情告訴，請菩薩去問他要。」沙僧一一聽從，向八戒道：「我今尋他去，你千萬莫僝僽，好生供養師父。這人家亦不可撒潑，恐他不肯供飯。我去就回。」八戒點頭道：「我理會得。但你去，討得討不得，趁早回來，不要弄作『尖擔擔柴兩頭脫』也。」沙僧遂捻了訣，駕起

✦四川貢嘎山遠眺。神仙們乘著雲光穿梭於天界與人世之間。（美工圖書社：中國圖片大系提供）

雲光，直奔東勝神洲而去。真箇是：

身在神飛不守舍，有爐無火怎燒丹。黃婆別主求金老，木母延師奈病顏。

此去不知何日返，這回難量幾時還。五行生剋情無順，只待心猿復進關。◎14

那沙僧在半空裏，行經三晝夜，方到了東洋大海。忽聞波浪之聲，低頭觀看，真箇是黑霧漲天陰氣盛，滄溟銜日曉光寒。他也無心觀翫，望仙山渡過瀛洲，向東方直抵花果山界。乘海風，踏水勢，又多時，卻望見高峰排戟，峻壁懸屏。即至峰頭，按雲找路下山，尋水簾洞。步近前，只聽得一派喧聲，見那山中無數猴精，滔滔亂嚷。沙僧又近前仔細再看，原來是孫行者高坐石臺之上，雙手扯著一張紙，朗朗的念道：

「東土大唐王皇帝李，駕前敕命御弟聖僧陳玄奘法師，上西方天竺國娑婆靈山大雷音寺，專拜如來佛祖求經。朕因促病侵身，魂遊地府，幸有陽數臻長，感冥君放送回生，廣陳善會，修建度亡道場。盛蒙救苦救難觀世音菩薩金身出現，指示西方有佛有經，可度幽亡超脫。特著法師玄奘遠歷千山，詢求經偈。倘過西邦諸國，不滅善緣，照牒施行。◎15

大唐貞觀一十三年秋吉日御前文牒。

自別大國以來，經度諸邦，中途收得大徒弟孫悟空行者，二徒弟豬悟能八戒，三徒弟沙悟淨和尚。」

念了從頭又念。◎16沙僧聽得是通關文牒，止不住近前厲聲高叫：「師兄，師父的關文你念他怎的？」那行者聞言，急抬頭，不認得是沙僧，◎17叫：「拿來！拿來！」衆猴一齊

圍繞，把沙僧拖拖扯扯，拿近前來。喝道：「你是何人？擅敢近吾仙洞！」沙僧見他變了臉，不肯相認，只得朝上行禮道：「上告師兄，前者實是師父性暴，錯怪了師兄，把師兄咒了幾遍，逐趕回家。一則弟等未曾勸解，二來又為師父飢渴，去尋水化齋。不意師兄好意復來，又怪師父執法不留，遂把師父打倒，昏暈在地，將行李搶去。後救轉師父，特來拜兄：若不恨師父，還念昔日解脫之恩，同小弟將行李回見師父，共上西天，了此正果；倘怨恨之深，不肯同去，千萬把包袱賜弟，兄在深山，樂桑榆晚景，亦誠兩全其美也。」

行者聞言，呵呵冷笑道：「賢弟此論，甚不合我意。我打唐僧，搶行李，不因我不上西方，亦不因我愛居此地。我今熟讀了牒文，我自己上西方拜佛求經，送上東土，我獨成功，教那南贍部洲人立我為祖，萬代傳名也。」沙僧笑道：「師兄言之欠當，自來沒個『孫行者取經』之說。我佛如來造下三藏真經，原著觀音菩薩向東土尋取經人求經，要我們苦歷千山，詢求諸國，保護那取經人。菩薩曾言：取經人乃如來門生，號曰金蟬長老，只因他不聽佛祖談經，貶下靈山，轉生東土，教他果正西方，復修大道。遇路上該有這般魔障，解脫我等三人，與他做護法。兄若不得唐僧去，那個佛祖肯傳經與你？卻不是空勞一場神思也！」那行者道：「賢弟，你原來懞懂，但知其一，不知其二。諒你說你有唐僧，同我保護，我就沒有唐僧？我這裏另選個有道的真僧在此，自去取經，老孫獨力扶持，有何不可！已選明日大走※4起身去矣。

註

※4 大走：長行、遠行。

評點

◎14. 四語可括盡道藏之精蘊。（周評）
◎15. 點綴德字，殊妙。（張評）
◎16. 念之何爲欲將以此哄人也。（張評）
◎17. 可知不是孫行者。（張評）

你不信，待我請來你看。」叫：「小的們，快請老師父出來。」果跑進去，牽出一匹白馬，請出一個唐三藏，跟著一個八戒挑著行李，一個沙僧拿著錫杖。◎18

這沙僧見了大怒道：「我老沙行不更名，坐不改姓，那裏又有一個沙和尚？不要無禮，吃我一杖！」好沙僧，雙手舉降妖杖，把一個假沙僧劈頭一下打死，原來這是一個猴精。那行者惱了，輪金箍棒，帥衆猴把沙僧圍了。沙僧東衝西撞，打出路口，縱雲霧逃生，道：「這潑猴如此憊懶，我告菩薩去來！」那行者見沙僧打死一個猴精，把沙和尚逼得走了，他也不來追趕，回洞教小的們把打死的妖屍拖在一邊，剝了皮，取肉煎炒，將椰子酒、葡萄酒同衆猴都吃了。另選一個會變化的妖猴，還變一個沙和尚，從新教導，要上西方不題。

沙僧一駕雲離了東海，行經一晝夜，到了南海。正行時，早見落伽山不遠，急至前，低停雲霧觀看。好去處！果然是：

包乾之奧，括坤之區。會百川而浴日滔星，歸衆流而生風漾月。潮發騰凌大鯤化，波翻浩蕩巨鰲游。水通西北海，浪合正東洋。四海相連同地脈，仙方洲島各仙宮。休言滿地蓬萊，且看普陀雲洞。好景致！山頭霞彩壯元精，巖下祥風漾月晶。紫竹林中飛孔雀，綠楊枝上

上圖為落伽山原型浙江普陀山，攝於2004年。（曾志／fotoe提供）

語靈鷲。琪花瑤草年年秀，寶樹金蓮歲歲生。白鶴幾番朝頂上，素鸞數次到山亭。游魚也解修眞性，躍浪穿波聽講經。

本回末，沙和尚在觀音處看到孫悟空，拿起降妖杖就打，孫悟空莫名其妙。（朱寶榮繪）

評點

◎18. 妙至此乎？(李評)

奇事，奇事。如此想頭，應從非想非非想天而來。(周評)

沙僧徐步落伽山，翫看仙境。只見木叉行者當面相迎道：「沙悟淨，你不保唐僧取經，卻來此何幹？」沙僧作禮畢，道：「有一事特來朝見菩薩，煩為引見引見。」木叉情知是尋行者，更不題起，即先進去對菩薩道：「外有唐僧的小徒弟沙悟淨朝拜。」孫行者在臺下聽見，笑道：「這定是唐僧有難，沙僧來請菩薩的。」菩薩即命木叉門外叫進。這沙僧倒身下拜，拜罷，抬頭正欲告訴前事，忽見孫行者站在旁邊，等不得說話，就掣降妖杖，望行者劈臉便打。這行者更不回手，撤身躲過。沙僧口裏亂罵道：「我把你個犯十惡※5造反的潑猴！你又來影瞞※6菩薩哩！」菩薩喝道：「悟淨不要動手，有甚事先與我說。」

沙僧收了寶杖，再拜臺下，氣沖沖的對菩薩道：「這猴一路行兇，不可數計。前日在山坡下打殺兩個剪路的強人，師父怪他。不期晚間就宿在賊窩主家裏，又把一夥賊人盡情打死，又血淋淋提一個人頭來與師父看。師父諕得跌下馬來，罵了他幾句，趕他回來。分別之後，師父飢渴太甚，教八戒去尋水，久等不來，又教我去尋他。不期孫行者見我二人不在，復回來把師父打一鐵棍，將兩個青氈包袱搶去。我等回來，將師父救醒，特來他水簾洞尋他討包袱，不想他變了臉，不肯認我，將師父關文念了又念。我問他念了做甚，他說不保唐僧，他要自上西天取經，送上東土，算他的功果，立他為祖，萬古傳揚。我又說：『沒唐僧，那肯傳經與你？』他說他選了一個有道的真僧；及請出，果是一匹白馬，一個唐僧，後跟著八戒、沙僧。我道：『我便是沙和尚，那裏又有個沙和尚？』是我趕上前，打了他一寶杖，原來是個猴精。他就帥眾拿我，是我特來告請菩薩。不知他會使觔斗

雲，預先到此處；又不知他將甚巧語花言，影瞞菩薩也。」菩薩道：「悟淨，不要賴人。悟空到此，今已四日。我更不曾放他回去，他那裏有另請唐僧、自去取經之意？」沙僧道：「見如今水簾洞有一個孫行者，怎敢欺誑？」

菩薩道：「既如此，你休發急，教悟空與你同去花果山看看。是真難滅，是假易除，◎19到那裏自見分曉。」這大聖聞言，即與沙僧辭了菩薩。這一去，到那：

花果山前分皂白，水簾洞口辨眞邪。

畢竟不知如何分辨，且聽下回分解。

總批

行者雖是假的，打死唐僧，亦是快事；不然，這等腐和尚，不打死他，如何？篇中「直迷了一片善緣」，卻是一句有眼的說話。不獨惡緣迷人，善緣亦是迷人。所以說好事不如無，學問以無善無惡爲極則也。若有善，便有不善了。所以說善緣迷人。惜知此者少耳！天下有一事無假，唐僧、行者、八戒、沙僧、白馬都假到矣。又何怪乎道學之假也！（李評）

悟元子曰：上回言眞心縱放，皆因有心作爲之故。然學者或疑心之，既不可有，則必空空無物，如枯木寒灰，至於無心而後可。殊不知有心有心之害，無心有無心之害。若一味無心，而不辨眞假，則其無之失，更甚於有。故此回急寫無心之受害，使人分別其眞假，不得以空空無物爲事也。（劉評節錄）

註

※5十惡：佛教的十惡是：一、殺：謂殺害生命；二、盜：謂盜取財物；三、淫：謂淫狎行動；四、妄語：謂虛誑不實之語；五、綺語：謂雜穢不正之語；六、惡口：謂罵詈惱人之語；七、兩舌：謂離間兩方之語；八、慳貪：慳吝貪奢；九、嗔恚：嗔恚忿怒；十、邪見：闇昧迷理。

※6影瞞：暗地瞞騙。

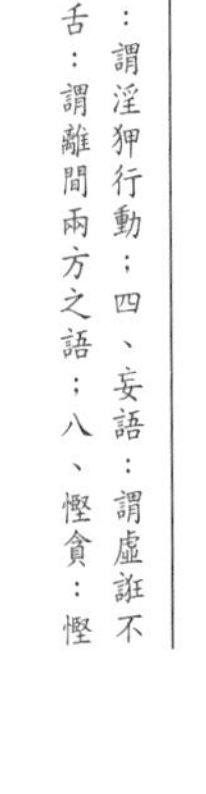

評點

◎19. 世間眞假難定，只此二語盡之。（周評）

第五十八回 二心※1攪亂大乾坤 一體難修眞寂滅

這行者與沙僧拜辭了菩薩，縱起兩道祥光，離了南海。原來行者觔斗雲快，沙和尚仙雲覺遲，行者就要先行。沙僧扯住道：「大哥不必這等藏頭露尾，先去安根。待小弟與你一同走。」大聖本是良心，沙僧卻有疑意，真箇二人同駕雲而去。不多時，果見花果山，按下雲頭。二人洞外細看，果見一個行者，高坐石臺之上，與群猴飲酒作樂，模樣與大聖無異：也是黃髮金箍，金睛火眼；身穿也是綿布直裰，腰繫虎皮裙；手中也拿一條兒金箍鐵棒，足下也踏一雙麂皮靴；也是這等毛臉雷公嘴，◎1朔腮別土星，查耳額顱闊，獠牙向外生。

這大聖怒發，一撒手，撇了沙和尚，掣鐵棒上前罵道：「你是何等妖邪，敢變我的相貌，敢佔我的兒孫，擅居吾仙洞，擅作這威福！」那行者見了，公然不答，◎2也使鐵棒來迎。二行者在一處，果是不分真假。◎3好打呀：

兩條棒，二猴精，這場相敵實非輕。都要護持唐御弟，各施功績立英名。眞猴實受沙門教，假怪虛稱佛子

《新說西遊記圖像》描繪第五十八回精采場景：如來對大衆預言二心競鬥。果然等來了兩個孫悟空互相指責對方是假的。（古版畫，選自《新說西遊記圖像》）

情。蓋爲神通多變化，無眞無假兩相平。一個是混元一氣齊天聖，一個是久煉千靈縮地精。這個是如意金箍棒，那個是隨心鐵桿兵。隔架遮攔無勝敗，撐持抵敵沒輸贏。先前交手在洞外，少頃爭持起半空。

他兩個各踏雲光，跳鬥上九霄雲內。

沙僧在旁，不敢下手，見他們戰此一場，誠然難認真假，欲待拔刀相助，又恐傷了真的。忍耐良久，且縱身跳下山崖，使降妖寶杖，打近水簾洞外，驚散群妖，掀翻石凳，把飲酒食肉的器皿盡情打碎；尋他的青氈包袱，四下裏全然不見。原來他水簾洞本是一股瀑布飛泉，遮掛洞門，遠看似一條白布簾兒，近看乃是一股水脈，故曰水簾洞。沙僧不知進步來歷，故此難尋。即便縱雲，趕到九霄雲裏，輪著寶杖，又不好下手。大聖道：「沙僧，你既助不得力，且回覆師父，說我等這般這般。等老孫與此妖打上南海落伽山，菩薩前辨個真假。」道罷，那行者也如此說。◎4沙僧見兩個相貌、聲音更無一毫差別，皂白難分，只得依言，撥轉雲頭，回覆唐僧不題。

你看那兩個行者且行且鬥，直嚷到南海，徑至落伽山，打打罵罵，喊聲不絕。早驚動護法諸天，即報入潮音洞裏道：「菩薩，果然兩個孫悟空打將來也。」◎5那菩薩與木叉行者、善財童子、龍女降蓮臺出門喝道：「那孽畜那裏走！」這兩個遞相揪住道：「菩薩，這廝果然像弟子模樣。才自水簾洞打起，戰鬥多時，不分勝負。沙悟淨肉眼愚蒙，不能分

註

※1 二心：心，心猿，指孫悟空。

評點

◎1. 奇事，令人笑絕。（周評）
◎2. 一答便不妙，妙在不答。（周評）
◎3. 兩行者相殺，極幻。（李評）
◎4. 大詐若忠，所以假人亦會說眞話。（張評）
◎5. 一打至南海。（周評）

識，有力難助，是弟子教他回西路去回覆師父，我與這廝打到寶山，借菩薩慧眼，與弟子認個真假，辨明邪正。」道罷，那行者也如此說一遍。衆諸天與菩薩都看良久，莫想能認。菩薩道：「且放了手，兩邊站下，等我再看。」果然撒手，兩邊站定。這邊說：「我是真的！」那邊說：「他是假的！」

菩薩喚木叉與善財上前，悄悄分付：「你一個幫住※2一個，等我暗念《緊箍兒咒》，看那個害疼的便是真，不疼的便是假。」他二人果各幫一個。菩薩暗念真言，兩個一齊喊疼，都抱著頭，地下打滾，只叫：「莫念！莫念！」菩薩不念，他兩個又一齊揪住，照舊嚷鬥。菩薩無計奈何，◎6即令諸天、木叉上前助力。衆神恐傷真的，亦不敢下手。菩薩叫聲「孫悟空」，兩個一齊答應。菩薩道：「你當年官拜弼馬溫，大鬧天宮時，神將皆認得你，你且上界去分辨回話。」這大聖謝恩，那行者也謝恩。

二人扯扯拉拉，口裏不住的嚷鬥，徑至南天門外。慌得那廣目天王帥馬、趙、溫、關四大天將，及把門大小衆神，各使兵器擋住道：「那裏走！此間可是爭鬥之處？」大聖道：「我因保護唐僧往西天取經，在路上打殺賊徒，那三藏趕我回去，我徑到普陀崖見觀音菩薩訴苦，不想這妖精幾時就變作我的模樣，打倒唐僧，搶去包袱。有沙僧至花果山尋討，只見這妖精佔了我的巢穴；後到普陀崖告請菩薩，又見我侍立臺下，沙僧誑說是我駕觔斗雲，又先在菩薩處遮飾。菩薩卻是個正明，不聽沙僧之言，命我同他到花果山看驗。原來這妖精果像老孫模樣。才自水簾洞打到落伽山見菩薩，菩薩也難識認。故打至此間，

煩諸天眼力，與我認個真假。」道罷，那行者也似這般說了一遍。◎7眾天神看彀多時，也不能辨。他兩個吆喝道：「你們既不能認，讓開路，等我們去見玉帝！」

眾神搪抵不住，放開天門，直至靈霄寶殿。馬元帥同張、葛、許、邱四天師奏道：「下界有一般兩個孫悟空打進天門，口稱見王。」說不了，兩個直嚷進來。◎8唬得那玉帝即降立寶殿，問曰：「你兩個因甚事擅鬧天宮，嚷至朕前尋死！」大聖口稱：「萬歲！萬歲！臣今皈命，秉教沙門，再不敢欺心誑上。只因這個妖精變作臣的模樣，……」如此如彼，把前情備陳了一遍，「……，望乞與臣辨個真假！」那行者也如此陳了一遍。玉帝即傳旨宣托塔李天王，教：「把『照妖鏡』來照這廝誰真誰假，教他假滅真存。」天王即取鏡照住，請玉帝同眾神觀看。鏡中乃是兩個孫悟空的影子，金箍、衣服毫髮不差。玉帝亦辨不出，◎9趕出殿外。這大聖呵呵冷笑，那行者也哈哈歡喜，揪頭抹頸，復打出天門，墜落西方路上，道：「我和你見師父去！我和你見師父去！」

卻說那沙僧自花果山辭他兩個，又行了三晝夜，回至本莊，把前事對唐僧說了一遍。唐僧自家悔恨道：「當時只說是孫悟空打我一棍，搶去包袱，豈知卻是妖精假變的行者！」沙僧又告道：「這妖又假變一個長老、一匹白馬，又有一個八戒挑著我們包袱，又有一個變作是我。我忍不住惱怒，一杖打死，原是一個猴精。因此驚散，又到菩薩處訴苦。菩薩著我與師兄又同去識認，那妖果與師兄一般模樣。我難助力，故先來回覆師

註

※2 幫住：靠攏擠住，使被擠者不能動。

評點

◎6.菩薩亦被所惑，何況於人。（張評）
◎7.似之可惡如此！（李評）
◎8.二打至天宮。（周評）
◎9.強詞奪理，所以張主亦莫主張。（張評）

父。」三藏聞言，大驚失色。八戒哈哈大笑道：「好，好，好！應了這施主家婆婆之言了。他說有幾起取經的，這卻不又是一起？」◎10

兩個猴王扯扯拉拉，一直扭打到了南天門外。廣目天王和馬、趙、溫、關四大天將大驚失色，紛紛用兵器擋住，不知道發生了什麼事情。（朱寶榮繪）

那家子老老小小的，都來問沙僧道：「你這幾日往何處討盤纏去的？」沙僧笑道：「我往東勝神洲花果山尋大師兄取討行李，又到南海落伽山拜見觀音菩薩，卻又到花果山，方才轉回至此。」那老者又問：「往返有多少路程？」沙僧道：「約有二十餘萬里。」老者道：「爺爺呀，似這幾日就走了這許多路，只除是駕雲，方能彀得到！」八戒道：「不是駕雲，如何過海？」沙僧道：「我們那算得走路，若是我大師兄，只消一二日可往回也。」那家子聽言，都說是神仙。八戒道：「我們雖不是神仙，神仙還是我們的晚輩哩！」

正說間，只聽半空中喧嘩人嚷，慌得都出來看，卻是兩個行者打將來。◎11八戒見了，忍不住手癢道：「等我去認認看。」好獃子，急縱身跳起，望空高叫道：「師兄莫嚷，我老豬來也！」那兩個一齊應道：「兄弟，來打妖精！來打妖精！」那家子又驚又喜道：「是幾位騰雲駕霧的羅漢歇在我家！就是發願齋僧的，也齋不著這等好人。」更不計較茶飯，愈加供養。又說：「這兩個行者只怕鬥出不好來，地覆天翻，作禍在那裏！」三藏見那老者當面是喜，背後是憂，即開言道：「老施主放心，莫生憂嘆。貧僧收伏了徒弟，去惡歸善，自然謝你。」那老者滿口回答道：「不敢，不敢！」沙僧道：「施主休講。師父可坐在這裏，等我和二哥去，一家扯一個來到你面前，你就念念那話兒，看那個害疼的就是真的，不疼的就是假的。」三藏道：「言之極當。」

沙僧果起在半空道：「二位住了手，我同你到師父面前辨個真假去。」這大聖放了

評點

◎10. 好照管。(李評)
◎11. 三打至唐僧前。(周評)

手，那行者也放了手。沙僧攙住一個，叫道：「二哥，你也攙住一個。」果然攙住，落下雲頭，徑至草舍門外。三藏見了，就念《緊箍兒咒》。二人一齊叫苦道：「我們這等苦門，你還咒我怎的？莫念！莫念！」那長老本心慈善，遂住了口不念，卻也不認得真假。◎12他兩個掙脫手，依然又打。這大聖道：「兄弟們，保著師父。等我與他打到閻王前折辨去也！」那行者也如此說。二人抓抓捆捆※3，須臾又不見了。

八戒道：「沙僧，你既到水簾洞，看見假八戒挑著行李，怎麼不搶將來？」沙僧道：「那妖精見我使寶杖打他假沙僧，他就亂圍上來要拿，是我顧性命走了。及告菩薩，與行者復至洞口，他兩個打在空中，是我去掀翻他的石凳，打散他的小妖，只見一股瀑布泉水流，竟不知洞門開在何處，尋不著行李，所以空手回覆師命也。」八戒道：「你原來不曉得。我前年請他去時，先在洞門外相見；後被我說泛※4了他，他就跳下，去洞裏換衣來時，我看見他將身往水裏一鑽。那一股瀑布水流，就是洞門。想必那怪將我們包袱收在那裏面也。」三藏道：「你既知此門，你可趁他都不在，可先到他洞裏取出包袱，我們往西天去罷。他就來，我也不用他了。」八戒道：「我去。」沙僧說：「二哥，他那洞前有千數小猴，你一人恐弄他不過，反為不美。」八戒笑道：「不怕，不怕！」急出門，縱著雲霧，徑上花果山尋取行李不題。

卻說那兩個行者又打嚷到陰山背後，諕得那滿山鬼戰戰兢兢，藏藏躲躲。有先跑的，撞入陰司門裏，報上森羅寶殿道：「大王，背陰山上有兩個齊天大聖打將來也！」慌得那

第一殿秦廣王傳報與二殿楚江王、三殿宋帝王、四殿卞城王、五殿閻羅王、六殿平等王、七殿泰山王、八殿都市王、九殿忤官王、十殿轉輪王。一殿轉一殿，霎時間十王會齊，又著人飛報與地藏王。盡在森羅殿上，點聚陰兵，等擒真假。

只聽得那強風滾滾，慘霧漫漫，二行者一翻一滾的打至森羅殿下。◎13陰君近前擋住道：「大聖有何事，鬧我幽冥？」這大聖道：「我因保唐僧西天取經，路過西梁國，至一山，有強賊截劫我師，是老孫打死幾個，師父怪我，把我逐回。我隨到南海菩薩處訴告，不知那妖精怎麼就綽著口氣，假變作我的模樣，在半路上打倒師父，搶奪了行李。師弟沙僧向我本山取討包袱，這妖假立師名，要往西天取經。沙僧逃遁至南海見菩薩，我正在側。他備說原因，菩薩又命我同他至花果山觀看，果被這廝佔了我巢穴。我與他爭辨到菩薩處，其實相貌、言語等俱一般，菩薩也難辨真假。又與這廝打上天堂，衆神亦果難辨。因見我師，我師念《緊箍咒》試驗，與我一般疼痛。故此鬧至幽冥，望陰君與我查看生死簿，見假行者是何出身，快早追他魂魄，免教二心沌亂。」那怪亦如此說一遍。陰君聞言，即喚管簿判官一一從頭查勘，更無個假行者之名。再看毛蟲文簿，那猴子一百三十條，已是孫大聖幼年得道之時，大鬧陰司，消死名一筆勾之，自後來凡是猴屬，盡無名號。查勘畢，當殿回報。陰君各執笏，對行者道：「大聖，幽冥處既無名號可查，你還到陽間去折辨。」

註

※3 抓抓扭扭：形容拉拉扯扯的樣子。

※4 說泛：說動。

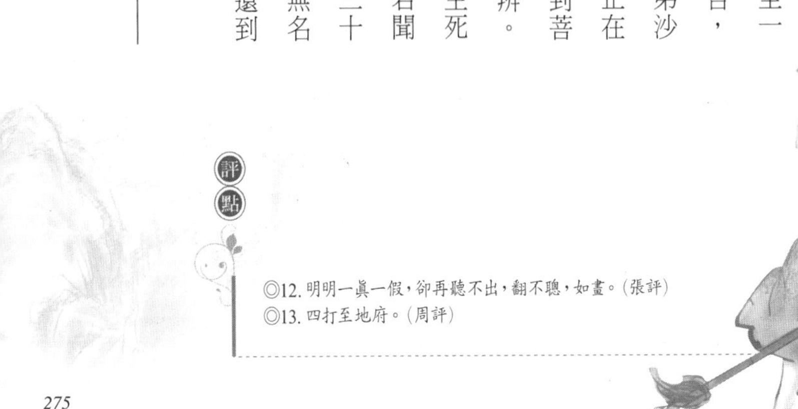

評點

◎12. 明明一真一假，卻再聽不出，翻不聽，如畫。（張評）

◎13. 四打至地府。（周評）

正說處，只聽得地藏王菩薩道：「且住，且住！等我著『諦聽』與你聽個真假。」原來那諦聽是地藏菩薩經案下伏的一個獸名。他若伏在地下，一霎時，將四大部洲山川社稷、洞天福地之間，蠃蟲、鱗蟲、毛蟲、羽蟲、昆蟲※5，天仙、地仙、神仙、人仙、鬼仙，可以照鑒善惡，察聽賢愚。◎14那獸奉地藏鈞旨，就於森羅庭院之中俯伏在地，須臾抬起頭來，對地藏道：「怪名雖有，但不可當面說破，又不能助力擒他。」地藏道：「當面說出便怎麼？」諦聽道：「當面說出，恐妖精惡發，搔擾寶殿，致令陰府不安。」又問：「何為不能助力擒拿？」諦聽道：「妖精神通，與孫大聖無二。幽冥之神能有多少法力，故此不能擒拿。」地藏道：「似這般怎生祛除？」諦聽言：「佛法無邊。」地藏早已省悟，即對行者道：「你兩個形容如一，神通無二，若要辨明，須到雷音寺釋迦如來那裏，方得明白。」兩個一齊嚷道：「說得是，說得是！我和你西天佛祖之前折辨去！」那十殿陰君送出，謝了地藏，回上翠雲宮，著鬼使閉了幽冥關隘不題。

看那兩個行者，飛雲奔霧，打上西天。有詩為證，詩曰：

◆日本地藏王菩薩。（富爾特影像提供）

人有二心生禍災，天涯海角致疑猜。
欲思寶馬三公位，又憶金鑾一品臺。
南征北討無休歇，東擋西除未定哉。
禪門須學無心訣，靜養嬰兒結聖胎※6。

他兩個在那半空裏扯扯拉拉，抓抓掗掗，且行且鬥，直嚷至大西天靈鷲仙山雷音寶刹之外。早見那四大菩薩、八大金剛、五百阿羅、三千揭諦、比丘尼、比丘僧、優婆塞、優婆夷諸大聖衆，都到七寶蓮臺之下，淨聽如來

福建福州市鼓山湧泉寺大雄寶殿三世如來佛像，塑於明朝天啟元年（西元1621年）。攝於2004年12月15日。（陳浩／fotoe提供）

註

※5 蠃蟲、鱗蟲、毛蟲、羽蟲、昆蟲：古代對動物的分類研究，用五蟲來包括所有的動物。蠃蟲：不長羽毛鱗甲的蟲。鱗蟲：長鱗甲的動物。從西漢開始，劉安、董仲舒就有「五蟲說」，《大戴禮・易本命》中也用「蟲」爲所有動物的總稱。一八九〇年，方旭在《蟲薈》一書中把「羽、毛、昆、鱗、介」五類動物。

※6 聖胎：道教認爲人體就是「丹鼎」，煉出來的「丹」稱爲「聖胎」。

評點

◎14. 此物有此大慧，乃不脫獸身，何也？（周評）

說法。那如來正講到這：

不有中有，不無中無；不色中色，不空中空。非有爲有，非無爲無；非色爲色，非空爲空。空即是空，色即是色。色無定色，色即是空；空無定空，空即是色。知空不空，知色不色。名爲照了，始達妙音。◎15

概衆稽首皈依。流通誦讀之際，如來降天花普散繽紛，即離寶座，對大衆道：「汝等俱是一心，且看二心競鬥而來也。」

大衆舉目看之，果是兩個行者，吆天喝地，打至雷音勝境。◎16慌得那八大金剛上前擋住道：「汝等欲往那裏去？」這大聖道：「妖精變作我的模樣，欲至寶蓮臺下，煩如來為我辨個虛實也。」一衆金剛抵擋不住，直嚷至臺下，跪於佛祖之前拜告道：「弟子保護唐僧，來造寶山，求取真經，一路上煉魔縛怪，不知費了多少精神。前至中途，偶遇強徒劫擄，委是弟子二次打傷幾人，師父怪我趕回，不容同拜如來金身。弟子無奈，只得投奔南海，見觀音訴苦。不期這個妖精假變弟子聲音、相貌，將師父打倒，把行李搶去。師弟悟淨尋至我山，被這妖假捏巧言，說有真僧取經之故。悟淨脫身至南海，備說詳細。觀音知之，遂令弟子同悟淨再至我山。因此，兩人比併真假，打至南海，又打到天宮，又曾打見唐僧，打見冥府，俱莫能辨認。故此大膽輕造，千乞大開方便之門，廣垂慈憫之念，與弟子辨明邪正，庶好保護唐僧親拜金身，取經回東土，永揚大教。」大衆聽他兩張口一樣聲俱說一遍，衆亦莫辨。惟如來則通知之，正欲道破，忽見南下彩雲之間，來了觀音，參拜

我佛。

我佛合掌道：「觀音尊者，你看那兩個行者，誰是真假？」菩薩道：「前日在弟子荒境，委不能辨。他又至天宮、地府，亦俱難認。特來拜告如來，千萬與他辨明辨明。」如來笑道：「汝等法力廣大，只能普閱周天之事，不能遍識周天之物，亦不能廣會周天之種類也。」菩薩又請示周天種類，如來才道：「周天之內有五仙，乃天、地、神、人、鬼；有五蟲，乃蠃、鱗、毛、羽、昆。這廝非天、非地、非神、非人、非鬼，亦非蠃、非鱗、非毛、非羽、非昆。又有四猴混世，不入十類之種。」菩薩道：「敢問是那四猴？」如來道：「第一是靈明石猴，通變化，識天時，知地利，移星換斗；◎17第二是赤尻馬猴，曉陰陽，會人事，善出入，避死延生；第三是通臂猿猴，拿日月，縮千山，辨休咎，乾坤摩弄；第四是六耳獼猴，善聆音，能察理，知前後，萬物皆明。此四猴者，不入十類之種，不達兩間之名。我觀假悟空，乃六耳獼猴也。此猴若立一處，能知千里外之事；凡人說話，亦能知之；故此善聆音，能察理，知前後，萬物皆明。與真悟空同像同音者，六耳獼猴也。」

那獼猴聞得如來說出他的本相，膽戰心驚，急縱身，跳起來就走。如來見他走時，即令大衆下手。早有四菩薩、八金剛、五百阿羅、三千揭諦、比丘僧、比丘尼、優婆塞、優婆夷、觀音、木叉，一齊圍繞。孫大聖也要上前，如來道：「悟空休動手，待我與你擒他。」那獼猴毛骨悚然，料著難脫，即忙搖身一變，變作個蜜蜂兒，往上便飛。如來將金

◎15. 奇筆幻思，一至於此。（李評）
◎16. 五打至靈山。（周評）
◎17. 此即心猿也。（周評）

鉢盂撇起去，正蓋著那蜂兒，落下來。◎[18]大衆不知，以為走了。如來笑云：「大衆休言。妖精未走，見在我這鉢盂之下。」大衆一發上前，把鉢盂揭起，果然見了本相，是一個六耳獼猴。孫大聖忍不住，輪起鐵棒，劈頭一下打死，至今絕此一種。如來不忍，道聲：「善哉！善哉！」大聖道：「如來不該慈憫他。他打傷我師父，搶奪我包袱，依律問他個得財傷人、白晝搶奪，也該個斬罪哩。」如來道：「你自快去保護唐僧來此求經罷。」大聖叩頭謝道：「上告如來得知，那師父定是不要我，我此去若不收留，卻不又勞一番神思！望如來方便，把《鬆箍兒咒》念一念，褪下這個金箍，交還如來，放我還俗去罷。」如來道：「你休亂想，切莫放刁。我教觀音送你去，不怕他不收。好生保護他去，那時功成歸極樂，汝亦坐蓮臺。」

那觀音在旁聽說，即合掌謝了聖恩，領悟空，輒駕雲而去。隨後木叉行者、白鸚哥

如來判斷出了妖怪的本來面目，並擒拿了妖怪，孫悟空一棍打死了六耳獼猴。（朱寶榮繪）

一同趕上。不多時，到了中途草舍人家。沙和尚看見，急請師父拜門迎接。菩薩道：「唐僧，前日打你的，乃假行者六耳獼猴也，幸如來知識，已被悟空打死。你今須是收留悟空，一路上魔障未消，必得他保護你，才得到靈山，見佛取經。再休嗔怪。」三藏叩頭道：「謹遵教旨。」

正拜謝時，只聽得正東上狂風滾滾，衆目視之，乃豬八戒背著兩個包袱，駕風而至。獃子見了菩薩，倒身下拜道：「弟子前日別了師父，至花果山水簾洞尋得包袱，果見一個假唐僧、假八戒，都被弟子打死，原是兩個猴身。◎19卻入裏，方尋著包袱，當時查點，一物不少，卻駕風轉此。更不知兩行者下落如何？」菩薩把如來識怪之事，說了一遍。那獃子十分歡喜，稱謝不盡。師徒們拜謝了，菩薩回海。卻都照舊合意同心，洗冤解怒。又謝了那村舍人家，整束行囊、馬匹，找大路而西。正是：

中道分離亂五行，降妖聚會合元明。神歸心舍禪方定，六識※7祛降丹自成。◎20

畢竟這去，不知三藏幾時得面佛求經，且聽下回分解。

總批

讀此，因思昔人眞猴似猴之謔，不覺失笑。昔人云：「一心可以幹萬事，兩心不可以幹一事。」此回便是他注脚。又批：天下只有似者難辨，所以可惡；然畢竟似者有破敗，眞者無破敗。似何益哉，似何益哉！（李評）

悟一子曰：人止一心，有心者此心，無心者此心。有心，有有心之眞假；無心，有無心之眞假。其相貌體用無二。（陳評節錄）

悟元子曰：上二回一著於有心，一著於無心，俱非修眞之正法。故仙翁於此回力批二心之妄，拈出至眞之道，示人以訣中之訣，竅中之竅，而不使有落於執相頑空之小乘也。……噫！道心常存，人心永滅，假者即去，眞者即復。……此篇仙翁用意，神出鬼沒，人所難識，寫上句全在正面，寫下句全在反面。「二心攪亂大乾坤」，本文明言矣。（劉評節錄）

註

※7 六識：佛教以眼、耳、鼻、舌、身、意爲六識。

評點

◎18. 比五行山下何如？（周評）
◎19. 順結前案。（周評）
◎20. 每於篇終表明大旨，絕不似宗門作顢頇語，令人猜謎可憎。（周評）

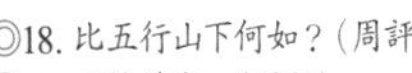

第五十九回

唐三藏路阻火焰山　孫行者一調芭蕉扇

若干種性本來同，海納無窮。◎1千思萬慮終成妄，般般色色和融。有日功完行滿，圓明法性高隆。休教差別走西東，緊鎖牢韁※1。收來安放丹爐內，煉得金烏一樣紅。朗朗輝輝嬌豔，任教出入乘龍。

話表三藏遵菩薩教旨，收了行者，與八戒、沙僧剪斷二心，鎖韁猿馬，同心戮力，趕奔西天。說不盡光陰似箭，日月如梭。歷過了夏月炎天，卻又值三秋霜景。◎2但見那：

薄雲斷絕西風緊，鶴鳴遠岫霜林錦。光景正蒼涼，山長水更長。征鴻來北塞，玄鳥歸南陌。客路怯孤單，衲衣容易寒。

師徒四眾進前行處，漸覺熱氣蒸人。◎3三藏勒馬道：「如今正是秋天，卻怎反有熱氣？」八戒道：「原來不知。西方路上有個斯哈哩國，乃日落之處，俗呼為『天盡頭』。若到申酉時，國王差人上城，擂鼓吹角，混

《新說西遊記圖像》描繪第五十九回精采場景：老者請三藏落坐，後者趁機打聽，方知這裏是火焰山，無春無秋，四季皆熱。（古版畫，選自《新說西遊記圖像》）

雜海沸之聲。日乃太陽真火，落於西海之間，如火淬水，接聲滾沸；若無鼓角之聲混耳，即振殺城中小兒。此地熱氣蒸人，想必到日落之處也。」◎4大聖聽說，忍不住笑道：「獃子莫亂談！若論斯哈哩國，正好早哩。似師父朝三暮二的，這等擔閣，就從小至老，老了又小，老小三生，也還不到。」八戒道：「哥呵，據你說，不是日落之處，為何這等酷熱？」沙僧道：「想是天時不正，秋行夏令故也。」他三個正都爭講，只見那路旁有座莊院，乃是紅瓦蓋的房舍，紅磚砌的垣牆，紅油門扇，紅漆板榻，一片都是紅的。◎5三藏下馬道：「悟空，你去那人家問個消息，看那炎熱之故何也？」

大聖收了金箍棒，整肅衣裳，扭捏作個斯文氣象，綽下大路，徑至門前觀看。那門裏忽然走出一個老者，但見他：

穿一領黃不黃、紅不紅的葛布深衣，戴一頂青不青、皂不皂的篾絲涼帽。手中拄一根彎不彎、直不直暴節竹杖，足下踏一雙新不新、舊不舊搴靸鞜※2。面似紅銅，鬚如白練。兩道壽眉遮碧眼，一張哈口※3露金牙。◎6

那老者猛抬頭，看見行者，吃了一驚，拄著竹杖喝道：「你是那裏來的怪人？在我這門首何幹？」行者答禮道：「老施主休怕我，我不是甚麼怪人。貧僧是東土大唐欽差上西方求經者。師徒四人，適至寶方，見天氣蒸熱，一則不解其故，二來不知地名，特拜問指教

註

※1牢巃：就是牢籠。
※2搴靸鞜：長筒靴的意思。
※3哈口：形容嘴角含笑。

評點

◎1.性氣人人皆有，惟大肚皮方能容納。(張評)
◎2.先清時序，眼界分明，以見此火由人而作，非關時令也。(張評)
◎3.先點氣字，眉目分明。(張評)
◎4.此獃如此多見多聞，可稱博物君子。(周評)
◎5.火焰山自火焰耳，此莊舍一片紅何爲，我所不解。(周評)
◎6.好氣象，差牙努嘴比怪更醜，此即鬼臉兒。(張評)

一二。」那老者卻才放心，笑云：「長老勿罪。我老漢一時眼花，不識尊顏。」行者道：「不敢。」老者又問：「令師在那條路上？」行者道：「那南首大路上立的不是？」◎7老者教：「請來，請來。」行者歡喜，把手一招，三藏即同八戒、沙僧，牽白馬，挑行李近前，都對老者作禮。

老者見三藏丰姿標致，八戒、沙僧相貌奇稀，又驚又喜。只得請入裏坐，教小的們看茶，一壁廂辦飯。三藏聞言，起身稱謝，道：「敢問公公，貴處遇秋，何反炎熱？」老者道：「敝地喚作火焰山，無春無秋，四季皆熱。」三藏道：「火焰山卻在那邊？可阻西去之路？」老者道：「西方卻去不得。那山離此有六十里遠，正是西方必由之路，卻有八百里火焰，四周圍寸草不生。若過得山，就是銅腦蓋，鐵身軀，也要化成汁哩。」三藏聞言，大驚失色，不敢再問。

只見門外一個少年男子，推一輛紅車兒，◎8住在門旁，叫聲：「賣糕！」大聖拔根毫毛，變個銅錢，問那人買糕。那人接了錢，不論好歹，揭開車兒上衣裹，熱氣騰騰，拿出一塊糕，遞與行者。行者托在手中，好似火盆裏的灼炭，◎9煤爐內的紅釘。你看他左手倒在右手，右手換在左手，只道：「熱，熱，熱！難吃，難吃！」那男子笑道：「怕熱，莫來這裏，這裏是這等熱。」行者道：「你這漢子好不明理。常言道：『不冷不熱，五穀不結。』他這等熱得很，你這糕粉自何而來？」那人道：「若知糕粉米，敬求鐵扇仙。」行者道：「鐵扇仙怎的？」那人道：「鐵扇仙有柄『芭蕉

唐僧師徒不知道天氣為何炎熱，適見前方有一處人家。大聖便收了金箍棒，整肅衣裳，前去詢問消息，恰好門裏走出一個老者。（古版畫，選自李卓吾評本《西遊記》）

扇』。求得來，一搧息火，二搧生風，三搧下雨，我們就佈種，及時收割，故得五穀養生；不然，誠寸草不能生也。」

行者聞言，急抽身走入裏面，將糕遞與三藏道：「師父放心，且莫隔年焦著※4。吃了糕，我與你說。」長老接糕在手，向本宅老者道：「公公請糕。」◎10老者道：「我家的茶飯未奉，敢吃你糕？」行者笑道：「老人家，茶飯倒不必賜，我問你：鐵扇仙在那裏住？」老者道：「你問他怎的？」行者道：「適才那賣糕人說，此仙有柄芭蕉扇，求將來，一搧息火，二搧生風，三搧下雨，你這方佈種收割，才得五穀養生。我欲尋他討來，搧息火焰山過去，且使這方依時收種，得安生也。」老者道：「固有此說。你們卻無禮物，恐那聖賢不肯來也。」三藏道：「他要甚禮物？」老者道：「我這裏人家，十年拜求一度：四豬四羊、花紅表裏、異香時果、雞鵝美酒，沐浴虔誠，拜到那仙山，請他出洞，至此施為。」

註

※4 隔年焦著：過分擔憂。

評點

◎7. 果能常守道義，其氣自然不餒。（張評）
◎8. 此紅車又何爲？（周評）
◎9. 此又何故？（周評）
◎10. 吃了一塊糕，盛了一肚氣。（張評）

行者道：「那山坐落何處？喚甚地名？有幾多里數？等我問他要扇子去。」老者道：「那山在西南方，名喚翠雲山。山中有一仙洞，名喚芭蕉洞。我這裏衆信人等去拜仙山，往回要走一月，計有一千四百五六十里。」行者笑道：「不打緊，就去就來。」那老者道：「且住，吃些茶飯，辦些乾糧，須得兩人做伴。那路上沒有人家，又多狼虎，非一日可到，莫當耍子。」行者笑道：「不用，不用。我去也！」說一聲，忽然不見。那老者慌張道：「爺爺呀！原來是騰雲駕霧的神人也！」

且不說這家子供奉唐僧加倍。卻說那行者霎時徑到翠雲山，按住祥光，正自找尋洞口，忽然聞得丁丁之聲，乃是山林內一個樵夫伐木。行者即趨步至前，又聞得他道：

「雲際依依認舊林，斷崖荒草路難尋。西山望見朝來雨，南澗歸時渡處深。」

行者近前作禮道：「樵哥，問訊了。」那樵子撇了柯斧，答禮道：「長老何往？」行者道：「敢問樵哥，這可是翠雲山？」樵子道：「正是。」行者道：「有個鐵扇仙的芭蕉洞，在何處？」樵子笑道：「這芭蕉洞雖有，卻無個鐵扇仙，只有個鐵扇公主，又名羅剎女。」行者道：「人言他有一柄芭蕉扇，能熄得火焰山，敢是他麼？」樵子道：「正是，正是。這聖賢有這件寶貝，善能熄火，保護那方人家，故此稱為鐵扇仙。我這裏人家用不著他，只知他叫作羅剎女，乃大力牛魔王妻也。」

行者聞言，大驚失色，心中暗想道：「又是冤家了！當年伏了紅孩兒，說是這廝養的。前在那解陽山破兒洞遇他叔子，尚且不肯與水，要作報仇之意；今又遇他父母，怎生

借得這扇子耶？」樵子見行者沉思默慮，嗟嘆不已，便笑道：「長老，你出家人，有何憂疑？這條小路兒向東去，不上五六里，就是芭蕉洞。休得心焦。」行者道：「不瞞樵哥說，我是東土唐朝差往西天求經的唐僧大徒弟。前年在火雲洞，曾與羅剎之子紅孩兒有些言語，但恐羅剎懷仇不與，故生憂疑。」樵子道：「大丈夫鑒貌辨色，只以求扇為名，莫認往時之溲話※5，管情借得。」行者聞言，深深唱個大喏道：「謝樵哥教誨，我去也。」

遂別了樵夫，徑至芭蕉洞口。但見那兩扇門緊閉牢關，洞外風光秀麗。好去處！正是那：

> 山以石爲骨，石作土之精。烟霞含宿潤，苔蘚助新青。嵯峨勢聳欺蓬島，幽靜花香若海瀛。幾樹喬松棲野鶴，數株衰柳語山鶯。誠然是千年古跡，萬載仙蹤。碧梧鳴彩鳳，活水隱蒼龍。曲徑華蘿垂掛，石梯藤葛攀籠。猿嘯翠巖忻月上，鳥啼高樹喜晴空。兩林竹蔭涼如雨，一徑花濃沒繡絨。時見白雲來遠岫，略無定體漫隨風。

行者上前叫：「牛大哥，開門！開門！」呀的一聲，洞門開了，裏邊走出一個毛兒女，手中提著花籃，肩上擔著鋤子，真箇是一身藍縷無妝飾，滿面精神有道心。◎11行者上前迎著，合掌道：「女童，累你轉報公主一聲：我本是取經的和尚，在西方路上難過火焰山，特來拜借芭蕉扇一用。」那毛女道：「你是那寺裏和尚？叫甚名字？我好與你通報。」行者道：「我是東土來的，叫作孫悟空和尚。」◎12

註

※5 溲話：食物陳久變味叫「餿」。溲話，過時的話、老話的意思。

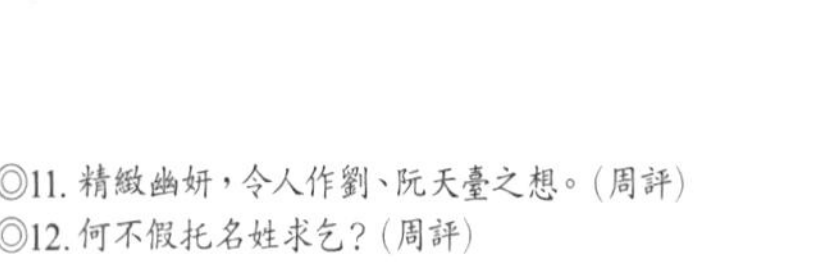

評點

◎11. 精緻幽妍，令人作劉、阮天臺之想。(周評)
◎12. 何不假托名姓求乞？(周評)

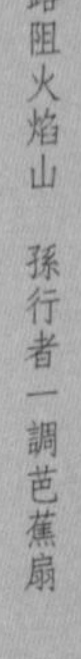

崑曲《火焰山．借扇》中的美猴王孫悟空，攝於2001年。（龍海／fotoe提供）

那毛女即便回身，轉於洞內，對羅剎跪下道：「奶奶，洞門外有個東土來的孫悟空和尚，要見奶奶，拜求芭蕉扇，過火焰山一用。」那羅剎聽見「孫悟空」三字，便似撮鹽入火，火上澆油，骨都都紅生臉上，惡狠狠怒發心頭，口中罵道：「這潑猴！今日來了！」◎13叫：「丫鬟，取披掛，拿兵器來！」隨即取了披掛，拿兩口青鋒寶劍，整束出來。行者在洞外閃過，偷看怎生打扮。只見他：

頭裹團花手帕，身穿納錦雲袍。腰間雙束虎筋絛，微露繡裙偏綃。鳳嘴弓鞋三寸，龍鬚膝褲金銷。手提寶劍怒聲高，兇比月婆容貌。

那羅剎出門，高叫道：「孫悟空何在？」行者上前，躬身施禮道：「嫂嫂，老孫在此奉揖。」羅剎咄的一聲道：「誰是你的嫂嫂？那個要你奉揖！」行者道：「尊府牛魔王，當初曾與老孫結義，乃七兄弟之親。今聞公主是牛大哥令正，安得不以嫂嫂稱之！」羅剎道：「你這潑猴！既有兄弟之親，如何坑陷我子？」行者佯問道：「令郎是誰？」羅剎道：「我兒是號山枯松澗火雲洞聖嬰大王紅孩兒，被你傾※6了。我們正沒處尋你報仇，你

今上門納命，我肯饒你！」行者滿臉陪笑道：「嫂嫂原來不察理，錯怪了老孫。你令郎因是捉了師父，要蒸要煮，幸虧了觀音菩薩收他去，救出我師。他如今現在菩薩處做善財童子，實受了菩薩正果，不生不滅，不垢不淨，與天地同壽，日月同庚。你倒不謝老孫保命之恩，反怪老孫，是何道理？」羅刹道：「你這個巧嘴的潑猴！我那兒雖不傷命，再怎生得到我的跟前，幾時能見一面？」行者笑道：「嫂嫂要見令郎，有何難處？你且把扇子借我，搧息了火，送我師父過去，我就到南海菩薩處請他來見你，就送扇子還你，有何不可？那時節，你看他可曾損傷一毫？如有些須之傷，你也怪得有理；如比舊時標致，還當謝我。」羅刹道：「潑猴，少要饒舌！伸過頭來，等我砍上幾劍！若受得疼痛，就借扇子與你；若忍耐不得，教你早見閻君！」行者叉手向前，笑道：「嫂嫂切莫多言。老孫伸著光頭，任尊意砍上多少，但沒氣力便罷。是必借扇子用用。」那羅刹不容分說，雙手輪劍，照行者頭上乒乒乓乓，砍有十數下，這行者全不認真。羅刹害怕，回頭要走。行者道：「嫂嫂，那裏去？快借我使使！」那羅刹道：「我的寶貝原不輕借。」行者道：「既不肯借，吃你老叔一棒！」

好猴王，一隻手扯住，一隻手去耳內掣出棒來，幌一幌，有碗來粗細。那羅刹掙脫手，舉劍來迎。行者隨又輪棒便打。兩個在翠雲山前，不論親情，卻只講仇隙。這一場好殺：

裙釵本是修成怪，爲子懷仇恨潑猴。行者雖然生狠怒，因師路阻讓娥流※7。先言拜借

註

※6 傾：斜、歪、傾跌，這裏是害了的意思。

※7 娥流：指女流之輩。

評點

◎13. 望之久矣。（周評）

芭蕉扇，不展驍雄耐性柔。羅剎無知輪劍砍，猴王有意說親由。女流怎與男兒鬥，到底男剛壓女流。◎[14]這個金箍鐵棒多兇猛，那個霜刃青鋒甚緊稠。劈面打，照頭丟，恨苦相持不罷休。左擋右遮施武藝，前迎後架騁奇謀。卻才鬥到沉酣處，不覺西方墜日頭。羅剎忙將眞扇子，一搧揮動鬼神愁！

那羅剎女與行者相持到晚，見行者棒重，卻又解數周密，料鬥他不過，即便取出芭蕉扇，幌一幌，一扇陰風，把行者搧得無影無形，莫想收留得住。這羅剎得勝回歸。

那大聖飄飄蕩蕩，左沉不能落地，右墜不得存身，就如旋風翻敗葉，流水淌殘花，滾了一夜。◎[15]直至天明，方才落在一座山上，雙手抱住一塊峰石。定性良久，仔細觀看，卻才認得是小須彌山。◎[16]大聖長嘆一聲道：「好利害婦人！◎[17]怎麼就把老孫送到這裏來了？我當年曾記得在此處告求靈吉菩薩，降黃風怪救我師父。那黃風嶺至此直南上有三千餘里，今在西路轉來，乃東南方隅，不知有幾萬里。等我下去問靈吉菩薩一個消息，好回舊路。」

正躊躇間，又聽得鐘聲響亮，急下山坡，徑至禪院。那門前道人認得行者的形容，即入裏面報道：「前年來請菩薩去降黃風怪的那個毛臉大聖又來了。」菩薩知是悟空，連忙下寶座相迎，入內施禮道：「恭喜！取經來耶？」悟空答道：「正好未到。早哩，早哩！」靈吉道：「既未曾得到雷音，何以回顧荒山？」◎[18]行者道：「自上年蒙盛情降了黃風怪，一路上不知歷過多少苦楚。今到火焰山，不能前進，詢問土人，說有個鐵扇仙芭蕉

扇搧得火滅，老孫特去尋訪。原來那仙是牛魔王的妻，紅孩兒的母。他說我把他兒子做了觀音菩薩的童子，不得常見，跟我為仇，不肯借扇，與我爭鬥。他見我的棒重難撐，遂將扇子把我一搧，搧得我悠悠蕩蕩，直至於此，方才落住。故此輕造禪院，問個歸路，此處到火焰山，不知有多少里數？」靈吉笑道：「那婦人喚名羅剎女，又叫作鐵扇公主。他的那芭蕉扇本是崑崙山後，自混沌開闢以來，天地產成的一個靈寶，乃太陰之精葉，故能滅火氣。假若搧著人，要飄八萬四千里，方息陰風。我這山到火焰山，只有五萬餘里，此還是大聖有留雲之能，故止住了；若是凡人，正好不得住也！」◎19行者道：「利害，利害！我師父卻怎生得度那方？」靈吉道：「大聖放心。此一來，也是唐僧的緣法，合教大聖成功。」行者道：「怎見成功？」靈吉道：「我當年受如來教旨，賜我一粒定風丹、一柄飛龍杖。飛龍杖已降了風魔，這定風丹尚未曾見用，如今送了大聖，管教那廝搧你不動。你卻要了扇子，搧息火，卻不就立此功也？」行者低頭作禮，感謝不盡。那菩薩即於衣袖中取出一個錦袋兒，將那一粒定風丹與行者安在衣領裏邊，將針線緊緊縫了。送行者出門道：「不及留款，往西北上去，就是羅剎的山場也。」

行者辭了靈吉，駕觔斗雲，徑返翠雲山，頃刻而至。使鐵棒打著洞門，叫道：「開門！開門！老孫來借扇子使使哩。」慌得那門裏女童即忙來報：「奶奶，借扇子的又來了！」羅剎聞言，心中悚懼道：「這潑猴真有本事！我的寶貝搧著人，要去八萬四千里方能停止，他怎麼才吹去就回來也？這番等我一連搧他兩三扇，教他找不著歸路！」急縱身，結束整齊，

評點

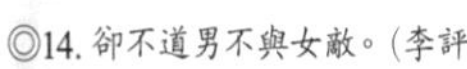

◎14. 卻不道男不與女敵。（李評）
◎15. 滾得妙，此一夜光景描畫不盡。（周評）
◎16. 天送來領定風丹也。（周評）
◎17. 那個婦人不利害？（李評）
◎18. 這才是不知那陣風吹將來的。（周評）
◎19. 安得借此扇將唐僧向西一搧乎？（周評）

雙手提劍，走出門來道：「孫行者！你不怕我，又來尋死！」行者笑道：「嫂嫂勿得慳吝，是必借我使使。保得唐僧過山，就送還你。我是個志誠有餘的君子，不是那借物不還的小人。」◎20

羅剎又罵道：「潑猢猻！好沒道理，沒分曉！奪子之仇尚未報得，借扇之意豈得如心！你不要走，吃我老娘一劍！」大聖公然不懼，使鐵棒劈手相迎。他兩個往往來來，戰經五七回合，羅剎女手軟難輪，孫行者身強善敵。他見事勢不諧，即取扇子，望行者搧了一扇，行者巍然不動。行者收了鐵棒，笑吟吟的道：「這番不比那番！任你怎麼搧來，老孫若動一動，就不算漢子！」那羅剎又搧兩扇，果然不動。羅剎慌了，急收寶貝，轉回走入洞裏，將門緊緊關上。

行者見他閉了門，卻就弄個手段，拆開衣領，把定風丹噙在口中，搖身一變，變作一個蟭蟟蟲兒，從他門隙處鑽進。只見羅剎叫道：「渴了，渴了！快拿茶來！」近侍女童即將香茶一壺，沙沙的滿斟一碗，沖起茶沫漕漕。行者見了歡喜，嚶的一翅，飛在茶沫之下。那羅剎渴極，接過茶，兩三氣都吃了。行者已到他肚腹之內，現原身，厲聲高叫道：「嫂嫂，借

羅剎女搧不動有了定風丹的孫悟空，心裏感到害怕。（朱寶榮繪）

扇子我使使！」◎21羅剎大驚失色，叫：「小的們，關了前門否？」俱說：「關了。」他又說：「既關了門，孫行者如何在家裏叫喚？」女童道：「在你身上叫哩。」羅剎道：「孫行者，你在那裏弄術哩？」行者道：「老孫一生不會弄術，都是些真手段、實本事，已在尊嫂尊腹之內耍子，已見其肺肝矣。◎22我知你也飢渴了，我先送你個坐碗兒解渴！」卻就把腳往下一登。那羅剎小腹之中疼痛難禁，坐於地下叫苦。行者道：「嫂嫂休得推辭，我

孫悟空鑽入羅剎女的肚子裏，折磨得她死去活來。（朱寶榮繪）

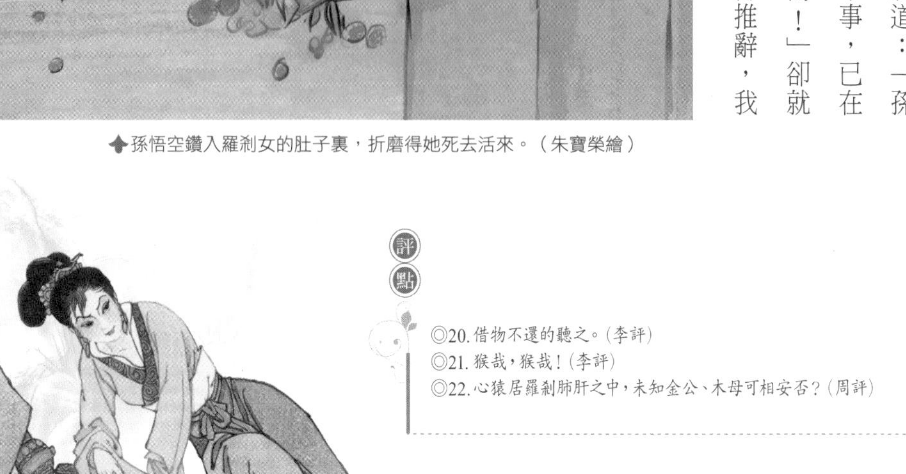

評點

◎20. 借物不還的聽之。（李評）
◎21. 猴哉，猴哉！（李評）
◎22. 心猿居羅剎肺肝之中，未知金公、木母可相安否？（周評）

再送你個點心充飢！」◎23又把頭往上一頂。那羅刹心痛難禁，只在地上打滾，疼得他面黃唇白，只教：「孫叔叔饒命！」

行者卻才收了手腳道：「你才認得叔叔麼？我看牛大哥情上，且饒你性命。快將扇子拿來我使使。」羅刹道：「叔叔，有扇，有扇！你出來拿了去。」行者道：「拿扇子我看了出來。」羅刹即叫女童拿一柄芭蕉扇，執在旁邊。行者探到喉嚨之上見了道：「嫂嫂，我既饒你性命，不在腰肋之下搠個窟窿出來，還自口出。◎24你把口張三張兒。」那羅刹果張開口。行者還作個蟭蟟蟲，先飛出來，丁在芭蕉扇上。那羅刹不知，連張三次，叫：「叔叔出來罷。」行者化原身，拿了扇子，叫道：「我在此間不是？謝借了，謝借了！」◎25拽開步，往前便走。小的們連忙開了門，放他出洞。

這大聖撥轉雲頭，徑回東路。霎時按落雲頭，立在紅磚壁下。八戒見了歡喜道：「師父，師兄來了！來了！」三藏即與本莊老者同沙僧出門接著，同至舍內。把芭蕉扇靠在旁邊道：「老官兒，可是這個扇子？」◎26老者道：「正是，正是。」唐僧喜道：「賢徒有莫大之功。求此寶貝，甚勞苦了。」行者道：「勞苦倒也不說。那鐵扇仙，你道是誰？那

✦羅刹女沒有辦法，表面上答應了孫悟空借扇子，張開口，讓行者飛出來。大聖出來之後，拿了扇子，禮貌地道別，然後駕雲而去。（古版畫，選自李卓吾批評本《西遊記》）

廝原來是牛魔王的妻，紅孩兒的母，名喚羅剎女，又喚鐵扇公主。我尋到洞外借扇，他就與我講起仇隙，把我砍了幾劍。是我使棒嚇他，他就把扇子搧了我一下，飄飄蕩蕩，直刮到小須彌山。幸見靈吉菩薩，送了我一粒定風丹，指與歸路，復至翠雲山，又見羅剎女。羅剎女又使扇子，搧我不動，他就回洞。是老孫變作一個蟭蟟蟲，飛入洞去。那廝正討茶吃，是我又鑽在茶沫之下，到他肚裏，做起手腳。他疼痛難禁，不住口的叫我作叔叔饒命，情願將扇借與我。我卻饒了他，拿將扇來。待過了火焰山，仍送還他。」三藏聞言，感謝不盡。師徒們俱拜辭老者。

一路西來，約行有四十里遠近，漸漸酷熱蒸人。沙僧只叫：「腳底烙得慌！」八戒又道：「爪子燙得痛！」馬比尋常又快，只因地熱難停，十分難進。行者道：「師父且請下馬，兄弟們莫走。等我搧息了火，待風雨之後，地土冷些，再過山去。」行者果舉扇，徑至火邊，盡力一搧，那山上火光烘烘騰起；再一扇，更著百倍；又一扇，那火足有千丈之高，漸漸燒著身體。行者急回，已將兩股毫毛燒淨，徑跑至唐僧面前，叫：「快回去，快回去！火來了，火來了！」◎27

那師父爬上馬，與八戒、沙僧，復東來有二十餘里，方才歇下，道：「悟空，如何了呀？」行者丟下扇子道：「不停當，不停當！被那廝哄了！」三藏聽說，愁促眉尖，悶添心上，止不住兩淚交流，只道：「怎生是好！」八戒道：「哥哥，你急急忙忙叫回去，是怎麼說？」行者道：「我將扇子搧了一下，火光烘烘；第二扇，火氣愈盛；第三扇，火頭飛有千丈之高。若是跑得不快，把毫毛都燒盡矣！」八戒笑道：「你常說雷打不傷，火燒

評點

◎23.「坐碗」、「點心」，巧甚。(李評)

◎24.若在下面出來，就是他的兒子了。(李評)

◎25.如此借法甚妙。任他神通法力，總不及一個蟭蟟。(周評)

◎26.老官兒那裏認得扇？(李評)

◎27.此一段自不可少，若一搧竟滅，不但文字無波瀾，且覺成功太易，火焰山曾不若黑水河矣。(周評)

不損，如今何又怕火？」行者道：「你這獃子，全不知事。那時節用心防備，故此不傷；今日只為搧息火光，不曾捻避火訣，又未使護身法，所以把兩股毫毛燒了。」沙僧道：「似這般火盛，無路通西，怎生是好？」八戒道：「只揀無火處走便罷。」三藏道：「那方無火？」八戒道：「東方、南方、北方俱無火。」又問：「那方有經？」八戒道：「西方有經。」三藏道：「我只欲往有經處去哩！」沙僧道：「有經處有火，無火處無經，◎28 誠是進退兩難！」

師徒們正自胡談亂講，只聽得有人叫道：「大聖不須煩惱，且來吃些齋飯再議。」四衆回看時，見一老人，身披飄風氅，頭頂偃月冠，手持龍頭杖，足踏鐵靿靴，後帶著一個鵰嘴魚腮鬼，鬼頭上頂著一個銅盆，盆內有些蒸餅糕糜、黃糧米飯，在於西路下躬身道：「我本是火焰山土地，知大聖保護聖僧，不能前進，特獻一齋。」行者道：「吃齋小可，這火光幾時滅得，讓我師父過去？」土地道：「要滅火光，須求羅剎女借芭蕉扇。」行者去路旁拾起扇子道：「這不是？那火光越搧越著，何也？」土地看了，笑道：「此扇不是真的，被他哄了。」行者道：「如何方得真的？」那土地又控背躬身，微微笑道：

「若還要借真蕉扇，須是尋求大力王。」

畢竟不知大力王有甚緣故，且聽下回分解。

評點

◎28. 妙語。可見有經則有火，無火則無經，二者原相因而至。（周評）

羅剎女遺焰，至今尚在。或問：「在何處？」曰：「遍地都是。只是男子不動火，它自然滅熄了。」這婦人偏能殺火，所以和尚只得求他。（李評）

悟一子曰：二心者，不但是道心、人心間雜，即道心不力，半途疑貳者亦是。不但是一人二心，即三徒之心而與唐僧不合一者亦是。（陳評節錄）

悟元子曰：上三回指出了性妙諦，已無剩義。然性之盡者，即命之至，使不於命根上著腳，則仍是佛門二乘之法，總非教外別傳之道。故此回緊接上回而言了命之旨。冠首一詞，極爲顯明，學者細翫。……噫！說時易，行時難，是在依有大力者，而後爲之耳。（劉評節錄）

◆那羅剎不知，連張三次，叫：「叔叔出來罷。」行者化原身，拿了扇子，叫道：「我在此間不是？謝借了，謝借了！」（孟慶江繪）

牛魔王罷戰赴華筵　孫行者二調芭蕉扇

土地說：「大力王即牛魔王也。」行者道：「這山本是牛魔王放的火，假名火焰山？」土地道：「不是，不是。大聖若肯赦小神之罪，方敢直言。」行者道：「你有何罪？直說無妨。」土地道：「這火原是大聖放的。」◎1行者怒道：「我在那裏，你這等亂談！我可是放火之輩？」土地道：「是你也認不得我了。此間原無這座山，因大聖五百年前大鬧天宮時，被顯聖擒了，壓赴老君，將大聖安於八卦爐內，煅煉之後開鼎，被你蹬倒丹爐，落了幾個磚來，內有餘火，到此處化為火焰山。◎2我本是兜率宮守爐的道人，當被老君怪我失守，降下此間，就做了火焰山土地也。」◎3豬八戒聞言，恨道：「怪道你這等打扮，原來是道士變的土地！」

行者半信不通道：「你且說，早尋大力王何故？」土地道：「大力王乃羅剎女丈夫。他這向撇了羅剎，現在積雷山摩雲洞。有個萬歲狐王，那狐王死了，遺下一個女兒，叫作玉面公主。◎4那公主有百萬家私，無人掌管；二年前，訪著牛魔王神通廣大，情願倒陪家

✦《新說西遊記圖像》描繪第六十回精采場景：孫悟空與結拜大哥牛魔王廝打一場。（古版畫，選自《新說西遊記圖像》）

私，招贅為夫。那牛王棄了羅刹，久不回顧。若大聖尋著牛王，拜求來此，方借得真扇。一則搧息火焰，可保師父前進；二來永除火患，可保此地生靈；三者赦我歸天，回繳老君法旨。」行者道：「積雷山坐落何處？到彼有多少程途？」土地道：「在正南方。此間到彼，有三千餘里。」行者聞言，即分付沙僧、八戒保護師父，又教土地陪伴勿回。隨即忽的一聲，渺然不見。

那裏消半個時辰，早見一座高山凌漢。按落雲頭，停立巔峰之上觀看，真是好山：

高不高，頂摩碧漢；大不大，根扎黃泉。山前日暖，嶺後風寒。山前日暖，有三冬草木無知；嶺後風寒，見九夏冰霜不化。龍潭接澗水長流，虎穴依崖花放早。水流千派似飛瓊，花放一心如佈錦。灣環嶺上灣環樹，扢扠石外扢扠松。真箇是高的山，峻的嶺，陡的崖，深的澗，香的花，美的果，紅的藤，紫的竹，青的松，翠的柳：八節四時顏不改，千年萬古色如龍。

大聖看彀多時，步下尖峰，入深山找尋路徑。正自沒個消息，忽見松陰下有一女子，手折了一枝香蘭，嬝嬝娜娜而來。◎5大聖閃在怪石之旁，定睛觀看，那女子怎生模樣：

嬌嬌傾國色，緩緩步移蓮。貌若王嬙※1，顏如楚女。如花解語※2，似玉生香。高髻

註

※1 王嬙：又名昭君，生卒年月不詳，約生活在西元前一世紀下半葉。字嬙，南郡秭歸（今湖北秭歸）人，晉人因避司馬昭諱，改稱明妃，又作明君。元帝時被選入後宮。傳說她因不肯賄賂畫工毛延壽而被畫得容貌普通，因而數年見不到元帝。西元前三十三年，匈奴呼韓邪單于入朝求親，元帝賜予宮女五人。昭君向掖庭令請求遠嫁。臨行之日，「昭君豐容靚飾，光明漢宮，顧影徘徊，竦動左右。帝見大驚，意欲留之，而難於失信，遂與匈奴」。入匈奴後，立爲寧胡閼氏（皇后），生二子。呼韓邪單于死，其前閼氏之子繼單于位，欲納昭君爲其閼氏，昭君上書成帝求還，成帝詔令入鄉隨俗，遂復爲後單于閼氏。

※2 花解語：唐玄宗把楊貴妃比作能說話的名花，後來就用「名花解語」或「解語花」來比喻美女。

評點

◎1. 絕妙，絕妙。乍聞此語，豈不令人驚殺。（周評）
◎2. 如此照應，奇甚！（李評）
◎3. 追敘五百年前舊事，何異天寶老人。（周評）
極荒唐，卻似實事。（李評）
◎4. 好名色。（李評）
◎5. 又是一種情致，亦自引人入勝。（周評）

堆青髻※3碧鴉，雙睛蘸綠橫秋水。湘裙半露弓鞋小，翠袖微舒粉腕長。說甚麼暮雨朝雲，真箇是朱唇皓齒。錦江滑膩蛾眉秀，賽過文君※4與薛濤※5。

那女子漸漸走近石邊。大聖躬身施禮，緩緩而言曰：「女菩薩何往？」那女子未曾觀看，聽得叫問，卻自抬頭，忽見大聖的相貌醜陋，老大心驚，欲退難退，欲行難行，只得戰戰兢兢勉強答道：「你是何方來者，敢在此間問誰？」大聖沉思道：「我若說出取經求扇之事，恐這廝與牛王有親；且只以假親托意，來請魔王之言而答方可。」那女子見他不語，變了顏色，怒聲喝道：「你是何人，敢來問我！」大聖躬身陪笑道：「我是翠雲山來的，初到貴處，不知路徑。敢問菩薩，此間可是積雷山？」那女子道：「正是。」大聖道：「有個摩雲洞，坐落何處？」那女子道：「你尋那洞做甚？」大聖道：「我是翠雲山芭蕉洞鐵扇公主央來請牛魔王的。」

那女子一聽鐵扇公主請牛魔王之言，心中大怒，徹耳根子通紅，潑口罵道：「這賤婢著實無知！牛王自到我家，未及二載，也不知送了他多少珠翠金銀、綾羅緞疋；年供柴，月供米，自自在在受用。還不識羞，又來請他怎的！」◎6大聖聞言，情知是玉面公主，

新疆火焰山的旱熱景況。火焰山位於吐魯番盆地北緣，古書稱赤石山，維吾爾語稱「克孜勒塔格」，意即紅山。它東起鄯善縣流沙河，西至吐魯番桃兒溝，山體由紅色砂岩構成。（美工圖書社：中國圖片大系提供）

◆牛魔王，《西遊記》神話人物。是孫悟空的結拜兄弟，號稱「平天大聖」。（fotoe提供）

故意掣出金箍棒，大喝一聲道：「你這潑賤！將家私買住牛王，誠然是陪錢嫁漢！你倒不羞，卻敢罵誰？」那女子見了，諕得魄散魂飛，沒好步亂躧金蓮，戰兢兢回頭便走。這大聖吆吆喝喝，隨後相跟。原來穿過松陰，就是摩雲洞口。女子跑進去，撲的把門關了。大聖卻收了鐵棒，停步看時，好所在：

樹林森密，崖削崚嶒。薜蘿陰冉冉，蘭蕙味馨馨。流泉漱玉穿修竹，巧石知機帶落英。烟霞籠遠岫，日月照雲屏。龍吟虎嘯，鶴唳鶯鳴。一片清幽眞可愛，琪花瑤草景常明。不亞天臺仙洞，勝如海上蓬瀛。

且不言行者這裏觀看景致。卻說那女子跑得粉汗淋淋，諕得蘭心吸吸，◎7徑入書房裏面。原來牛魔王正在那裏靜翫丹書。這女子沒好氣倒在懷裏，抓耳撓腮，放聲大哭。牛王滿面陪笑道：「美人，休得煩惱。有甚話說？」那女子跳天索地，口中罵道：「潑魔害殺我也！」◎8牛王笑道：「你為甚事罵我？」女子道：「我因父母無依，招你護身養命。江湖中說你是條好漢，你原來是個懼內的

註

※3 青軃：軃音朵，同「嚲」，下垂的意思。這句形容美女頭髮下垂的樣子。

※4 文君：卓文君，西漢臨邛人，漢代著名的才女加美女。卓文君是卓王孫之女，喪夫後家居。許多名流向她求婚，她卻看中了窮書生司馬相如。後卓文君隨司馬相如私奔，開酒鋪當壚賣酒。文君夜奔相如的故事在民間十分流行，爲後世小說、戲曲所取材。

※5 薛濤：唐代著名女詩人，以姿容美豔、詩才敏慧著稱。現有《薛濤詩》傳世。

評點

◎6. 妖魔是妒婦，妒婦是妖魔。（李評）
◎7. 「粉汗」、「蘭心」，語媚甚。（李評）
◎8. 描寫得逼眞。（李評）

庸夫！」◎9牛王聞說，將女子抱住道：「美人，我有那些不是處，你且慢慢說來，我與你陪禮。」女子道：「適才我在洞外閑步花陰，折蘭採蕙，忽有一個毛臉雷公嘴的和尚，猛地前來施禮，把我嚇了個獃掙。及定性問是何人，他說是鐵扇公主央他來請牛魔王的。被我說了兩句，他倒罵了我一場，將一根棍子趕著我打。若不是走得快些，幾乎被他打死！這不是招你為禍，害殺我也！」牛王聞言，卻與他整容陪禮。溫存良久，女子方才息氣。魔王卻發狠道：「美人在上，不敢相瞞。◎10那芭蕉洞雖是僻靜，卻清幽自在。我山妻自幼修持，也是個得道的女仙，卻是家門嚴謹，內無一尺之童，焉得有雷公嘴的男子央來？這想是那裏來的妖怪，或者假綽名聲，至此訪我。等我出去看看。」

好魔王，拽開步，出了書房，上大廳取了披掛，結束了。拿了一條混鐵棍，出門高叫道：「是誰人在我這裏無狀？」行者在旁，見他那模樣，與五百年前又大不同。◎11只見：

頭上戴一頂水磨銀亮熟鐵盔，身上貫一副絨穿錦繡黃金甲，足下踏一雙捲尖粉底麂皮靴，腰間束一條攢絲三股獅蠻帶。一雙眼光如明鏡，兩道眉豔似紅霓。口若血盆，齒排銅板。吼聲響震山神怕，行動威風惡鬼慌。四海有名稱混世，西方大力號魔王。

這大聖整衣上前，深深的唱個大喏道：「長兄，◎12還認得小弟麼？」牛王答禮道：「你是齊天大聖孫悟空麼？」大聖道：「正是，正是，一向久別未拜。適才到此問一女子，方得見兄。丰采果勝常，真可賀也！」牛王喝道：「且休巧舌！我聞你鬧了天宮，被佛祖降壓在五行山下，近解脫天災，保護唐僧西天見佛求經，怎麼在號山枯松澗火雲洞把我小兒牛聖嬰害了？正在這裏惱你，你卻怎麼又來尋我？」大聖作禮道：「長兄勿得誤怪小弟。當時令郎捉住吾師，要食其肉，小弟近他不得，幸觀音菩薩欲救我師，勸他歸正。現今做了善財童子，比兄長還高，享極樂之門堂，受逍遙之永壽，有何不可，反怪我耶？」牛王罵道：「這個乖嘴的猢猻！害子之情，被你說過。你才欺我愛妾，打上我門何也？」大聖笑道：「我因拜謁長兄不見，向那女子拜問，不知就是二嫂嫂。因他罵了我幾句，◎13是小弟一時粗鹵，驚了嫂嫂。望長兄寬恕寬恕！」牛王道：「既如此說，我看故舊之情，饒你去罷。」

大聖道：「既蒙寬恩，感謝不盡。但尚有一事奉瀆※6，萬望周濟周濟。」牛王罵道：「這猢猻不識起倒！饒了你，倒還不走，反來纏我。甚麼周濟周濟！」大聖道：「實不瞞長兄，小弟因保唐僧西進，路阻火焰山，不能前進。詢問土人，知尊嫂羅剎女有一柄芭蕉扇，欲求一用。昨到舊府奉拜嫂嫂，嫂嫂堅執不借，是以特求長兄。望兄長開天地之心，同小弟到大嫂處一行，千萬借扇搧滅火焰，保得唐僧過山，即時完璧。」牛王聞言，心如火發，咬響鋼牙罵道：「你說你不無禮，你原來是借扇之故！一定先欺我山妻，山妻想是不肯，故來尋我，且又趕我愛妾！常言道：『朋友妻，不可欺；朋友妾，不可滅。』你既欺我妻，又滅我妾，多大無禮！上來吃我一棍！」大聖道：「哥要說打，弟也不懼，但求寶貝，是我真心。萬乞借我使使！」牛王道：「你若三合敵得

註

※6 奉瀆：指麻煩。

評點

◎9. 懼內二字是老牛的總批。（張評）
◎10. 竟是不敢，則怕之極，聽之不至矣。（張評）
◎11. 居移氣，大哉居乎。（張評）
◎12. 書法只爲弟兄，而道義自動。（張評）
◎13. 這個卻從來聽不見。（張評）

我，我著山妻借你；如敵不過，打死你，與我雪恨！」大聖道：「哥說得是。小弟這一向疏懶，不曾與兄相會，不知這幾年武藝比昔日如何，我兄弟們請演演棍看。」

這牛王那容分說，掣混鐵棍，劈頭就打。這大聖持金箍棒，隨手相迎。兩個這場好鬥：

> 金箍棒，混鐵棍，變臉不以朋友論。那個說：「正怪你這猢猻害子情！」這個說：「你令郎已得道休嗔恨！」那個說：「你無知怎敢上我門？」這個說：「我有因特地來相問。」一個要求扇子保唐僧，一個不借芭蕉忒鄙吝。語去言來失舊情，舉家無義皆生忿。牛王棍起賽蛟龍，大聖棒迎神鬼遁。初時爭鬥在山前，後來齊駕祥雲進。半空之內顯神通，五彩光中施妙運。兩條棍響振天關，不見輸贏皆傍寸。

這大聖與那牛王鬥經百十回合，不分勝負。正在難解難分之際，只聽得山峰上有人叫道：「牛爺爺，我大王多多拜上，幸賜早臨，好安座也。」◎[14]牛王聞說，使混鐵棍支住金箍棒，叫道：「猢猻，你且住了，等我去一個朋友家赴會來者！」言畢，按下雲頭，徑至洞裏，對玉面公主道：「美人，才那雷公嘴的男子，乃孫悟空猢猻，被我一頓棍打走了，再不敢來。你放心耍子，我到一個朋友處吃酒去也。」他才卸了盔甲，穿一領鴉青剪絨襖子，走出門，跨上辟水金睛獸，著小的們看守門庭，半雲半霧，一直向西北方而去。

大聖在高峰上看著，心中暗想道：「這老牛不知又結識了甚麼朋友，往那裏去赴會？等老孫跟他走走。」好行者，將身幌一幌，變作一陣清風趕上，隨著同走。不多時，到了

◆孫悟空在牛魔王後面跟踪他去參加宴會。（朱寶榮繪）

評點

◎14. 凡文字妙處在轉。《西遊》每轉必妙，所以可傳。若俗筆亦有愈轉愈拙者，未可概論。(周評)

一座山中，那牛王寂然不見。大聖聚了原身，入山尋看，那山中有一面清水深潭，潭邊有一座石碣，碣上有六個大字，乃「亂石山碧波潭」。大聖暗想道：「老牛斷然下水去了。水底之精，若不是蛟精，必是龍精、魚精，或龜鱉黿鼉之精。等老孫也下水去看看。」

好大聖，捻著訣，念個咒語，搖身一變，變作一個螃蟹，不大不小的，有三十六斤重。撲的跳在水中，徑沉潭底。忽見一座玲瓏剔透的牌樓，樓下拴著那個辟水金睛獸。進牌樓裏面，卻就沒水。大聖爬進去，仔細看時，只見那壁廂一派音樂之聲。但見：◎15

朱宮貝闕，與世不殊。黃金爲屋瓦，白玉作門樞。屏開玳瑁甲，檻砌珊瑚珠。祥雲瑞藹輝蓮座，上接三光下八衢。非是天宮並海藏，果然此處賽蓬壺。高堂設宴羅賓主，大小官員冠冕珠。忙呼玉女捧牙槃，催喚仙娥調律呂。長鯨鳴，巨蟹舞，鱉吹笙，鼉擊鼓，驪頷之珠照樽俎。鳥篆之文列翠屏，蝦鬚之簾掛廊廡。八音迭奏雜仙韶，宮商響徹遏雲霄。青頭鱸妓撫瑤瑟，紅眼馬郎品玉簫。鱖婆頂獻香獐脯，龍女頭簪金鳳翹。吃的是天廚八寶珍羞味，飲的是紫府瓊漿熟醞醪。

大聖變作螃蟹，跳在水底，進牌樓裏面，仔細觀察。（古版畫，選自李卓吾批評本《西遊記》）

那上面坐的是牛魔王，左右有三四個蛟精，前面坐著一個老龍精，兩邊乃龍子龍孫、龍婆龍女。正在那裏觥籌交錯之際，孫大聖一直走將上去，被老龍看見，即命：「拿下那個野蟹來！」龍子龍孫一擁上前，把大聖拿住。大聖忽作人言，只叫：「饒命！饒命！」老龍道：「你是那裏來的野蟹？怎麼敢上廳堂，在尊客之前橫行亂走？◎16快早供來，免汝死罪！」好大聖，假捏虛言，對眾供道：

「生自湖中爲活，傍崖作窟權居。蓋因日久得身舒，官受橫行介士。踏草拖泥落索※7，從來未習行儀。不知法度冒王威，伏望尊慈恕罪！」◎17

座上眾精聞言，都拱身對老龍作禮道：「蟹介士初入瑤宮，不知王禮，望尊公饒他去罷。」老龍稱謝了。眾精即教：「放了那廝，且記打，外面伺候。」大聖應了一聲，往外逃命，徑至牌樓之下。心中暗想道：「這牛王在此貪杯，那裏等得他散？就是散了，也不肯借扇與我。不如偷了他的金睛獸，變作牛魔王，去哄那羅剎女，騙他扇子，送我師父過山為妙。」

好大聖，即現本相，將金睛獸解了韁繩，撲一把跨上雕鞍，徑直騎出水底。到於潭外，將身變作牛王模樣，打著獸，縱著雲，不多時，已至翠雲山芭蕉洞口，叫聲：「開門！」那洞門裏有兩個女童，聞得聲音開了門，看見是牛魔王嘴臉，即入報：「奶奶，爺爺來家了。」那羅剎聽言，忙整雲鬢，急移蓮步，出門迎接。這大聖下雕鞍，牽進金睛

註

※7 落索：冷落蕭索。螃蟹橫行，獨往獨來，所以說落索。

評點

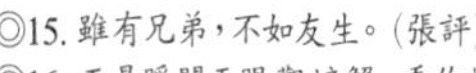

◎15. 雖有兄弟，不如友生。（張評）
◎16. 正是睜開兩眼觀螃蟹，看你橫行到幾時！（張評）
◎17. 可笑之甚！（李評）

獸；弄大膽，誆騙女佳人。羅剎女肉眼認他不出，即攜手而入，著丫鬟設座看茶。一家子見是主公，無不敬謹。

須臾間，敘及寒溫。牛王道：「夫人久闊。」羅剎道：「大王萬福。」又云：「大王寵幸新婚，抛撇奴家，今日是那陣風兒吹你來的？」大聖笑道：「非敢抛撇，只因玉面公主招後，家事繁冗，朋友多顧，是以稽留在外。卻也又治得一個家當了。」又道：「近聞悟空那廝保唐僧，將近火焰山界，恐他來問你借扇子。我恨那廝害子之仇未報，但來時，可差人報我，等我拿他，分屍萬段，以雪我夫妻之恨。」羅剎聞言，滴淚告道：「大王，常言說：『男兒無婦財無主，女子無夫身無主。』我的性命，險些兒被這個猢猻害了！」大聖聽得，故意發怒罵道：「那潑猴幾時過去了？」羅剎道：「還未去。昨日到我這裏借扇子，我因他害孩兒之故，披掛了，輪寶劍出門，就砍那猢猻。他忍著疼，叫我作嫂嫂，說大王曾與他結義。」大聖道：「是五百年前曾拜為七弟兄。」羅剎道：「被我罵也不敢回言，砍也不敢動手，後被我一扇子搧去；不知在那裏尋得個定風法兒，今早又在門外叫喚。是我又使扇搧，莫想得動。急輪劍砍時，他就不讓我了。我怕他棒重，就走入洞裏，緊關上門。不知他又從何處鑽在我肚腹之內，◎18險被他害了性命！是我叫他幾聲叔叔，將扇與他去也。」大聖又假意搥胸道：「可惜！可惜！夫人錯了，怎麼就把這寶貝與那猢猻？惱殺我也！」

羅剎笑道：「大王息怒。與他的是假扇，但哄他去了。」大聖問：「真扇在於何處？」羅剎道：「放心，放心！我收著哩。」叫丫鬟整酒，接風賀喜。遂擎杯奉上道：「大王，燕爾新婚，千萬莫忘結髮，且吃一杯鄉中之水。」大聖不敢不接，只得笑吟吟舉觴在手道：「夫人先飲。我因圖治外產，久別夫人，早晚蒙護守家門，權為酬謝。」羅剎復接杯斟起，遞與大王道：「自古道：『妻者，齊也。』夫乃養身之父，講甚麼謝。」他兩人謙謙講講，方才坐下巡酒。大聖不敢破葷，只吃幾個果子，與他言言語語。

酒至數巡，羅剎覺有半酣，色情微動，就和孫大聖挨挨擦擦，搭搭拈拈，攜著手，俏語溫存；並著肩，低聲俯就。將一杯酒，你喝一口，我喝一口，卻又哺果。大聖假意虛情，相陪相笑，沒奈何，也與他相倚相偎。果然是：

> 釣詩鉤，掃愁帚，破除萬事無過酒。男兒立節放襟懷，女子忘情開笑口。面赤似夭桃，身搖如嫩柳。絮絮叨叨話語多，捻捻掐掐風情有。時見掠雲鬟，又見輪尖手。幾番常把腳兒蹺，數次每將衣袖抖。粉項自然低，蠻腰漸覺扭。合歡言語不曾丟，酥胸半露鬆金鈕。醉來眞箇玉山頹，錫眼摩娑幾弄醜。

大聖見他這等酣然，暗自留心，挑鬥道：「夫人，真扇子你收在那裏？早晚仔細。但恐孫行者變化多端，卻又來騙去。」羅剎笑嘻嘻的口中吐出，只有一個杏葉兒大小，遞與大聖道：「這個不是寶貝？」◎19大聖接在手中，卻又不信，暗想著：「這些些兒，怎生搧得火滅？怕又是假的。」羅剎見他看著寶貝沉思，忍不住上前，將粉面搵在行者臉上，叫道：

評點

◎18. 你道在何處鑽入？（李評）

◎19. 此可名爲如意芭蕉扇。可見凡寶貝未有不如意者，不如意即非寶貝矣。（周評）

「親親，你收了寶貝吃酒罷。只管出神想甚麼哩？」大聖就趁腳兒蹺，問他一句道：「這般小小之物，如何搧得八百里火焰？」羅剎酒陶真性，無忌憚，就說出方法道：「大王，與你別了二載，你想是晝夜貪歡，被那玉面公主弄傷了神思，怎麼自家的寶貝事情也都忘了？只將左手大指頭捻著那柄兒上第七縷紅絲，念一聲『呬噓呵吸嘻吹呼』，即長一丈二尺長短。這寶貝變化無窮！那怕他八萬里火焰，可一搧而消也。」

大聖聞言，切切記在心上。卻把扇兒也噙在口裏，把臉抹一抹，現了本相，厲聲高叫道：「羅剎女！你看看我可是你親老公？就把我纏了這許多醜勾當！不羞，不羞！」那女子一見是孫行者，慌得推倒桌席，跌落塵埃，羞愧無比，只叫：「氣殺我也！氣殺我也！」

這大聖不管他死活，捽脫手，拽大步，徑出了芭蕉洞。正是無心貪美色，得意笑顏回。將身一縱，踏祥雲，跳上高山。將扇子吐出來，演演方法，將左手大指頭捻著那柄上第七縷紅絲，念了一聲「呬噓呵吸嘻吹呼」，果然長了有一丈二尺長短。拿在手中，仔細看了又看，比前番假的果是不同，只見祥光幌幌，瑞氣紛紛，上有三十六縷紅絲，穿經度絡，表裏相聯。原來行者只討了個長的方法，不曾討他個小的口訣，左右只是那等長短。沒奈何，只得搴在肩上，找舊路而回不題。◎20

卻說那牛魔王在碧波潭底，與眾精散了筵席，出得門來，不見了辟水金睛獸。老龍王聚眾精問道：「是誰偷放牛爺的金睛獸也？」眾精跪下道：「沒人敢偷。我等俱在筵前供酒捧盤，供唱奏樂，更無一人在前。」老龍道：「家樂兒斷乎不敢，可曾有甚生人進來？」龍子、龍孫道：「適才安座之時，有個蟹精到此，那個便是生人。」牛王聞說，頓然省悟道：「不消講了。早間賢友著人邀我時，有個孫悟空保唐僧取經，路遇火焰山難過，曾問我求借芭蕉扇。我不曾與他，他和我賭鬥一場，未分勝負。我卻丟了他，徑赴盛會。那猴子千般伶俐，萬樣機關，斷乎是那廝變作蟹精，來此打探消息，偷了我獸，去山妻處騙了那一把芭蕉扇兒也！」眾精見說，一個個膽戰心驚，問道：「可是那大鬧天宮的孫悟空麼？」牛王道：「正是。列公若在西天路上有不是處，切要躲避他些兒。」老龍道：「似這般說，大王的駿騎卻如之何？」牛王笑道：「不妨，不妨。列公各散，等我趕他去來。」

遂而分開水路，跳出潭底，駕黃雲，徑至翠雲山芭蕉洞。只聽得羅剎女跌腳搥胸，大呼小叫。推開門，又見辟水金睛獸拴在下邊，牛王高叫：「夫人，孫悟空那廂去了？」眾女童看見牛魔，一齊跪下道：「爺爺來了？」羅剎女扯住牛王，磕頭撞腦，口裏罵道：「潑老天殺的！怎樣這般不謹慎，著那猢猻偷了金睛獸，變作你的模樣，到此騙我！」牛王切齒道：「猢猻那廂去了？」羅剎搥著胸膛罵道：「那潑猴賺了我的寶貝，現出原身走了。氣殺我也！」牛王道：「夫人保重，勿得心焦。等我趕上猢猻，奪了寶貝，剝了他皮，剉碎他骨，擺出他的心肝，與你出氣！」叫：「拿兵器來！」女童道：「爺爺的兵器不在這裏。」牛王道：「拿你奶奶的兵器來罷。」◎21侍婢將兩把青鋒寶劍捧出。

◎20. 妝點得好。(李評)
◎21. 可見奶奶用的不是鐵棍。(周評)

牛王脫了那赴宴的鴉青絨襖，束一束貼身的小衣，雙手綽劍，走出芭蕉洞，徑奔火焰山上趕來。正是那：

　　忘恩漢騙了痴心婦，烈性魔來近木叉人。

畢竟不知此去吉凶如何，且聽下回分解。

總批

老牛、老猴曾結義來，緣何略無一此兄弟情分？友人曰：「妖魔禽獸，說恁麼情分！」又一友曰：「沒情分的，便是妖魔禽獸耳。」甚快之。又批：形容鐵扇、玉面兩公主，曲盡人家妻妾情狀。（李評）

悟一子曰：大力王爲眞陰之主。欲得眞陰，必先尋大力。牛爲陰土而大力，爲魔王則更大，謂其易縱而難擒。（陳評節錄）

悟元子曰：上回言復眞陽而調假陰之功，此回言勾取眞陰之妙。篇首土地說「大力王」，即牛魔王。何爲大力？牛爲丑中己土，己土屬於《坤》，己土宜靜不宜動，靜則眞陰返本，動則假陽生燥，爲福之力最大，爲禍之力亦不小，故曰大力。……噫！金丹之道，特患不得眞傳耳，果得眞傳，依法行持，一念之間，得心應手，躁性不起，清氣全現，濁氣混化，同歸而殊途，一致而百慮，縱橫逆順，表裏內外，無不一以貫之。（劉評節錄）

◆牛魔王知道妻子被孫悟空欺騙之後，十分憤怒，從後面趕來，想要奪走芭蕉扇。（孟慶江繪）

參考書目

1. 《西遊記資料彙編》，朱一玄編，南開大學出版社，二〇〇二年十二月出版。
2. 《西遊記》，人民文學出版社，一九八〇年五月二版。
3. 《李卓吾批評本西遊記》，陳宏、楊波校點，嶽麓書社，二〇〇五年出版。
4. 《西遊記》，（明）華陽洞天主人校，遼海出版社，二〇〇六年出版。
5. 《西遊真詮》一百回，（清）陳士斌注，北京圖書館文獻縮微中心藏本。
6. 《新說西遊記圖像》，吳承恩著，張書紳注，北京中國書店，一九八五年出版。
7. 《西遊證道書》，黃周星、汪象旭注，黃永年、黃壽成點校，中華書局，一九九三年十月出版。
8. 《余國藩論學文選》，余國藩（Anthony C. Yu）著，李奭學編譯，北京三聯書店，二〇〇六年出版。
9. 《李安綱批評西遊記》，李安綱批評，中國社會科學出版社，二〇〇四年出版。
10. 《西遊文化熟語研究》，周麗雅著，內蒙古大學，二〇〇七年出版。
11. 《玄奘西遊記》，錢文忠著，上海書店出版社，二〇〇七年出版。

12.《金陵世德堂本・西遊記成書考》，謝文華著，東華大學〔臺灣〕，二〇〇六年出版。

13.《魯迅、胡適等解讀西遊記》，張慶善、唐風編，遼海出版社，二〇〇二年出版。

14.《西遊記的秘密》，（日）中野美代子著，王秀文等譯，中華書局，二〇〇二年出版。

15.《西遊記漫話》，林庚著，北京出版社，二〇〇四年出版。

16.《西遊記新讀本》，孫遜編，上海古籍出版社，二〇〇四年出版。

17.《西遊記》李卓吾評本，陳先行、包于飛校點，上海古籍出版社，一九九四年出版。

●備註：本書以明代金陵世德堂刊本為底本，凡底本可通之處，一般沿用；明顯錯誤之處則參照《李卓吾先生評西遊記》等清刻本訂正，不出校記。

圖片來源

1.《新說西遊記圖像》，吳承恩著，張書紳注，北京中國書店，一九八五年出版。

2.《西遊記：李卓吾評本》，吳承恩著，上海古籍出版社，一九九四年出版。

3.《西遊記傳版刻圖錄》，江蘇廣陵古籍刻印社，一九九九年出版。（與1. 2.兩項部分圖片重疊，以前者優先，故不另加註於圖片說明中）

特別感謝本書內頁圖片授權人及授權單位

4.《西遊記人物神怪造像》，葉雄繪，百家出版社，二〇〇三年出版。

⊙葉雄，上海崇明人，一九五〇年出生。畢業於上海大學美術學院國畫系，現是中國美術家協會會員、中國美術家協會連環畫藝術委員會委員、上海美術家協會理事……等。他於一九七六年開始從事連環畫、插圖、中國水墨畫創作，其作品在全國藝術大展中連續獲獎。他的水墨畫作品還在日本、韓國、加拿大、臺灣等地參加聯展。上海美術館、上海圖書館及中外收藏家收藏了他的中國水墨畫作品。其藝術成就被收入中國美術家大辭典、中國文藝傳集、當代中國美術家光碟、世界華人文學藝術界名人錄、世界名人錄……等。重要作品包括：

二〇〇一年出版《水滸一百零八將》

二〇〇三年出版《三國演義人物畫傳》

二〇〇四年出版《紅樓夢人物畫傳》。

個人信箱：yexiong96@163.com

5.《西遊記》名家彩繪珍藏本，葉雄、孟慶江等繪，上海辭書出版社，二〇〇〇年出版。

⊙孟慶江，浙江溫州人，一九三七年出生。一九六五年畢業於中央美術學院國畫系人物畫專業，師從蔣兆和、葉淺予。歷任出版社專職畫家、《連環畫報》主編、《中國藝術》副主編等，在人民美術社連環畫培訓班擔任十年校長並在中央美術院從事教學工作三年。兼任中國出版工作者協會連環畫藝委會副主任、北京工筆重彩畫會副會長等職，連任三屆國家圖書獎評委和全國少兒圖書獎評委等。

作品《蔡文姬》、《長恨歌》等曾獲全國大獎，並被中國美術館收藏。其作品整體立意鮮明、題材廣泛、形式多樣、風格寫實並注重濃郁的民族傳統特色和時代精神相結合，雅俗共賞，深受大眾歡迎。

6. 朱寶榮授權使用內頁繪圖共一百六十張。

⊙朱寶榮，從小酷愛美術，因家庭情況無緣於高等學府深造，引為憾事。二〇〇四年與兩位志趣相投的好友組成心境插畫工作室至今，能夠從事自己喜愛的工作，覺得是一件很幸福的事！

7. 廣州集成圖像有限公司「FOTOE」授權使用部分內頁圖片。（fotoe.com）
8. 中華郵政公司（前台灣郵政公司）授權使用西元一九九七年發行之「中國古典小說郵票——西遊記」四張一套圖片。
9. 富爾特科技股份有限公司影像提供。
10. 「意念圖庫」（意念數位科技股份有限公司）影像提供。
11. 典匠資訊股份有限公司影像提供。
12. 美工圖書社：「中國圖片大系」影像提供。

國家圖書館出版品預行編目資料

西遊記（三）—仙魔怠生／吳承恩原著；張富海編撰
—— 初版. ——臺中市：好讀, 2009[民98]
冊：　公分，——（圖說經典 ；21）

ISBN 978-986-178-124-2（平裝）

857.47　　　　98006383

好讀出版

圖說經典 21

西遊記（三）

【仙怠魔生】

原　　著／吳承恩
編　　撰／張富海
總 編 輯／鄧茵茵
責任編輯／林碧瑩
執行編輯／林碧瑩、莊銘桓
美術編輯／藝點創意設計有限公司
封面設計／山今伴頁工作室
發 行 所／好讀出版有限公司
台中市407西屯區何厝里19鄰大有街13號
TEL:04-23157795　FAX:04-23144188
http://howdo.morningstar.com.tw
（如對本書編輯或內容有意見，請來電或上網告訴我們）
法律顧問／甘龍強律師
承製／知己圖書股份有限公司　TEL:04-23581803

總經銷／知己圖書股份有限公司
http://www.morningstar.com.tw
e-mail:service@morningstar.com.tw
郵政劃撥：15060393 知己圖書股份有限公司
台北公司：台北市106羅斯福路二段95號4樓之3
TEL:02-23672044　FAX:02-23635741
台中公司：台中市407工業區30路1號
TEL:04-23595820　FAX:04-23597123

初版／西元2009年7月1日
定價：299元
如有破損或裝訂錯誤，請寄回知己圖書更換

Published by How-Do Publishing Co., Ltd.
2009 Printed in Taiwan

ISBN 978-986-178-124-2

讀者回函

只要寄回本回函，就能不定時收到晨星出版集團最新電子報及相關優惠活動訊息，並有機會參加抽獎，獲得贈書。因此有電子信箱的讀者，千萬別吝於寫上你的信箱地址

書名：西遊記（三）仙忘魔生

姓名：＿＿＿＿＿＿＿ **性別：**□男 □女 **生日：**＿＿年＿＿月＿＿日

教育程度：＿＿＿＿＿＿＿＿＿＿＿＿

職業：□學生 □教師 □一般職員 □企業主管

□家庭主婦 □自由業 □醫護 □軍警 □其他＿＿＿＿＿＿＿＿＿＿

電子郵件信箱（e-mail）：＿＿＿＿＿＿＿＿＿＿＿ **電話：**＿＿＿＿＿＿＿

聯絡地址：□□□＿＿＿＿＿＿＿＿＿＿＿＿＿＿＿＿＿＿＿＿＿＿

你怎麼發現這本書的？

□書店 □網路書店（哪一個？）＿＿＿＿＿＿＿＿＿ □朋友推薦 □學校選書

□報章雜誌報導 □其他＿＿＿＿＿＿＿＿＿＿＿＿＿＿＿＿＿＿＿＿

買這本書的原因是：＿＿＿＿＿＿＿＿＿＿＿＿＿＿＿＿＿＿＿＿

□內容題材深得我心 □價格便宜 □封面與內頁設計很優 □其他＿＿＿＿＿

你對這本書還有其他意見嗎？請通通告訴我們：

＿＿＿＿＿＿＿＿＿＿＿＿＿＿＿＿＿＿＿＿＿＿＿＿＿＿＿＿＿＿＿＿

你買過幾本好讀的書？（不包括現在這一本）

□沒買過 □1～5本 □6～10本 □11～20本 □太多了

你希望能如何得到更多好讀的出版訊息？

□常寄電子報 □網站常常更新 □常在報章雜誌上看到好讀新書消息

□我有更棒的想法＿＿＿＿＿＿＿＿＿＿＿＿＿＿＿＿＿＿＿＿＿＿＿

最後請推薦五個閱讀同好的姓名與E-mail，讓他們也能收到好讀的近期書訊：

1.＿＿＿＿＿＿＿＿＿＿＿＿＿＿＿＿＿＿＿＿＿＿＿＿＿＿＿＿＿＿

2.＿＿＿＿＿＿＿＿＿＿＿＿＿＿＿＿＿＿＿＿＿＿＿＿＿＿＿＿＿＿

3.＿＿＿＿＿＿＿＿＿＿＿＿＿＿＿＿＿＿＿＿＿＿＿＿＿＿＿＿＿＿

4.＿＿＿＿＿＿＿＿＿＿＿＿＿＿＿＿＿＿＿＿＿＿＿＿＿＿＿＿＿＿

5.＿＿＿＿＿＿＿＿＿＿＿＿＿＿＿＿＿＿＿＿＿＿＿＿＿＿＿＿＿＿

我們確實接收到你對好讀的心意了，再次感謝你抽空填寫這份回函

請有空時上網或來信與我們交換意見，好讀出版有限公司編輯部同仁感謝你！

好讀的部落格：http://howdo.morningstar.com.tw/

請填妥後對折黏貼，直接投郵即可，無須貼郵票。

好讀出版有限公司　編輯部收

407 台中市西屯區何厝里大有街13號
電話：04-23157795-6　傳真：04-23144188

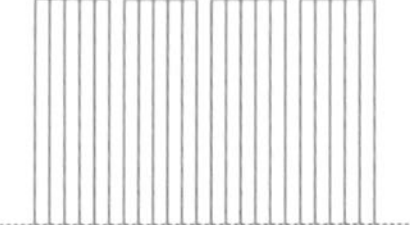

沿虛線對折

購買好讀出版書籍的方法：

一、先請你上晨星網路書店http://www.morningstar.com.tw檢索書目或直接在網上購買

二、以郵政劃撥購書：帳號15060393 戶名：知己圖書股份有限公司並在通信欄中註明你想買的書名與數量

三、大量訂購者可直接以客服專線洽詢，有專人為您服務：
客服專線：04-23595819轉230　傳真：04-23597123

四、客服信箱：service@morningstar.com.tw